ullstein

MATTHIAS ELLING ist das Pseudonym eines deutschen Bestsellerautors. Er studierte interaktives Design und verbale Kommunikation und arbeitet inzwischen hauptberuflich als Schriftsteller. Er lebt in Süddeutschland.

MATTHIAS ELLING

TRANCE

Eure Zeit läuft ab

Thriller

Ullstein

Besuchen Sie uns im Internet:
www.ullstein.de

Wir verpflichten uns zu Nachhaltigkeit

- Klimaneutrales Produkt
- Papiere aus nachhaltiger Waldwirtschaft und anderen kontrollierten Quellen
- ullstein.de/nachhaltigkeit

FSC www.fsc.org
MIX
Papier | Fördert gute Waldnutzung
FSC® C021394

Originalausgabe im Ullstein Taschenbuch
1. Auflage Juli 2023

Umschlaggestaltung: zero-media.net, München
Titelabbildung: © FinePic®, München
Gesetzt aus der Quadraat Pro powered by *pepyrus*
Druck- und Bindearbeiten: ScandBook, Litauen
ISBN 978-3-548-06732-2

Für Jennifer, Cora, Mick, Robin und Mirko.
Die Erde gehört euch.

Dieses Buch erhebt keinen Faktizitätsanspruch, obwohl reale Unternehmen erwähnt und realistische Abläufe thematisiert werden, die sich so oder so ähnlich ereignen könnten. Die beschriebenen Personen, Begebenheiten, Gedanken und Dialoge sind fiktiv.

Kapitel 1

München, Altstadt

Die Drohne surrte wie ein gieriger Zahnarztbohrer über die Münchner Altstadt. Zielstrebig bewegte sie sich über den Hausdächern Richtung Hotel Bayerischer Hof. Dort fand die jährliche Münchner Sicherheitskonferenz statt, auf der Politiker und Vertreter aus Wirtschaft und Militär über Weltpolitik verhandelten. Diesmal sollte es anders kommen: Die Bombe war scharf, die Leitung gehackt und das Ziel in Sichtweite.

Die Drohne manövrierte über die kahlen Bäume am Promenadeplatz, verharrte für einen Moment in der Luft und hielt dann auf die Fassade des Bayerischen Hofs zu. Die rote LED auf der Unterseite blinkte hektisch.

Danny Erichsen konnte das Gerede der Versammelten nicht mehr hören. Er musste aufs Klo, hatte Hunger, seine Beine brannten vom stundenlangen Stehen, und er schwitzte unter der kugelsicheren Weste. Die Heizung war aber auch auf höchste Stufe aufgedreht, damit diese wichtigen Menschen ja nicht froren. Das hätten sie auch ohne Heizung und mit offenen Fenstern nicht getan; die zwölf Teilnehmer debattierten so hitzig miteinander, dass Danny immer wieder irritiert aufblickte, wenn jemand mit der Faust auf den Tisch schlug. Es ging seit Stunden um Energiesicherheit, um die Gefahr, dass Europa weiter ins energiepolitische Abseits schlitterte. Man diskutierte über die geopolitischen Turbulenzen zwischen den USA und Iran, um die Zusammenarbeit zwischen Teheran und China, über Flüssiggas aus dem Persischen Golf, um den Protektionismus der Chinesen, ihr Doppelspiel mit den Japanern und die Rolle Russlands als Ordnungsmacht im GUS-Raum.

Hans-Peter Schneider, irgendein Vorstand eines Energieversorgerkonglomerats, sagte zum gefühlt fünfzigsten Mal, dass mit der energiepolitischen Inkohärenz in der EU endlich Schluss sein müsse. Man verlöre die Attraktivität als Handelspartner, was wiederum das Wachstum hemme.

Danny unterdrückte ein Seufzen. Er hatte sich nie für Außenpolitik interessiert, schon gar nicht für Energie- und Klimapolitik. Dabei ging es immer nur um Gewinn, Gewinn, Gewinn und nicht ums Klima. Jeder wollte nur das Beste für sich. Klar, für ihn als fünfunddreißigjährigen Beamten beim Mobilen Einsatzkommando zählte auch nur, welche Partei die Beamtenbesoldungen anhob und mehr Personal einstellte, um endlich Schluss mit dem immensen Berg an Überstunden zu machen, aber es änderte sich seit Jahren nichts. Immerzu hörte er nur leere Versprechungen. Wenn es nach ihm ginge, könnte man alle Politiker in einen Sack stecken und mit einem Knüppel draufhauen; man träfe immer die Richtigen.

Schneider sagte: »Die Inkohärenz, meine Damen und

Herren! Die EU muss geschlossen auftreten! Ich wiederhole noch einmal: Lasst uns eine Allianz mit Japan schmieden, um auf den Weltenergiemarkt einzuwirken. Lasst uns ...«

»Japan?!«, ging ein Politiker namens Moran dazwischen. »Das ist nicht Ihr Ernst? Haben Sie überhaupt eine Ahnung, Herr Schneider, was dann los ist?«

»Sehr wohl.«

»Ich glaube nicht. Wie soll uns eine Zusammenarbeit mit Japan stärken? Die aktuelle Regierung zeigt offen ihre Ablehnung gegenüber China. Forcieren wir eine Kooperation mit einem *Feind*, rutschen wir sofort auf Chinas Abschussliste.«

Schneider funkelte grimmig über den runden Tisch. »Haben Sie eine bessere Idee, Herr Moran?«

Danny schaltete wieder auf Durchzug und suchte Jennys Blick. Seine Kollegin lehnte mit geschlossenen Augen an der Wand auf der anderen Seite des Konferenzraums, die Daumen in den Gürtel gehakt. Er beneidete sie, jede Gelegenheit zum Dösen nutzen zu können. Zwar hätte er sie wegen dieser Nachlässigkeit als ihr direkter Vorgesetzter ermahnen müssen, aber was sollte hier schon passieren? Das Hotel Bayerischer Hof glich in den Tagen der MSC einer Festung. Da kam niemand unkontrolliert rein oder raus. Jede Person, jede Aktentasche, jeder Brief wurde untersucht und durchleuchtet. Dass das MEK während der Verhandlungen zusätzlich für Sicherheit sorgte, war eine Farce, damit sich der Herr Innenminister hinterher mit vor Stolz breiter Brust vor die Presse stellen und verkünden konnte, wie erstklassig seine Beamten doch alles im Griff gehabt hatten. Der Innenminister, der alte Hengst. Konnte nicht mal für Dienstausweishüllen und Handfesseltaschen sorgen, geschweige denn bequeme Dienstunterwäsche, in der man nicht schwitzte wie ein Schwein, aber ja ... lief doch!

Danny ging die paar Schritte zum Fenster, um etwas Bewegung in seine tauben Beine zu bekommen. Draußen dämmerte es. Der Wind trieb einzelne Schneeflocken über den Promenadeplatz. Liegen blieben sie nicht, für Februar war es viel zu warm. Danny war diesen Winter kein einziges Mal beim Boarden gewesen. Eine Schande. Aber dafür würde er die Motorradsaison schon früh einläuten. Dann konnte er seine Honda aus dem Winterschlaf erwecken und losdüsen. Die erste Tour würde ihn zum Felchenessen nach Lindau am Bodensee führen, und dann weiter die Silvretta-Hochalpenstraße hinauf. Vierunddreißig schlaglochfreie Kehren inmitten herrlicher Bergkulisse mit Blick auf den Piz Buin. Das war Freiheit. Was Besseres gab es nicht.

Was nicht ganz stimmte. In drei Monaten wurde Danny Vater. Das war das Beste, was ihm passieren konnte; er freute sich wahnsinnig auf das Kind mit Rike. Er liebte sie über alles, sie waren seit fast zehn Jahren ein Paar. Da war der Nachwuchs überfällig, und doch ... eine leise Stimme wisperte Danny Zweifel ins Ohr: *Dann ist Schluss mit deiner Freiheit. Dann war's das mit Motorradtouren, mit Boarden, mit Klettern, mit Alpenüberquerungen und langen Nächten in den Münchner Bars und Clubs. Dann heißt es, um sieben das Baby ins Bett bringen und danach Wäsche waschen, vorkochen, putzen, bis du hundemüde ins Bett fällst, nur um am Morgen wieder zu deinem langweiligen Bürojob zu fahren. Ja, dann ist da nichts mehr mit MEK und waghalsigen*

Einsätzen. Dann heißt es Sesselfurzen im Innendienst. Kripo oder so. Dann ist dein Leben vorbei, Danny Erichsen. Dann war's das.

Danny erschauderte. Diese Gedanken waren ihm nicht fremd. Er hatte einige Bücher und Blogs über das Elternwerden gelesen, darunter auch einen sehr kritischen Blog einer Mutter. Sie berichtete schonungslos, wie drastisch sich das Leben veränderte. Alles drehte sich nur noch um das Kind, die Partnerschaft blieb da meist auf der Strecke. Wann auch Zweisamkeit genießen? Mit dem Kind quer im Bett? Kurz zwischen Zahnseide und Schlafanzug am Waschbecken? Mit blutigen Brustwarzen und monatelang schmerzenden Narben von den Geburtsverletzungen? Danny musste sich eingestehen, dass er sich einerseits wahnsinnig auf das Kleine freute, andererseits richtig Schiss vor der Veränderung hatte.

Hans-Peter Schneiders polternde Stimme riss Danny aus seinen Gedanken: »Verdammt noch mal! Wir brauchen politische Stabilität in den Produzenten- und Transitregionen. Wie soll das sonst gehen? Was Sie sagen, ist inkohärent! *Inkohärent!*«

Und ich bald inkontinent, wenn ich noch länger rumstehe. Danny überlegte, wie er Jennys Aufmerksamkeit auf sich lenken konnte, um sich für einen Toilettengang abzumelden, als er draußen eine Bewegung wahrnahm. Eine dieser dreisten Krähen flog direkt auf das Fenster im sechsten Stock zu. Verfluchte Biester. Doch halt, warum flog das Ding so zielstrebig?

Das war kein Vogel, sondern eine Drohne mit einer seltsamen Kugel auf der Unterseite. Sie blieb keinen Meter von

Danny entfernt in der Luft stehen. Die Schneeflocken wirbelten um die Rotoren. Eine rote LED blinkte hektisch.

»Scheiße!«, sagte er mehr zu sich selbst, dann schrie er: *»In Deckung! Alle auf den Boden! RUNTER!«*

Noch im Sturz aktivierte er das Funkheadset. »607 an Zentrale, 607 an Zentrale! Mutmaßlicher Drohnenangriff auf Zimmer …«

Vor dem Fenster blitzte es tiefrot auf, und Danny wappnete sich für die Explosion. Die Scheiben der Sprossenfenster würden bersten und die Scherben wie Rasierklingen ins Zimmer regnen. Wahrscheinlich war es eine Splittergranate, dann würden noch tödliche Metallsplitter hinzukommen. Ein hässlicher Tod.

Doch die Scheiben barsten nicht. Sie klirrten nicht einmal. Nur die Lichter im Saal gingen flackernd aus, und Danny spürte ein mittelstarkes Schmerzempfinden auf der Haut, als hätte er für einen Moment starken Sonnenbrand.

Hans-Peter Schneider jammerte: »Mama!«

Eine Frau wimmerte.

Danny richtete sich wieder auf, seine SIG in der Hand. Er spähte hinaus in die Abenddämmerung, doch von der Drohne war nichts mehr zu sehen. Nach und nach erhoben sich die Teilnehmer der Runde vom Boden und setzten sich verwirrt zurück an den runden Tisch.

Es knackte im hotelinternen Intercom. Aus dem Deckenlautsprecher drang ein Knistern wie von einer alten Schallplatte. Dann folgte Musik.

Im ersten Moment fühlte sich Danny an Pink Floyds Welthit »Another Brick in the Wall« erinnert, doch die Musik war anders, disharmonisch, traurig, hatte einen seltsamen Rhythmus, klang irgendwie synthetisch.

Jemand fragte: »Was soll das?«

Das interessierte Danny auch. Irgendwas ging vor sich, er spürte es tief in sich drin. Da war etwas, das ...

Er schüttelte sich wie ein nasser Hund und aktivierte erneut die Funkübertragung, aber es drang nur monotones Rauschen aus dem Ohrhörer. Er klopfte auf das Gerät, vielleicht waren die Akkus durch den Sturz verrutscht, als er das charakteristische Knacken einer SIG hörte, die geladen wurde.

Er wandte sich zu Jenny um. Seine Kollegin lehnte immer noch an der Wand. Im schummrigen Licht erkannte er, dass sie ihre Pistole in der Hand hielt. Sie betrachtete sie wie einen Fremdkörper, dann steckte sie sich den Lauf in den Mund.

Danny riss die Augen auf. »Jenny!?«

Ihr Blick flatterte zu ihm, seltsam entrückt, dann drückte sie ab. Ihr Gesicht verschwand hinter einer fahlen Sonne, und Blut und Gehirn spritzten gegen die Wand.

Danny stockte das Herz. Da trat Hans-Peter Schneider vor ihn, mit dem gleichen Ausdruck in den Augen wie Jenny. Er öffnete das Fenster und stieg aufs Sims.

»Hey! Was wird das?« Danny war völlig entgeistert.

Schneider gab ihm keine Antwort. Sein Kehlkopf hüpfte auf und ab, dann sprang er hinaus. Danny griff noch nach ihm, doch seine Finger glitten am edlen Zwirn des Anzugs ab. Der Vorstand verschwand lautlos in der Tiefe. Es klatschte dumpf.

»Nein!«, wisperte Danny. »Nein, nein, nein!« Er fuhr sich durch die schweißnassen Haare und wandte sich den restlichen Versammelten zu. Was ging hier vor?

Immer noch lief diese komische Musik, und mit einer Wucht übermannte Danny eine Woge abgrundtiefer Sinnlosigkeit. Was machte er hier? Wofür bitte lebte er? Warum sollte er seine Freiheit opfern? Warum ein Kind in diese beschissene Welt mit beschissenen Perspektiven setzen? Wozu war das alles gut?

Er sah, wie eine Frau auf Jennys Leichnam zukroch und ihr die Pistole aus der Hand nahm. Dann verfolgte er ein drittes Mal, wie sich jemand selbst liquidierte, diesmal mit einem Schuss in die Schläfe. Niemand schien davon Notiz zu nehmen.

Moran kletterte wie Schneider aufs Fenstersims und sprang, wobei die Krawatte wie ein Kometenschweif über seinem Kopf flatterte.

Danny konnte gar nicht so schnell reagieren, war wie in Trance. Wieder ein anderer knüpfte sich aus seiner Krawatte einen Strick und band ihn am Türgriff fest. Daran ließ er sich zu Boden sinken. Die gestreifte Krawatte spannte sich, zog sich fest um den Hals des Mannes, dem die Augen aus dem Schädel quollen.

Und immer noch lief dieses Lied.

Danny kamen die Tränen. Es war alles so sinnlos. Was machte er hier? Warum passte er auf Vollidioten auf? Warum freute er sich auf eine Motorradfahrt durch die Berge? Das war alles so unbedeutend, so kindisch, so dumm. Jeder Atemzug verschwendete Mühe. Und warum eigentlich ein

Kind kriegen? Was konnte er denn bitte einem Kind bieten? Er war ein einfacher Polizist, und Rike …

Danny fand sich auf dem Fenstersims wieder. Der Wind zerrte an seiner Uniform. Schneeflocken schmolzen auf seinen Wangen.

Seine Finger glitten über den Fensterrahmen, als er sich ins Freie schob. Das äußere Sims aus Titanzink knirschte unter seinen einhundert Kilo. Sechs Stockwerke unter ihm lagen Schneider und Moran auf dem feucht schimmernden Fußweg. Unter Schneider breitete sich eine Blutlache aus, und Morans Kopf war so unnatürlich zur Seite geknickt, dass er wie eine Puppe aussah, der ein zorniges Kind den Kopf umgedreht hatte. Zwischen ihnen erspähte Danny die Überreste der Drohne.

Sie war der Grund für diesen Wahnsinn. Was für eine Drohne war das gewesen? Eine fliegende Bombe, nur ohne Explosion? Und dann dieses Brennen auf der Haut. War das eine E-Bomb gewesen, ein starker elektromagnetischer Impuls, um Elektrotechnik auszuschalten? War deswegen das Licht ausgegangen?

Fragen über Fragen, aber eigentlich war es ihm gerade völlig egal. Sein Leben war ihm völlig egal. Dass er Vater wurde, war völlig egal. Alles war egal. Scheißegal.

Danny sah noch einmal die sechs Stockwerke hinab, dann stürzte er sich kopfüber aus dem Fenster.

Acht Monate später

Kapitel 2

Hamburg, Harvestehude

Tom gab alles, wie Adrienne ihm zugestehen musste. Er bearbeitete sie mit aller Inbrunst, als wäre es das letzte Mal in seinem Leben. Es war aber auch nicht ganz fair, sie tat auch alles, um ihn um den Verstand zu bringen; sie schlang ihre langen Beine mit dem Rosentattoo am linken Knöchel um seine Hüften und stöhnte ihm laut ins Ohr, dass er härter zustoßen sollte. Dass sie hinter seinem Rücken beide Stinkefinger gen Rauchmelder hochhielt, konnte er nicht sehen.

Als er endlich kam und sich stöhnend von ihr wälzte, beeilte sich Adrienne, sich so zur Seite zu drehen, dass die versteckte Kamera im Rauchmelder nicht ihr feuchtes Dreieck filmte. Tom fickte tatsächlich überdurchschnittlich gut, und heute hatte er sich enorm ins Zeug gelegt. *Wenn nur ihr nicht wärt.* Sie blickte ein letztes Mal hoch zum Rauchmelder, als Tom sagte: »Gott, war das gut!«

»Mega.« Adrienne lächelte ihm zu.

Er hauchte ihr einen Luftkuss herüber, bevor er nach seinem Handy kramte, das zwischen die Sofakissen gerutscht war. Nach einem kurzen Blick aufs Display seufzte er. »Schon wieder so spät. Ich muss.«

Adrienne fuhr ihm mit dem Zeigefinger durchs blonde Brusthaar. »Kannst du nicht mal länger Mittagspause machen? Es ist Freitag!«

»Keine Chance. Sei lieber froh, dass ich momentan im Homeoffice arbeite. Mein Büro hat Glaswände.«

Und dein Rauchmelder Augen. »Aber kannst du dich nicht einfach mal mit einem Laptop hier aufs Sofa knallen? Muss es immer dieser Bunker sein?« Sie rutschte näher an ihn ran. »Ich habe heute nichts mehr vor, bevor ich morgen früh zu meinen Eltern fahre. Ich könnte über Nacht bleiben. Ein Abendessen kochen. Danach könnten wir in den Whirlpool steigen. Das wäre doch was, oder?« Sie biss ihm zärtlich ins Ohrläppchen.

»Oh ja, das wäre was, aber du weißt doch …«

»Jaja, die Arbeit geht vor.« Adrienne sank zurück auf den Rücken. »Ich versteh es einfach nicht. Warum musst du bei jedem Meeting dabei sein?«

»Bin ich doch gar nicht! Nur bei den wichtigen.« Tom lächelte, stand auf und begann sich anzuziehen.

Die Diskussion war vom Tisch. Tom Schneider, Inhaber und CEO bei der Cyber-Security-Firma OctaveCloud, war wirklich eine harte Nuss. Irgendwie befürchtete Adrienne, sich an ihm noch die Zähne auszubeißen.

Nachdem sie sich angezogen hatte, brachte er sie wie gewohnt zur Haustür. Das lag aber weniger daran, dass er ein Gentleman war, sondern dass er niemanden im Haus haben wollte, wenn er sich in sein Studio zurückzog. Das Studio war ihren Berechnungen nach ein schalldichter, dreißig Quadratmeter großer quadratischer Raum im Herzen der

Villa. Dort betrieb Tom sein Tonstudio. In seiner Freizeit trat er als Techno-DJ unter dem Künstlernamen Claus Mezcla auf. Der Nachname bedeutete *die Mischung* auf Spanisch, was allemal besser klang als sein bürgerlicher Name Schneider. Außerdem passte das zu seinen lateinamerikanisch angehauchten Tracks mit den treibenden Beats, die sogar ab und an im Radio liefen. Aber um seine Karriere als DJ ging es nicht. Das Studio war noch viel mehr: Es war ein völlig autarker Panikraum, in dem Tom Wochen verbringen konnte. Adrienne und ihr Team vermuteten, dass er von dort aus noch einem anderen, weniger gesetzeskonformen Hobby nachging: dem Hacken.

Als studierter Informatiker mit Schwerpunkt Cyber-Security und seiner Firma als Background stand Tom Schneider schon lange auf der Beobachtungsliste des BND. Wenn er gewusst hätte, dass er dreimal pro Woche eine Mitarbeiterin des Geheimdienstes vögelte, wäre ihm vermutlich der Spaß vergangen.

Adrienne winkte Tom noch einmal lächelnd zu, bevor sie in ihren schwarzen Mini mit den sportlichen Alufelgen stieg. Das Tor schloss sich hinter ihr.

Drei Straßen weiter fuhr sie auf einen Supermarktparkplatz und hielt neben einem weißen und einem blauen Sprinter. Sie zündete sich noch eine Zigarette an, bevor sie ausstieg, dann schob sie die Schiebetür des blauen auf.

Schweißsaure Luft schlug ihr entgegen, was kein Wunder war, wenn sich zwei Männer stundenlang mit Abhörtechnik auf so engem Raum aufhielten. Glücklicherweise hatte es noch nie nach etwas anderem gerochen.

Schnell stieg sie zu den beiden in den fensterlosen Laderaum des Kleintransporters. Er wurde von Dutzenden grünen, blauen, roten, weißen und gelben Anzeigeleuchten diverser Überwachungsinstrumente in diffuses Licht getaucht, dominiert von sechs bläulichen Flatscreens. Auf zweien lief eine Aufnahme- und Transkriptionssoftware der auditiven Wanzen, auf den anderen vier die Übertragung der vier Kameras, die Adrienne in Toms Villa verbaut hatte, wenn er mal länger auf dem Klo gesessen hatte. Ihr Blick blieb auf der Übertragung des Wohnzimmersofas hängen.

»Nette Nummer!« Olli, der zuständig für die Technik war, grinste ihr von seinem Drehstuhl entgegen. Er trug wie immer Jeans, Sandalen und ein weißes T-Shirt, das über seinem Bauch spannte. »Vielleicht könntet ihr das nächste Mal die Positionen wechseln. Reverse Cowgirl oder Doggy wären was.«

Adrienne zeigte ihm den Stinkefinger.

Er lachte hinter seiner Brille. »Was Besseres fällt dir nicht ein? Den hatten wir heute schon zur Genüge …«

»Oliver!« Dominiks leise Stimme, die in dieser Tonlage umso wirkungsvoller war.

Olivers Lächeln verschwand. »Ja, Chef, ich bin schon ruhig.«

»Das mein ich auch.« Adrienne sank auf einen dritten Drehstuhl. Dass das alles in den Sprinter passte, überraschte sie jedes Mal. »Oder wir setzen dich mal auf eine Frau an. Auf so eine sechzigjährige Matriarchin, die nicht mehr grinsen kann, weil ihr Gesicht so stark geliftet ist. Dann schauen wir mal, wie du unter unserer Beobachtung performst.« Sie zog an ihrer Kippe und blies ihm den Rauch ins Gesicht.

Ihr Chef konnte nur den Kopf schütteln. »Keinem hier gefällt die Situation, Adrienne.« Der Blick seiner dunklen Augen ließ sie erschaudern. Sein Dreitagebart und das ebenso kurz geschorene Haar konnten die silbrigen Narben an Kiefer und Hinterkopf nicht verbergen, die er bei einem Unfall davongetragen hatte. »So gut du aussiehst, wäre es mir trotzdem lieber, nicht seit Wochen einer Kollegin beim Sex zusehen zu müssen. Aber wir brauchen etwas Konkretes gegen Schneider, sonst kommen wir nicht weiter.«

»Ja, dann nehmen wir doch endlich die Toilet-Cam!«, warf Oliver ein.

Ihr Chef schüttelte den Kopf. »Zu riskant. Wir könnten zu schnell auffliegen.« Die Toilet-Cam entsprang Olivers verquerer Denkweise; er wollte eine Schlauchkamera über das Abwassersystem in Toms Studio schieben. Eine schwarze Schlange, die sich aus der Schüssel erhob wie eine Kobra. Laut den Plänen beim Bauamt gab es im Schutzraum einen separaten Wasser- und Abwasseranschluss. Sie wussten außerdem, dass das Studio auch über eine eigene Stromversorgung mit Notstromaggregaten, ein eigenes Lüftungssystem mit Filteranlage und einen abgeschirmten Glasfaseranschluss verfügte, der nicht angezapft werden konnte. Das Studio glich einem Atombunker, was hieß, dass Schneider entweder paranoid war oder etwas verheimlichte.

»Also weiter im Programm wie bisher?« Adrienne trommelte mit den Fingernägeln auf den Oberschenkel und schnippte Asche auf den Boden.

»Bessere Idee?«

»Nein, aber ich glaube, so wird das nichts. Ich habe noch keinen so konsequenten Mann erlebt.«

»Was nur bestätigt, dass er es ist!« Oliver rieb sich über das feiste Gesicht. »Der hat was zu verbergen, das sag ich euch. Er ist unser Mann.« Sie fahndeten seit Monaten nach einer Person, die sich im Netz unter dem Pseudonym *deejayy* einen Namen als Hacker gemacht hatte.

Ihr Chef musterte einen langen Moment die vier Monitore. Auf keinem war Schneider zu sehen.

Oliver seufzte. »Sollen wir wirklich warten, bis er was angestellt hat? Seine Firma hat weltweit Kunden, besonders im Bankensektor. Einhundertdreiundsiebzig Millionen Euro Umsatz hat OctaveCloud letztes Jahr gemacht, und das Wachstum im ersten Halbjahr betrug dreiundvierzig Prozent im Vergleich zum Vorjahr! *Dreiundvierzig Prozent*, Dominik! Mittlerweile hängt die Frankfurter Börse an seiner Cloud. Lass den mal ein bisschen Börsenkurse manipulieren. Hier ein Prozent, da zwei. Weißt du, was dann abgeht?«

»Ich kann's mir vorstellen«, sagte Dominik düster, »aber es ist, wie es ist. Kein unnötiges Risiko. Keine Draufgänger-Aktionen. Ich schlag vor, dass wir erst mal Feierabend machen, und am Montag geht's weiter wie bisher. Sorry, Adrienne.«

»Schon gut.« Sie zog ein letztes Mal an der Kippe, ließ den Stummel fallen und drückte ihn mit dem Absatz aus: »Ich mein, es gibt schlimmere Jobs, als sich passabel flachlegen zu lassen. Ich möchte nicht den ganzen Tag hier in dem stickigen Kabuff rumhängen, mit Druck auf der Amplitude.«

Ein seltenes Lächeln huschte über Dominiks Gesicht. »Glaubst du, dass wir so viel Druck haben?«

»Na, du vielleicht nicht.« Sie hatte bei einem Anruf einmal mitbekommen, dass er leise »Ich liebe dich« ins Handy geflüstert hatte. »Aber der hier schon.«

»Hey!«, empörte sich Oliver. »Du hast doch keine Ahnung, was bei mir abgeht.«

»Wahrscheinlich nicht viel.« Adrienne bleckte die Zunge und verließ die Kommandozentrale. Oliver zeigte ihr dabei beide Stinkefinger.

Es war mittlerweile Abend geworden, als Dominik Strelow endlich in Berlin ankam. Unweit ihrer Wohnung in der Kufsteiner Straße fand er einen Parkplatz für ihren Passat Kombi. Er holte seine Reisetasche von der Rückbank und packte seine Dienstwaffe samt Lederholster hinein. Mit seinem Hab und Gut über der Schulter schlenderte er an den altehrwürdigen Häusern vorbei. Schöneberg gefiel ihm, mit den von Bäumen gesäumten Straßen und den Häusern aus der Gründerzeit. Berlin war nicht nur Kottbusser Tor und Ku'damm. Berlin war so facettenreich, dass mit dem Bayerischen Platz drei Straßen weiter fast Heimatgefühle aufkamen, aber nur fast. München vermisste Dominik nicht. In München war er gestorben.

Dominik, der mit richtigem Namen Daniel Erichsen hieß, erreichte die Hausnummer sechs. Im Wohnzimmer der Erdgeschosswohnung brannte honiggelbes Licht. Im Kinderzimmer schimmerte es rötlich vom Steckdosenlicht. Es hatte die Form einer Erdbeere mit großen Kulleraugen.

Danny lächelte, ließ die Woche hinter sich auf der Straße und kam heim.

Rike eilte ihm aus dem Wohnzimmer entgegen. Auch sie lächelte. »Da ist ja mein Agent.« Sie streckte sich auf die Zehenspitzen und gab ihm einen Kuss. »Hab die Kleine eben ins Bett gebracht.«

»So spät?«

»Sie wollte mal wieder kein Auge zutun. Die hat gewusst, dass du kommst.« Rikes Lächeln war eine Spur zu matt.

Danny stellte seine Tasche auf den Boden. »Ich hoff auch, dass der Einsatz bald vorbei ist. Das Pendeln nervt.«

»Geht's voran?«

»Kaum. Aber du weißt ja: Es kann jederzeit Schlag auf Schlag gehen.«

»Lieber nicht.« Rike drückte sich nochmals an ihn, dann lief sie weiter in die Küche. »Hast du schon gegessen?«

»Nur 'nen Cappuccino an 'ner Raststätte.«

»Dann freu dich auf Zucchini-Kartoffel-Gratin. Ist von gestern noch übrig. Soll ich's dir warm machen?«

»Nein, danke. Mach ich selbst. Ich schau erst nach der Kleinen.«

»Mach das, aber sei bitte leise. Ich bin echt froh, dass sie endlich schläft. Die Woche war hart.«

Danny folgte Rike in die Küche. Aus dem Kühlschrank nahm er sich wie jeden Freitag ein Feierabendbier. »Gab's Probleme?«

»Ach … die Klinik hat angerufen.«

»Schon wieder?«

»Ja, die wollen unbedingt, dass ich sofort anfange und

die Elternzeit verkürze. Die brauchen unbedingt Personal, aber mehr zahlen wollen sie nicht.«

»Ich hoffe, du hast Nein gesagt.«

»Natürlich! Wie stellen die sich das vor? Wie soll ich als Krankenschwester im Schichtdienst arbeiten, wenn du unter der Woche nicht hier bist? Egal. Und dann war Leonie echt anstrengend, aber ich glaub, da kommt bald der erste Zahn.«

»Mit fünf Monaten?«

»Wäre früh, aber wer weiß das schon. Wenn sie nach dir kommt, dürfte es bald so weit sein.« Rike schmunzelte, und Danny trank von seinem Bier. Es folgte ein minutenlanges Schweigen, wie jeden Freitag. Es war immer seltsam, nach fünf Tagen als Dominik Strelow ins normale Leben als Danny Erichsen zurückzukehren. Ganz verstand er den Sinn der Decknamen auch nicht, zumindest nicht abseits eines Einsatzes. Dass Adrienne bei Tom Schneider einen Decknamen nutzte, war ja sinnvoll, aber sonst? Es war wieder so eine sinnfreie Richtlinie seines neuen Arbeitgebers, über die er sich vortrefflich hätte streiten können, aber dafür fehlte ihm die Kraft. Er hatte so schon genug Probleme.

Manchmal fühlte er sich wie ein Fremder, wenn er nach Hause kam. Dazu kam, dass er über seinen neuen Job beim Bundesnachrichtendienst nur ganz rudimentär berichten durfte, und das störte ihn immens. Als Polizist hatte er Rike auch keine Details verraten dürfen, aber sie hatte zumindest gewusst, was er tat. Von seinem neuen Job hatte Rike seiner Meinung nach eine ganz falsche Vorstellung und keine Ahnung, dass er – wenn auch unfreiwillig – Adrienne beim Ficken zusah. Dass er Rike in solchen Angelegenheiten belügen musste, schmerzte ihn zutiefst, aber den Wechsel zum BND bereute er nicht. Er hätte nicht in seinem alten Job bleiben können, nicht nach den Ereignissen in München.

Er trank nochmals einen großen Schluck, bevor er das Bier auf den Tisch stellte. »Ich geh mal zu Leonie.«

Vorher steckte er sein Handy im Wohnzimmer ans Ladekabel, verstaute im Schlafzimmer seine Dienstwaffe im Waffenschrank, zog sich frische Klamotten an und suchte die Toilette auf. Im Kinderzimmer stand er schließlich lange im Erdbeerlichtschein vor dem Bettchen und betrachtete seine fünf Monate alte Tochter. Sie war so schön. So unschuldig. Sie schlief, einen winzigen Daumen zwischen die Lippen gesteckt.

Ganz vorsichtig hob Danny Leonie aus dem Bettchen und trug sie zum Sofa, das gerade breit genug war, dass er mit seinen ein Meter fünfundneunzig Platz darauf fand. Er legte sich hin und platzierte sie auf seinem Bauch. Sie seufzte, wachte aber nicht auf. Danny strich ihr über das Köpfchen und ließ seine Hand zuletzt auf ihrem Rücken ruhen. Er spürte ihre Atemzüge und genoss den Moment. Stille Tränen krochen ihm dabei über die Wangen und hinterließen dunkle Flecken auf dem Sofa. Beinahe hätte er dieses Wunder nicht erlebt. Beinahe …

Vor seinem inneren Auge blitzte es grellweiß, und für einen kurzen Moment blinzelte er ins Scheinwerferlicht eines Krankenwagens. Eine Frau in neonorangefarbener Jacke beugte sich über ihn. »Mein Gott! Er wacht auf! Hören Sie mich?«

Er wollte etwas sagen, aber sein Kopf fühlte sich an wie eine Melone, über die ein Vierzigtonner gerauscht war.

»Er dämmert wieder weg!«, rief die Ärztin.

»Aber sein Kreislauf ist stabil.« *Stabil, stabil, stabil …*

Dreiundvierzig Minuten hatten sie ihn reanimiert, wie er hinterher erfahren hatte. Durchgehend Herzdruckmassage, Beatmung und zigmalige Anwendung des Defibrillators, weil sein Herz mehrfach ins Kammerflimmern übergegangen war. Ihm hatte drei Wochen lang der Brustkorb geschmerzt, als hätte ein Bär ihn umarmt, wobei das das kleinste Übel gewesen war. Die sieben Operationen waren heftiger gewesen. Kiefer richten, Wangenknochen begradigen, Schlüsselbein verschrauben, Handgelenksbruch zusammenflicken plus die Schädelfrakturen. Dass er überhaupt noch lebte, war das noch größere Wunder. Danny hatte nie an Gott geglaubt, aber seit er diesen Wahnsinnssprung aus dem sechsten Stock des Bayerischen Hofs überlebt hatte, fragte er sich oft, ob da nicht doch eine höhere Macht die Finger im Spiel hatte. Irgendjemand musste doch herausfinden, was damals geschehen war. Dieses Lied …

Danny konnte es immer noch in seinem Kopf hören, wenn er die Augen schloss, und dann sah er Jenny, wie sie sich die Pistole in den Mund schob, sah Schneider auf dem Fenstersims und den anderen Kerl, der sich mit seiner Krawatte erdrosselte. Alle Anwesenden jener Besprechung hatten Selbstmord begangen, nur Danny hatte überlebt. Wenn das kein Wink mit dem Zaunpfahl war.

Er hörte im Wohnzimmer ein helles *Ping!*, kurz darauf ein zweites Mal, und dann klingelte auch schon sein Handy.

Bevor Leonie aufwachte, nahm glücklicherweise Rike den Anruf entgegen. Ihre Stimme murmelte durch die Wand hindurch, dann näherten sich Schritte dem Kinderzimmer. »Moment bitte.« Die Tür ging auf, Rikes Kopf erschien im hellen Licht des Flurs. »Deine Arbeit«, flüsterte sie. Sie sah irritiert aus.

Danny seufzte und erhob sich vorsichtig. Er legte Leonie zurück in ihr Bettchen, bevor er sein Handy entgegennahm. Ihm fiel eine seltsame Zeitanzeige oben mittig neben der Akkuanzeige auf, vermutlich ein Update, das bald installiert wurde, dann war er im Flur und sagte leise: »Sie wissen schon, dass es Freitagabend ist?«

»Ich habe keine Zeit für Befindlichkeiten, Erichsen«, antwortete sein Chef Klingenberg. »Schalten Sie den Fernseher ein! Sofort!« Die Aufregung in Klingenbergs Stimme irritierte Danny. Normalerweise war sein Chef die Ruhe in Person.

Er lief zum Fernseher im Wohnzimmer. »Welches Programm?«

»Egal. Es kommt überall.«

Danny beschlich ein ungutes Gefühl. Er schnappte sich die Fernbedienung und knipste die Kiste an. Es kam wirklich überall live, und was er sah, wollte er nicht glauben. Rike auch nicht. Sie stand mit offenem Mund neben ihm, starrte abwechselnd auf den Bildschirm und ihr Handy auf dem Sofa, und suchte seine Hand.

Irgendwann wurde sich Danny wieder der leisen Stimme seines Chefs bewusst. »Erichsen? Hören Sie mich noch? ERICHSEN!«

Er hob das Telefon wieder ans Ohr, immer noch gebannt von dem, was er auf dem Bildschirm sah. Seine Stimme zitterte. »Ja, ich bin noch dran.«

»Haben Sie schon gegessen?«

»Wie bitte? Wieso Essen? Haben Sie ...«

»Essen Sie was, Erichsen, und dann packen Sie Ihre Sachen. Jemand holt Sie in dreißig Minuten ab. Bayerischer Platz. Halten Sie sich bereit.« Und damit legte Klingenberg auf.

Danny hielt sich bereit. Pünktlich, mit Reisetasche, Dienstwaffe und Zucchini-Kartoffel-Gratin im Magen wartete er am Bayerischen Platz auf seine Abholung und war dann doch überrascht, dass kein Wagen kam, sondern ein schwarzer Helikopter mit knatternden Rotoren direkt auf der Grünfläche vor ihm landete.

Kapitel 3

Bonn, Rheinufer

Wie schon 2017 war die Welt-Klimakonferenz, eine Mammutveranstaltung mit über fünfundzwanzigtausend Gästen, in zwei Zonen aufgeteilt: In der extra errichteten Bonn-Zone in der Rheinaue fanden die Nebenveranstaltungen und Ausstellungen statt, in der Hauptzone unterhalb des ehemaligen Abgeordnetenhochhauses *Langer Eugen* die eigentlichen Verhandlungen.

Nach einer kurzen Fahrt stieg Paula Gellert mit rotem Kopf aus dem E-Shuttle. Es war wie so oft: Wenn es darauf ankam, lief alles schief. Da fuhr sie einmal nicht mit ihrem Kameramann Thorsten mit, und dann wollte ihr Auto nicht anspringen. Die Nachbarin hatte sie dann glücklicherweise überbrückt, aber dann hatte sie wegen des massiven Anreiseverkehrs im Stau gestanden und den letzten Shuttletransfer beinahe verpasst. Zum Glück plante sie in ihrem Leben immer genügend Puffer ein. Sie würde auf die letzte Minute ankommen, musste aber schon wieder auf die Toilette. Aufregungspipi. Sie hatte immer gedacht, irgendwann diese nervige Körperfunktion unter Kontrolle zu kriegen, doch selbst zehn Jahre Erfahrung als Nachrichtensprecherin bescherten ihr keine Blase mit Nothahn zum Abdrehen. Aber man moderierte auch nicht jeden Tag die Eröffnungsdiskussion der COP vor ein paar Hundert Klimadiplomaten, live übertragen im öffentlich-rechtlichen Fernsehen. Es war der vorläufige Höhepunkt ihrer bisher steilen Karriere.

Direkt hinter dem Eingang wurde Paula bereits von einer Frau der Presseabteilung erwartet und eiligst durch die Sicherheitsschleusen bugsiert. Sie ließen den Trubel hinter sich und marschierten durch hell erleuchtete Gänge in Betongrau zum Auditorium. Dort würden die Vertreter von 196 Nationen in Reih und Glied an ihren Tischen sitzen, alle mit Kopfhörern auf den Ohren für die Simultanübersetzung. Paula würde zusammen mit ihren Gästen auf der hell ausgeleuchteten Bühne vor den gewaltigen Leinwänden stehen, zig Kameras, die von Thorsten inbegriffen, auf sie gerichtet.

Die Veranstalter hatten wahrlich eine spannende Runde organisiert: Dabei sein würde die gefeierte Klimaschutzaktivistin Alison Walker, eine Art amerikanische Greta Thunberg 2.0, dann der deutsche Umweltminister Meier, außerdem eine hochdekorierte Klimaforscherin namens Juditha Karlsson, die bei der MOSAiC-Expedition der *Polarstern* über ein Jahr im ewigen Eis verbracht hatte, und zuletzt noch Professor Nicolas Patel, Vorstand des Schweizer Wirtschaftsgremiums, der den menschengemachten Klimawandel lautstark leugnete. Auf Patel würde Paula aufpassen müssen; er war ein exzellenter Redner, der seinem Gegenüber gern ins Wort fiel. Eine Untugend, die Paula in politischen Debatten immer häufiger bemerkte, aber so waren nun mal die Zeiten – die Lauten verschafften sich Gehör.

Sie blieben vor einer unscheinbaren Tür am Ende des Flurs stehen, auf der ihr Name stand. Sie würde noch ihre Maske bekommen und dann hieß es: Showtime. Wenigstens war bei der Hektik keine Zeit für Aufregung.

»Ich müsste noch aufs Klo«, sagte Paula zu ihrer Begleitung.

Die winkte den Gang entlang. »Letzte Tür rechts. Sie haben maximal drei Minuten.«

Paula nickte, während sie schon den Flur hinuntereilte. Nach zwei Minuten und fünfzig Sekunden kehrte sie mit gefühlt genauso viel Druck in die Maske zurück und wurde vorbereitet. Spezialpuder hier, Haarspray da, ein störrisches Haar in der linken Augenbraue entfernen. Bei den heutigen Kameras sah man jede Hautpore, da kam es auf Details an.

Aber die Details stimmten, soweit Paula das im Spiegel beurteilen konnte. Ihr dunkles Haar war perfekt frisiert, die Haut glatt gepudert, die Form ihrer Augen ganz dezent mit Schminke betont. Sie sah gut aus und roch nicht nach Schweiß. Ihr schwarzer Hosenanzug wurde auch nicht bei starkem Gegenlicht transparent, und falls doch, dann hatte sie ultradünne, schwarze Unterwäsche an, die keine Abdrücke verursachte. Paula Gellert war bereit für die große Bühne – und dann ging es auch schon los.

Ein hektisches Winken der Frau, die sie hierhergebracht hatte, ein letztes Zupfen der Stylistin an ihrer Bluse, und von irgendjemandem bekam Paula ihre Moderationskarten mit dem Aufdruck der UN-Klimakonferenz in die Hand gedrückt. Wieder der graue Flur, eine andere Abzweigung, lauter werdendes Murmeln von Hunderten Unterhaltungen, eine Tür, dahinter das völlig ausgebuchte Auditorium, grelles Licht, dreißig Schritte an Frauen und Männern in Anzügen vorbei und dann ein Tippen auf ihrer Schulter.

»Hier warten!« Paula blieb am Fuß der Bühne stehen. Fünf Stehpulte mit Mikrofonen waren arrangiert, vier nebeneinander und eines etwas abseits.

Paula schluckte und dachte an den Rat ihrer Deutschlehrerin aus dem Gymnasium: »Stell dir beim Referat deine Zuhörer einfach nackt vor.« Paula richtete ihren Blick auf die Versammelten. Sie registrierte in der ersten Reihe die Bundeskanzlerin neben dem Präsidenten Frankreichs. Daneben die Führung Italiens und Spaniens, gefolgt von den nordischen Ländern. In der zweiten Reihe saßen schon Leute, die sie zwar alle vom Sehen kannte, aber nicht mehr alle beim Namen, und ab der dritten Reihe verschwamm alles zu einem Einheitsbrei.

Stell sie dir nackt vor.

Die Bundeskanzlerin.

Paula erschauderte und musste wieder aufs Klo.

Auf der anderen Seite der Bühne standen Walker, Meier, Karlsson und Patel. Jemand schickte sie just in dem Moment die paar Stufen empor zur Bühne.

Und da sagte auch jemand zu Paula: »Und go!«, und schon schritt auch sie empor ins Scheinwerferlicht. Es brannte heiß auf ihrer Haut.

Glücklicherweise versagte ihr bei der Anmoderation nicht die Stimme, was ihre größte Angst gewesen war. Und dann war die erste Aufregung überwunden, und es lief wie erwartet: Der Umweltminister lobte zum Auftakt die bisherigen Bemühungen und die herausragenden Ergebnisse seit dem Pariser Klimaabkommen. Daraufhin hakte Walker ein, dass viel zu wenig gemacht würde und sofortiges, radikales Handeln nötig sei. Karlsson pflichtete der Klimaschutzaktivistin bei und erzählte von den Ergebnissen der Expedition in die Arktis, sie erzählte aber auch von hundertfünfzig Tagen Dunkelheit in der Polarnacht und minus fünfundvierzig Grad Celsius, und da fiel ihr Professor Patel ins Wort:

»Sie brauchten also am Nordpolarmeer keine Badehose, Frau Karlsson?«

Die Forscherin lauschte der Simultanübersetzung in ihrem Ohrknopf, dann funkelte sie ihn grimmig an. »Sie leugnen immer noch? Ernsthaft?«

Patel hob abweisend die Hand. »Nein, ich leugne den Klimawandel nicht. Das Klima wandelt sich ständig, ist kein konstantes System. Ich sehe nur keinen *Handlungsbedarf* wie Sie oder Frau Walker. Sie spricht von radikal! *Radikal!* Das Wort bedeutet: mit Rücksichtslosigkeit und Härte vorgehen. Warum sollten wir das? Der CO_2-Ausstoß der Schweiz, respektive von Europa, ist im Vergleich zu Supernationen wie den USA, China oder Indien vernachlässigbar. Warum sollten wir uns in Europa *radikal* verändern, wenn wir es nicht müssen? Ich sehe keine Notwendigkeit.« Er lächelte einstudiert und nippte an seinem Wasserglas.

Seine Art ließ die junge Walker den Kopf schütteln. »Sie und Ihr Herausreden!«, schimpfte sie. »Sie wissen ganz genau, dass jeder etwas tun muss. Außerdem verbreiten Sie falsche Behauptungen! Deutschland liegt bei den CO_2-Emittenten weltweit auf Platz 6, so viel zu Ihrem Europa. Wir Menschen sind für den Klimawandel verantwortlich. Wir alle! Die Wissenschaft hat mit fünfundneunzigprozentiger Sicherheit festgestellt, dass der Anstieg der Treibhausgase für die rapide Erwärmung der letzten Jahre verantwortlich ist. Und das wissen wir seit Mitte der Neunziger! Wir alle müssen handeln! Jetzt!«

»Das tun wir doch auch, Frau Walker«, beschwichtigte Umweltminister Meier. »Wir investieren Milliarden in Green Deals. In Elektromobilität, in Wasserstoff, in regenerative Energien. Deutschland ist Vorreiter in Sachen Zukunftstechnologien.«

Darauf konnten Parker und Karlsson wieder nur die Köpfe schütteln.

Die Chance nutzte Paula, um das Wort an Meier zu richten: »Aber die Forderung von Frau Walker und Fridays for Future ist doch berechtigt, Herr Umweltminister: Warum tun wir nicht mehr?«

»Wie gesagt, wir tun einiges. Man darf aber auch nicht außer Acht lassen, dass wir in einer globalisierten Welt leben und es Zwänge gibt. Internationale Verpflichtungen.«

»Wollen Sie damit andeuten, dass wir gar nicht so viel Einfluss haben?«

Meier seufzte theatralisch. »Sollen wir unsere Handelsbeziehungen mit Indonesien abbrechen, weil die dortigen Politiker ihre Kohlevorkommen nutzen wollen?«

Walker rollte mit den Augen und wollte sofort widersprechen, aber Meier hob energisch die Hand, um sie abzuwürgen. »Es sind Fehler gemacht worden, das gebe ich zu, aber es funktioniert nicht so einfach, wie sich viele Aktivistinnen und Aktivisten das vorstellen.«

»Aber wir könnten schon viel weiter sein«, entgegnete Paula. »Schauen wir zu unseren Nachbarn im Norden: Schweden ist klimapolitischer Trendsetter und hat den Verzicht auf fossile Brennstoffe zum Heizen bereits realisiert. Über diverse politische Maßnahmen wurden die Ölheizungen abgeschafft. Und die Schweden gehen noch viel weiter: Beispielsweise wurde der Kauf von E-Bikes zu einem Viertel vom Staat subventioniert, ebenso mehrere Tausend Euros bei Elektroautos. Auf Flüge gibt es extra Steuern, auf Reparaturen gilt wiederum ein gesenkter Steuersatz. Das Motto: Reparieren statt neu kaufen. Warum gibt es hierzulande nicht mehr dieser Anreize und Maßnahmen?«

Meier lächelte auf seine gönnerhafte Art, als würde er ein Kleinkind belehren. »Weil – nehmen wir das Beispiel Heizung – wir niemandem vorschreiben wollen, sich innerhalb kurzer Zeit eine neue anzuschaffen.«

»Aber die EU konnte das mit dem Verbot der Glühbirne sehr wohl.«

»Ein Lampenwechsel ist kein Heizungsanlagentausch, Frau Gellert. Für eine solche Maßnahme sind andere Zeithorizonte vonnöten.«

»Aber wir haben keine Zeit mehr!«, rief Walker dazwischen. »Sie können mit Ihren fast sechzig Jahren leicht daherreden, Mister Meier! Wir müssen mit dem Klimawandel zurechtkommen. Die Jugend! Sie nicht mehr.«

»Und der Vorteil in Schweden ist«, schob Juditha Karlsson ein, »dass es keine nennenswerte Anti-Klima-Lobby gibt, da weder Kohle- noch Gasvorkommen existieren.« Sie deutete auf Patel. »Leute wie *er* verhindern nämlich ganz bewusst den Klimaschutz.«

Plötzlich redeten alle durcheinander, und Paula drohte die Moderation zu entgleiten.

»Na, ich würde schon noch gern dreißig Jahre leben.« Ein mildes Lächeln umspielte die Lippen des Umweltministers. »Außerdem ...«

» ... haben Sie noch genug Chancen, Miss Walker«, unterbrach ihn Patel. »Sie und Ihre Generation haben das Leben noch vor sich. Sie kommen in wenigen Jahren an die Positionen, um zu gestalten. Bis dorthin sind noch andere am ...«

Patels Ton brach weg. Es knisterte aus den Lautsprechern. Für einen Moment flackerte das Licht im Auditorium.

Paula blickte irritiert zu den Scheinwerfern und dann in den Saal. Die Zuschauer waren ebenfalls überrascht und begannen zu tuscheln.

Patel hatte sich als Erster wieder im Griff und versuchte es noch einmal. »Bis dorthin sind noch andere am Zug, Miss Walker. Sie bekommen ...«

Wieder erstarb sein Mikro, ein Knistern wie beim Abspielen einer Schallplatte tönte aus den Lautsprechern und die Scheinwerfer flackerten, nur um diesmal vollständig zu erlöschen.

Ein Raunen ging durch die über vierhundert Gäste. Walker, Karlsson, Meier und Patel wandten sich zu den großen Monitoren um. Die Logos des Weltklimagipfels verschwanden in einer seltsam anmutenden Verzerrung. Zurück blieben grünliche Flecke, die irgendwie an radioaktive Toxine erinnerten.

»Was zum Teufel«, kam es Paula über die Lippen, als ein lauter Knall durch den Saal hallte. Sie fasste sich an die Ohren, denn es schmerzte, dazu kam ein seltsames Pfeifen. Es folgte eine kurze Tonfolge, die Paula an einen Hit von Pink Floyd erinnerte, und in der Sekunde erschien ein Gesicht auf den beiden Leinwänden.

Es setzte sich aus Linien und Farbflächen zusammen, wie ein dreidimensionales Polygonmodell. Die Flächen wechselten die Optik, wurden mal zu Frauen- und mal zu Männergesichtern, mal zu alten, mal zu jungen. Und ebenso sprach das Gesicht mit einem vielstimmigen Bariton, der keinem Geschlecht zugeordnet werden konnte.

Das Gesicht sagte: »Alison Walker hat recht: Eure Zeit läuft ab!«

Paula konnte das riesige Gesicht nur anstarren, das wie das Haupt Gottes über den Versammelten schwebte. Es war bizarr. Was ging hier vor?

Panik drohte im Auditorium auszubrechen, Sicherheitsleute stürmten zu den Türen herein, Personenschützer brüllten in ihre Funkgeräte.

Wieder donnerte ein Knall aus den Lautsprechern, der die meisten dazu zwang, sich schmerzerfüllt an die Ohren zu fassen.

»Ruhe!«, verlangte die Stimme. »Alle bleiben auf ihren Plätzen! Wir sind noch nicht fertig, denn ihr rühmt euch mit Ergebnissen, die keine sind!«

Die Gesichtspartien verwandelten sich in eine Bilderstrecke: Ein abgemagerter Eisbär lag entkräftet vor einem Walskelett, ein Walross kauerte im Sonnenschein auf einer schmelzenden Eisfläche, Smog tauchte Tokio in grünbraunen Dunst, Eisberge brachen tosend von einem Gletscher, eine Schildkröte kämpfte mit einer Plastikverpackung, deutsche Fachwerkhäuser wurden von braunen Regenfluten davongerissen. Zuletzt erschien ein Plakat auf dem Eiffelturm. Darauf stand: IT'S NOT TOO LATE.

»Noch ist es nicht zu spät«, wiederholte die Stimme, und das Gesicht war wieder da. »Aber wenn alle so weitermachen, wird der Planet untergehen. Nur werden wir nicht tatenlos zusehen. Wir werden nicht die Füße stillhalten. Wir werden das verhindern!« Die Stimme legte eine Kunstpause ein, um in ruhigerem Ton fortzufahren: »Sie haben achtundvierzig Stunden, um ein verbindliches Klimaabkommen zu vereinbaren, das unseren Planeten rettet. Ein Vorhaben, das im Sinne von uns allen ist, oder? Achtundvierzig Stunden für radikale Änderungen. Keine Kompromisse. Keine Ausreden. Keine faulen Beschlüsse. Einhundert Prozent Klimaschutz. Sofort!«

Unter dem Gesicht erschien in riesigen neongrünen Lettern eine Zeitanzeige: 48:00:00. 47:59:59. 47:59:58 ...

Gleichzeitig fiepte, klingelte, piepte, ploppte und brummte es überall im Saal auf. Handys wurden gezückt, Leute stöhnten voller Entsetzen und riefen wild durcheinander. Es war ein unvorstellbares Getöse.

Paula überwand endlich ihren Schock, als ihr dämmerte, dass gerade die Story ihres Lebens passierte. Sie klippte ihr Mikrofon von der Halterung und trat in die Mitte der Bühne, direkt vor das Gesicht. »Wer sind Sie?«, rief sie laut über den Lärm hinweg.

Das Gesicht schien sie zu fokussieren. »Wir sind ANOD!«

»ANOD?« Paulas Stimme war wieder aus den Lautsprechern zu hören. »Okay, ANOD, nachdem Sie in meine Podiumsdiskussion geplatzt sind, schlage ich vor, dass wir Sie mit in die Runde nehmen. Was halten Sie davon?«

Das Gesicht lachte wie ein Chor. »Sie sind witzig, Frau Gellert, aber ANOD diskutiert nicht, ANOD ist das Ende der Debatte. Aber sehr gern können Sie live von den Verhandlungen berichten. Eine Dokumentation, ob die Menschheit leben oder sterben will.«

Ein ersticktes Raunen ging wieder durch die Menge. Auch Paula blieb die Luft weg. Nach einem Räuspern fragte sie mit zitternder Stimme: »Was meinen Sie damit?«

Das Gesicht lächelte. »Dass es eine Entscheidung geben wird. Wir haben die Macht, die Menschheit zu vernichten, und wir werden nicht davor zurückschrecken, sollte es nicht innerhalb unserer Frist ein zufriedenstellendes Ergebnis geben. Sie haben es in der Hand, meine Damen und Herren: eine gerettete Erde mit oder ohne Menschen.«

Professor Patels Lachen tönte durch den Saal. »Die Menschheit vernichten! Der war gut! Spitze! Kann endlich jemand diesen Clown abschalten?«

Das Gesicht musterte den Professor. »Professor Doktor Nicolas Patel. Hätten Sie die Ehre, Ihren bescheidenen Beitrag zu unserem Projekt zu leisten?«

Das Gesicht des Professors erstarrte. »Welchen Beitrag?«

»Hören Sie!«

Auf dem Monitor erschienen anstatt des Gesichts Audiowellen, zu hören war aber nichts. Nur der Professor, hell erleuchtet im Scheinwerferlicht, fasste sich an den Translator über dem linken Ohr. Sein Gesicht zeigte Überraschung, dann entgleisten ihm die Züge, und er bekam riesengroße Augen. Die Kameras nahmen all das auf, auch Thorsten, der mit seinem Ungetüm von Kamera zu ihnen auf die Bühne gestiegen war. Weltweit sah man Nicolas Patel irgendetwas voller Schreck lauschen, und dann hörte man, wie er in sein Mikrofon flüsterte: »Du bist mein Hirte, mir wird nichts mangeln.« Er ließ das Mikro fallen, trat an sein Stehpult, nahm das Wasserglas und zerschlug es daran. Sekundenlang betrachtete er die langen Splitter in seinen Händen, wobei sich seine Lippen stumm bewegten. Dann rammte er sich eine gezackte Scherbe tief in die Halsschlagader und zog sie wieder heraus.

Grellrotes Blut spritzte über die Bühne, benetzte Walker, Karlsson und Meier. Schreiend stürzten die drei davon. Im Auditorium brach Chaos aus.

Nur Paula stand noch da, den Blick zum Göttergesicht erhoben. Zu ANOD.

Es sagte: »Wie Sie sehen, meinen wir es ernst. Wir befreien die Erde von unserem eigenen Wahnsinn, sollten unsere Bedingungen nicht erfüllt werden. Lieber eine Erde mit wenigen, vernünftigen Menschen als mit lauter Idioten. Nutzen Sie die Zeit! Mehr gibt es nicht.«

Während der Countdown unbarmherzig weiterlief, lächelte das Gesicht kalt und verschwand in einer Verzerrung.

Stattdessen leuchteten vier Buchstaben auf und enthüllten, was der Name ANOD bedeutete:

Act Now Or Die!

Kapitel 4

Berlin, Chausseestraße
47:11:02

Act Now Or Die!

Dannys Chef Peter Klingenberg hielt die Aufzeichnung an. Die vier gegen die Leinwand gestrahlten Worte tauchten den Besprechungsraum in der Zentrale des Bundesnachrichtendienstes in toxisch grünes Licht. Staubpartikel flirrten durch den kegelförmigen Lichtstrahl des Beamers.

»ANOD«, wiederholte Klingenberg und blickte in die Runde. »Was wissen wir darüber?«

Gar nichts, hätte Danny am liebsten gesagt, schwieg aber.

Im Raum befanden sich neben ihm und Klingenberg noch sechs weitere Personen, von denen Danny fünf noch nie gesehen hatte. Sie waren ihm auch nicht vorgestellt worden. Einzig einen völlig ergrauten, älteren Herrn mit Haarkranz, schmalen Augenbrauen und schmalem Schnauzer kannte er, wie die meisten, die hier arbeiteten, vom Sehen: Herbert Deiss, Chef des BND. Deiss trug wie immer einen grauen Anzug mit grauer, schmaler Krawatte. Alles an Deiss war grau und schmal; seine Moral ebenso wie seine Seele.

»Die Frage ist doch eher«, erhob ein Anzugträger mit

uringelber Krawatte das Wort, »ob die Drohung ernst zu nehmen ist oder sich irgendein Hacker einen Scherz erlaubt.« Er hob sein Tablet hoch; auch darauf lief der Countdown.

»Ist sie.« Klingenberg rieb sich über das Gesicht. »Zu dem Virus kommen wir gleich, vorher jedoch möchte ich Ihnen den Kollegen Erichsen vorstellen. Er überlebte im Februar als Einziger den Anschlag auf die Münchner Sicherheitskonferenz.«

»Was hat die MSC mit dem Mist zu tun?«, fragte der mit der Krawatte.

»Es ist dasselbe Lied«, antwortete Danny. »Die Töne zu Beginn.« Klingenberg spulte das Video an besagte Stelle zurück. Alle lauschten dem Schallplattenknistern und der darauffolgenden, disharmonischen Melodie. Danny spürte dabei ein Zittern in den Eingeweiden, und er presste unwillkürlich die Knie zusammen, um das Zittern im Unterbauch durch Muskelspannung zu unterbinden. »Ich bin mir ganz sicher. Das wurde damals über das Intercom des Bayerischen Hofs abgespielt.«

»Und weiter?«

Danny musterte den Herrn mit der ultrahässlichen Krawatte durchdringend. »Den Rest kennen Sie nicht? Sie wissen nicht, dass damals vierzehn Personen, einschließlich mir, Suizid begingen, genauso wie dieser Professor dort auf der Bühne der Klimakonferenz? Es ist derselbe Gesichtsausdruck, wie ihn meine damalige Kollegin und die anderen kurz vor ihrem Tod hatten. Es ist eindeutig: Es besteht ein Zusammenhang.«

Urinkrawatte ließ nicht locker. »Und was genau wollen Sie damit sagen, Herr Erichsen?«

»Dass die Drohung ernst zu nehmen ist!« Danny zeigte auf die Leinwand. »Dieser Track triggert Suizid. Patel hat ihn hundertprozentig auf seinen Übersetzer gespielt bekommen. Die Dauer passt.«

Urinkrawatte suchte den Blick von Deiss, bekam keine Reaktion und wandte sich dann an Klingenberg. »Suizid per Lied. Dazu ein Virus weltweit auf Smartphones, Tablets und Computern, der natürlich ein Lied abspielen könnte. Ist das dein Ernst, Peter?«

»Mein voller Ernst.« Danny hatte seinen Chef noch nie so ernst erlebt. »Seit der Münchner Sicherheitskonferenz versuchen wir, die Herkunft und Wirkungsweise des Lieds zu klären. Das Projekt läuft unter meiner Führung unter dem Decknamen *Hypnos*. Herr Erichsen ist meine rechte Hand in dieser Angelegenheit und vollumfänglich instruiert. Er ist der Einzige, der das Lied hörte und den Anschlag überlebte.«

Eine Frau im braunen Hosenanzug meldete sich zu Wort. »Und was konnten Sie bisher in Erfahrung bringen, meine Herren?«

»Dass der Track tatsächlich Suizid auslöst«, antwortete Klingenberg. »Herrn Erichsens Funkübertragung wurde durch die E-Bomb, die per Drohne in München zum Einsatz kam, glücklicherweise nicht vollends zerstört, weil er ihn unter seiner Schutzweste trug und sich hinter die Heizung warf, die den elektromagnetischen Impuls dämpfte. Wir haben dadurch die ersten Sekunden des Tracks auf Band. Unsere bisherigen Erkenntnisse sind eindeutig: Beim Hören erzeugt dieser Track eine massive Depression, die fast immer in einer suizidären Krise gipfelt. Eine Testreihe mit Ratten hat das bestätigt.«

»Mit Ratten?«, fragte Urinkrawatte.

Klingenberg nickte. »Sie rissen sich nach dauerhafter Beschallung mit den Krallen die Bäuche auf. Taube Ratten sahen hingegen einfach nur zu.«

»Ratten?« Wieder Urinkrawatte.

»Ja, Thomas! *Ratten!* Herrgott, hätten wir es an Menschen testen sollen? Wir gehen davon aus, dass das Wiegenlied – so nennen wir den Track – bei vollständiger Rezeption den sofortigen Drang zum Suizid auslöst. Was ANOD als Drohung ausspricht, ist also unbedingt ernst zu nehmen. Stellen Sie es sich nur kurz vor: Alle auditiven Medien und Geräte weltweit werden durch diesen Virus zu potenziellen Mordwerkzeugen. Handys, Laptops, Autoradios, Stereoanlagen mit WLAN, Kopfhörer, Fernseher, Sprachassistenten. Wir haben es mit einer Massenvernichtungswaffe zu tun!«

Stille breitete sich im Raum aus, einzig gestört vom Rauschen des Beamers.

Deiss' schmale Stimme war kaum lauter. »Und damit wäre unsere vernetzte, elektronische Welt, wie wir sie kennen, am Ende. Verstehe. Vielen Dank, Peter, für diesen Anriss.« Er kratzte sich am schmalen Kinn, bevor er tief durchatmete. »Ich muss in dreißig Minuten die Bundesregierung informieren. Also fassen Sie sich bitte alle kurz. Was haben wir sonst noch? Was können wir unternehmen, um ANOD zu stoppen? Ich werde selbstverständlich empfehlen, dass die Politik alles für eine Einigung in Sachen Klimaschutz tut.«

Urinkrawatte schien immer noch nicht überzeugt. »Und wie bitte sollen sich in siebenundvierzig Stunden 196 Nationen auf ein radikales Klimapaket einigen? Das ist doch irre. Schaut euch die Verhandlungen der letzten Jahrzehnte an! Da geht es zwei Schritte vorwärts und eineinhalb zurück, und wir sollen da jetzt intervenieren? Wegen eines netten Countdownvirus und ein paar Tönen, die nur ein einziger Mann bisher gehört hat? Ich will Ihnen ja nicht zu nahe treten, Herr Erichsen, aber mir ist das alles zu schwammig. Haben Sie Belege? Beweise? Können wir dieses Teilstück hören? Und ich meine: Was soll denn bitte diese Forderung? Rettet den Planeten, oder wir retten ihn, indem wir alle umbringen? Ginge es um *Geld*, dann würde ich es ja verstehen. Aber *Klimaschutz*. Ernsthaft?«

»Ernsthaft.« Das Wort kam von einem hageren Mann mit Glatze, der bisher geschwiegen hatte. Danny schätzte ihn auf Ende vierzig, und er machte nicht den fittesten Eindruck. Seine Wangen waren eingefallen, was auf eine erst kürzlich überstandene schwere Erkrankung hindeutete. »Wir haben ANOD seit circa zwei Jahren auf dem Schirm, auch wenn wir bis heute nicht wussten, was das Akronym bedeutet.«

Danny versteifte sich. Seit zwei Jahren gab es Infos, und er und sein Chef wussten nichts davon? Wie konnte das sein? Die Frage schien sich Klingenberg auch zu stellen, denn er fuhr zum Glatzkopf herum. »Wie bitte? Warum weiß ich nichts davon?«

»Weil es bisher keinen Zusammenhang zu Hypnos gab, Peter«, antwortete Deiss.

»Aha. Okay. Gut. Nein, nicht gut, sondern ein Fiasko! Also, was wisst ihr?«

»Dass es sich bei ANOD wohl um eine Hackergruppierung handelt«, antwortete der Glatzkopf. »Der Name fiel vor zwei Jahren immer wieder im Darknet im Zusammenhang mit einem Blackout. So gelangte ANOD in unser Suchraster. Nach einigen Monaten wurde es aber still, und wir konnten keinerlei Cyberattacken feststellen.«

»Nach einem Blackout sieht das jetzt aber nicht aus.«

»Ist mir auch klar, Peter! Wie gesagt: In den letzten Monaten gab es überhaupt keine Aktivitäten mehr von ANOD. Deswegen war bis eben auch keinerlei Zusammenhang zu Hypnos zu erkennen, auch nicht zu erahnen.«

»Und wer steckt dahinter?«, fragte Klingenberg. »Habt ihr irgendwas Konkretes?«

Der Glatzkopf verzog das Gesicht zu einer Grimasse. »Ja und nein. Wir haben die Vermutung, dass Selina Moreno federführend involviert ist. Ebenso ein alter Bekannter von dir: Ramsay.«

Klingenberg wurde blass. Im grünlichen Licht sah er plötzlich ganz krank aus.

Danny entging das nicht, und er fragte sich, in welcher Beziehung dieser Ramsay zu seinem Chef stand. Die Worte des Glatzkopfs hatten irgendwie abfällig geklungen, fast wie ein Seitenhieb. »Wer sind die beiden?«, fragte er.

Ein kurzer Blick des Glatzkopfs flog Richtung Deiss, der andeutungsweise nickte, und dann bekam Danny seine Antwort: »Selina Margarete Moreno studierte Technische Informatik in Rom. Vater Italiener, Mutter Deutsche. Siebenunddreißig Jahre alt. Sie widmete sich früh den Schwerpunkten Sicherheitssysteme und Künstliche Intelligenz und fiel mehrmals als Hackerin auf, jedoch im positiven Sinne. Sie nahm an diversen Hackathons teil und deckte sogar eine Sicherheitslücke bei *Hack the Pentagon* auf, einem Wettbewerb, bei dem das Pentagon dazu aufruft, sich hacken zu lassen. Die Frau ist ziemlich gut – und reich. Sie war eine der Ersten, die in Bitcoins investierte und so zu einem Bitcoinwhale wurde.«

»Also jemand, der ganz viele Bitcoins besitzt«, warf Urinkrawatte ein und erntete dafür einen bösen Blick des Glatzkopfs. Der fuhr fort:

»Ganz genau. Ende 2017, als der Kurs für einen Coin in wenigen Monaten von knapp 200 Euro auf über 15 000 Euro kletterte, realisierte sie Gewinne im Wert von circa siebenundvierzig Millionen Euro. Danach verschwand sie von der Bildfläche.«

»Was nicht ganz stimmt«, sagte die Frau im Hosenanzug. »Wir haben Selina Moreno das letzte Mal im Februar lokalisiert.«

Alle wandten sich der Frau zu, und der Glatzkopf fragte: »Wo?«

»In München in der Nähe der Sicherheitskonferenz. Zusammen mit einer nicht identifizierten Person.«

Klingenberg stöhnte laut. »Sagen Sie jetzt nicht, das war am Tag des Anschlags.«

»Wenn der am 17. Februar war, dann schon.«

Danny zuckte zusammen. Diesen Tag würde er nie mehr vergessen. Der Tag, an dem er gestorben war …

Wieder breitete sich Stille aus, doch diesmal war sie schwer wie ein Leichentuch. Danny fragte zähneknirschend: »Ist das immer so beim BND?«

»Ja«, bestätigte Urinkrawatte düster. »Wir reden eigentlich nicht miteinander. Ist so 'ne Eigenart von Geheimdienstlern.«

»Ruhe!« Deiss funkelte in die Runde. »Es ist, wie es ist, und so schlimm ist es auch nicht. Wir haben immerhin eine Spur: Selina Moreno und Ramsay. Gibt es noch mehr zu wissen?«

Der Glatzkopf schüttelte den Kopf, sichtlich angefressen. »Das war es von unserer Seite.«

»Aber wie kommt ihr dann auf sie als Strippenzieherin bei ANOD?«, fragte Klingenberg.

»Weil sie im Darknet unter einem Decknamen Unterstützer für ANOD suchte. Daher die Verbindung. Leider wurde ihr Post nach wenigen Stunden wieder gelöscht, ebenso persönliche Daten von ihr, aber unser Screener hat das archiviert.«

»Was heißt, dass persönliche Daten verschwanden?«

»Dass ihr digitaler Fußabdruck entfernt wurde. Sie hat vermutlich selbst ihre Spuren verwischt. Das ist zwar nicht verifiziert, aber höchstwahrscheinlich.«

»Also eine ausgezeichnete Hackerin«, sagte Danny, was ihn aber nicht verwunderte. Wer die Sicherheitskonferenz hackte, konnte kein Anfänger sein. »Und wer ist dieser andere Typ, dieser Ramsay?«

»Ramsay«, flötete Urinkrawatte, »ist ein alter Freund Ihres Chefs.«

»Pass auf, was du sagst, Thomas!«, zischte Klingenberg über den Tisch.

Urinkrawatte lächelte kalt. »Muss ich das, Peter?« Mit ernstem Gesicht wandte er sich an Danny. »Ramsay ist der Künstlername eines Hackers, mit dem der BND vor etwa fünfzehn Jahren zusammenarbeitete. Ramsay entwickelte mit einer Gruppe Programmierer den Trojaner *Juicenet*. Der Virus war geschaffen worden, um das iranische Atomprogramm, speziell die Urananreicherung zu stören. 2010 flog das Ganze auf, weil Ramsay ein doppeltes Spiel spielte. Er stand nämlich auch auf der Gehaltsliste der Iraner. Der gute Ramsay kassierte schön zweimal ab, baute eine Hintertür in *Juicenet* ein, was am Ende nur zu leichten Störungen und Verzögerungen führte. Klingenberg, damals Projektkoordinator, erfuhr leider zu spät davon. Da eskortierte gerade eine unserer Agentinnen Ramsay in die Schweiz zu einem Safehouse. Bei der Überführung kam es zu einer Explosion, vermutlich von Ramsay von langer Hand geplant. Er konnte verschwinden, und bis heute fehlt jede Spur von ihm. Ende der Geschichte.«

Danny sah zwischen den Anwesenden hin und her. Die Schatten auf dem Gesicht seines Chefs waren am dunkelsten. »Aber Sie sind überzeugt, dass er bei ANOD aktiv ist? Wegen der Verbindung Atomanlage und Blackout?«

»Unter anderem.«

»Unter anderem? Geht's genauer?«

Der Glatzkopf leckte sich die Lippen. »Wir haben seine

Signatur in den letzten Jahren mehrmals registriert. Der Kerl war an diversen Angriffen beteiligt: Ashleymadison.com, PSN, J.P. Morgan. Da wurden Millionen Nutzerdaten geklaut und im Darknet verkauft. Der Typ ist ein digitaler Söldner, ein geldgeiler Anarchist. Und ja, möglicherweise hat er sich auf Morenos Ausschreibung gemeldet. In dem Metier kennt er sich dank uns bestens aus.«

»Was aber weniger zu den ehernen Klimaschutzforderungen passt.« Urinkrawatte tippte auf seinem Tablet herum.

»Nicht, wenn Selina Moreno ihn wirklich angeheuert hat und gut bezahlt«, gab der Glatzkopf zu bedenken.

Danny passte das alles noch nicht zusammen. »Ist Moreno denn eine Aktivistin?«

»Ja. Sie betreibt seit Jahren einen Blog zum Klimawandel. Auslöser war laut ihren eigenen Angaben eine Islandreise, bei der sie den Vatnajökull-Gletscher bestieg und das Ausmaß der Eisschmelze erkannte. Danach widmete sie sich engagiert dem Thema und erstellte einige beeindruckende Computersimulationen zur Visualisierung des Klimawandels. Verschiedene Modelle wurden gegenübergestellt, allerdings mit beeindruckender Klarheit und einem feinen Sinn fürs Verständnis von Laien. Diese Klarheit hat sie schon immer in ihren Arbeiten bewiesen. Ziemlich beeindruckend. Sie war auch bei Klimademos hier in Berlin aktiv und hat sogar RTL ein Fernsehinterview gegeben. Die haben das aber mehr ausgeschlachtet, um einen Aufreißer über die Hackerin Moreno zu bringen, die nun fürs Klima demonstriert. Aber wie gesagt: Selina Moreno ist bis dato nicht kriminell aufgefallen. Wir sind daher anfangs davon ausgegangen, dass ANOD planen könnte, dem Thema mit einem Blackout mehr Gehör zu verschaffen.«

»Den Saft abdrehen für ein gutes Ziel.« Dannys Narben schmerzten, doch er widerstand dem Drang, sie zu massieren. »Haben Sie auch Tom Schneider alias *deejayy* auf dem ANOD-Schirm?«

Der Glatzkopf schüttelte den Kopf. »Nein. Warum?«

»Weil wir ihn seit Wochen observieren«, antwortete Klingenberg. »Schneider gehört die Verschlüsselungsfirma OctaveCloud. Er ist Spezialist in Sicherheitstechnik und hobbymäßiger DJ. Hat sich privat viel mit Tontechnik beschäftigt und einige experimentelle Musikstücke dazu verfasst. Ziemlich komisches Zeug, wenn man mich fragt, aber in der Szene wurde er dafür gefeiert. Er ist wegen seines Know-hows unser heißester Kandidat in Sachen Wiegenlied. Übrigens war eines seiner Projekte, das melancholischste Lied der Welt zu produzieren«, ergänzte er spöttisch.

»Dann haben wir also schon drei potenzielle Namen«, sagte Deiss und blickte auf seine Armbanduhr. »Das ist doch was. Setzt bei denen an.«

»Du bist lustig«, sagte Klingenberg. »Von zweien der drei fehlt jede Spur, und Ramsay haben wir in zehn Jahren nicht aufgespürt, wie dann jetzt in weniger als zwei Tagen?«

Deiss musterte Klingenberg aus seinen schmalen, wässrigen Augen. »Vielleicht ist es an der Zeit, Alma zu reaktivieren. Wenn ich so recht darüber nachdenke, wäre sie prädestiniert. Sie kennt Ramsay persönlich, hegt einen Groll gegen ihn und ist auch noch taub. Wie war das mit den Ratten? Die Tauben wurden vom Wiegenlied nicht affiziert?«

»Das ist nicht dein Ernst, Herbert! Die Psychologen haben sie für dauerhaft dienstunfähig erklärt.«

»Ja, und? Wir haben hier alle Zutaten für eine globale Katastrophe beisammen, Peter, da können wir nicht kleinlich sein. Hol sie ins Team! Und zwar sofort! Du kannst den Jet bis Friedrichshafen nehmen.« Mit diesen Worten verließ Herbert Deiss die Besprechung, um sich mit der Bundesregierung zu treffen.

Die Übrigen verfielen in Schweigen, bis die Frau im Hosenanzug fragte: »Wie lange haben wir noch?«

Klingenberg wischte sich Schweiß von der Stirn, während er seinen Laptop konsultierte. Auch dort lief der Countdown. »Nicht mehr ganz sechsundvierzig Stunden und einundvierzig Minuten.«

»Dann sollten wir loslegen.« Sie schnappte sich ihren Notizblock, stand auf und wandte sich an Danny. »Während Ihr Chef verloren gegangene Schäfchen einsammelt, würde ich mich gern mit Ihnen einmal genauer unterhalten, Herr Erichsen.«

»Sehr gern. Vorausgesetzt, ich bekomme danach Einblick in alle Akten, die es über ANOD gibt.« Er blickte vielsagend in die Runde und wiederholte: »*Alle* Akten, meine Damen und Herren.« *Denn ich will wissen, wer mich und die anderen in München umgebracht hat.*

Kapitel 5

Österreich, Bregenzerwald
43:49:11

Still schwebte Alma durch die föhnige Novembernacht. Es war viel zu warm für die Jahreszeit, normalerweise müsste der Bergwald von Schnee bedeckt sein, aber da war nichts. Am Morgen hatte Alma sogar Palmkätzchen an der Talstation gesehen. Die Büsche trieben aus wie im März.

Der Stützpfeiler der Materialseilbahn kam auf halber Strecke zwischen den Bäumen in Sicht, ein fahler Metallpfosten im Sternenlicht. Ein Ruck ging durch die voll beladene Gondel, mit der Alma nicht hätte fahren dürfen, weil sie nur aus einer offenen Ladefläche bestand. Wenn man aber allein auf einer Alm lebte, gab es niemanden, der einem ans Bein pinkelte.

Es ging weiter, zwischen dunklen, dichten Wipfeln hindurch, und dann kam der beste Abschnitt. Der Wald lichtete sich, und Alma hatte einen prächtigen Blick auf die Berge und Täler. Überall funkelten Lichter von Höfen, Weilern und Dörfern, hier und da kroch ein Fahrzeug irgendeinen Pass empor, und darüber hingen – wie gemalt – die Sterne.

Sanft schwang die Gondel über dem Abgrund, und Alma

ließ sich die laue Brise um die Ohren wehen. Einige Minuten später erreichte sie die Bergstation. Das Gollerer Haus schmiegte sich etwa fünfzig Meter entfernt an einen Wiesenhang, bevor das Gelände in eine Steilwand überging. Es war nur ein schmaler Gürtel Grün zwischen den nackten Felsen. Alma hatte sich vor knapp vier Jahren ganz bewusst diese Alm zur Bewirtschaftung ausgesucht. Zwischen November und März verirrten sich nur ganz selten verwegene Skitourengeher mit Kletterausrüstung zum Gollerer Haus, weil das Gelände zum Lawinenrisikogebiet zählte. Und im Sommer kamen maximal eine Handvoll Bergsteiger, die den seilversicherten Steilhang emporkletterten, bei ihr eine Jause einnahmen und mit Bier hinunterspülten, um dann weiter zum Gipfel zu kraxeln. Keinen Gast hatte Alma zweimal gesehen, aber Alma Nordtveit war auch nicht für ihre Geselligkeit bekannt. Das Gollerer Haus zählte weder zu den Geheimtipps, noch stand es in einem Wanderführer – und das war gut so.

An der Bergstation angekommen, kletterte Alma aus der Gondel und lud ihre Besorgungen auf ihren Handkarren. Sie hatte zwar im Oktober schon alles für den Winter nach oben geschafft, aber das warme Novemberwetter nochmals genutzt, um im Tal ihre Vorräte aufzufüllen: überwiegend Lebensmittelkonserven, geräucherten Schinken, Mehl, Kaminanzünder und ein paar Medikamente. Seit sie vor zwei Jahren fünfzig geworden war, zwickte es doch immer wieder irgendwo, und wer wusste schon, was einen morgen erwartete. Brauchte nur ein schneereicher Winter kommen, und sie saß bis Mai oben fest.

Mit dem Handwagen hinter sich herrumpelnd, ging es den Schotterpfad Schritt für Schritt empor bis zu ihrem einsamen Heim. Sie zerrte ihn auf die Terrasse und schaffte die Vorräte ins Haus. Schweiß stand ihr von den schweren Kisten auf der Stirn, gekühlt vom Föhn.

Als sie die letzte Kiste vom Wagen hob, bemerkte sie das Licht. Es näherte sich von Westen her. Ein Hubschrauber.

Alma trat in den Schatten des Vordachs und verfolgte aufmerksam den Flug des Helikopters. Er war schwarz, gehörte also nicht zur Bergwacht.

Als der Wind der Rotoren Alma die blonden Haare ums Gesicht wehte und der Pilot in den Sinkflug überging, ahnte Alma, wer da zu ihr kam. Allzu viele kamen nicht infrage, und niemand von den Kandidaten war erwünscht.

Alma Nordtveit stieß einen Fluch aus und verschwand in der Hütte, um sich zu bewaffnen.

Peter Klingenberg sprang aus dem Helikopter, kaum dass die Kufen die braune Wiese berührten. Geduckt huschte er unter dem Tosen der flappenden Rotoren auf die Berghütte zu. Idyllisch sah sie aus; aus dunklem Holz mit Sprossenfenstern und Fensterläden in Hellblau. Dass hier Alma Nordtveit leben sollte, war unvorstellbar. Alma war über ein Jahrzehnt, von der Jahrtausendwende bis zu jener verhängnisvollen Nacht, seine Top-Agentin gewesen. Unerschrocken, eiskalt und brutal kalkulierend. Sie war in ihren Zwanzigern durch ihre Analysefähigkeit politischer Spannungen aufgefallen und vom BND rekrutiert worden. Unter seiner Führung war sie aufgeblüht, hatte in zahlreichen Auslandseinsätzen geglänzt, darunter in Russland und der Ukraine. Dass sie wegen dieser blöden Explosion ihr Gehör verloren hatte, war Schicksal gewesen. Und dass er jetzt hier auf dieser einsamen Alm abrupt stehen blieb und ganz langsam die Arme in die Höhe nahm, war seines.

Alma trat ihm mit erhobener Pistole aus der Hütte entgegen, aufrecht wie einst, zäh wie eine Wurzel und mit diesem dunklen Funkeln in ihren blauen Augen. Sie war damals eine erstklassige Schützin gewesen, und Schießen verlernte man nicht. Das war wie Fahrradfahren.

Peter Klingenberg schluckte. »Guten Abend, Alma.«

Ihr Kehlkopf zuckte. Die Fältchen um ihre Augen vertieften sich. Mit rauer, kratziger Stimme sagte sie: »Was willst du hier?«

»Dich um Hilfe bitten.« Er sagte es langsam und deutlich, damit sie von seinen Lippen ablesen konnte, und hielt den Blickkontakt. Gern hätte er die Hände heruntergenommen, doch sie zielte weiterhin auf sein Gesicht.

Sie schnaubte nur und deutete mit einem Neigen des Kopfes Richtung Hubschrauber. »Verschwinde, bevor ich mich vergesse!«

»Alma«, versuchte es Peter erneut. »Es geht um Ramsay.«

Ihre Augen verengten sich zu Schlitzen.

»Er ist bei einer Aktion involviert, die uns alle betrifft«, fuhr Peter fort. »Er droht mit der Vernichtung der Menschheit.« Ihrem Gesichtsausdruck nach hatte sie Schwierigkeiten, alles zu verstehen, also schob Peter bestens artikuliert hinterher: »Du kannst die Welt retten!«

Das verstand sie. »Die Welt kann mich mal.«

»Alma! Bitte hör zu! Nein, bitte schau dir das an!« Peter nahm ganz langsam eine Hand herab. »Darf ich?«

Sie widersprach nicht, und so holte er sein Handy aus der Tasche. Er hatte während des Flugs von Berlin zum Bodenseeairport in Friedrichshafen eine Zusammenfassung geschrieben, die Alma alles erklärte. Mit der Notiz auf dem Display reichte er ihr das Handy.

Ihre Blicke wanderten zwischen ihm und dem Handy hin und her, bevor sie es nahm und zu lesen begann. Ihr Gesicht zeigte keinerlei Regung, und der Lauf der Pistole, weiterhin auf Peters Stirn gerichtet, wich kein einziges Mal auch nur für ein paar Millimeter ab.

Schließlich sah sie auf. Hinter ihrer Stirn arbeitete es.

»Wir brauchen dich«, sagte Peter. »Niemand kennt Ramsay so gut wie du. Niemand hat ihn bisher schnappen können. Wenn jemand das kann, dann du.«

»Ramsay.« Aus ihrem Mund klang es wie der Name eines Todgeweihten, und Peter wusste, dass er sie hatte. Alma Nordtveit wollte Rache, und es gab kaum einen stärkeren Antrieb im Leben. Sie ließ die Pistole sinken und deutete mit dem Daumen ins Innere der Hütte.

Alma bugsierte Klingenberg an den Esstisch in der Stube. Ihm gegenüber nahm sie Platz und las noch einmal seine Zusammenfassung. Es war absurd: Ein Hackerkollektiv namens ANOD hatte den UN-Klimagipfel gehackt und erpresste mit einem Suizid triggernden Lied samt weltweit distribuiertem Virus die Regierungen der Welt. Sie wollten einen radikalen Wandel in der Klimapolitik erzwingen.

Ungeachtet dessen, wie verrückt das klang, sah es so gar nicht nach Ramsay aus, dachte Alma. Der Typ war als Hacker visionär – und in allen anderen Belangen ein Arschloch. Aber wenn Klingenberg von Berlin zu ihr in den Vorarlberg flog, dann hatte er seine Gründe.

»Was habt ihr sonst noch?« Sie schob ihm das Handy zu, damit er tippen konnte.

Er schrieb: *Das kann ich dir erst mitteilen, wenn du offiziell in den Dienst zurückkehrst. Temporär. Für diese Mission.* Er holte aus der Innentasche seines Sakkos einige gefaltete Papiere hervor. Es war ein Dienstvertrag samt Verschwiegenheitserklärung, von Klingenberg unterzeichnet.

Alma machte sich nicht die Mühe, den Vertrag zu lesen. Verträge bedeuteten nichts. Schon allein, dass Klingenberg sie reaktivieren wollte, hätte nicht sein dürfen. Als sie 2010 ihr Gehör verloren hatte, war sie vorübergehend für dienstunfähig erklärt worden. Vier Jahre lang hatte sie gehofft und sogar gebetet, dass ihr Gehör zurückkehren würde, doch Träume und Gebete waren wie Seifenblasen in einer eisernen Jungfrau. Alma war längst depressiv gewesen, zerfressen von Wut und Ärger über Ramsay und Klingenberg. Es hatte sie wenig überrascht, dass die Psychologen des BND zu dem Entschluss kamen, sie für dauerhaft dienstunfähig zu erklären. Mit einer lachhaften Pension von knapp 2000 Euro war sie mit Anfang vierzig in den Ruhestand geschickt worden. Herzlichen Dank für den Dienst am Vaterland.

Sie streckte die Hand aus und sagte: »Stift.«

Klingenberg zog einen schicken Kugelschreiber aus honigfarbenem Holz mit Goldrand aus dem Sakko.

Alma strich den Vertrag glatt, setzte den Stift an und wieder ab. »Nur unter zwei Bedingungen.«

Er hob eine Augenbraue. »Zwei?«

Sie hob den Zeigefinger. »Ich werde allein arbeiten.«

Er rümpfte die Nase und sagte deutlich: »Wir haben ein Team.«

»Soll ich Ramsay aufspüren oder nicht?«

Klingenberg seufzte. »In Ordnung. Was noch?«

»Ramsay.«

»Ramsay?«

»Finde ich ihn, gehört er mir. Ich will nur zehn Minuten. Zehn.«

Klingenberg blähte die Wangen auf und rieb sich über das Gesicht. Die letzten zehn Jahre hatten Spuren hinterlassen, wie Alma fand. Sein Haar war vollständig ergraut, die Falten saßen tief und seine Zähne schimmerten gelb. Aber es waren mehr die Details in seiner ganzen Körpersprache: Die Schultern hingen ein wenig herab, waren nicht mehr straff nach hinten gezogen, als stecke ihm ein Stock im Arsch. Über seinem Gürtel zeigte sich der Ansatz eines Bauchs. Und seine Augen wirkten hoffnungslos erschöpft. Vielleicht war ihr Ausscheiden doch nicht so schlecht gewesen. Im Vergleich wirkte Alma wie das blühende Leben.

»In Ordnung«, sagte er.

»Bekomme ich das schriftlich?«

»Nein. Aber ich gebe dir mein Wort.« Er streckte ihr die Hand entgegen.

Dein Wort ist genauso viel wert wie ein Mückenschiss, dachte sie, kritzelte aber ihre Unterschrift auf den Vertrag und schlug ein. Wer wie Alma offiziell gar nicht mehr existierte, sondern nur noch ein Phantom war, brauchte sich auch nicht vor irgendwelchen Repressalien fürchten. Sie würde tun, was sie wollte. Und von Peter Klingenberg hatte sie nur wissen wollen, wie weit zu gehen er bereit war.

Zehn Minuten später setzten sich die Rotoren des Hubschraubers wieder in Bewegung. Die Erschütterung spürte Alma bis tief in die Brust. Oder war es ein Hieb der Sentimentalität, weil sie gerade ihr ruhiges Leben aufgab?

Sie blickte hinab auf das kleiner werdende Gollerer Haus auf dem schmalen Wiesenstreifen, wo im Sommer Berg-Hauswurz blühte und sie ihre Schießübungen absolvierte, und entschied, dass es keine Sentimentalität war. Klingenbergs früherer Kollege Deiss, der mit für ihre Ausbildung verantwortlich gewesen war, hatte ihr als erste Lektion eingebläut, dass es als Agentin darauf ankam, keine Bindungen einzugehen. »Du musst alles problemlos in dreißig Sekunden aufgeben können. Wenn du das nicht kannst, bist du fehl am Platz.«

Alma war in diesem Hubschrauber nicht fehl am Platz. Sie war genau richtig.

Kapitel 6

Berlin, Chausseestraße
44:33:47

Als sich die Tür öffnete, blickte Danny von den Akten auf, die ihm die Frau im Hosenanzug direkt nach der Besprechung organisiert hatte. Sie kam zusammen mit Urinkrawatte, dem Glatzkopf und einem Danny unbekannten Kerl zurück. Henriette Lorenz – so hatte sie sich ihm vorgestellt – leitete die Technische Aufklärung, kurz TA. Dort analysierte man unter anderem Cyber-Bedrohungen sowie Möglichkeiten der Abwehr. Sie sah finster drein, wie die anderen auch. Sie wollten Antworten von Danny – aber das beruhte auf Gegenseitigkeit.

Henriette Lorenz eröffnete das Gespräch. »Würden Sie uns bitte noch einmal Ihre bisher gesammelten Erkenntnisse über das Wiegenlied darlegen, Herr Erichsen? Was ist nach Ihrem Suizid geschehen? Was haben Sie herausgefunden? Wie ich eben in Ihrem Lebenslauf las, haben Sie ein vorbildliches Zeugnis und waren vorher erst bei der Kripo München, dann beim MEK in Bayern. Klingenberg hat Sie aus der Reha abgeworben.«

Sie hatte also noch schnell ihre Hausaufgaben gemacht.

»Das ist korrekt. Klingenberg bot mir einen Job an. Seit fünf Monaten bin ich nun bei Ihrem Verein.«

»Keine lange Zeit«, sagte Urinkrawatte, diesmal ohne Sarkasmus in der Stimme. »Was haben Sie in den Monaten herausgefunden?«

»Zu wenig. Das Wiegenlied wurde, wie Sie bereits wissen, zum Teil über meinen Funk aufgezeichnet. Klingenberg hat das Fragment gesichert und in einem Labor für biologische Psychologie im Schwarzwald untersuchen lassen. Ich war nach der Reha auch dort zu diversen Tests.« Danny räusperte sich.

Urinkrawatte musterte ihn mit hochgezogener Augenbraue. »Welcher Art waren diese Tests?«

»Klingenberg wollte wissen, ob ich nach meinem Sprung immun gegen das Wiegenlied bin.«

Ein Moment der Stille. »Und sind Sie es?«

Danny strich sich über das stoppelige Kinn. Wenn er an die Tests in jenem leeren, weißen Raum dachte, schlug sein Herz schneller. »Ihnen kann nichts passieren«, hatte Klingenberg versichert, die Hand auf seiner Schulter. »Es gibt hier nichts, womit Sie sich das Leben nehmen könnten; keinen Strom, keine scharfen Kanten, keine Haken. Selbst das Glas zum Beobachtungsraum ist aus bruchsicherem Acryl. Außerdem sind wir bei Ihnen. Schauen Sie durch die Scheibe, dann sehen Sie uns: Ärzte, Notfallmediziner, Psychologen. Selbst wenn Sie abermals in eine suizidäre Krise schlittern, holen wir Sie da sofort raus.« Dann waren sie gegangen und hatten ihn mit dem Wiegenlied beschallt.

»Nein«, antwortete Danny schlicht und dachte an die Videoaufnahmen, die er im Nachhinein von den Tests gesehen hatte. Er selbst verfügte über wenige schwammige Erinnerungen. Erst mit den gestochen scharfen Aufnahmen war ihm klar geworden, wie gewalttätig sein Widerstand gewesen war. Er hatte gebrüllt, geheult, um sich getreten und die Fäuste gegen das Glas gedonnert. Diese brutale Sinnlosigkeit und der unwiderstehliche Drang, sich selbst zu töten, war unbeschreiblich. Ein Ärzteteam hatte ihn überwältigen müssen, um ihn wieder ruhigzustellen. Er war drei Tage arbeitsunfähig gewesen.

Urinkrawatte schürzte die Lippen und lehnte sich gegen die Wand, die Hände in den Hosentaschen versenkt. »Das ... tut mir leid, Herr Erichsen.«

»Muss es nicht. Ich hab es freiwillig gemacht.«

Wieder Stille, bis Lorenz fragte: »Wie funktioniert das Lied überhaupt? Also was passiert im Gehirn?«

Danny seufzte. »Es ist so, dass Suizid keine überlegte Handlung ist. Der akute suizidale Zustand entsteht durch seelischen Schmerz. Bei mir war es das Gefühl des Versagens. Mein ganzes Leben war plötzlich so sinnlos, belanglos, unnötig. Ich war wie in einem Trancezustand, ich konnte nicht mehr klar denken. Die Psychiater im Labor sprachen von einem dissoziativen Zustand, eine Art Ausnahmezustand, der unser überlegtes Denken völlig unterbindet. Man unterteilt das menschliche Gehirn in zwei Regionen: In einer, der Amygdala, passiert das Emotionale, und in der anderen, dem Stammhirn, das Rationale. Beim Hören des Wiegenlieds übernimmt die Amygdala die Kontrolle über das Vernunfthirn. Es ist wie ein Autopilot. Wir konnten das bei mir bei Erinnerungen an die beiden Versuche im MRT nachweisen: Die Aktivität im Stammhirn nimmt ab, die in der Amygdala drastisch zu.«

»Und das bewirkt allein dieses Lied?« Lorenz runzelte die Stirn. »Kaum vorstellbar.«

»Wenn man sich mit der Materie beschäftigt, schon. Ich bin kein Fachmann, aber es gibt viele Belege zu Situationen, in denen sentimentale Musik eine so melancholische Wirkung entfaltet, dass Menschen suizidär werden. Zwei Beispiele: ›Nature Boy‹ von Nat King Cole aus den USA und ein ungarisches Lied von László Jávor, das sogar verboten wurde, weil sich zu viele Budapester in die Donau stürzten. Auch zu ›Another Brick in the Wall‹ von Pink Floyd gibt es so eine Geschichte. Der Tontechniker Fischer, ein Deutscher, mischte die Platte in der Nacht allein ab und erhängte sich anschließend auf dem Studiodachboden. Roger Waters fiel danach eine Veränderung im Text auf. Der Kinderchor singt: *Hol ihn, hol ihn unter das Dach*.«

»Eine altbekannte Anekdote der Plattenindustrie«, sagte Urinkrawatte.

»Klar, aber die Wirkung von Musik auf den Menschen ist unbestreitbar. Es gab dazu auch eine Studie in den USA: *triggering suicide by sound*. Erschien vor Jahren in einem Fachmagazin. Die Studie beschreibt im Kern genau das, was das Wiegenlied tut, zumindest in der Theorie.«

»Und schützen kann man sich nur, wenn man die Schallwellen nicht aufnimmt oder verarbeitet?«, fragte Henriette Lorenz.

»So unsere bisherigen Erkenntnisse.«

»Von fünf Monaten«, fügte Urinkrawatte hinzu.

Alle schwiegen einige Sekunden, bis Lorenz sagte: »Wir gehen also davon aus, dass ANOD auf Basis solcher Geschichten und Studien ein solch hochwirksames Lied entwickelte?«

»Keine Ahnung, ob die das entwickelt haben«, gab Danny zu. »Aber sie haben es. Parallel analysierten wir noch die Drohne und die Toten und versuchten Schlüsse zu ziehen, wer ein Interesse gehabt haben könnte, genau diese Besprechung der Münchner Sicherheitskonferenz anzugreifen.«

»Und?«

»Die Liste ist endlos. In jener Besprechung ging es um viel Geld, um geopolitische Spannungen, um China, Japan, Iran, Europa und die USA.«

»Also kommt so ziemlich jeder infrage.«

Danny nickte, die Lippen geschürzt. Wenn er sich an ihr Brainstorming erinnerte, das sie angefertigt hatten, kam die ganze Hilflosigkeit wieder hoch. Fast jede Nation konnte ein Interesse an dem Anschlag haben. Es gab überall Hardliner und Fanatiker.

»Deswegen verwarfen wir diesen Ansatz wieder«, fuhr Danny fort. »Sicherlich gibt es ein Warum, aber ohne konkrete Ansatzpunkte ... Wir konzentrierten uns daher in den letzten Wochen auf Hacker, die überhaupt das Potenzial haben, so eine Waffe zu entwickeln.«

»Sie beobachten Tom Schneider«, stellte Henriette Lorenz fest.

»Ja, er ist unser heißester Kandidat: Hacker, DJ und Besitzer der millionenschweren Internetfirma OctaveCloud.« Danny erhob sich, trat zu einem übergroßen Whiteboard an der Wand und schrieb mit rotem Filzstift *Tom Schneider alias deejayy* auf die Tafel. »Er wäre wegen seines Lebenslaufs und seines Tontechniker-Know-hows prädestiniert. Mit seinen cloudbasierten Services könnte er eine Gruppierung wie ANOD bestens mit Hardware unterstützen.«

»Das ist das Stichwort«, sagte der Glatzkopf. »Die Server von OctaveCloud kann jeder mit dem entsprechenden Kleingeld mieten.«

»Richtig, aber nicht jeder hat in seiner Villa einen Panikraum, in dem er ein abgeschirmtes Büro betreibt.«

Die drei musterten Danny neugierig.

»Schneider«, fuhr Danny fort, »sitzt seit heute Mittag in seinem Bunker und ist nicht mehr herausgekommen. Zufall? Wir haben seine Wohnung verwanzt und eine Kollegin in seinem engeren Umfeld positioniert, aber in den letzten Wochen trotzdem nicht herausbekommen, was er da drinnen treibt. Der Typ macht ein riesiges Geheimnis daraus.«

»Dann lüften wir es«, sagte Urinkrawatte. »Stürmen wir die Villa und fertig.«

»Wenn es so einfach wäre«, entgegnete Danny. »Das ist ein exzellenter Schutzraum. Notstromversorgung, Lüftungsanlage, eigene Glasfaserverbindung, fast ein Meter Stahlbeton außenrum. Das Ding ist so konzipiert, dass man nicht schnell reinkommt. Wir schaffen das nicht innerhalb von fünfundvierzig Stunden.«

»Was ist mit Rauch? Wir leiten ihn über die Lüftung rein und treiben ihn aus seinem Versteck wie eine Ratte.«

Danny winkte ab. »Nette Idee, aber daran wurde bereits gedacht; es gibt eine separate Lüftungsanlage mit Filterfunktion. Eine Nachfrage beim Hersteller ergab auch, dass es alle möglichen Warnsensoren in der Kammer gibt; Kohlenmonoxid et cetera. Er hat sogar an Sauerstoffflaschen gedacht. Können wir alles vergessen. Die Kollegin konnte einen RFID-Chip unter seiner Haut am Unterarm feststellen, was wohl sein Key ist. Unmöglich daran zu kommen. Unsere einzige Idee ist bisher, eine Schlauchkamera über das Abwassersystem in den Panikraum zu schieben. Die Toilet-Cam. Vermutlich die einzige Schwachstelle. Zumindest die einzige, die wir bisher finden konnten.«

»Und ist die Aktion schon initiiert?«, fragte Urinkrawatte.

»Noch nicht. Klingenberg muss sie autorisieren.«

»Muss er nicht«, sagte Lorenz. »Ich autorisiere das. Leiten Sie alles sofort in die Wege, Erichsen.«

Danny zögerte einen Moment, aber angesichts der vier grimmigen Gesichter griff er zum Telefon und gab die Anweisungen.

Danach trat er wieder ans Whiteboard und nickte in die Runde. »Dann haben Sie diesen Ramsay genannt.« Er schrieb den Namen an die Tafel. »Ich konnte dazu bisher in den Akten nichts finden. Wie …«

»Um Ramsay kümmert sich Alma«, unterbrach ihn Lorenz. »Peter hat eben geschrieben, dass sie zusammen auf dem Weg zurück sind.«

»Alma ist diese ehemalige Agentin? Ist das so eine private Nummer?« Danny gefiel nicht, dass man ihm schon zu

Beginn der Ermittlungen einen wesentlichen Baustein vorenthielt.

»Formulieren wir es anders«, sagte Urinkrawatte, »die Causa Ramsay ist so verschachtelt und weittragend, dass Sie sich nicht in so kurzer Zeit einarbeiten können. Es ist wie mit dem Panikraum.«

Danny verstand, und trotzdem konnte er sich die Frage nicht verkneifen: »Und diese Alma kann nach zehn Jahren Pause das bewerkstelligen?«

Urinkrawatte lächelte kalt. »Lassen Sie sich eines gesagt sein, Herr Erichsen: Unterschätzen Sie niemals Alma Nordtveit. In Ihrer Generation würde man vermutlich sagen, dass sie Eiswürfel pisst.«

»Was noch stark untertrieben ist«, fügte der Glatzkopf mit seiner sonoren Stimme hinzu. »Bei einer Mission in der Ukraine wurde aus einem Hinterhalt ein Konvoi angegriffen, den Alma begleitete. Das Gefecht verlief negativ, und Alma blieb nur, sich in einer Munitionskiste zu verstecken. Sie kauerte fast zwei Tage unter Granaten, bis sich die Möglichkeit auftat, zu fliehen. Dabei tötete sie sieben Milizen. Nach zwei Tagen ohne Wasser und Nahrung. Die Frau ist ...«

»Es reicht!«, zischte Lorenz. »Lassen Sie uns festhalten, dass sich Alma um Ramsay kümmert und Punkt.«

Danny blickte von einem zum anderen, dann lächelte er. »In Ordnung. Wen haben wir noch? Selina Moreno.« Auch ihren Namen schrieb er an die Tafel.

»Plus den oder die Unbekannte«, ergänzte Lorenz. Sie suchte aus der Akte ein Foto heraus und pinnte es mit einem Magneten an die Tafel. Es zeigte eine Italienerin Mitte dreißig. Sie trug einen schwarzen Mantel samt Rucksack und wurde von einer Person in einem Bundeswehrparka mit hochgeschlagener Kapuze begleitet. Man konnte tatsächlich nicht erkennen, ob es ein Mann oder eine Frau war, aber Danny erkannte das Gelände um den Bayerischen Hof im Hintergrund.

»Aufgenommen wurde das Bild direkt nach dem Anschlag auf die MSC«, sagte sie.

Danny musterte das Bild genauer. »Es sieht aus, als blicke Moreno suchend in diese Richtung. Da müsste der Bayerische Hof liegen.«

»Für mich sieht das eher grimmig aus«, sagte Urinkrawatte, »oder angespannt.«

»Kann es sein, dass sie Ihren Sprung beobachtet hat?«

Das glaubte Danny auch, je länger er das Bild betrachtete. »Gut möglich. Und im Rucksack könnten sie die Drohne dabeigehabt haben. Von wem wurde das aufgenommen? Das sieht nicht nach Verkehrsüberwachung aus.«

»Von einem Journalisten, der zufällig vor Ort war. Wir prüften auch die Verkehrskameras, aber Moreno und Begleitung tauchen nirgends auf.«

»Also wussten sie, wie man ungesehen entkommt.« Danny spürte wieder ein Kribbeln in der Magengrube. *Selina Moreno. Bist du für meinen Tod verantwortlich?*

»Und die ist seitdem untergetaucht?«, fragte der Glatzkopf.

»Ja.« Lorenz tippte mit dem Finger auf das Bild. »Wir haben seitdem keinerlei Lebenszeichen mehr von ihr registriert. Wie vorhin schon gesagt, der Blog und alle Social-

Media-Profile sind verschwunden. Ihre Meldeadresse ist eine verwaiste Ein-Zimmer-Wohnung in Frankfurt. Kein Auto, keine anderen gemeldeten Fahrzeuge. Ebenso keine Kreditkarten- oder Kontoaktivitäten. Auch die restlichen Bitcoins, eine kleine Menge, wurden im Wallet nicht bewegt. Von ihr fehlt jede Spur.«

»Familie?«, fragte Danny.

»Nur eine ältere Schwester, die vor Jahren nach Italien zog. Die Eltern sind beide schon verstorben.«

»Wurde die Schwester überprüft?«

»Jein. Sie ist laut Akten sauber. Allerdings haben wir keine Infos, ob Selina sich in Italien aufhält. Der AISE glänzt mal wieder mit Schweigen. Wobei die meistens auf unsere Anfragen schweigen.«

Der AISE – Agenzia Informazioni e Sicurezza Esterna – war der italienische Geheimdienst, wie Danny in den letzten Monaten gelernt hatte.

»Aber wir können nochmals nachhaken«, sagte Urinkrawatte. »Ich kümmere mich darum.«

»Und wir könnten die Öffentlichkeit um Hinweise bitten«, schlug der Glatzkopf vor. »Uns läuft die Zeit davon.«

Henriette Lorenz rümpfte die Nase. »Laufen wir dann nicht Gefahr, dass die Medien sofort einen Zusammenhang zu ANOD herstellen?«

»Und weiter?«

»Na ja, da draußen gibt es sicher Sympathisanten.«

»Und du meinst, die decken Moreno? Vergiss es! Die Leute hängen an ihrem jämmerlichen Leben. Wenn es darum geht, furzen alle aufs Klima. Außerdem stellen wir einfach eine Belohnung in Aussicht. Für eine wie Moreno reichen ein paar Tausender.«

Lorenz schien nicht vollends überzeugt, sagte aber mangels Alternativen: »Also gut. Ich kümmere mich um einen Aufruf über die Polizei.«

»Dann würde ich meine alten Kollegen in München auch um Hilfe bitten, wenn es recht ist.« Danny benutzte absichtlich nicht das Wort *erlaubt*. »Die sind ziemlich auf Zack. Haben auch gute Kontakte nach Italien.«

»In Ordnung. Je eher wir einen der drei herkriegen, umso besser.« Henriette Lorenz klopfte dreimal gegen das Whiteboard. »Damit ist die Jagd eröffnet!«

Zum ersten Mal rührte sich der vierte Mann. Er hob wie in der Schule die Hand. »Ich hab noch zwei potenzielle Namen.«

»Zwei?!« Urinkrawatte stöhnte. »Du musst es immer spannend machen, oder? Und warum warst du vorhin eigentlich nicht mit im Meeting?«

»Weil ich schon im Wochenende war.« Der Stille, wie Danny ihn spontan im Geiste taufte, deutete auf die Tafel. »Schreiben Sie mal: *BrainZero* und *BlueSky*.«

Während der Filzstift über das Whiteboard quietschte, fragte Danny: »Was wissen wir über die beiden?«

»Über *BrainZero* überhaupt nichts. Der Name taucht ein einziges Mal in einem Programmiererforum in Verbindung mit ANOD auf. *BrainZero* antwortete auf eine Frage zur Datenvisualisierung. Völlig unspektakulär, aber fachlich hochqualifiziert. Ich hab vorhin nochmals den Screener mit niedrigster Relevanz laufen lassen und den Treffer erhalten.«

»Okay. Könnte also der oder die Unbekannte sein.« Danny zog zwischen dem Foto und *BrainZero* eine Verbindungslinie und versah sie mit einem Fragezeichen. »Und *BlueSky*?«

»Das ist ein portugiesischer Hacker namens Rio Herrán, der gesucht wird wegen Phishing-Angriffen. Er ist mit seinen recht kreativen Exploits schon in diverse Netzwerke eingedrungen und hat Daten abgegriffen, überwiegend Kreditkarten.«

Danny schürzte die Lippen. »Das ist doch was Handfestes.«

»Wie man es nimmt.« Der Stille kratzte sich an der Schläfe. »Zumindest ergibt sich daraus das Bild eines interdisziplinären Teams. Moreno der führende Kopf, Ramsay zuständig für Verschlüsselungstechnik, Schneider für Serverarchitektur und den fachlichen auditiven Input zum Wiegenlied und *BlueSky* für das Eindringen in die Konferenzen. Bleibt noch *BrainZero* übrig, aber der oder die könnte für den Virus zuständig sein.« Der Stille holte ein Taschentuch hervor und schnäuzte sich ausgiebig, bevor er fortfuhr: »Allerdings steht *BlueSky* nur indirekt mit ANOD in Verbindung. Es ist mehr eine Vermutung meinerseits.«

»Die sich wie erklärt?«, fragte Urinkrawatte.

»Herrán alias *BlueSky* steht in Verbindung mit einer weltweiten Suizidwelle vor etwas mehr als einem Jahr. Über fünf Monate hinweg kam es rund um den Globus zu Selbstmorden in allen Bevölkerungsschichten. Smartwatches waren von einem Virus infiziert worden, deren Besitzer sich kurz darauf das Leben nahmen. Es begann langsam, einzelne

Tode, die sich aber sehr schnell exponentiell steigerten, bis die Welle abrupt endete.«

»Wieder Suizide«, sagte Danny und spürte eine Gänsehaut auf den Unterarmen. »Das kann kein Zufall sein.«

»Das vermute ich eben auch. Vor allem hatte diese Suizidwelle eine Besonderheit: Die Smartwatches der Toten waren immer mit kabellosen Kopfhörern verbunden. Dem haben wir damals keine Beachtung geschenkt. Kollegen aus den USA konnten bei einigen Geräten Verstorbener Codefragmente aus dem temporären Speicher sicherstellen, die eindeutig Herráns Programmierstil aufwiesen. Wir gingen daher davon aus, dass er entweder auf die Bilddatenbanken zugriff oder auf die Kameras der Uhren, pikante Bilder suchte oder erzeugte, und dann entsprechend die Leute damit erpresste. Es passte zu seinen bisherigen Projekten. Jetzt jedoch erscheint das in einem völlig anderen Licht.«

Danny dämmerte es. Die Gänsehaut kroch ihm auch den Nacken hinab. »Kopfhörer …«

Der Stille nickte. »Es könnte sein, dass es nie Erpressungen gab, wie von uns vermutet, sondern ANOD könnte das Wiegenlied getestet haben. Über integrierte Gesundheitsdatenapps könnte ANOD dann gemessen haben, ob es zum Suizid kam; endete die Aufzeichnung vom Herzschlag trotz aktiver und angelegter Smartwatch ist das eigentlich eindeutig.«

»Die haben so die Wirkungsweise getestet«, murmelte der Glatzkopf ehrfurchtsvoll. »Fuck, ist das schlau!«

»Das erklärt nur nicht den exponentiellen Anstieg an Suiziden, oder? Aber gehen wir mal davon aus, die haben das Wiegenlied mit einer KI von Moreno entwickelt. Die könnte es immer weiter verbessert und parallel getestet haben, bis der höchstmögliche Wirkungsgrad erreicht war. Erst dann schaltete sie die Testreihe ab, und die Suizidwelle hörte abrupt auf.«

Danny rieb sich mit beiden Händen übers Gesicht. Er fühlte sich ausgelaugt, als hätte er zu viel Blut gespendet, und gleichzeitig fühlte er Wut in sich aufsteigen. Und die platzte dann auch heraus. »Und warum erfahren wir erst jetzt von solchen Ereignissen? Warum wurden wir bei *Hypnos* nicht informiert? Was soll der Mist?«

Der Stille musterte ihn kalt. »Weil nicht jeder Neue beim BND alles wissen kann. Wie soll eine Institution mit 6 500 Mitarbeiterinnen und Mitarbeitern noch irgendwelche Geheimnisse wahren, wenn jeder alles weiß?«

»Außerdem werden solche Details als explizites Täterwissen zurückgehalten«, erklärte Henriette Lorenz mit ruhiger Stimme. »Sie kennen das doch von Ihrer Zeit bei der Kripo, Herr Erichsen.«

Danny wäre am liebsten aufgestanden und hätte diese schnarchige Runde sitzen lassen, aber er rieb sich nur die Schläfen. »Ja, ja. Trotzdem ist es einfach nur … ach, vergessen Sie es! Viel wichtiger: Wissen wir, wo dieser Herrán sich aufhält?«

»Nein.«

»Und die portugiesischen Kollegen? Wurden die überhaupt über Herráns Beteiligung an dieser Suizidwelle informiert?«

»Das müssen Sie Herrn Deiss fragen. Meine Infos gingen

direkt an ihn. Ob er sie an den SIS weiterleitete, weiß ich nicht.«

»Eher nicht«, sagte Urinkrawatte. »Die haben genug eigene Baustellen, aber ich kümmere mich auch darum.« Er nickte grimmig in die Runde. »Und in dem Zuge frage ich auch bei der CIA an. Aber die mauern seit der letzten US-Wahl.«

Danny konnte nur den Kopf schütteln und musterte dann wieder den Stillen. »Haben Sie von damals noch Daten? Geräte? Oder kam die Info nur von der CIA?«

»Wir haben selbst zwei Smartwatches, die bei den Suiziden der Träger zerstört wurden. Wir konnten so die Infos aus Langley verifizieren. Herrán benutzt eine unverwechselbare Art zu coden: Portugiesisch-Englisch als Funktionsdefinition. Das macht sonst niemand. Die beiden Uhren befinden sich in der Asservatenkammer.«

»Gut. Dann schauen Sie sich die noch einmal an. Vielleicht finden Sie neue Hinweise auf die anderen Hacker.«

»Seit wann haben Sie hier das Kommando?«

»Seit dieser Fall *Hypnos* unterliegt und ich Klingenberg in seiner Abwesenheit vertrete. Also: Machen Sie sich an die Arbeit! Ich bete für Sie, dass Sie was finden.«

Der Stille musterte Danny mit einem Funkeln in den Augen. »War das auch noch eine Drohung, Herr Erichsen?«

»Lassen Sie das mal mein Geheimnis bleiben. Wenn ich mir Sie alle hier so ansehe, hab ich da noch ein gewisses Defizit aufzuholen.«

Kapitel 7

Porto, Vila Nova de Gaia
44:02:57

Es sind noch vierundvierzig Stunden und zwölf Minuten bis zur Stunde null, wenn man dem Countdown von Act Now Or Die glauben mag.

Soeben endete die kurzfristig anberaumte Pressekonferenz mit der Kanzlerin. Sie versicherte, dass sie die Drohung von ANOD ernst nimmt. Sie appellierte an die Bevölkerung, Ruhe zu bewahren.

Unbestätigten Berichten zufolge soll die Delegation aus Russland bereits abgereist sein. Daher erscheint zweifelhaft, inwiefern die Forderung von ANOD überhaupt erfüllbar ist.

Paula Gellert, Tagesschau

Rio Herrán fühlte sich außerordentlich gut. Er hatte im Bacalhau an der Muro dos Bacalhoeiros erstklassig gespeist; Pulpo auf Spinat mit einer Portweinjus. Dazu ein Glas dunkelsten Vino tinto. Danach war er am Ufer des Douro entlang durch Ribeira gestreift, mit Blick auf die berühmte illuminierte Metallbrücke Ponte Dom Luís I. Rio liebte die Stadt mit ihren schmalen Gassen und bunten Häusern, mit den bemalten Fliesen und dem Salz des Atlantiks in der Luft. Er hatte schon viele Städte der Welt gesehen, aber in Porto gefiel es ihm eindeutig am besten. Zum Glück konnte er sich auf der Welt rumtreiben, wo er wollte.

Mit einem zufriedenen Lächeln auf den Lippen war er die circa zweihundert Stufen zwischen den alten Häusern hinaufgestiegen. Angenehm erhitzt und begeistert von zwei neuen Street-Art-Graffitis, war er über die hochgelegene Brücke nach Gaia geschlendert. In jenem Viertel auf der anderen Seite des Flusses lagen die Portweinkeller – und die berühmte Bar Sandeman. Dort saß er jetzt am Fenster, einen Tawny Port als Dessert im Glas, und genoss den Blick auf seine Lieblingsstadt. Sie quoll über vor Charme und Magie. Diese Dichte hatte er nirgendwo sonst erlebt.

Dass allerdings der Klimawandel Portugal bereits fest im Griff hatte, übersahen die Touristen gern. Jedes Jahr brannten im Landesinnern die Wälder. Die Zeitungen schrieben dann von Sommer, Sonne und Sirenen. Die Feuerwehrleute hatten es immer schwerer, der Brände Herr zu werden. Im Jahr 1980, als Rio in Lissabon geboren worden war, waren es noch 2500 Waldbrände pro Jahr gewesen. Jetzt zählte man mehr als das Zehnfache. Und dann die Wasserknappheit; in manche Dörfer kam mittlerweile im Sommer zweimal pro Woche die Feuerwehr, um Trinkwasser zu liefern. Die wenigsten wussten, dass der Mittelmeerraum ein Hotspot des Klimawandels war.

Rios Finger spannten sich fester um den Portwein. Er verstand einfach nicht, warum sich nichts änderte, wenn man doch wusste, was die Probleme waren. War die Spezies Mensch wirklich so dumm, den Ast abzusägen, auf dem sie saß? Den einzigen Ast am Baum?

Aber das würde sich ändern. Sie würden es ändern. ANOD würde diesen Wahnsinn stoppen. Sie waren doch alle so schlau. Wenn er sich überlegte, wofür die Menschen wahnsinnige Kreativleistungen freisetzten, beispielsweise um O'Neill-Kolonien zu entwerfen, um mit ihnen das Leben im All zu ermöglichen, dann konnten sie doch auch dieses Paradies auf Erden retten. Warum alles kaputt machen statt erhalten? Es kotzte ihn so an. Porto war das beste Beispiel dafür. So viele Häuser verfielen, teilweise standen nur noch Fassaden von Gebäuden, um die Optik zu wahren, aber der Rest dahinter war verfallen und zerfressen. Seine arme Perle ...

Der Alarm seines Handys signalisierte ihm, dass vier Stunden seit ihrem Auftritt vergangen waren, und es Zeit war, zurückzukehren. Ob ihr Plan aufging? Ob sich was änderte? Eine Welle der Schwermut überrollte Rio beim Anblick des ANOD-Countdowns auf dem Display, und er brauchte einen Moment, um sich wieder zu fangen. Er leerte sein Glas in einem Zug, betrachtete nochmals die Lichter der Stadt, zahlte und verließ seine Stammkneipe.

Mit den Händen in den Hosentaschen stieg er den Hügel empor, kam an einigen Portweinkellern vorbei und erreichte schließlich sein Haus, ein schmales, zweigeschossiges Gebäude, das an eine Kellerei angrenzte. Immer hing der Geruch von schwerem Wein in der Luft, aber er liebte diese stumpfe Süße. Sie mahnte ihn Tag um Tag, dass viele Menschen einfach zu bequem und träge waren, Dinge zu verändern. Wie viele jammerten über die Zustände, bekamen aber den Arsch nicht hoch? Es brauchte einfach Leute wie ihn und ANOD.

Rio stieg in den ersten Stock, wo seine Wohnung lag. Im Erdgeschoss war die Garage für sein Fahrrad und den Elektrokleinwagen, den er sich angeschafft hatte. Er war fast nur in Porto und Umgebung unterwegs, dafür war er ideal.

Rio sperrte auf und betrat sein Heim. Achtlos warf er seine Jacke an die Garderobe, schlüpfte aus den Schuhen, kickte sie in den Flur und holte sich aus der Küche noch ein Glas Tawny. Heute durfte er sich ruhig einen zweiten gönnen, immerhin war er in das Netz des Weltklimagipfels eingedrungen. Er hätte nicht gedacht, dass es so einfach sein würde. Dass er gleich am ersten Abend die Firewall überwinden konnte, war ein Armutszeugnis für die deutschen Organisatoren. Andererseits konnten sie ja nicht ahnen, dass jemand einen Beamer, eine Fernsehkamera und einen Translator kapern würde. Dessen Übertragung war nicht mal verschlüsselt gewesen, die MAC-Adresse frei einzusehen und das Neighbor Discovery Protocol ungeschützt. Ein Witz …

Sein Wohnzimmer war zugleich sein Arbeitszimmer. Vor dem Sofa stand ein ausladender Couchtisch, auf dem vier Monitore, zwei PCs, ein Laptop und diverse Serverracks standen. Überall blinkte es bunt und fröhlich. Die Kabel muteten wie das Netz einer Spinne an.

Rio stieg über die Sofalehne und sank in seine Kommandozentrale. Zuerst checkte er, ob von den anderen über den gesicherten Chat Nachrichten eingegangen waren, aber nur *deejayy* und *Brain* hatten sich in seiner Abwesenheit unterhalten. Belangloses Zeug. Rio vermutete, dass sich die zwei privat kannten. Sie hatten schon oft über Restaurants in Berlin und Hamburg gesprochen.

Als Nächstes überflog er die Nachrichten bei Reuters. Die deutsche Kanzlerin hatte sich als Erste öffentlich geäußert. Man nehme die Bedrohung ernst und werde alles tun, um die Erde und die Menschheit zu retten. Immerhin. Dass Russland sich verabschiedet hatte, kam weniger überraschend, aber war natürlich negativ zu werten. Ohne die Russen würde es nichts werden, aber es war zu früh, um Vorhersagen zu treffen. Die nächsten zwei Tage würden politisch hochspannend werden, eine Zerreißprobe für die Welt.

Rio prüfte auch noch den Zustand des Netzwerks. Alle Parameter waren auf Grün, aber *deejayy* lieferte auch beste Arbeit. Im Endeffekt konnten sie jetzt nur warten, bis sich was tat. Und noch einmal ihre Ernsthaftigkeit untermauern, aber so weit war es noch nicht.

Rio nahm noch einen Schluck Portwein und rollte ihn gerade durch den Mund, als es an der Haustür klingelte. Wahrscheinlich war es wieder Senhora Pereira; die Nachbarin ermahnte ihn immer, dass er zu blass wäre, zu wenig an die Sonne käme und ja fast vom Fleisch fiele. Dann drückte sie ihm mit altersfleckigen Händen immer eine Tupper mit einer Portion des Abendessens in die Finger, das sie für die Familie gekocht hatte. Fisch konnte sie vorzüglich, aber ihre Francesinha war so fett und überwürzt, dass er immer

Bauchweh davon bekam. Mal sehen, was sie diesmal vorbeibrachte.

Er rief »Um momento!«, sperrte seine Rechner, kletterte übers Sofa und schlitterte auf Strümpfen zur Tür. Die alten Dielen knarrten unter seinen Füßen.

Als er die Tür aufriss, stand eine Frau vor ihm.

Aber es war nicht Senhora Pereira, und sie hatte auch kein Abendessen dabei, sondern einen Elektroschocker.

Rio sah nur noch blaue Blitze.

Kapitel 8

Berlin, Chausseestraße
42:58:28

Wir werden alle sterben!
@ApocalypseNow, Twitter

Dannys Kopf drohte vor unnützen Informationen zu platzen. Es war irre, wie viel Belangloses der BND über ANOD gesammelt hatte. Die Informationen erschienen ihm wie ein durchwachsener Rollbraten; man schnitt mehr Flachsen und Fett weg, als dass zartes Fleisch übrig blieb. Danny saß seit Stunden über den Akten. Sowohl in seinem Gehirn als auch in seinem Mund breitete sich eine dumpfe Bitterkeit aus. Seufzend schob er die Akten von sich und stand auf. Er blickte durchs Fenster auf das nächtliche Berlin und dachte an zwei Dinge: an einen Gin Tonic und einen Kuss von Rike.

Beides konnte er sich abschminken, aber ein Anruf war drin.

»Hey, meine Liebe. Hab ich dich geweckt?«

»Nein. Kann eh kein Auge zutun.«

»Vermisst du mich?«

»Was denkst du denn? Ich hab die ganze Woche auf dich

gewartet, aber ist schon okay. Ich wusste ja, worauf ich mich einlasse. Und bei dir? Wie ist die Lage?«

»Ich wälze Akten und verschaffe mir einen Überblick über die Beteiligten.«

»Steht die Drohung mit … deinem Unfall in Verbindung?«

»Davon ist auszugehen.« Danny betrachtete seine Spiegelung in der Scheibe; mit den Narben und den Augen in dunklen Höhlen sah er gefährlich aus. Wie ein Mann, der bereit war, jeden umzulegen, der ihm in die Quere kam. »Ich werde die kriegen, Rike. Das schwör ich dir!«

»Ist es ernst zu nehmen? Es lief den ganzen Abend im Fernsehen, dazu die Handys. Sogar in unserem Fernseher ist der Countdown eingeblendet. Ich hab, ehrlich gesagt, Angst um uns.«

»Ich hab auch Angst, Rike. Aber erst mal besteht kein Grund zur Sorge. Wir haben noch Zeit, und *alle* arbeiten daran. Aber vielleicht …«

»Was vielleicht?«

»Ach, ich überlege nur, ob du dich nicht für den Fall der Fälle vorbereitest.«

»Was soll ich tun?«

»Du könntest bei deinen Eltern nach dem Wohnwagen fragen. Der steht doch bei denen im Garten zum Überwintern. Da drin gibt's kein Internet, keinen Fernseher, die haben doch nicht mal ein Radio, damit sie im Urlaub keine schlechten Nachrichten hören müssen.«

»Und da wären wir sicher?«

»Zumindest sicherer als in unserer Wohnung in Berlin.«

»Aber es sind drei Stunden Fahrt. Dann wären wir nicht mehr bei dir.«

»Ich weiß, Rike, aber es kann sein, dass ich vor Ort eingesetzt werde. Die Klimakonferenz ist in Bonn, unsere Observation in Hamburg, und die könnte mit ANOD in Verbindung stehen.«

»Die wollen dich an die Front schicken? Das wollten wir doch auf keinen Fall mehr. Eine Observation aus sicherer Distanz, okay, aber ...«

»Es ist ja noch nichts entschieden. Ich sage nur, dass es sein könnte. Frag also mal bei deinen Eltern nach. Die freuen sich sicher, wenn ihr kommt. Und noch haben wir Zeit. Wir werden diesen Wahnsinn stoppen, und dann komm ich zu euch und wir fahren weg. Was hältst du davon? Ein paar Tage Nordsee. Oder Lindau. Da waren wir schon lang nicht mehr.«

»Hauptsache, wir sind zusammen. Und wenn du was brauchst, bin ich für dich da.«

Danny schluckte. »Und ich für euch. Und jetzt leg dich ein paar Stunden schlafen. Leonie wird dich früh genug wieder auf Trab halten.«

»Oh ja, die kleine Scheißerin. Bis bald, Schatz.«

»Bis bald. Und ich liebe dich.«

»Ich dich auch.«

Danny blickte noch lange hinaus und erinnerte sich an ihre Motorradfahrten an den Silvrettastausee. Er meinte sogar, Rikes Hände um seine Taille zu spüren. Es wurde wirklich Zeit, dass sie mal wieder so eine Tour unternahmen.

Schritte wurden vor dem Besprechungsraum laut, die

Tür ging auf, und eine Frau um die fünfzig kam herein. Danny wusste sofort, dass es Alma Nordtveit war. Ihre Haltung, ihr Gang, ihre ganze Körpersprache zeugten von überbordendem Selbstbewusstsein und Entschlossenheit, ihre eisblauen Augen von Kaltblütigkeit.

Klingenberg kam direkt hinter ihr herein. Als Erstes fiel ihm der Aktenberg ins Auge, und er blähte die Wangen auf. »Da hat man Sie ja richtig schön zugeschissen, Erichsen.«

»Wie man es nimmt.« Danny kam zu ihnen und hielt Alma die Hand zum Gruß hin.

Sie musterte ihn nur und fragte mit einer Stimme, die wie Rollsplit zwischen Stiefelsohle und Asphalt klang: »Wer ist der Welpe?«

Danny zuckte zusammen, doch dann zog er die Hand zurück und grinste. »Die ist ja noch bissiger als erwartet. Eine nette Begleitung haben Sie da, Chef.«

Klingenberg rollte mit den Augen und sagte ganz deutlich: »Alma. Das ist Daniel Erichsen, meine rechte Hand bei Hypnos. Erichsen, das ist Alma Nordtveit.«

»Die Ramsay schnappen wird.« Danny lächelte kalt und sagte zu Alma: »Ihr Ruf eilt Ihnen voraus.«

Sie verstand ihn nicht, was er am Stirnrunzeln bemerkte. Sie wandte sich an Klingenberg. »Ich brauche alles, was du über Ramsay hast. Auch Einblick in die alten Akten.«

Er sah skeptisch drein. »Muss das sein? Die verstauben mittlerweile im Archiv.«

»Muss sein.«

»Okay. Du kriegst alles, aber vorher müssen wir uns abstimmen.« Er machte ein Handzeichen in Gebärdensprache.

Alma schnaubte. »Ich arbeite nicht im Team.«

»Ich weiß.« Er trat ans Whiteboard und schrieb: Ihr kriegt spezielle abhörsichere Handys. Frei von diesem ANOD-Virus. So kommunizieren wir.

Alma Nordtveit verzog missbilligend den Mund, und doch nickte sie.

Auch Danny sagte: »In Ordnung. Gibt es Neuigkeiten?«

»Sagen Sie es mir.« Klingenberg trat zum Tisch und blätterte durch die Akten. »Sieht nach viel Arbeit aus.«

»Die wir längst gemacht haben könnten, wenn die Abteilungen beim BND untereinander kommunizieren würden.«

Klingenberg winkte ab. »Hätte, hätte, Fahrradkette. Also: Was ist neu? Und bitte schreiben Sie es an.«

Die Zusammenfassung dauerte einige Zeit, und Dannys Schrift war alles andere als leserlich, aber die zwei kamen damit zurecht. Danny endete damit, dass Oliver gerade dabei war, den Kanal bei Schneiders Villa zu inspizieren.

»Wer hat das autorisiert?«, fragte Klingenberg missbilligend.

»Ihre Freundin Lorenz.«

Er pfiff durch die Zähne. »Mit der werde ich ein Wort reden. Ansonsten haben wir diese zwei Namen?«

»Ein Phantom und einen portugiesischen Hacker. Ihr Kollege mit der wundervollen gelben Krawatte hat bei den Kollegen in Portugal nachgefragt, aber die wissen auch nicht, wo sich Herrán aufhält. Sie fahnden seit über zwei Jahren nach ihm.«

»Was nichts heißen muss. Vielleicht sitzt er längst in einem Gefängnis, und sie wollen es nur nicht zugeben.«

Weil sie genauso ticken wie wir beim BND?, fragte sich Danny kopfschüttelnd. Diese Geheimniskrämerei machte ihn ganz krank.

Alma räusperte sich. »Hat man die Übertragung untersucht? Die Gesichtsfragmente mit den Verbrecherdatenbanken abgeglichen?«

»Nein.«

»Dann anleiern. Vielleicht haben die ANOD-Leute ihre eigenen Gesichter verwendet. Bittet zur Not die Chinesen um Hilfe. Die Idee mit diesem Gesicht sieht verdammt nach Ramsay aus. Ein Gesicht Gottes … Ramsay ist vermessen. Größenwahnsinnig. Es würde mich nicht wundern, wenn auf seine Idee hin die wahren Gesichter der ANOD-Beteiligten als Scherz untergemischt worden wären.«

Klingenberg hob anerkennend den Finger. »Guter Punkt. Ich kümmere mich gleich darum und hole eure Handys. Und was zu essen. Und Kaffee. Viel Kaffee!« Und schon eilte er hinaus.

Plötzlich zu zweit, musterte Danny Alma ausgiebiger. Was war das für eine Frau? Spitzenagentin? Analystin? Mörderin?

»Noch nie eine Frau jenseits der fünfzig gesehen?«, blaffte sie.

Danny grinste. »Noch nie nackt.«

»Wird auch so bleiben, Welpe. Jeder erledigt seinen Kram.«

»Und doch unterstehen wir beide Klingenberg.«

Alma musterte ihn aus ihren kühlen blauen Augen. »Wie lange arbeitest du für Peter?«

»Fünf Monate.« Danny hob zur Untermalung die Hand mit gespreizten Fingern.

Alma trat zu ihm, kam ihm verdammt nahe, aber da war nichts als Gefahr, die sie ausstrahlte. Leise sagte sie: »Nur ein Rat: Hüte dich vor ihm.«

Die Worte überraschten Danny dann doch. »Inwiefern?«

»Peter spielt seine Spielchen. Wie alle beim BND. Vertraue niemandem! Nicht mal den Fakten, denn die sind höchstwahrscheinlich gefälscht. Vertraue nur dir selbst! Hier gibt es keine Freunde. Nur Schlangen.«

Alma Nordtveit trat einen Schritt zurück, nickte ihm zu und verließ den Besprechungsraum. Sie verursachte dabei nicht das kleinste Geräusch, kein Knarzen der Schuhe, kein Rascheln der Hose, kein Knistern ihrer Fleecejacke. Sie bewegte sich lautlos wie ein Geist. Ein gefährlicher, blonder Geist.

Dannys Blick fiel auf den Berg Akten, und er dachte an ihre Worte. Und an Klingenbergs Tests im Schwarzwald, an seine warme Hand auf seiner Schulter und an seine Worte: *Selbst wenn Sie abermals in eine suizidäre Krise schlittern, holen wir Sie da sofort wieder raus.*

Plötzlich verlangte es Danny übermächtig nach einem Gin Tonic.

Kapitel 9

Porto, Vila Nova de Gaia
42:13:11

Uns erreicht Videomaterial aus Bonn, das zeigt, wie die deutsche Kriminalpolizei die Amerikanerin und Klimaaktivistin Alison Walker zu einer Zeugenaussage ins Präsidium bringt. Es soll geklärt werden, ob Walker in Kontakt mit ANOD steht. Die amerikanische Botschaft wollte sich zu den Vorgängen bisher nicht äußern.

Yasmina Tawil, BBC

Seit dem Notruf waren einundzwanzig Minuten vergangen, bis Louis Martins und sein Team von der Batalhão de Sapadores Bombeiros do Porto am Einsatzort eintrafen. Das zweigeschossige Haus stand lichterloh in Flammen, und das Feuer drohte auf den benachbarten Portweinkeller überzugreifen. Das mussten sie unbedingt verhindern; die alten Holzfässer und das ungeschützte Dachgebälk wären ein gefundenes Fressen. Allerdings brannte in der Erdgeschossgarage ein Auto. Die Flammen züngelten aus den gesplitterten Fenstern in die Höhe und leckten an den Wänden. Der Rauch war dicht und zäh.

Einige Zeit hielten sie mit dem Wasserwerfer auf das Auto, doch das Feuer wollte nicht nachlassen. Als es dann ein zweites Mal aufloderte, wilder als zuvor, schwante Louis Martins, dass es sich um ein Elektrofahrzeug handelte. Zum zweiten Peak kam es, wenn der Akkumulator abbrannte. Die freigesetzte Wärme war zwar nicht anders als bei herkömmlichen Fahrzeugbränden, aber wenn der Akkumulator thermisch durchging, fand eine Zersetzungsreaktion statt, die schwierig zu stoppen war, denn dabei wurde Sauerstoff freigesetzt, was das Feuer zusätzlich anfachte. Dazu kamen womöglich giftige Gase.

Louis Martins und seine Bombeiros kämpften aber weiter. Sie orderten einen zweiten Löschzug und kühlten und kühlten und kühlten, bis sie das Feuer endlich bezwangen. Der Portweinkeller war gerettet, doch das Haus hatte es übel erwischt.

Die Fassade stand noch, mit schwarzen Löchern anstatt der Fenster. Das Dach war eingestürzt. Aus dem Obergeschoss stiegen schwarzer Qualm und weißer Dampf vom Löschwasser in den Nachthimmel. Er flackerte im Blaulicht der Einsatzfahrzeuge wie Geisterschein.

»Sollen wir reingehen?«, fragte der junge, übereifrige Pedro.

Martins nahm den Helm ab und wischte sich Schweiß von der Stirn. »Wir warten noch, bis sich mögliche Gase verflüchtigt haben.« Da sich die Batterien der Autohersteller laufend änderten und deren Entwicklung rasend schnell voranschritt, war für die Feuerwehr das Gefahrenpotenzial durch einen Batteriebrand eine Wundertüte.

Und so wartete die Berufsfeuerwehr von Porto noch eine gute halbe Stunde, bevor Louis Martins sich als Erster mit einer Atemschutzmaske hineinwagte. In der Garage fand er nur das Autowrack. Es strahlte immer noch eine enorme Hitze ab, und Martins entschied, es mit schwerem Gerät herauszuziehen und in den Wassertank zu tauchen. Sicher war sicher.

Danach stieg er die steinerne Außentreppe ins Obergeschoss empor. Von der Wohnungstür hingen nur verkohlte Reste in den Angeln. Martins schlug mit seinem Hammer einen Brocken zur Seite, bevor er sich ins Innere wagte.

Es folgte ein kurzer Flur. Er stieg über einen schwelenden Dachbalken hinweg, spähte durch eine Tür in ein Bad und eine Küche und betrat dann den Wohnraum.

»Puta merda!« Er schob einen weiteren Dachbalken zur Seite, um eine Lücke zu schaffen, und zwängte sich unter einem anderen hindurch. Dann stürzte er zu dem Kerl.

Der saß auf einem rustikal anmutenden Klappstuhl aus Metall, den viele Portugiesen auf den Balkonen stehen hatten, um die lauen Abende zu genießen. Übrig war von dem Mann nur noch ein verkohlter Leichnam. Sein Gesicht war wie eine schreckliche Horrorfratze verzerrt, bis Martins begriff, dass man ihm wohl einen Plastiksack oder Ähnliches über den Kopf gezogen hatte, der geschmolzen war. Zusätzlich hatte man den Kerl gefesselt.

Louis Martins spürte, wie ihm das Abendessen den Rachen emporstieg. Er kämpfte gegen den Würgreflex, denn er wollte sich keinesfalls in die Atemmaske erbrechen.

Wieder fiel sein Blick auf den Toten, sein verzerrtes Antlitz, und Martins konnte nicht anders: Er riss sich die Atemmaske vom Kopf und übergab sich auf den verkohlten Dielenboden.

Einige Sekunden stand er einfach nur da, auf die zitternden Oberschenkel gestützt, und wartete, ob noch eine zweite Welle kam. Sie kam nicht. Schließlich wischte er sich mit dem Oberarm die Reste von den Lippen und spuckte aus. Dabei bemerkte er die geschmolzenen Gegenstände gegenüber dem Toten. Es waren Computermonitore, Server, Laptops und mehrere Tastaturen. Viel war davon nicht mehr übrig. Nach geschmortem Plastik stinkender Rauch stieg von ihnen auf.

Martins zählte eins und eins zusammen und informierte sofort die Polícia und den SIS.

Kapitel 10

Berlin, Chausseestraße
41:31:01

Auf dem Klimagipfel scheinen sich zwei Lager zu bilden: Die einen wollen den Forderungen ANODs nachkommen, die anderen nicht. Die Gegner, zu denen sich China zählt, betonen, sich nicht erpressen lassen zu wollen. Außerdem wäre eine radikale Wende in der Klimapolitik mit wirtschaftlichen Interessen nicht vereinbar. Der Präsident der Philippinen soll daraufhin wutentbrannt den Klimagipfel verlassen haben. Die 7 000 Inseln der Philippinen sind besonders stark vom Klimawandel betroffen.

Olaf Kraus, RTL aktuell

Die letzten zehn Einträge in der Akte mit der Aufschrift Streng geheim waren identisch: Keine neuen Erkenntnisse zum Verbleib von Gabriel Dubois alias Ramsay. Gezeichnet: Peter Klingenberg. Nur das Datum variierte.

Alma stieß einen pfeifenden Laut aus, den sie als heftige Vibration im Hals spürte. Als ob jemand wie Ramsay ein Jahrzehnt lang sein Unwesen treiben konnte, ohne entdeckt zu werden. Das glaubte kein Mensch. Alma in keinem Fall, denn sie kannte alle Details über Gabriel Dubois alias Ramsay. Die Akten hatten ihr nichts Neues offenbart.

Geboren in Paris, hatte Gabriel Dubois sich schon als Kind für Computer und Geheimschriften interessiert und mit sieben Jahren zu programmieren begonnen. Seine Mutter Léa Dubois, geborene Bonnet, hatte in einem Interview gesagt, dass sich Gabriel oft stundenlang in seinem Zimmer eingeschlossen hatte, um Rätsel zu lösen. Allerdings hatte er da schon seine Karriere als Hacker begonnen. Er hatte sich hochtrabend *Monsieur Rossignol* genannt. Sein Vorbild: Antoine Rossignol, der im 17. Jahrhundert im Auftrag des Bourbonenfürsten Henri II. die Geheimschrift der Feinde in Minuten entschlüsselt hatte. So hatte der Fürst erfahren, dass die Lebensmittel der belagerten Hugenotten beinahe aufgebraucht waren und Verbündete um Hilfe baten. Henri hatte den übersetzten Brief gegenüber dem Stadtkommandanten verlesen, woraufhin sich die Hugenotten ergeben hatten.

Gabriel war von dieser Geschichte fasziniert gewesen – eine verschlüsselte Botschaft konnte kriegsentscheidend sein und Leben retten.

Nach der Schule hatte er Technische Informatik und Kryptografie in Paris studiert. Während dieser Zeit hatte er bereits Dechiffriertools programmiert, die er im Darknet verkauft hatte. *Monsieur Rossignol* war in der Hackerszene bald zur Instanz geworden, im echten Leben allerdings hatte Gabriel wenig auf die Reihe bekommen, wie Alma fand. Er war ein naiver Nerd, der sich von Dosenravioli und Toast ernährt hatte. Dosenravioli ... das sagte doch alles!

2005 war er der Liebe wegen nach Frankfurt am Main gezogen. Am 28. Januar 2008 war er dort aufgeflogen, weil er die echten Kerzen am völlig vertrockneten Weihnachtsbaum noch einmal entzündet hatte. Die Nordmanntanne war in Sekunden in Flammen aufgegangen, die Feuerwehr war angerückt, man hatte seine Hackerutensilien gefunden und ihn festgenommen. Sein Freund, Adam Bleiderer, hatte keine Ahnung, mit wem er da zwei Jahre lang das Bett geteilt hatte. Er hatte laut eigener Aussage gedacht, sein Freund arbeite im Homeoffice für eine Sicherheitsfirma.

Alma war überzeugt: Jemand so Weltfremdes wie Gabriel konnte nicht zehn Jahre ohne Hilfe unterm Radar fliegen. Klingenbergs Einträge waren der schriftliche Beweis, dass jemand Gabriel unterstützte. *Jemand vom Geheimdienst.* Ja, Alma war sich angesichts der Einträge todsicher, dass jemand seine schützende Hand über Ramsay hielt. Nur wer? Und warum?

Sie bemerkte, wie sie ihre Hände zu Fäusten geballt hatte. Auch ihr Herz schlug schneller. Verdammt schnell. Sie hätte nicht gedacht, dass ihre Wut noch so stark loderte, nicht nach all den Jahren auf der Hütte und in Frieden.

Sie widmete sich wieder den Aufzeichnungen, die sie bereits kannte, und rekapitulierte sie ein weiteres Mal.

Nach Gabriels damaliger Verhaftung hatte der BND ihm einen Deal vorgeschlagen: Er würde um eine Haftstrafe herumkommen, wenn er sich am Projekt *Juicenet* beteiligte. Er sollte zusammen mit einem interdisziplinären Team von Spezialisten das iranische Atomprogramm sabotieren. Der BND hatte damals ziemlich mächtig rekrutiert, und Gabriel hatte eingewilligt und sich wieder einen hochtrabenden Künstlernamen verpasst: Ramsay.

Ramsay war der Deckname des Moskauer Spions Richard Sorge gewesen, der mit seinen Informationen den Verlauf des Zweiten Weltkriegs beeinflusst hatte. Sorge war im Auftrag der Sowjets in die NSDAP eingetreten. Er hatte unter anderem Informationen in Japan und China gesammelt. Viele Jahre lang hatte niemand geahnt, dass der damals vierunddreißigjährige Korrespondent, der oft die *Frankfurter Zeitung* in der Jackentasche trug, der bedeutendste Sowjetspion in Asien war. Er hatte direkt an Stalin berichtet.

Alma hatte damals bei Gabriels Namenswahl schon das Gefühl gehabt, dass ihm nicht zu trauen war. Gabriel war sogar so überheblich gewesen, dass er offenkundig mit dem Zaunpfahl gewunken hatte. *Schaut mal, ich spiele ein falsches Spiel, ja, wirklich, ihr Idioten!* Klingenberg hatte das nicht glauben wollen. Alma erinnerte sich noch gut an seine Worte: »Der Mann hat halt einen Spleen für bedeutungsschwere Namen. Ein Selbstinszenierer. So einen Tick haben doch viele Genies. Aber was sind schon Namen? Als Hacker ist er brillant! Der wird das Projekt richtig voranbringen, das sag ich dir.« Klingenberg sollte mit dem letzten Punkt auch recht behalten. Gabriel hatte das Projekt vorangebracht.

Alma schüttelte den Kopf. Sie war sich sicher, dass Klingenberg wirklich geglaubt hatte, dass es möglich war, Leute umzukrempeln und ihnen seinen Willen aufzuzwingen. Oder sie zu kaufen, was bei Gabriel passiert war.

Klingenberg irrte sich allerdings mit der Einstellung, und dieser Fehler hätte Alma beinahe das Leben gekostet.

Ihr Leben. Die Explosion.

Mit der Erinnerung an den Knall, das Letzte, was sie gehört hatte, tauchte sie wieder ein in jene sternenlose Nacht. Ein kalter Wind von Norden hatte feuchte Wolken an den Alpenrand getrieben, welche den Bodensee in Diesigkeit tauchten. Alma saß hinterm Steuer des Transporters, in dessen Heck sich Ramsay befand, versteckt hinter Getränkekisten und einer doppelten Wand. Sie waren über die erst kürzlich fertiggestellte A96 gekommen, hatten in Hörbranz die Grenze nach Österreich passiert, um am See entlang bis Hard zu fahren und bei St. Margrethen in die Schweiz zu gelangen. Dort sollte Alma Ramsay übergeben.

Sie steuerte gerade auf das nächtliche Bregenz zu, als der Hinterreifen platzte. Linker Hand der Straße erhob sich der dunkle Hang des Pfänders, rechts schwappten die Wellen des Bodensees gegen das Ufer. Alma hörte den Knall, spürte das Rütteln und wie die Lenkung schwammig wurde. Glücklicherweise behielt sie die Nerven und riss nicht am Lenkrad, was ihren Transporter sicher ins Schleudern gebracht hätte. Stattdessen packte sie das Lenkrad fest, steuerte nur leicht gegen und bremste nach und nach ab. Ihr Fahrtraining machte sich bezahlt: Sie brachte den Transporter sicher zum Stehen.

Schon pochte Ramsay gegen die Rückwand. »Was ist passiert?«, drang seine Stimme gedämpft durch das Blech.

»Das werd ich gleich sehen«, entgegnete sie. »Sie bleiben, wo Sie sind!«

Alma stieg aus und begutachtete den Schaden. Der Reifen war platt wie eine Flunder. Sie würde ihn wechseln müssen. Das gefiel ihr gar nicht, nicht mit einer so explosiven Fracht wie Ramsay im Wagen. Sie musste außerdem in Erwägung ziehen, dass die Panne kein Zufall war.

Unauffällig sah sie sich um, doch die nächtliche Straße war verlassen, das Bodenseeufer verwaist. In der Ferne dümpelten zwei Boote auf dem Wasser. Zum Pfänderhang hin verhinderte ein hoher Zaun, dass Wild die Straße querte.

Das Klappern der Heckklappe ließ sie herumfahren. Ramsay sprang aus dem Wagen. »Was ist los?«, fragte er mit seinem französischen Akzent. »Warum halten wir?«

Alma stapfte auf ihn zu und packte ihn am Oberarm. »Zurück in den Wagen! Ich muss den Reifen wechseln, und dann geht's weiter.«

Ramsay stieß ihre Hand beiseite und wich zurück, drei Schritte weg vom Wagen. Und einen vierten. »Bin ich bescheuert? Was, wenn das kein Zufall ist?«

»Dann sind Sie im Wagen auch sicherer, verdammt! Sie stehen wie eine Zielscheibe im Licht! Los! *Rein jetzt!*«

Wieder wehrte er sich und schlug ihr heftig gegen die Brust, sodass sie zurück zum Wagen taumelte. Der genau in dem Moment in einem grellen Feuerball explodierte.

Alma erinnerte sich noch an den Knall, die Hitze, die Druckwelle, ein schrilles Pfeifen und dann war nichts mehr.

Als sie zwei Tage später im Krankenhaus aufwachte, war sie taub, und von Ramsay fehlte jede Spur. Das Knalltrauma durch die Explosion war so immens, dass ihre Haarzellen nicht mehr gerettet werden konnten. Selbst ein Hörgerät half nichts.

Gabriel Dubois alias Monsieur Rossignol alias Ramsay.

Jemand hatte ihm geholfen unterzutauchen. Intern hieß es, der Iran wäre dafür verantwortlich. Man hatte sie eliminieren wollen, damit er untertauchen konnte. Der Ort des Unfalls war kein Zufall: Vermutlich hatte man Ramsay mit einem der Boote weggebracht, zurück nach Deutschland oder in die Schweiz.

Alma glaubte diese Version nicht, hatte sie nie geglaubt: Der Iran hätte eine solche Operation damals nicht durchführen können. Sie hatten Ramsays Transport relativ kurzfristig geplant. Wie hätte der Sprengstoff am Wagen platziert werden können? Irgendjemand anderes hatte nachgeholfen, nur wer? Wer hatte ein Interesse daran, dass Ramsay nicht in seinem Safehouse ankam?

Nach zehn Jahren, von denen sie die ersten fünf erfolglos nach ihm gesucht hatte, gab es für Alma mehrere Antworten: Ramsay natürlich an erster Stelle. Nachdem sein Falschspiel aufgeflogen war, hätten die Auftraggeber von *Juicenet* ihn damit sicherlich nicht davonkommen lassen. Ob der naive Ramsay zwar so weit gedacht hatte, war fraglich, aber auch er konnte mal im echten Leben einen Treffer landen. Andererseits war auch möglich, dass man andere Pläne mit ihm gehabt hatte, eine weitere Geheimaktion zum Beispiel. *Juicenet* war nicht allein vom BND organisiert worden, sondern von einem Bündnis westlicher Länder. Alma wusste nicht genau, wer alles seine Finger im Spiel hatte, sicherlich aber neben Deutschland noch Frankreich, England und die Amerikaner. Es kamen also viele Akteure in Betracht, die Ramsay für ihre Interessen einspannen wollten.

Alma waren diese Interessen egal, sie wollte nur Ramsay

und seine Helfer, die für ihr verkorkstes Leben verantwortlich waren. Ramsay hatte genau gewusst, was er zu tun gehabt hatte, und irgendwoher musste auch der Sprengsatz gekommen sein. Nur komisch, dass es keinerlei Rückstände gegeben hatte, um Rückschlüsse zu ziehen.

Einer der an *Juicenet* beteiligten Akteure deckte Ramsay. Anders konnte sie sich sein Verschwinden nicht erklären. Man kannte seine Identität, hatte seine Fingerabdrücke, seine DNA und seinen Gebissabdruck. Irgendwo saß der Arsch im Warmen, trank Cidre, während jemand schützend die Hand über ihn hielt.

Und über den oder die würde Alma Ramsay aufspüren. Das war die Verbindung.

Allerdings brachte seine Beteiligung bei ANOD eine neue Variante ins Spiel: War ANOD vielleicht sogar von einigen Pro-Klima-Regierungen initiiert worden, um den Klimaschutz entscheidend voranzutreiben? Das Wiegenlied war das erste Mal auf der Münchner Sicherheitskonferenz aufgetaucht. Zu dem Anschlag gab es kein Bekennerschreiben, keine Forderungen, nichts. Bestand überhaupt ein Zusammenhang? Fakt war nur, dass so Teile des Wiegenlieds in Klingenbergs Fingern gelandet waren, und wer war beim BND der Herr über Geheimoperationen? Peter Klingenberg.

Es würde Alma nicht verwundern, wenn er mit Billigung der Regierung hinter ANOD steckte. Operation ANOD.

Alma klappte die Aktenmappe zu. Ihre Entscheidung war gefallen: Sie würde sich auf Klingenberg konzentrieren. Bei ihm liefen alle Fäden zusammen.

Ein Windhauch ließ sie aufblicken.

Sie murmelte: »Wenn man vom Teufel spricht …«

Klingenberg kam im Eilschritt zwischen den hohen Regalen auf sie zu und hielt ihr einen Dienstausweis hin.

»Brauch ich den?«

»Vielleicht.« Er wies mit dem Daumen zur Tür. »Kommen Sie, es gibt Neuigkeiten.«

Sie trafen sich mit dem Welpen im Besprechungsraum. Er saß mit verschränkten Armen am Konferenztisch und schien in sich zu ruhen. Die Haltung gefiel Alma, sah man sie fast nur bei stressresistenten Charakteren. Allerdings waren die anderen drei Anwesenden interessanter, denn zum ersten Mal seit Jahren sah sich Alma alten Gefährten gegenüber.

Henriette lehnte mit einem Kaffeebecher in der Hand neben dem Whiteboard und lächelte verschwörerisch in ihre Richtung, Thomas trug eine außerordentlich hässliche gelbe Krawatte, und Roland waren die Haare ausgegangen. Sie alle grüßten, doch es gab keinen Wiedersehensplausch, kein Schulterklopfen, nichts. Etwas Ernstes musste passiert sein.

Thomas ergriff das Wort, drückte auf seinem Laptop herum und sagte etwas. Alma verstand kein Wort, doch das Bild, das der Beamer an die Wand warf, sprach für sich. Eine gefesselte Brandleiche saß inmitten von Schutt und Asche auf einem Metallstuhl. Im Hintergrund erkannte man Monitore, Rechner und Tastaturen, die zu einem bizarren Arrangement verschmolzen waren.

Rio Herrán, schrieb Thomas an das Board und tippte gegen die Leinwand. Wurde vor knapp einer Stunde in Porto gefunden. Sein Haus brannte aus.

Der Welpe fragte etwas, und Thomas nickte. DNA-Test steht noch aus, aber die Feuerwehr fand sowohl gefälschte als auch seine ursprünglichen Ausweisdokumente in einem Safe. Eine Nachbarin bestätigte, dass der Mann von den Ausweisfotos das Haus bewohnte.

Wieder eine Frage.

Wir müssen die DNA-Tests abwarten. Noch circa 23 Stunden. Wir gehen aber davon aus, dass es Herrán alias BlueSky ist. Die Informationen stammen direkt vom SIS.

Einige Momente rührte sich niemand, bis Henriette deutlich artikuliert fragte: »Wie bewerten wir das? Zufall?«

»Kein Zufall«, sagte Klingenberg. »Mit Sicherheit nicht.«

Das würde Alma auch sagen. Blieben eigentlich nur zwei Möglichkeiten: Die Mitglieder von ANOD waren aufgeflogen und wurden eliminiert, oder die Gruppe war gespalten. Beides bedeutete mehr Fragezeichen als Antworten. Und es verhieß nichts Gutes, was jedem im Raum klar war.

Einen positiven Aspekt hatte die Entwicklung allerdings: Klingenberg sah ganz krank aus, und das gefiel Alma. Wer krank war, brachte keine hundert Prozent und machte irgendwann Fehler.

Und darauf wartete sie.

Kapitel 11

Flughafen Berlin Brandenburg
39:10:07

Hilde Siebers, Professorin am Max-Planck-Institut für Gesellschaftsforschung, beobachtet seit einigen Jahren, wie sich die Gräben in der Gesellschaft vertiefen. Dieses Phänomen trete unabhängig vom Thema Klima auf; sei es Fleischkonsum, Gendern, Migration, die Corona-Maßnahmen, Integration, Besteuerung von Reichen et cetera. Der Ton werde seit Jahren härter, so Siebers, nahezu extremistisch. Gerade in den sozialen Medien habe Extremismus an Brisanz gewonnen und sei längst zu einem gesamtgesellschaftlichen Problem geworden.

Sonderbericht zur aktuellen Lage, ZDF

»Willkommen in Berlin, Frau García.« Die Beamtin von der Passkontrolle gab Mila den erstklassig gefälschten Ausweis zurück. Mila zeigte die Andeutung eines Lächelns und betrat nach gut dreieinhalb Stunden Flug endlich deutschen Boden. Da sie nur mit Handgepäck reiste, begab sie sich auf direktem Weg zum Ausgang. Sie musste einige gläserne Gänge durchschreiten, über zwei Rolltreppen ins Erdgeschoss fahren und noch an der Zollkontrolle vorbei. Dann war sie schon in der Ankunftshalle.

Glücklicherweise wartete niemand auf sie.

Trotz der frühen Stunde herrschte schon rege Betriebsamkeit in der Ankunftshalle, und sie kaufte sich an einer Espressobar einen Cappuccino to go. Damit machte sie sich auf den Weg zum Langzeitparkplatz.

Ihr Wagen stand unbeschadet in der Parkbucht. Mila packte ihren Rucksack auf die Rücksitzbank und zog ihren schwarzen Mantel aus, der noch ein wenig nach Verbranntem roch.

Zuletzt vergewisserte sich Mila, dass niemand in der Nähe war, bevor sie den Kofferraum öffnete. In den Filzboden war eine Klappe in der Größe einer Zigarettenschachtel eingearbeitet. Darunter kam ein beleuchtetes PIN-Pad zum Vorschein. Nach Eingabe der achtstelligen PIN ließ sich der verriegelte Boden anheben. Zum Vorschein kamen exakt gearbeitete Halterungen, in denen diverse Schusswaffen lagerten. Auch ein Schulterholster aus geschmeidigem Leder und eines für den Oberschenkel lagen bereit.

Mila legte sich das für die Schulter an, klippte eine Beretta aus der Halterung und steckte sie unterhalb der Achsel ins Holster. Sie verriegelte das Waffenversteck wieder, schloss den Kofferraum und sank hinters Steuer.

Der Cappuccino hatte endlich die richtige Temperatur.

Nach einigen Schlucken glitt der schwarze Audi aus der Parkbucht und verließ das Flughafengelände über die A113 Richtung Berlin.

Kapitel 12

Bonn, Rheinufer
37:23:17

»Schaut euch das an!«

»Das sind ja mindestens fünfzig Leute!«

»Ja, mindestens! Und alle Einkaufswagen weg. Aber da brennt ja noch nicht mal Licht im Supermarkt. Warten die alle, dass die öffnen? Wollen die hamstern? Wegen ANOD? Spinnen die?«

»Nee, das sollten wir auch machen. Fahr runter.«

»Ernsthaft?«

»Fahr runter! Die Uhr tickt.«

Marco, Clip auf YouTube

Paula Gellert trank eine Cola und lutschte ein Salbeibonbon, während sie durch die verglaste Front die Morgendämmerung über dem Rheinufer verfolgte. Ihr Hals kratzte, und ihr Gehirn war wie leer gefegt; sie hatte die ganze Nacht live berichtet, bis sie Thorsten und die laufende Kamera gar nicht mehr wahrgenommen hatte. Jetzt verstand sie, was sie früher für völlig abwegig gehalten hatte: dass die Leute in Reality-Shows irgendwann tatsächlich in den Normalmodus umschalteten, Sex vor der Kamera hatten und über ganz Privates plauderten. War Paula sonst vor der Kamera bemüht, jedes Wort perfekt zu betonen, keine Silbe zu verschlucken und sich nicht ständig an die Haare zu fassen, um deren Sitz zu überprüfen, wurde das alles irgendwann bedeutungslos. Es zählten nur noch eingehende Neuigkeiten. Jedes Fitzelchen, das über ANOD bekannt wurde, hauten sie sofort als Schlagzeile per Eilmeldung raus.

ANOD war die Story ihres Lebens. Ihre Followerzahlen in den sozialen Medien waren in den letzten Stunden explodiert, und stündlich kamen Tausende hinzu. Nur regte sich so langsam die Sorge, ob es überhaupt noch ein Leben danach geben würde. Die Verhandlungen der Regierungen waren nach dem Eklat mit dem philippinischen Präsidenten unterbrochen worden. Aktuell sprach die Kanzlerin mit den nordischen Ländern. Ebenso bildete sich in Europa eine Achse des Südens. Wo sollte das hinführen, wenn schon Europa keinen klaren Kurs hinbekam?

Ein Kerl im schwarzen Anzug näherte sich ihr, zu sehen als Spiegelung in der Fensterfront. Paula schob das Bonbon in die andere Wange und wandte sich ihm zu. Er war mindestens zwei Meter groß, schwarzhaarig und so breitschultrig, er könnte Dwayne Johnson Konkurrenz machen.

Sein Blick schien zu summen, doch seine leise Stimme passte überraschend schlecht zu seiner Erscheinung. »Frau Gellert?«

»Ja.«

»Haben Sie einen Moment Zeit?«

»Kommt drauf an, wer Sie sind.«

Er zückte einen Ausweis aus der Innentasche seines Jacketts. Dabei sah sie, dass er eine Pistole trug.

»Bundesnachrichtendienst«, las Paula erstaunt. »Wie kann ich Ihnen behilflich sein, Herr ... Finn.«

»Es geht um Ihre Berichterstattung über ANOD. Wir gehen davon aus, dass sich ANOD demnächst zurückmelden wird, und dann möchten wir gern, dass Sie das Gespräch so lange wie möglich aufrechterhalten.«

»Wie bei Erpresseranrufen im Fernsehen?«

Der Beamte lächelte. »So ungefähr. Ein Team unserer Abteilung für Cybercrime ist soeben eingetroffen und schaltet sich auf die gesamte Technik der Klimakonferenz. Sie werden versuchen, das Gespräch zurückzuverfolgen.«

»Wie lange brauchen sie?«

»Kann man nicht sagen. In jedem Fall gilt: Je länger Sie reden, desto besser. Sie dürfen ruhig alle Register ziehen.«

Ein Gedanke wie ein Blitz, und dann wagte sie es: »Bekomme ich im Gegenzug exklusive Informationen? Ich meine, irgendwie muss ich sie bei der Stange halten. Über das Wetter werden die nicht mit mir reden.«

Der Beamte musterte sie einige Sekunden, dann zückte er sein Handy. »Augenblick, Frau Gellert.« Er entfernte sich ein paar Meter und telefonierte mit gesenkter Stimme. Es dauerte keine zwei Minuten, bis er zurückkam. »In Ordnung. Notieren Sie sich folgende Nummer. Die Kollegin wird Sie mit Informationen versorgen.« Er diktierte ihr eine Handynummer, dann nickte er zum Abschied und entfernte sich.

Paulas Herz schlug schneller. *Ein direkter Kontakt zum BND!*

Exklusive Informationen! Das war der journalistische Jackpot. »Jetzt darfst du es nur nicht versauen, Paula«, sagte sie und zerkaute vor Aufregung den Rest des Salbeibonbons. Danach rief sie die Nummer an, Stift und Notizblock gezückt. Ihr Mund war ganz klebrig, doch was sie von der Frau erfuhr, ließ sie alles andere vergessen. Die Informationen waren pures Gold. Gierig kratzte ihr Kugelschreiber über das Papier.

Zwanzig Minuten nach dem Gespräch hatte Paula die Informationen aufbereitet und sogar noch mehr erfahren als gedacht. Der Kontakt beim BND hatte nämlich noch einen Pressesprecher vom Kanzleramt mit ins Telefonat geholt.

Mit geröteten Wangen und tief durchatmend kehrte sie in den Hauptsaal zurück. Thorsten saß am Bühnenrand im Scheinwerferlicht und aß eine Portion Pommes. Die Kamera ruhte neben ihm auf der Bühne.

»Es gibt Neuigkeiten.« Paula wedelte mit dem Notizblock.

Eine Minute später war sie live.

»Soeben erreichen uns exklusive Informationen aus dem Kanzleramt. Die sogenannten *Vorreiter*, wie sich in der Klimadebatte Deutschland und die nordischen Länder nennen, wollen ANOD um eine Fristverlängerung bitten. Man sei sich einig, das Klima über entsprechende Verhandlungen zu retten, allerdings wären achtundvierzig Stunden für eine verbindliche globale Übereinkunft zu knapp bemessen. Die Regierungen versichern, alles in ihrer Macht Stehende zu tun, doch bedarf es umfangreicher Klimamodellberechnungen und Expertisenauswertungen, um entsprechend wirksame Maßnahmen überhaupt zu definieren.«

Paula trat noch näher an die Kamera heran, sodass ihr Gesicht formatfüllend abgebildet wurde. »Wer auch immer Sie sind, ANOD, bitte melden Sie sich. Danke!«

Thorsten blendete ab. »War das ein Bluff?«

»Nein. Die Regierung will mehr Zeit aushandeln.«

Er schüttelte den Kopf. »Und die glauben, ANOD würde darauf eingehen?«

Paula zuckte mit den Achseln und betrachtete den giftgrünen Countdown auf den Leinwänden. »Ich bin gespannt. Hoffen wir, dass wir es bald erfahren.«

Es dauerte keine zwanzig Minuten. Diesmal flackerte das Saallicht nicht, auch donnerte es nicht aus den Lautsprechern. Das Gesicht erschien einfach von einem Moment auf den nächsten auf den Leinwänden.

»Es wird keinen Aufschub geben«, sagte die mechanische Chorstimme. »Achtundvierzig Stunden und keine Sekunde länger.«

Paula trat mittig auf die Bühne, direkt vor das riesige Gesicht. Ein Zittern lief durch ihre Beine. »Es ist ein Vorschlag, ANOD. Sie haben sich sicher intensiv mit dem Thema Klimaschutz auseinandergesetzt. Sie wissen, wie komplex die Zusammenhänge sind.«

»Natürlich. Aber jahrzehntelang wurde kostbare Zeit verschenkt. Schon 1965 äußerte die US-Regierung die Befürchtung, dass die globale Erwärmung eine ernsthafte Bedrohung darstellt. Man sprach davon, dass die mittlere Temperatur um etwa ein Grad Celsius steigen könnte. 1965! Die Regierungen hatten mehr als ein halbes Jahrhundert Zeit, sich auf dieses Problem vorzubereiten.«

»Aber nur auf Basis wissenschaftlicher Erkenntnisse.«

ANOD legte den Kopf schief. »Wie soll es ohne Vertrauen in die Wissenschaft funktionieren, Frau Gellert?«

»Nicht ohne. Aber es gibt Vorbehalte. Misstrauen gegenüber Großunternehmen und ihrem Einfluss. Wenn ich ganz persönlich reden darf: Ich mache mir keine Sorgen über genveränderte Lebensmittel, aber um die wachsende Macht der Saatguthersteller, die irgendwann bestimmen können, was und wie viel wir essen. Der Umgang mit der Wissenschaft ist also ein zentraler Aspekt, auch für die Regierungen. Welche Maßnahmen sollen ergriffen werden? Es gibt mehrere Tausend Klimaexperten weltweit mit noch mehr Vorschlägen und Thesen.«

»Versuchen Sie nicht, mich einzulullen. Sie haben keine Minute länger.«

»ANOD!«

Das Gesicht musterte sie. Trotz der wechselnden Fragmente und Polygonlinien lag ein menschlicher Ausdruck darin. »Was wollen Sie, Frau Gellert?«

»Ich ... ich möchte Sie einladen.«

»Wozu?«

»Zu einer Pressekonferenz.« Das Wort schwebte für die Dauer dreier Herzschläge zwischen ihnen über der Bühne, bevor Paula nachschob: »Die Menschen sind verunsichert. Vor den Supermärkten bilden sich Schlangen. Es ist nur eine Frage der Zeit, bis die Lage eskaliert und geplündert wird. Sie würden zu einer Deeskalation beitragen, wenn Sie uns Journalisten Rede und Antwort stehen. Wie sollen die Regierungen verhandeln, wenn es weltweit zu Unruhen kommt? Die Verantwortlichen brauchen jetzt keine Ablenkung.«

ANOD schwieg, und Paula meinte schon, das Bild wäre eingefroren, doch dann sagte das Gesicht: »Wir melden uns in einer Stunde«, und war verschwunden.

Wieder lief nur der Countdown.

Paulas Herz klopfte heftiger. Eine Pressekonferenz. Was für eine grandiose Idee.

Das sah auch der Anzugträger vom BND so, der am Fuße der Treppe stand und in Paulas Richtung den Daumen hob.

Kapitel 13

Hamburg, Harvestehude
36:59:48

Eben neuen Stromtarif abgeschlossen. 100 % Ökostrom und auch noch günstiger. #Klima #ANOD #ActNowOrDie
@Kugianu, Twitter

Am Straßenrand stand ein Kleinlaster mit der Aufschrift HAMBURG WASSER. Reflektoraufsteller warnten vor Kanalarbeiten. Kabel und Rohre verschwanden im geöffneten Gullydeckel, aus dem eine Leiter ragte.

Danny stieg die Sprossen ins Sielnetz hinab, wie in Hamburg die unterirdischen Abwasserleitungen hießen. Die Wände bestanden aus roten Ziegeln und waren gut in Schuss. Nach dem Großen Brand von 1842 war das Hamburger Kanalsystem von Grund auf neu geplant und gebaut worden. Rund 5 800 Kilometer Rohre und Röhren verliefen unter Hamburg wie eine Parallelwelt.

In der stank es nach Brackwasser, Urin und Moder. Wie Oliver ihm erklärt hatte, gab es die öffentlichen Kanäle, etwa zwei bis fünf Meter unter der Erde, sowie die Transportsiele in bis zu siebenundzwanzig Metern Tiefe. Danny musste in eine solche Abwasserautobahn hinabsteigen, um in knapp vierhundert Metern Entfernung wieder in einen anderen Teil des Systems zu gelangen. Dort zapfte Oliver Tom Schneiders Abwasserrohr des Panikraums an.

Mit eingezogenem Kopf folgte Danny den Kabeln und Rohren. Klingenberg hatte ihn nach der Sitzung nach Hamburg geschickt, um dort die Operation gegen Schneider zu leiten. Ihm stand sogar ein Spezialeinsatzkommando zur Verfügung, das in einem Kilometer Entfernung auf seinen Einsatz wartete. Danny hatte dazu mit dem Polizeipräsidium Hamburg gesprochen. Seine frühere Zugehörigkeit zum MEK hatte sich dabei als nützlich erwiesen. Zumindest in dieser Richtung waren keine Komplikationen zu erwarten. Reichten schon die internen beim BND. Danny ärgerte sich maßlos über die Geheimniskrämerei; er könnte schon seit Monaten hinter ANOD her sein. Sie könnten Selina Moreno längst gefasst haben!

Moreno bereitete Danny am meisten Kopfzerbrechen. Vielleicht, weil er von ihr ein Gesicht vor Augen hatte. Hatte sie seinen Selbstmord live verfolgt? War sie dafür verantwortlich? Was für einen Charakter musste man haben, um die Auslöschung der Menschheit zu erwägen? Wie sehr er sich auch anstrengte, er konnte sich die Tragweite nicht ansatzweise vorstellen. Selina war intelligent und wohlhabend. Auch soziopathisch? Eine Misanthropin?

Dazu kam ein weiterer Hinweis des portugiesischen Geheimdienstes: Eine Nachbarin von Herrán hatte ausgesagt, dass sie kurz vor dem Feuer jemanden die Außentreppe hatte hinaufsteigen sehen. Leider nur von hinten, aber es war eine Frau mit dunklen Haaren und schwarzem Mantel gewesen. Selina Moreno? Aber warum sollte sie ihren Partner töten? Verfolgte sie eigene Pläne? Gab es verschiedene Strömungen innerhalb der Gruppierung? Danny versuchte, sich in die Lage der Terroristen zu versetzen, aber bei Moreno gelang es ihm überhaupt nicht; wie kaltblütig musste jemand für so einen Plan sein? Milliarden Menschen würden sterben, darunter Kinder, Frauen und Alte. Babys! Danny dachte an Leonie und erzitterte. Wie konnte eine gesunde Persönlichkeit das aushalten?

Es gab nur eine plausible Erklärung: ANOD bluffte, um die Verhandlungen anzuschieben. Dazu passten aber weder die Drohnenattacke bei der Münchner Sicherheitskonferenz noch die Suizidwelle vor einigen Monaten. Nicht zuletzt war Patels Ermordung ein ziemlich hoher Einsatz für einen Bluff.

Irgendein Puzzleteil passte nicht ins Bild. Es kratzte ihn wie ein nicht sauber herausgeschnittenes Etikett in den Boxershorts.

Danny erreichte eine weitere Leiter und stieg sie empor zu einem engen Schacht, in dem das Wasser zentimeterhoch stand. Die Luft war feucht und schwer.

Olivers vollschlanke Silhouette zeichnete sich im Schein eines Strahlers und eines Laptopdisplays ab. Der IT-Freak stand vor einer Revisionsklappe von circa zehn Zentimetern Durchmesser und schob einen schwarzen Schlauch Stück für Stück hinein, wobei Wasser zu Boden spritzte.

»Nicht erschrecken«, sagte Danny laut. »Ich bin's.«

»Na endlich! Hier. Schieb mal! Immer feste rein mit dem

Rohr!« Oliver richtete sich grinsend die Brille, bevor er sich dem Militärlaptop widmete. Das Display zeigte das dunkle Graubraun eines Gusseisenrohrs. Undefinierbare Klumpen trieben auf dem leichten Gefälle vorbei.

»Wie weit bist du?«, wollte Danny wissen.

»Geschätzt noch zehn bis fünfzehn Meter bis zum weißen Porzellangott. Sichtkontakt zu Scheiße haben wir schon. Wir sind also nah dran.«

Danny versuchte auszublenden, dass ihm das Wasser von den Fingern tropfte.

»Aber die Konstrukteure des Panikraums sind ausgebuffte Schlitzohren, das sag ich dir.« Oliver schüttelte den Kopf. »Vorhin musste ich ein Gitter überwinden. Ein Gitter mit Düsen, um keine Verstopfung zu bekommen! Wahnsinn.«

»Du meinst, das Gitter ist als Schutz vor solchen Aktionen entworfen worden?« Danny schob den Schlauch weiter und weiter. Es ging immer schwerer.

»Jo. Aber zum Glück weiß ich mir zu helfen: Ich hab einen Rohrroboter im Einsatz. Hab mit ihm mal fix das Gitter aufgetrennt.«

Danny runzelte die Stirn. »In einem Abwasserrohr?«

»Klar. Unter Wasser kann man auch trennschweißen. Zum Glück haben die noch keine Kunststoffrohre verbaut; die wären bei den über tausend Grad geschmolzen.« Oliver bleckte die Zähne.

»Und dazu hast du eben mal 'nen Roboter gebaut? Du MacGyver, du!«

Oliver schnaubte. »Ich rede seit Wochen von der Toilet-

Cam. Ich hab das bis ins kleinste Detail durchdacht, Dominik. Der Rohrroboter ist ein Schweizer Taschenmesser für Kanalnerds. High-End-Technik. So was in der Art, nur schwimmend, gibt's in der Tiefseeforschung. Wurde für U-Boote entwickelt, um Außenreparaturen bei extremem Wasserdruck durchzuführen. Geiles Gadget!«

Danny konnte nur nicken und schieben.

Kurz darauf stand ihm der Schweiß auf der Stirn. »Es geht immer schwerer.«

»Die Gleitreibung. Wird mit jedem Zentimeter höher. Wir haben jetzt auch schon dreißig Meter Kabel drin.«

»Irgendeine Lösung?«

»Nee. Da kann auch mein Roboter nix ausrichten. Da ist Manneskraft gefragt.«

Danny mühte sich noch einige Minuten, dann ließ er vom Schlauch ab. »Ich glaub, ich ruf Verstärkung.«

»Adrienne?«

»Würde dir sicher hier unten gefallen. Nee, ich habe was Besseres: ein SEK-Team.«

Oliver musterte ihn neugierig. »Die Kavallerie?«

»Für den Fall der Fälle. Aber die zwei Stärksten können sich gern hier die Hörner abstoßen.« Er ruckte nochmals am Schlauch, brachte ihn aber nur noch einen Zentimeter tiefer ins Rohr. »Ich glaub, ich lass gleich alle antanzen. Sicher ist sicher.«

Oliver klatschte in die Hände. »Ein SEK für meine Toilet-Cam. Wie geil ist das, bitte? Gemeinsam in der Scheiße stochern für die Rettung der Menschheit! Kriegt man dafür 'nen Orden?«

Danny warf ihm einen finsteren Blick zu. »Schau du lieber mit deinem Roboter, ob ein weiteres Gitter kommt. Wir haben keine Zeit zu verlieren. Die Uhr tickt.«

Olivers Grinsen verschwand. »Ticktick, ticktick, ticktick.«

»Ja«, sagte Danny. »Ticktick, ticktick und dann bumm ciao.«

»Bumm ciao«, echote Oliver, aber er hing bereits am Monitor und steuerte seinen Roboter durch Tom Schneiders trübe Plörre.

Kapitel 14

Bonn, Rheinufer
36:02:01

Aus den Vereinigten Staaten erreichen uns verstörende Bilder: Schier endlose Wohnmobilkarawanen verlassen die Städte. Ein Reporter von Fox News interviewte einen Flüchtenden bei Denver. Der Familienvater sagte, sie fahren erst mal zu Freunden aufs Land. Die Lautsprecher des Wagens sowie die des Fernsehers hätte er vorsorglich zerstört. Nur um sicherzugehen.

Theodor Martin, ARD-Amerika-Korrespondent, live aus Washington

Die Aufregung wühlte sich durch Paulas Magen. Vielleicht war es auch die Cola. Sie blickte auf ihre Armbanduhr – noch zwei Minuten bis zur Pressekonferenz. Die Veranstalter hatten auf der Bühne des großen Saals Stuhlreihen aufgebaut, wo sich eine Meute von Journalistinnen und Journalisten versammelt hatte. Die Stühle reichten nicht aus, etliche saßen am Boden oder standen herum. Paula schätzte die Menge auf mindestens einhundert Personen aus allen möglichen Nationen. Das würde gleich ein Chaos werden.

Sie atmete nochmals tief durch, dehnte ihren Nacken und marschierte dann mit einem Tablet in der Hand vor die Versammelten. Sie würde die Pressekonferenz eröffnen und abschließen, so lautete der Plan des Beamten vom BND. Außerdem gehörte ihr die letzte Frage, und die würde hochgehen wie eine Bombe.

Wahrscheinlich war sie auch deswegen so nervös. Konfrontation war sie zwar von Diskussionen gewohnt, aber gezielte Reizung nicht, wie Herr Finn das bezeichnet hatte.

Dann ging es auch schon los. ANOD erschien pünktlich auf der Leinwand.

»Guten Morgen«, grüßte Paula freundlich. »Schön, dass Sie es einrichten konnten.«

»Fünf Fragen«, sagte das Gesicht. »Wählen Sie weise.«

Paula brauchte einen Moment, um sich zu fangen. »Das kommt etwas überraschend. Wir sind davon ausgegangen, dass Sie die Journalisten auswählen.«

»Fünf Fragen. Keine mehr. Sie dürfen wählen, Frau Gellert.«

Das auch noch. »Okay.« Paula wandte sich langsam den Versammelten zu. »Wer möchte anfangen?«

Einhundert Hände schossen in die Höhe. *War doch klar, Paula!* Sie nickte in die Runde und zeigte dann auf Karmen. Die Kollegin beschäftigte sich seit Jahren mit der Klimathematik und hatte schon mehrere Preise gewonnen. Von ihr erwartete Paula eine intelligente Frage.

Die lautete: »Haben Sie konkret definierte Klimaschutzziele, die von den Regierungen erfüllt werden sollen? Ich würde das gern kurz ausführen, wenn es recht ist.«

»Nur zu.«

Karmen atmete durch. »Nehmen wir das Übereinkommen von Paris. Man einigte sich, die Erwärmung weit unter zwei Grad Celsius zu halten. Nun gibt es mögliche Zukunftsszenarien bis 2100 zur globalen Treibhausgasemission. Ohne Regularien wird ein Temperaturanstieg von 4,1 bis 4,8 Grad angenommen. Mit den aktuellen Klimaregularien erwartet man 2,8 bis 3,2 Grad. Wenn sich alle Länder an das Paris-Abkommen halten, 2,5 bis 2,8 Grad. Das liegt immer noch weit über den Zielen. Was also fordern Sie? Wir lagen 2019 schon bei 1,1 Grad im Vergleich zum vorindustriellen Niveau. Der Spielraum ist also nicht mehr groß, bevor es zu irreversiblen Klimaänderungen kommt.«

»Und das ist das Problem«, ergriff ANOD das Wort. »Selbst mit der Zwei-Grad-Begrenzung wird der Anstieg des Meeresspiegels nicht gestoppt. Deswegen fordern wir einen sofortigen, radikalen Wandel.«

»Und nennen Sie nun eine konkrete Grenze?«

»Wir dürfen die 1,5 Grad nicht überschreiten, wenn Sie unbedingt eine Zahl wollen. Nächste Frage.«

Paula wählte einen englischen Journalisten aus. Arthur Davis hatte schon für fast alle renommierten Blätter gearbeitet. Seine Referenzen waren wirklich erstaunlich: *Guardian, Observer, Daily Mirror, Financial Times, Daily Telegraph, Times, Sunday Times* …

Er fragte: »Sind Sie eine rein private Organisation, oder werden Sie fachlich, logistisch und finanziell unterstützt? Vielleicht sogar von Staaten?«

Das Gesicht lächelte. »Wir sind viele. Schauen Sie ins

Netz. Unser Hashtag *#ActNowOrDie* trendet in allen Suchmaschinen. Wir dominieren alle Rankings. Wir bringen den Wandel. Wir retten den Planeten. Wer möchte uns dabei nicht unterstützen?«

Ein Journalist rief: »Sie wollen also eine Revolution? Ist das Ihr eigentliches Ziel? Oder wollen Sie wirklich die Menschheit auslöschen, wenn die Verhandlungen scheitern? Das klingt doch recht abwegig. Milliarden Tote.«

»War der Professor nicht Beweis genug?«

»Spielen Sie Ihren Track ab, hier und jetzt, dann wird die Welt wissen, ob –«

»Are you crazy?« Eine Frau riss den Sprecher von seinem Stuhl. »Be quiet! *Be quiet!*« Noch andere stimmten mit ein, und im nächsten Augenblick drohte eine Schlägerei loszubrechen, bis die Tonfolge alle erstarren ließ. Er war dieselbe wie beim ersten Erscheinen von ANOD, nur länger. Laut und klar drang sie aus den Saallautsprechern.

Paula lauschte den technischen Klängen und Bässen, bekam eine Gänsehaut und fühlte sich plötzlich ganz schlecht. So verloren und einsam in dieser kalten, trostlosen Welt. Sie schluckte hart.

Die Melodie brach ab, und ANODs Chorstimme fragte leise: »Haben Sie es gespürt? Diese Mutlosigkeit? Diese Lähmung? Diese Trauer?«

Ein ersticktes Raunen ging durch die Menge, lange Gesichter nickten, und auf manchen glitzerten Tränen auf den Wangen. Jemand schluchzte.

Auch Paula bemerkte, wie ihre Finger mit dem Tablet zitterten. Wenige Sekunden nur und dann diese Reaktion!

Und das bei einer Live-Übertragung! Wie viele Millionen Zuschauer hatten nun den Beginn des Lieds gehört? Wie viele hatten diese Welle von Mutlosigkeit gespürt?

»Wie … wie zum Teufel funktioniert es?«, rief eine Journalistin, die Augen vor Angst weit aufgerissen.

»Das müssen Sie nicht wissen, nur, dass es funktioniert. Stellen Sie uns nicht infrage. Act Now Or Die!«

Wenn Paula richtig mitgezählt hatte, war nun sie mit der letzten Frage an der Reihe, doch ein Kerl kam ihr zuvor und rief zornig: »Und Sie glauben, Sie haben das Recht, über unser aller Leben zu entscheiden? Sind Sie Gott? Nein! Sie sind ein armseliges Würstchen, das sich hinter einer digitalen Maske versteckt.« Der Kerl spuckte aus. Der Speichel leuchtete im Scheinwerferlicht auf seiner Flugbahn.

»Wir haben es uns nicht leicht gemacht«, gestand ANOD zu Paulas Überraschung, »aber wenn wir unser Verhalten nicht drastisch ändern, wird unsere Spezies sterben. Wir haben es selbst in der Hand, aber die Menschheit tut sich nun mal schwer mit Veränderungen. Das liegt in unserer Natur. Wir Menschen sind Gewohnheitstiere. Wir brauchen Routinen. Man nennt das unumgängliche Lebensrealität – so ist unser Leben eben. Wenn wir etwas ändern und alte Gewohnheiten aufgeben, ist das für unser Gehirn wie Entzug, und dann arbeitet es dagegen, um zur alten Gewohnheit zurückzukehren. Die Hirnforschung weiß das, und deswegen braucht es einen Impuls von außen. Wir sind dieser Impuls. ANOD bringt die Veränderung. Act now or die! Act now or die! Act now or die!«

Das soll das Schlusswort sein, begriff Paula und bekam Panik. Sie musste ihre Frage unterbringen. Sie sprang auf und wedelte wie ein Hampelmann mit den Armen, sodass man sicher ihre Schweißflecke unter den Achseln sehen konnte. Aber es war ihr egal. Laut rief sie: »Gestatten Sie noch eine letzte Frage? Bitte!«

ANOD musterte sie. »Fünf waren vereinbart, Frau Gellert.«

»Ich weiß, aber ich habe noch etwas Wichtiges.« Paula schlug das Herz plötzlich schmerzhaft gegen die Rippen.

»Und das wäre?«

»Was sagen Sie dazu, dass einer Ihrer Führungsköpfe, der portugiesische Hacker Rio Herrán alias *BlueSky* vor etwa sechs Stunden in seinem Haus in Porto ermordet wurde? Uns liegen verifizierte Informationen des portugiesischen Geheimdienstes vor.« Paula aktivierte das Tablet und hielt es in die Kamera. Das Foto zeigte eine auf einem Metallstuhl sitzende Brandleiche mit grausig verzerrtem Gesicht. Im Hintergrund waren geschmolzene Monitore und Computer zu erahnen.

ANOD schien sie aus seinen wechselnden Augen anzustarren. Sein digitaler Mund ging auf, dann brach die Verbindung ab.

Im Saal herrschte für einige Sekunden Totenstille, bis sich auch der allerletzte Blick auf Paula richtete. Dann brach der wahre Sturm der Fragen los.

Kapitel 15

Berlin, Konradshöhe
35:31:20

Bei Gott! Ich dachte, unsere Welt geht unter. Meine Kinder weinen immer noch.

@Beatrice182, Twitter

Der Jüngste Tag bricht an! Rettet euch!

@HolgerMay, Twitter

So eine abgefahrene Story hätte ich mir nicht ausdenken können.

@TimoLeibig, Twitter

Ella Kotaskas Herz hämmerte. Mit zitternden Fingern unterbrach sie den Videostream und stoppte den Gesichtsfake. Mithilfe einer auf deep learning basierenden App, die sie entwickelt hatte, wurde aus jedem x-beliebigen Gesicht ANOD. Früher hatte sie an neuronalen Netzen gearbeitet und mit ihren Software-Applikationen für Computer dabei geholfen, Gesichter digital zu rekonstruieren und zum Leben zu erwecken. Ihre Hauptabnehmer waren Filmstudios gewesen, bis die Technik dank leistungsstarker Handys Einzug in den Mainstream gehalten hatte. Leider waren ihre Apps dann missbraucht worden; man hatte Gesichtsfotos prominenter Frauen genommen und damit Pornos neu gerendert. Plötzlich trieben es Emma Watson, Angelina Jolie und Angela Merkel ungehemmt vor der Kamera. Ella war damals zutiefst schockiert gewesen, dass man ihre Arbeit so missbrauchte. Es war ein Schlag ins Gesicht gewesen, mit einem gewaltigen Hammer.

Mit *BlueSkys* Tod hatte sie auch nicht gerechnet. Wieder zitterten ihre Finger, und in ihrer Brust breitete sich eine Enge aus, die bis in den Hals ausstrahlte. Sie stieß keuchend die Luft aus, drückte sich am Kehlkopf herum. »Bleib ruhig!«, krähte sie. »Bleib ganz ruhig!«

Sie rollte samt Bürostuhl zurück zu ihrer Workstation und rief den abgesicherten ANOD-Chat auf. Dort schrieb sie mit zitternden Fingern: *Habt ihr das Foto gesehen? Was war das? Rio? Sky? SKY!*

Sky antwortete nicht, und für einen Moment bekam Ella Panik, sie könnten alle tot sein. Sie atmete schwer, räusperte sich und bemerkte dann, dass Ramsay eine Antwort tippte. Gleichzeitig jaulte das Signal für eine eingehende Videokonferenz los. Anrufer: *deejayy*.

Ella nahm den Videocall entgegen. »Tom! Fuck! Hast du das eben gesehen?«

Tom war auch kreidebleich, und es lag nicht an der miesen Beleuchtung. »Klar! Können wir das verifizieren?«

»Keine Ahnung.«

Ramsays Nachricht ploppte auf: Habe versucht, Sky zu

erreichen. Negativ. Kann ihn nicht mal anpingen. Er ist seit circa sechs Stunden offline, war davor nur ganz kurz im Knoten.

»Wie es die Journalistin gesagt hat.« Ella spürte, wie ihr wieder der Brustkorb eng wurde, sodass sie kaum Luft bekam. »Und jetzt?«, krähte sie. »Tom? Was machen wir jetzt?«

»Erst mal ruhig bleiben. Wir wissen zu wenig. Es ist wahrscheinlich nur ein Versuch der Regierungen, uns zu verunsichern. Weißt du, wie Sky aussieht? Ich weiß es nicht, ich wusste bis eben nicht mal, wie er mit richtigem Namen heißt. Und selbst wenn: Die Leiche könnte jeder sein.« Er tippte gleichzeitig eine Nachricht in den Chat: *Können wir Skys Tod verifizieren?*

Selina antwortete darauf: Ich scanne schon die Nachrichtenportale. Dauert.

»Tom?«

»Ja.«

»Was, wenn sie uns schon auf die Schliche gekommen sind?«

»Dazu müssten sie unsere Identitäten kennen! Und die kennt niemand.«

@Ramsay: Wurde ANOD angegriffen?

Ramsay: Nein. Keine Angriffe, keine Exploits, keine Interrupts, keine Anomalien, nichts. ANOD ist safe.

»Siehst du«, sagte Tom über den Videochat. »Du brauchst dir keine Sorgen machen, wahrscheinlich ist es ein Fake. Die wollen nur, dass wir etwas Unüberlegtes tun.«

Ella war nicht so überzeugt. »Du hast leicht reden in deinem Bunker.«

Tom verzog den Mund. »Willst du rüberkommen? Platz hätte ich genug und Lebensmittel auch.«

»Und meine Workstation?«

»Kannst du hier anschließen. Glasfaserstandleitung. Reicht für uns beide.«

Ella tippte mit den Fingern auf der Tastatur herum. Der Gedanke war verlockend. Tom und sie kannten sich seit Jahren, waren sich bei einem Treffen des Chaos Computer Clubs in Berlin über den Weg gelaufen. Seitdem pflegten sie eine angenehme Freundschaft, die aus zwei- bis dreimal pro Jahr essen gehen und regelmäßigen Telefonaten bestand. Und ab und zu einem Clubabend, wo Tom auflegte. Ella war sich auch sicher, dass Tom mehr wollte, aber dazu war er ihr zu sprunghaft. Heute fand er die Blonde gut, morgen die Brünette, übermorgen die Schwarzhaarige.

»Du kannst echt kommen«, versicherte er. »Hier sind wir safe. Übrigens: Du warst spitze auf der Konferenz. Ich hab hier nebenbei auch die Suchtrends offen. Wir sind mittlerweile weltweit auf Platz eins. Überall Ausreißer. Bald kennt jeder ANOD, und dann geht's ab. Dann kommen die Pisser nicht mehr an einem neuen Klimaschutzabkommen vorbei. Die Revolution läuft, Ella!«

Ella spürte wenig Begeisterung. Vor ihrem inneren Auge sah sie immer noch die grausige Brandleiche mit dem zu einem angsterfüllten Schrei verzerrten Mund. »Ich glaub, ich fahre wirklich rüber.«

»Mach das. Echt kein Ding.«

Ein Geräusch drang aus dem Flur, und Ella fuhr auf ihrem Drehstuhl zur Tür herum.

Tom war sofort alarmiert. »Was ist?«

»Ich weiß nicht. Hab was gehört.«

»Bei dir im Haus?«

»Ich glaub schon.« Ella stand langsam auf. Ihr Bürostuhl knarrte.

»Was machst du?«, fragte Tom. »Wo gehst du hin?«

»Nachsehen, verdammt! Wahrscheinlich ist es nur wieder Toni.«

»Die Nachbarskatze?«

»Jo. Seit ich ihm einmal Sahne hingestellt habe, kommt er jeden Tag. Bleib bitte dran, Tom. Nur für den Fall.«

»Geht klar!«

Ella erreichte die Tür ihres Büros im Erdgeschoss. Das Klirren von Glas schnitt durch die Stille des Einfamilienhauses. Es kam von der Kellertreppe am Ende des Flurs. Ella wandte sich noch einmal ihrer Workstation zu und signalisierte in die Webcam, dass sie den Raum verließ und dass Tom leise sein sollte. Sein blasses Gesicht auf dem Monitor nickte.

Ella holte sich in der Küche ein Messer, zwanzig Zentimeter japanischer Spezialklingenstahl. Mit der Waffe in der Hand schob sie sich Schritt für Schritt über das Parkett zur Kellertür. Die Nachbarskatze war tatsächlich schon mal durch ein gekipptes Kellerfenster hereingeschlüpft und hatte Vorratsgläser von einem Regal geworfen.

Ella erreichte die Tür zum Wohnzimmer. Dort waren die Rollläden nicht heruntergelassen, und so fiel ein silbrig goldener Streifen Morgenlicht über dem Bambus im Garten herein, der die Tatami-Matten und den Kotatsu in helles

Licht tauchte. Oft lag sie unter der Matte des beheizten Tisches und blickte hinaus in den Himmel. Ella hatte sich mit dem Haus und dem japanischen Wohnzimmer ihre Oase des Friedens geschaffen. Dort hatte sie auch entschieden, bei ANOD zu partizipieren. Die Welt könnte ein so wundervoller Ort des Friedens sein, wenn der Mensch nur im Einklang mit ihr leben würde.

Das Quietschen des Kellertürgriffs fuhr Ella durch Mark und Bein. Sie blieb keine zwei Meter von der Tür entfernt stehen, das Messer stoßbereit erhoben, und beobachtete, wie sie langsam aufgedrückt wurde.

Ella hätte beinahe vor Panik losgeschrien, bekam sich aber in den Griff. Geräuschlos schlich sie zurück. Sie musste ins Büro, die massive Eichentüre versperren, dann konnte sie Hilfe rufen.

Sie war auf Höhe der Küche, als ein Schatten aus dem Keller in den Flur trat. Die schlanke Frau trug einen schwarzen Mantel. Der Lauf einer Pistole richtete sich auf Ella.

Die fragte verwirrt: »Selina?«

Als Antwort erblühte der Lauf der Waffe.

Kapitel 16

Hamburg, Harvestehude
35:25:01

Die Welt blickt nach Portugal. Ob es sich bei dem Opfer des Hausbrandes in Porto um den per internationalem Haftbefehl gesuchten Hacker Rio Herrán alias BlueSky handelt, wurde bislang nicht bestätigt.

Rebecca Tirschner, ProSieben Nachrichten

»Und Ruck! Und Ruck! Und Ruck!«

Zu fünft schoben sie die Toilet-Cam Stück für Stück tiefer ins Abwassersystem. Zum Glück hatte Danny gleich vier Kerle vom SEK angefordert.

Oliver beugte sich über seinen Militärlaptop. »Noch ein Stück, Jungs! Da vorn wird's steil! Wir sind unterm Haus! Da komm ich mit meinem Roboter nicht mehr weiter. Ich schalte mal die Kameras um und ... schwups ... wir sind auf Sendung.« Am Laptop hatte Oliver einen Trackball angeschlossen. An dem hantierte er rum, wodurch sich das Kamerabild bewegte. »360 Grad rotierende Kamera. Geil, oder?«

»Hmmm ...«, brummte Danny.

»Was denn? Das ist richtig mega! Aber gut: Es kann weitergehen, Jungs! Weiter, weiter! So flutscht das!«

Einer der Männer knurrte: »Ich steh ja auf enge Sachen mit viel Reibung, aber das hier stinkt zum Himmel.«

Ein anderer lachte, und ein dritter pfiff abfällig durch die Zähne. »Packt an! Und Ruck! Und Ruck!«

»Jaja«, flötete Oliver in das Stöhnen der Männer hinein. »Die Reibung. Die hab ich in meiner Kalkulation nicht explizit genug bedacht. Ich hätte die Gleitreibungszahl berechnen sollen. Gummi auf – ja, worauf eigentlich – Gusseisenrohr mit Schmierstoff Scheiße. Wäre sicher eine spannende Berechnung ...«

»Olli! Halt deinen Mund und sag an, wie weit noch!«

»Nicht mehr weit. Vielleicht noch drei Meter bis zum Siphon.«

»Also gut, Leute!« Danny packte den Schlauch fester und schnaufte durch. »Ihr habt es gehört: Die drei Meter pack ma noch!«

Mit frischem Elan schoben und schoben sie, begleitet von Olivers Kommentaren, der zu Höchstleistungen auflief. »Noch zwei Meter! Noch einen! Und kurz Stopp. Das sieht nach dem Anschluss aus! Jawohl! Jetzt langsamer. Jetzt kommt der Siphon mit dem Geruchsabschluss. Und weiter. Und weiter! Und da ist das Wasser. Wunderbar. Jetzt nochmals Stopp, Leute!« Oliver wandte sich an Danny. »Wenn wir jetzt weiterschieben, sind wir in der Schüssel und können entdeckt werden.«

»Okay, dann telefoniere ich kurz.« Danny wischte sich den stinkenden Dreck an die Jeans, entfernte sich von den anderen und rief Klingenberg an, um ihn über den Stand der Dinge zu informieren. Im Gegenzug erfuhr er von den Details der Pressekonferenz und dass sie mit Herrán wohl richtiglagen. Daher gab Klingenberg das Okay zum endgültigen Eindringen in Tom Schneiders Panikraum.

Danny kehrte zu seinem Team zurück. »Wir schieben rein!« Diesmal bezog er allerdings neben Oliver Stellung, um die Videoübertragung zu verfolgen. Er musste wissen, was im Panikraum los war, und so verfolgte er, wie sich die Kamera zentimeterweise vorwärtsschob.

Ein verschwommenes Oval hellen Lichts kam zum Vorschein. »Der hat den Deckel nicht runtergeklappt«, wisperte Oliver aufgeregt. »Bingo!«

Das Wasser schwappte über die Kuppel der Kamera, dann tauchte sie auf. Zu erkennen war weißes Porzellan, ein grellgelber WC-Stein sowie eine graue Betondecke.

»Weiter«, diktierte Oliver, »aber mit viel Gefühl, Jungs. Wir dürfen nicht zu sehr plätschern.«

Immer weiter stieg die Cam in der Schüssel empor wie eine bezirzte Kobra. Mehr und mehr des Panikraums wurde sichtbar. Die Optik erinnerte Danny im ersten Moment an ein Loft; viel Beton, Lichtstrahler wie in einem Fotostudio und Regale aus schwarzem Stahl. An den Wänden klebten Schallschutzmatten. Schneider nahm hier auch seine Technomusik auf.

Oliver drehte den Trackball – ein Arbeitsplatz kam über dem Rand der Klobrille in Sicht. Und was für einer: Danny zählte elf Monitore in verschiedenen Größen, angeordnet in einem Halbrund. Über manche huschten Zahlen, über andere Diagramme, und auf einem waren die Bilder der Überwachungskameras in der Villa zu erkennen. Mit der Rückenlehne zu ihnen stand mittig davor ein hoher Schreibtischsessel. Unter der Sitzfläche ragten Schneiders Beine und seine weißen Adidas Superstars hervor. Die Schnürsenkel hingen ungebunden auf den Betonboden.

»Alter!«, stieß Oliver hervor. »Der hat da ein ganzes Rechenzentrum in seinem Bunker stehen. Ich auch haben will!«

Danny zeigte auf einen der Monitore. »Da läuft eine Übertragung. Scheint ihn zu fesseln. Kannst du näher ran?«

»Klar. Die Kamera hat 4K-Auflösung. Da sehen wir gleich jedes Pixel.« Nach einem Dreh am Trackball zoomte das Bild schwungvoll auf besagten Monitor.

Danny kniff die Augen zusammen. »Ein Livestream, oder?«

»Schaut so aus. Siehst du da oben im Eck das Kamera-Icon? Da steht was daneben. Kannst du das lesen?«

»Nicht wirklich.«

»Warte.« Olivers Finger huschten über die Tastatur, dann zog er auf dem Monitor über dem unleserlichen Text ein Quadrat auf, welches sich auf ein Drittel des Monitors vergrößerte. »*BrainZero*«, las Oliver vor. Sein Blick traf Dannys. »Das sind sie, oder?«

Danny wollte nicken, als sich in den anderen zwei Dritteln der Übertragung was tat: Im Livestream war ein leerer Schreibtischstuhl zu sehen, halb zur Seite gedreht. Dahinter führte eine Tür in einen dunklen Flur. Dort flackerte ein Licht, und schon stürzte eine schlanke Frau ins Zimmer.

Danny schätzte sie auf Anfang dreißig. Sie war blond und blass und schrie vor Entsetzen.

Wieder flackerte das Licht, und Danny meinte ein Staubwölkchen aus der Wand stieben zu sehen.

Einer vom SEK blickte ihnen über die Schulter. »War ein Schuss, oder?«

Danny nickte nur, völlig gebannt vom Geschehen. Oliver minimierte auch wieder das Fenster, damit sie alles verfolgen konnten.

Es war schwer zu ertragen. Ein weiterer Schuss fiel, und die Blonde brüllte in die Kamera. Sie hatte einen Fehler begangen, denn sie war auf die falsche Seite des Raums geflüchtet, sodass sie die Tür nicht schließen konnte, ohne das Schussfeld zu queren. Stattdessen sprang sie zum Rechner und schrie abermals in die Kamera. Ihr blondes Haar fiel ihr wirr ins Gesicht. Spucke spritzte über ihre Lippen, und das Weiß ihrer Augäpfel blitzte hinter den Haaren.

Danny bekam eine Gänsehaut. Diese Furcht, diese Angst, diese Panik, und das ohne Ton. Die Stille war vielleicht das Schlimmste an der Übertragung.

Auch Schneider hielt es nicht mehr auf seinem Sessel. Er sprang auf und raufte sich die Haare. In der Hand hielt er ein Mobiltelefon, aber wählte keine Nummer.

Im nächsten Moment war die Übertragung von der Blonden weg. Auch Schneider zuckte zusammen.

»Was ist?«, entfuhr es Danny. »Was …«

Dann begriff er. Blut war bei der Blonden auf die Kamera gespritzt, was er als Abbruch der Übertragung interpretiert hatte. Nun lief es über die Linse hinab, woraufhin wieder ein

Teil des Raums sichtbar wurde. Die Blonde kauerte neben dem Schreibtisch und hielt sich die Schulter. Blut quoll zwischen ihren Fingern hervor. Ihr gegenüber stand im Türrahmen eine vermummte Frau im schwarzen Mantel. Ihre Pistole zielte auf die Stirn der Verletzten. Dann registrierte die Angreiferin die Videoübertragung, kam geschmeidig zum Computer, ihre behandschuhte Hand huschte durchs Bild, und die Übertragung wurde endgültig schwarz.

Danny beschwor das Bild von Selina Moreno in München herauf. Es könnte passen. Aber warum sollte sie ihre eigenen Leute töten? Es war so verquer.

Ähnliche Fragen schien sich auch Tom Schneider zu stellen. Er stand immer noch regungslos vor seinen Monitoren, die Finger beider Hände samt Handy in den Haaren vergraben. Ein Mann in Schockstarre.

Dann taumelte er rückwärts und beugte sich ungelenk vor. Ein Rucken ging durch seinen Körper.

Er würgt, wurde Danny klar und dann schrie er: »Zieht die Kamera zurück! ZURÜCK!«

Zwei der SEKler packten bereits zu und zogen. Das Bild ruckte herum, die Kamera flutschte zurück in die Kloschüssel. Ein Oval aus hellem Licht, in dem Tom Schneiders Gesicht erschien wie das eines Toten. Schweiß perlte ihm von der Nase, seine Augen lagen in dunklen Höhlen, und seine Haut wirkte wächsern. Eine seiner Hände umfasste die Klobrille, das Weiß seiner Knöchel stach durch die Haut. Er würgte abermals, und sein Kehlkopf krampfte, dann entdeckte Schneider die Toilet-Cam.

Es war wie ein Einfrieren des Bildschirms, wenn nicht

seine Haare gezittert hätten. Ungläubig starrte der Hacker die schwarze Kamera in seiner Kloschüssel an, den Mund halb offen, aus dem ein glitzernder Spuckefaden herabhing.

Im nächsten Moment wich der Unglaube purem Entsetzen. Danny begriff Schneiders Gedankengang: Man hatte es nicht nur auf Herrán und *BrainZero* abgesehen, sondern auf das gesamte Team. Schneider wich zurück, schrie etwas und schlug dann geistesgegenwärtig den Klodeckel zu.

»Schiebt wieder rein!«, schrie Oliver. »Scheiße! Schnell!«

Und wieder schoben sie, diesmal ohne Rücksicht auf ein leises Plätschern. Die Kamera ruckte gegen den Deckel und hob ihn an. Oliver drehte hektisch am Trackball. Das Bild rotierte im Kreis und suchte den schmalen Spalt, dass Danny schwindlig wurde. Auf sein Kommando schoben sie abermals mit einem »Ruck!« Und dann sahen sie alle auf dem Laptop, wie Tom Schneider die Hand von einem PIN-Pad neben der polierten Stahltür nahm und aus seinem Panikraum in die Villa stürzte.

Danny riss das Funkgerät eines SEKlers vom Gürtel und schrie hinein: »Zugriff! Zugriff! Zugriff! Schneider flieht! Fasst ihn! LEBEND!« Dann sprintete Danny los.

Kapitel 17

Hamburg, Harvestehude
35:02:33

There is NO Planet B! Support ANOD!

Plakataufschrift einer Demonstrantin im australischen Cairns

Während das brackige Wasser an Dannys Schuhen hochspritzte, als er durch Hamburgs Sielnetz rannte, dicht gefolgt von den Männern des Spezialeinsatzkommandos, versuchte er, die Situation zu begreifen.

Selina Moreno tötet BlueSky in Porto, einige Stunden später stirbt BrainZero. Schneider alias deejayy sieht live zu, entdeckt dann ihre Kamera und muss davon ausgehen, dass Moreno es auch auf ihn abgesehen hat. Kann sie beide Morde begangen haben? Oder hat sie einen Komplizen? Ramsay? Zwei versus drei? Herrscht innerhalb von ANOD ein Machtkampf? Oder gibt es noch viel mehr Akteure?

Danny erreichte die letzte Leiter und stieg hinauf ins Morgengrauen. Bleiern spannte sich der Himmel über ihm auf, mit einem goldenen Schimmer im Osten. In der Richtung lag auch Schneiders Villa.

Eine ältere Dame mit Handtäschchen und hellbraunem Bolonka Zwetna an der Leine stand auf der anderen Straßenseite und verfolgte neugierig Dannys Aufstieg aus der Kanalisation. Dass ihm vier Männer in voller Kampfmontur folgten, war dann doch zu viel des Guten; die Dame stieß einen spitzen Schrei aus und trippelte davon. Das Hündchen folgte ihr kläffend.

Danny rannte die Straße entlang. Es waren circa vierhundert Meter bis zu Schneiders Haus, die Länge einer Aschenbahn. Früher hatte Danny den Sprint in knapp einer Minute geschafft. Wenn er den bisher zurückgelegten Weg durch die Kanalisation addierte, plus die Leitern, hatte Schneider circa vier bis fünf Minuten Vorsprung. Das war eine halbe Ewigkeit.

Danny hatte noch das Funkgerät des Polizisten in der Hand. »Statusmeldung!«

Ein Polizist antwortete: »Sind am Nachbargrundstück. Kein Sichtkontakt.«

Danny sog die kalte Luft in seine Lungen. »Und die Straße? Er flieht vermutlich mit dem Wagen.« Danny würde es so machen.

Eine Frauenstimme antwortete: »Negativ! Es hat kein Wagen den Hof verlassen. Sollen wir reingehen?«

»Ja. Stürmen Sie! Wir sind auch gleich da.«

Danny erreichte die Kreuzung und rannte quer über die Straße. In einhundertfünfzig Metern Entfernung sah er Leute des Spezialeinsatzkommandos über einen Zaun steigen. Spätestens jetzt würde Schneider, falls er noch in der Villa war, sie über die Sicherheitskameras bemerken.

Danny zückte sein Handy und rief per Kurzwahl Oliver an. »Hast du noch Sichtkontakt zu Schneider?«

»Nein. Er ist nicht mehr zurückgekehrt.«

»Und über seine Monitore? Er hatte Sicherheitskameras live.«

»Die verfolg ich schon. Auch unsere. Nichts. Dafür sehe ich Kollegen vom SEK. Sie steigen über den Zaun.«

»Ich auch gleich. Ruf an, falls du ... Schneider irgendwo ... entdeckst. Bisher hatten wir ... keinen Sichtkontakt.«

»Geht klar.«

Danny ging langsam die Luft aus, aber zum Glück hatte er das Anwesen erreicht. Die Kollegen hatten bereits eine Leiter an der Mauer aufgestellt, um in den Hof zu gelangen. Danny kletterte hinüber, nickte den Frauen und Männern zu und zog seine Pistole.

Ein Beamter, der mit in der Kanalisation gewesen war, schloss zu ihm auf. »Ich übernehme die Führung.« Danny nickte und positionierte sich hinter ihm. So huschten sie über den Hof. Mit einem Rammbock brachen sie die Haustür auf. Holzsplitter regneten durch die Luft, ein Teil des Rahmens brach heraus. Glas splitterte.

Im Foyer herrschte Stille. Sie wandten sich nach rechts, wo das Wohnzimmer neben der Küche lag. Neben der Küche führte ein schmaler Gang zum Panikraum.

»Sicher!«, rief ein Beamter.

»Sicher!«, ein anderer.

Routiniert drangen sie Stück für Stück vor. Die Tür zum Schutzraum stand immer noch offen. Niemand drin.

Danny zischte einen Fluch. »Durchsucht das Haus! Er muss irgendwo sein. Rechnet mit allem!« Sofort schwärmten die Beamten in Zweiergruppen aus. Danny folgte dem Einsatzleiter.

Der drang in ein Gästeklo ein, »Sicher!«, und wieder heraus. Ein Wink mit zwei Fingern, den Flur entlang, eine geschlossene Tür links. Sie bezogen Posten, der Kerl gab Handzeichen und öffnete die Tür. Eine Treppe führte in den Keller. Unten brannte eine nackte Glühbirne.

Danny rief sich den Grundriss der Villa ins Gedächtnis. Es müsste der Weinkeller sein. Vielleicht konnte man von dort in den Garten gelangen.

Der Einsatzleiter zeigte an, dass er als Erster hinabstieg. Unten angekommen, sicherten sie wieder den Eingangsbereich des Kellers. Es war ein lang gezogener Weinkeller, die Wände aus rotem Backstein, Regale aus polierter Eiche zu beiden Seiten. Hunderte Flaschen warteten auf die passende Gelegenheit.

Seite an Seite sicherten Danny und der Einsatzleiter Regalreihe um Regalreihe, nur um an der letzten ihre Waffen sinken zu lassen. »Hier ist niemand«, sagte der Kerl das Offensichtliche.

Danny griff nach dem Funkgerät. »Statusmeldung!«

»Negativ! Erdgeschoss sicher.«

»Auch der erste Stock.«

Danny ließ das Funkgerät sinken. »Das gibt's doch nicht! Der kann sich doch nicht in Luft auflös...«

Der Gewehrlauf des Einsatzleiters kam hoch. »Was ist?«, wisperte er alarmiert.

Danny zeigte auf eines der Wandregale. Es stand leicht schräg in den Raum.

Geräuschlos huschten sie dorthin. Dannys Herz pochte schneller und pumpte heftig, als sie das Regal, an kaum wahrnehmbaren und bestens geölten Scharnieren befestigt, gänzlich aufzogen. Dahinter lag ein nackter Gang aus roten Backsteinen. Er verlor sich in Schwärze und war definitiv nicht auf den Plänen eingezeichnet gewesen.

Tom Schneider war längst über alle Berge.

Das SEK hatte den Rammbock in die Stahltür von Schneiders Panikraum geklemmt, damit die Tür nicht zufallen konnte. Auch wenn der Zugang zu seinen Computern einem Jackpot gleichkam, hatte Danny miese Laune, als er über den Rammbock hinwegstieg.

Oliver saß auf Schneiders Sessel und trank eine Cola mit Strohhalm. Woher er die Dose hatte, war Danny ein Rätsel.

»Haben wir was?«

»Aber hallo!«

»Was genau?«

»Keine Ahnung. Das werd ich alles der Reihe nach sichten. Interessant ist schon einmal dieser Chat. Sieht nach einem eigens programmierten Tool aus.«

Danny beugte sich vor und las.

BrainZero: Habt ihr das Foto gesehen? Was war das? Rio? Sky? SKY!

Ramsay: Habe versucht, Sky zu erreichen. Negativ. Kann ihn nicht mal anpingen. Er ist seit circa sechs Stunden offline, war davor nur ganz kurz im Knoten.

Deejayy: Können wir Rios Tod irgendwie verifizieren?

Selina: Ich prüf schon die Nachrichten. Dauert.

Deejayy: @Ramsay: Wurde ANOD angegriffen?

Ramsay: Nein. Keine Angriffe, keine Exploits, keine Interrupts, keine Anomalien, nichts. ANOD ist sicher.

Danny ballte die Hand zur Faust. »Das sind sie! Dann hatten wir die richtigen Leute auf dem Schirm. Schneider, Moreno, Ramsay, Rio und diese Blonde. Kannst du irgendwie ihre Standorte rausfinden? Über IP-Adressen oder so?«

Oliver lachte. »Sie sind auch so ein Träumer, Chef. Wenn's so einfach wäre. Das sind Profis, die verschlüsseln ihre Daten. Verwenden VPN-Tunnels et cetera. Aber ich tue, was ich kann.«

Das zumindest glaubte Danny dem feisten ITler. »Gibt's noch mehr von dem Chat?«

Oliver scrollte nach oben, doch da kam nichts mehr. »Die Arbeiten wohl mit Session-Ids, damit nicht alles in einer Timeline auftaucht.«

»Auf Deutsch: Du musst schauen.«

»Genau. Vielleicht gibt's ein Archiv. Ich informier dich, sobald ich was hab!«

»Aber bitte über jedes Detail.«

»Dann wäre Unterstützung cool.«

»Darum kümmere ich mich.« Danny zückte sein Handy und rief Klingenberg an. Der nahm nach dem ersten Klingeln ab und lauschte gebannt Dannys Ausführungen.

Nachdem der geendet hatte, schwieg Klingenberg einige Sekunden, bevor er sagte: »Das ist großartig, Erichsen! Das ist der Durchbruch! Ich weise sofort an, dass weitere IT-

Spezialisten zu Ihnen geschickt werden. Die sind in einer Stunde da. Jetzt müssen wir nur noch Schneider fassen.«

»Die Fahndung läuft. Ich war so frei, die Hamburger Polizei zu instruieren.«

»Guter Mann! Fokussieren Sie sich weiter auf Schneider! Er wäre der Türöffner zu ANOD.«

»Oder die Frau im schwarzen Mantel.«

»Ja ...« Klingenberg schien sich am Kinn zu kratzen. Im Hintergrund hörte man seine Schritte. »Die passt mir gar nicht ins Bild.«

»Mir auch nicht. Ich dachte erst, es könnte Selina Moreno sein, aber die schrieb kurz vor dem Überfall noch etwas in den Chat. Klar, das könnte sie auch von einem Handy aus getan haben, aber warum sollte sie ihre eigenen Leute umbringen?«

»Sie klingen, als hätten Sie darauf eine Antwort.«

»Jein. Ich überlege, ob ANOD blufft.«

»Sie meinen, die wollen das Wiegenlied gar nicht veröffentlichen?«

»Genau. Milliarden Menschen in den Selbstmord zwingen ist Wahnsinn. Wenn es denen wirklich ums Klima geht, dann würde doch allein die Drohung schon viel bewegen.«

»Da ist was Wahres dran, Erichsen. Aber wir müssen womöglich zwischen ANOD und Selina Moreno unterscheiden. Wenn sie die Frau ist, dann tötet sie ihr eigenes Team. Warum? An sich doch nur, weil ihr der Kurs im Team nicht gefällt.«

»Sie meinen, das Team will nicht veröffentlichen, Selina Moreno aber schon?«

»Ist doch durchaus denkbar.« Eine Tür klackerte. »Aber es könnte auch ganz anders sein: ANOD will veröffentlichen, aber Moreno hat kalte Füße bekommen und will es jetzt verhindern.«

»Dann wäre sie auf unserer Seite.«

»Und in Ihrer Theorie die anderen. Aber schlagen Sie sich den Gedanken aus dem Kopf. Es gibt nicht *unsere Seite*, Erichsen. Die erpressen uns!« Im Hintergrund schlug eine zweite Tür ins Schloss. »Egal wie wir es drehen und wenden, wir brauchen Schneiders Aussage. Und zwar schnellstmöglich.«

»Ich tue, was ich kann.«

Oliver trat zu Danny und wedelte mit irgendetwas hektisch herum.

»Sekunde, Herr Klingenberg. Der ITler hat was gefunden.« Danny drückte mit der Handfläche das Mikrofon ab. »Was ist das, Olli?«

»Wonach sieht's denn ...« Dannys Blick ließ ihn schlucken, und endlich hielt er das Ding ruhig. Es war ein stinknormales Rolodex. Bei Dannys früherem Polizeichef hatte so was noch auf dem Schreibtisch gestanden.

»Ich hab das eben hinter einem aufgeklappten Laptop entdeckt. Unhackbar. Absolut sicher, solange niemand einbricht. Es ist voller Handynummern.« Oliver drehte das Rolodex um einhundertachtzig Grad. Es war beim Buchstaben E aufgeschlagen. Auf der linierten Karte stand ein einziger Name samt einer Handynummer: *Ella*. Daneben war mit Kugelschreiber ein krakeliges Gehirn gemalt, das ein Herzchen umrahmte.

Danny nahm langsam die Hand vom Mikrofon. »Haben Sie was zu schreiben, Herr Klingenberg?« Seine Stimme zitterte.

»Ja, hab ich. Wofür denn?«

»Für die Handynummer der Blonden.«

Kapitel 18

Berlin, Chausseestraße
34:17:41

Wisst ihr, was bereits bei Amazon ausverkauft ist? Gehörschutzstöpsel und Watte. Watte! Reißt euch mal zusammen, Leute!

Felix Meierdorn, Comedian

Elf Minuten waren seit Erichsens Anruf vergangen. Peter Klingenberg hastete über den Parkplatz und zupfte unterm Mantel am Schulterholster herum, das er seit Jahren nicht mehr angelegt hatte. Es zwickte, aber es würde gehen. Hinter dem Gebäudekomplex des BND knatterten die Rotoren eines Hubschraubers, der kurz darauf mit gesenkter Schnauze über ihn hinwegschoss, um auf seine Weisung hin ein Team von Computerspezialisten nach Hamburg zu bringen.

Peter erreichte seinen Dienstwagen und schwang sich hinters Steuer. Mit fliegenden Fingern gab er die Konradshöhe ins Navi ein. Dort hatte man die Handynummer aus dem Rolodex lokalisiert, eingewählt in den Bereich zweier Handymasten und zugehörig zu einem Prepaid-Handy. Ein

Abgleich des Gebiets beim Einwohnermeldeamt hatte auch noch einen Treffer ergeben: Ella Kotaska. Wenn sie wirklich *BrainZero* war, dann war sie nur eine knappe halbe Stunde entfernt! Das hieße, dass Selina Moreno ebenfalls in der Nähe sein musste und dann …

Seine Beifahrertür wurde aufgerissen, und Alma Nordtveit ließ sich in den Sitz fallen. Unheilvoll schlug die Wagentür hinter ihr ins Schloss.

Peter zwang sich zu einem Lächeln. »Alma.«

Sein früherer Protegé antwortete nicht, sondern schnallte sich an.

Peter ließ hingegen die Hand vom Schlüssel sinken. Er fand es nicht gut, eine seit zehn Jahren inaktive, taube Agentin in einer so prekären Situation ins Team zu holen. Sie mochte immun gegen das Wiegenlied und von einem unbändigen Hass auf Ramsay getrieben sein, aber die Psychologen hatten ihr nicht umsonst Dienstunfähigkeit attestiert. Sie war mit der Sprachbarriere mehr Hürde als Hilfe. *Verdammter Deiss!*

Alma zückte ihr Handy, das sie von ihm bekommen hatte, und checkte das Display. Ein kurzer Seitenblick traf ihn, bevor sie eine Nachricht las. »Warum fährst du nicht?«, fragte sie beiläufig.

Peter schnaubte. »Was willst du?«, artikulierte er deutlich.

Sie hielt ihm das Handy hin. Darauf stand eine Nachricht von Erichsen mit der Überschrift STATUSUPDATE, in der er den Beleg für Ramsays Beteiligung erwähnte und die Ereignisse knapp zusammenfasste.

Ein kaltes Lächeln zuckte um ihre Mundwinkel. »Der Welpe ist gründlich. Und jetzt fahr!«

Peter seufzte und startete den Wagen. Der Welpe war *zu* gründlich, wie ihm schien. *Nein*, korrigierte er sich, *zu kommunikativ*. Das waren sie in ihrem Metier nicht gewohnt.

Es wurde eine stille Fahrt, bis ein Anruf von Henriette das Schweigen unterbrach. Die Portugiesen hatten im Eilverfahren die DNA des Verbrannten identifiziert, was nur die Vermutung bestätigte, dass es sich um Rio Herrán handelte. Daraus ergab sich die spannende Frage: Wie kam die Frau im Mantel so schnell von Porto nach Berlin? Nur mit dem Flugzeug. War das ein Ansatz, um sie zu identifizieren?

Peter rief in seinem Büro an und beauftragte seine Assistentin, alle infrage kommenden Flüge zu überprüfen. Selina Moreno musste dafür eine andere Identität nutzen, denn sonst wäre sie ihnen längst ins Netz gegangen. Wenn sie die falsche Identität hätten, könnten sie Moreno womöglich über Kreditkartenzahlungen oder andere Aktivitäten aufspüren. Das könnte eine weitere heiße Spur sein.

Almas raue Stimme riss ihn aus seinen Überlegungen. »Neuigkeiten?«

Peter schüttelte den Kopf. »Nichts Wichtiges. Routinekram.«

Alma schien sich mit der Antwort zu begnügen und widmete sich wieder ihrem Handy.

Es folgten wieder schweigsame Minuten, bis sie die Konradshöhe erreichten. Das Navi leitete sie durch den langsam erwachenden Stadtteil, bis sie vor einem unscheinbaren Einfamilienhaus hielten. Auf Kinder deutete von außen nichts hin; keine Schaukel, kein Trampolin, keine Spielsachen. Dafür streckte ein prächtiger Bambus seine Blätter gen Osten.

Alma zückte ihre Pistole. Routiniert schob sie mit der offenen Hand den Lauf zurück und arretierte ihn. Eine Patrone glänzte in ihrer Hand. Sie ließ das Magazin herausgleiten. Golden funkelten die anderen in Reih und Glied. Alma drückte die Patrone zurück ins Magazin und steckte es in den Griff, entsicherte den Verschluss, was den Schaft zurückschnellen ließ, lud durch und stieg aus. Geschmeidig eilte sie aufs Grundstück.

Peter fluchte und musste sich beeilen, ihr hinterherzukommen. Er hatte fast aufgeschlossen, als sie die Hand hob. Er blieb stehen und lauschte angestrengt, hörte aber nichts – dann roch er das Feuer.

Alma zählte mit den Fingern herunter: Drei, zwei, eins. Dann schoss sie viermal um den Türgriff herum und trat die Tür ein. Rauch wallte ihr entgegen. Mit erhobener Pistole verschwand sie im Inneren.

Peter verfluchte Alma ein zweites Mal und folgte ihr. Seine Augen tränten sofort. Es stank nach geschmolzenem Plastik. Mit dem Ärmel seines Sakkos vor Mund und Nase durchquerte er einen Flur, immer hinter der verschwommenen Silhouette seiner ehemaligen Agentin. Er gewahrte ein Flackern linksseitig am Ende des Flurs.

Peter unterdrückte ein Husten, drückte sich die Nase zu und presste die Lippen fest aufeinander. Ein Huschen vor ihm von links nach rechts. Eine offene Tür, aus der Alma zurück in den Flur eilte und weiter, weiter, die Pistole am ausgestreckten Arm haltend. Als er sie so sah, irgendwie noch zielstrebiger und schneller als damals und lautlos wie ein Geist, revidierte er seine Meinung. Er durfte sie nicht unterschätzen, nicht Alma Nordtveit. Und er musste aufpassen. Irgendetwas an ihr ließ seine Alarmglocken schrillen.

Als ihre Silhouette abermals vor ihm im Flur auftauchte, kam ihm der absurde Gedanke, einfach abzudrücken. Zwei Schuss rücklinks in die Herzgegend. Bei Alma lieber drei. Aber dann würde man Fragen stellen, gerade mit ihrer Vorgeschichte, und so ließ Peter die Chance verstreichen.

Alma verschwand durch die nächste Tür. Der Rauch wurde dichter und dichter, und mittlerweile brannte Peters Lunge vom Luftanhalten, und doch folgte er ihr in den Wahnsinn. Es war ein geräumiges Zimmer mit heruntergelassenen Rollläden. Durch den dichten Rauch erkannte Peter ein Sofa, auf dem eine Gestalt lag, über die sich Alma beugte, sowie einen ausladenden Computerarbeitsplatz, der in Flammen stand. Es brannte allerdings bei Weitem nicht so heftig, wie er aufgrund der Rauchentwicklung erwartet hatte. Mit einem Feuerlöscher könnte man vielleicht Teile des Equipments retten.

In vielen Häusern gab es einen Feuerlöscher im Eingangsbereich oder im Abgang zum Keller. Da Alma die reglose Gestalt sich über die Schulter hievte, traf Peter die Entscheidung, einen Versuch zu starten. Er eilte zurück zur Kellertreppe. Dort wagte er, einen tiefen Atemzug zu nehmen, und sah sich um. Tatsächlich hing ein ABC-Feuerlöscher mit zwei Kilo Fassungsvermögen an der Wand.

Peter zerrte ihn heraus, holte nochmals Luft und rannte

zurück. Alma trug die Gestalt derweil an ihm vorbei nach draußen. Es war eine blonde Frau. Ob sie noch lebte?

Er zog den Sicherungsstift aus dem Griff und hielt den Schlauch vor sich wie vorher die Pistole. Damit stürmte er zurück ins Arbeitszimmer und drückte ab. Ein weißer Pulverstrahl traf zischend das Feuer, und das Flackern nahm ab. Mehr sah Peter nicht mehr, da der Pulverdampf in Sekunden den gesamten Raum erfüllte. Sicherheitshalber leerte er den gesamten Feuerlöscher, bevor er sich zurückzog.

Schwer schnaufend stürmte er hinaus in die Frische des Morgens, warf den Feuerlöscher beiseite und pumpte seine Lungen voll. Alma hatte die Blonde auf dem Rasen abgelegt. Ihre Hände glänzten vor Blut.

»Ist sie tot?«

Alma nickte. »Zwei Schuss in die Brust, einer am Arm.«

»Scheiße! Aaahhh!« Peter strich sich durch die Haare, wobei Pulver davonstieb wie Mehl. Dann wurde ihm klar, dass die Frau im Mantel nicht allzu weit weg sein konnte, das Feuer hatte noch nicht lange gebrannt.

Er zückte abermals seine Pistole und rannte vor zur Straße, aber da war alles ruhig. Abermals rief er in der Zentrale an und ordnete eine Ringfahndung nach Selina Moreno im Umkreis von zwanzig Kilometern an. Außerdem sollten alle Verkehrskameras überprüft werden.

Danach rief er den Welpen an und brachte ihn auf den neuesten Stand. »Aber wir kommen näher ran, Erichsen!«, endete er grimmig. »Wir kriegen die! Finden Sie Schneider!«

Als er das Telefon sinken ließ, lief ein Zittern durch seine Beine. Erst jetzt wurde ihm klar, wie verrückt die ganze Aktion gewesen war. Herrgott noch mal! Mit seinen einundsechzig Jahren wurde er zu alt für solchen Mist.

Er atmete noch ein paarmal tief durch, bevor er wieder das Telefon ans Ohr hob.

Dies beobachtete Alma Nordtveit, gut versteckt hinter dem Bambus. Sie hielt ihr privates Smartphone Richtung Klingenberg. Auf dem Handy lief eine spezielle Transkriptionsapp für Gehörlose, die Gesprochenes in Text umwandelte. Sie hatte die App schon seit zwei Jahren, was Klingenberg natürlich nicht wusste. Sollte er nur denken, dass sie das meiste nicht mitbekam.

Leider war sie zu weit weg, und das interne Mikrofon nicht leistungsstark genug, weswegen sie nur einzelne Worte registrierte, aber dafür manifestierte sich ein Plan vor ihrem inneren Auge. Der ließ Alma lächeln, kalt wie Eis.

Kapitel 19

Hamburg, Harvestehude
33:23:59

We are unstoppable! #ANOD
Plakataufschrift eines Demonstranten in Hamburg

Danny war mit seinem Latein am Ende. Dass Schneider es geschafft hatte, wie Houdini spurlos zu verschwinden, war ihm ein Rätsel. Er war am Ende des Geheimgangs über eine Leiter samt Falltür in eine Gartenlaube gestiegen. Die stand drei Häuser weiter umringt von altehrwürdigen Fichten auf einem verwilderten Grundstück. Das dazugehörige Häuschen gehörte einer Gerda Köhler und stand leer. Gerda war Schneiders Tante mütterlicherseits und lebte seit Jahren im Altersheim. Danny ärgerte sich maßlos, dass sie diese Verbindung übersehen hatten. Wahrscheinlich hatte Schneider auf dem Grundstück seiner Tante einen Wagen geparkt gehabt und war damit abgedüst. Leider hatten sie die Gegend nicht per Drohne überwacht; der zweite Grund, sich zu ärgern, aber Danny hatte in den Panikraum gewollt und nicht auf eine Flucht Schneiders spekuliert. Es war zum Haareraufen.

Danny sank in Schneiders Wohnzimmer auf das Sofa, wo der Hacker mit Adrienne gevögelt hatte. Irgendjemand hatte ihm einen Kaffee in die Hand gedrückt, wofür Danny dankbar war. Er spürte die Müdigkeit mit unerbittlicher Wucht nach ihm greifen, ebenso die Last der Operation. Er blickte auf den Countdown auf seinem Handy. *Noch gute dreiunddreißig Stunden.* Wie zum Teufel sollte er Schneider finden?

Der Kerl hatte an alles gedacht. Sein Telefon, mit dem er mit Adrienne telefonierte, hatten sie im Wohnzimmer gefunden. Seine zwei Autos standen im Hof. Schneider hatte sicherlich bei seiner Planung des Panikraums eine Flucht mit einkalkuliert. Entsprechend war er mit Bargeld oder irgendeinem Geschäftskonto ausgestattet, von dem sie nie etwas erfahren würden. Danny musste zugeben, dass der Kerl umsichtig war. Nicht umsonst war er Sicherheitsexperte geworden. Er glaubte nicht, dass das Team von der Hamburger Polizei Schneider auf die Schnelle fand. Zumindest nicht auf regulären Dienstwegen. Die waren alle zu unflexibel. Allerdings fiel Danny gerade auch keine unkonventionelle Methode ein, wie sie Schneider finden konnten.

Der Kaffee war zu süß und zu sauer, aber das Koffein konnte nicht schaden. Nach zwei Schlucken entschied er, Adrienne anzurufen.

Sie ging sofort ran, und Danny brachte sie auf den aktuellen Stand der Dinge. Zuletzt fragte er: »Hast du eine Idee, wo wir ihn suchen könnten? Hat er irgendeine Location erwähnt, an die ich jetzt nicht denke?«

Sie seufzte. »Nicht dass ich wüsste. Er hatte seine Villa und seine Arbeit.«

»Irgendein Club oder so? Er hat doch aufgelegt. Vielleicht gehört ihm sogar einer.«

»Hätten wir doch gefunden. Auf ihn ist nichts registriert – und wenn es über Kontakte von Freunden geht, kommen wir nie ran. Viele Bekannte hatte er auch nicht. Eigentlich hat er nie von irgendwem erzählt.«

Beide schwiegen, und Danny nippte an seinem Kaffee. »Wo bist du eigentlich gerade?«

»In der Zentrale auf Stand-by. Ich unterstütze die Kollegen hier.«

»Alles klar. Dann bleib auf Stand-by. Vielleicht brauchen wir dich noch.«

»Ich hoff es, Dominik. Büroarbeit wird nie meins sein.« Er hörte ihr hoffnungsvolles Lächeln sogar durchs Telefon, dann legten sie auf.

Für einen Moment fragte er sich, ob er sie vom Schreibtisch erlösen und herbeordern sollte, aber sie konnte hier auch nicht helfen. Es war so schon genug Gewusel in der Villa, was ihn beim Denken störte.

Danny ließ das Handy in den Schoß sinken. Schneiders Verschwinden kotzte ihn mächtig an.

Und während er so dasaß, mit seinen kotzigen Gedanken, seinen verdreckten Schuhen und stinkenden Jeans, rief Klingenberg an, um ihm mitzuteilen, dass Ella Kotaska tot war und die Fahndung nach Selina Moreno auf Hochtouren lief. »Aber wir kommen näher ran, Erichsen!«, endete er grimmig. »Wir kriegen die! Finden Sie Schneider!«

Danny grübelte. Was hatte Klingenberg ihm vorhin erzählt? Dass er den Brand mit einem Feuerlöscher hatte löschen können. Wie viel Zeit war zwischen ihren letzten beiden Anrufen vergangen? Danny checkte das in seiner Anruferliste – eine knappe Stunde. Warum war die Frau im Mantel so lange bei Ella Kotaska gewesen? Erschießen dauerte keine Minute, nachdem sie die Hackerin ja schon in die Enge getrieben hatte. Die Frau hatte also irgendwas gewollt, entweder von Ella oder von ihren Computern.

Danny spürte, wie sich Wärme in seinem Magen ausbreitete, und die kam nicht vom Kaffee. Die Frau brauchte etwas von den anderen Mitgliedern! Dann würde sie vermutlich auch bald bei Schneider aufkreuzen. Mit dem Auto frühestens in circa eineinhalb bis zwei Stunden.

Mit einem Ruck sprang Danny auf und rannte zum SEK-Einsatzleiter. Er fand Michaelsen in der Küche bei einer Lagebesprechung.

»Wir müssen sofort die Villa räumen!«, sagte Danny. »Alle Einsatzkräfte müssen verschwinden, auch von der Straße. Es muss aussehen, als wäre nie etwas passiert! Als säße Schneider noch in seinem Schutzraum.«

Michaelsen war ein guter Mann. Er stellte keine Fragen, sondern gab sofort die entsprechende Order weiter, dann erst fragte er: »Warum?«

»Weil die Mörderin von Herrán und Kotaska womöglich auf dem Weg hierher ist.«

»Um auch Schneider zu töten. Verstehe. Dann stellen wir ihr hier eine Falle.«

»Genau das machen wir! Kümmern Sie sich bitte darum.« Danny kehrte mit geröteten Wangen zum Panikraum zurück und stieg über den Rammbock ins Innere.

»Wie kommst du voran, Olli?«

»So was hab ich noch nie gesehen. Das hier ist eine digitale Festung. Selbst das Chat-Archiv ist passwortgeschützt.«

»Kannst du es knacken?«

»Man kann jedes Passwort mit Brute-Force knacken, die Frage ist nur, wie lange es dauert. Die guten Damen und Herren werden sicher ein langes genommen haben, und schon bei sieben Stellen brauch ich mit meinem Quad-Core fast zwanzig Stunden, zumindest im Worst Case. Bei acht Stellen bis zu zwei Monate und bei zehn Zeichen bis zu einem halben Jahrtausend, Sonderzeichen nicht berücksichtigt. Wenn es hier um so einen Mist wie sieben Ausrufezeichen-at-groß-A-klein-b-drei-sechs-Raute-Unterstrich-fick-dich geht, dann bricht vorher die lange Nacht an.«

»Du hast noch dreiunddreißig Stunden.«

»Jaja.« Oliver zog mit dem Zeigefinger sein Augenlid herab.

Danny schüttelte nur den Kopf und verließ den Panikraum. Gut zwei Minuten stand er einfach nur da und zermarterte sich das Gehirn, wie er Schneider aufspüren könnte.

Ihm wollte ums Verrecken nichts einfallen.

Zeitgleich ging im Hamburger Polizeipräsidium ein Anruf ein. Ein Mann, der klang, als hätte er einen Marathon hinter sich, verlangte mit keuchender Stimme, umgehend den Einsatzleiter des Spezialeinsatzkommandos zu sprechen, das seine Villa in Harvestehude vor nicht ganz einer Stunde gestürmt hatte.

Der Beamte, der das Telefonat führte, hatte den Aufruf zur Fahndung nach Tom Schneider, wohnhaft in Harvestehude, erst wenige Minuten zuvor gelesen und reagierte geistesgegenwärtig: Er stellte den Anrufer zu seinem Vorgesetzten durch, der wiederum direkt an den Polizeipräsidenten weiterreichte.

Der lauschte zwei Minuten den Worten des aufgeregten Anrufers, konnte ihn graduell beruhigen, obwohl sein eigenes Herz heftig schlug, und stellte ihn dann an Michaelsen durch.

Danny sprach noch einmal mit dem Einsatzleiter wegen der Falle, als dessen Handy klingelte. Michaelsen nahm ab, und seine Augen wurden groß. »Herr Polizeipräsident!« Dann lauschte er, seine Augenbrauen ruckten immer weiter zusammen, er sagte: »Selbstverständlich!«, und hielt das Telefon Danny entgegen. »Der Polizeipräsident will Sie sprechen.«

Danny nahm das Handy entgegen. »Ja? Erichsen hier.«

»Herr Erichsen! Hören Sie: Ich habe einen Anrufer in der Leitung, der behauptet, Tom Schneider zu sein. Er will denjenigen sprechen, der seinen Privatbereich mit einer Kamera infiltriert hat und in seinem Haus den Teppich einsaut. Das wären Sie, oder?«

Danny ballte die Hand zur Faust. Manchmal musste man einfach Glück haben! »Der bin ich. Stellen Sie bitte durch.«

Es knackte in der Leitung, dann hörte Danny aufgeregtes Schnaufen. Auch Dannys Puls stieg sprunghaft in die Höhe.

»Herr Schneider?«, fragte er.

Ein harter Atemzug. »Na endlich! Sie sind also der Irre, der meine Bude gestürmt hat?«

»Eher der Verantwortliche.«

»Seit wann tragen Verantwortliche keine Krawatten und gehen nicht steil auf die Rente zu?«

Danny sah unwillkürlich an sich hinab.

»Ich sehe Sie über mein Kamerasystem«, fuhr Schneider fort. »Und versuchen Sie erst gar nicht, mich darüber zu orten. Es ist zwecklos. Ich habe Vorkehrungen getroffen.«

Danny hatte sich wieder im Griff. »Guten Morgen erst mal.«

»Pfff ... sparen wir uns die Floskeln. Für welchen Verein arbeiten Sie? Sie sehen nicht nach Polizei aus. BND?«

»Volltreffer«, gab Danny zu. »Ich bin wegen ANOD bei Ihnen.«

Der Anrufer atmete mehrmals hörbar ein und aus, bevor er fragte: »Was wissen Sie über ANOD?«

»Das werde ich Ihnen sicher nicht am Telefon sagen. Woher weiß ich überhaupt, dass Sie wirklich Tom Schneider sind?«

»Drehen Sie sich um neunzig Grad im Uhrzeigersinn. Sehen Sie die Kommode? Zweite Schublade von oben. Darin befindet sich mein Impfausweis samt Hausapotheke.«

Danny fand tatsächlich den Impfausweis. »Und was beweist das?«

»Neben den Standardsachen bin ich geimpft gegen Hepatitis B, gegen FSME, gegen Influenza und Pneumokokken. Letztere Impfung fand erst vor drei Monaten statt. Reicht Ihnen das als Verifizierung?«

Danny blätterte; alles war korrekt. Trotzdem war er nicht überzeugt. »Wie heißt Ihre Freundin?«

»Adrienne. Wobei ich eher von einer netten Fickbeziehung sprechen würde.«

»Ist Adrienne tätowiert?«

Der Kerl schnaubte. »Sie hat eine Rose am Knöchel. Sagen Sie mir jetzt nicht, dass Sie meine Bude verkabelt haben.«

Als Danny nicht antwortete, war Schneider alles klar. »Bei Gott! Wie lange sind Sie schon an mir dran?«

Danny überlegte kurz und entschied sich für die Wahrheit. Er musste Schneiders Vertrauen gewinnen, wenn der schon anrief und vermutlich etwas von ihm wollte. »Knapp zwei Monate.«

»Warum?«

»Wegen der Münchner Sicherheitskonferenz. Klingelt es da bei Ihnen?«

»Dazu muss ich nichts sagen.«

»Warum rufen Sie dann an? Sie haben doch dieses Wiegenlied mitentwickelt! Es ist auf Ihrem Mist gewachsen, oder? Melancholischster Track der Welt.«

»Wiegenlied? So nennt Ihr den Track? Fuck it! Habt ihr ihn?«

»Gehört, Herr Schneider. Gehört.«

»Wie *gehört?*«

»Ja, gehört! Ich war dabei, als Ihr *Track* aus dem Intercom des Bayerischen Hofs dudelte.«

Ein hartes Schlucken. »Sie haben überlebt?«

»Scheint so. Es war purer Zufall, wenn ich ehrlich bin.

Ein Rettungssanitäter gab nicht auf und reanimierte mich über eine halbe Stunde lang, bis mein Herz wieder schlug. Aber genug von mir. Weshalb rufen Sie an?«

»Sie müssen Selina Moreno stoppen.«

Jetzt wurde es spannend. »Was hat sie vor?«

»Sie dreht durch. Haben Sie mit Ihrer netten Klokamera den Angriff auf meine Freundin mitbekommen?«

»Nicht nur das«, sagte Danny, »Kollegen waren auch schon bei ihr.«

»Wie bitte? Woher wissen Sie …«

»Ihr Rolodex. Ella alias *BrainZero*.«

Schneider lachte heiser. »Sie sind gut.« Dann wurde er wieder ernst. »Wie geht es Ella?«

Danny überlegte, ob er den Schlag abmildern sollte, aber es gab keine Möglichkeit, und so sagte er es rundheraus: »Sie ist tot. Zwei Schüsse in die Brust.«

Still wurde es in der Leitung, und Danny hatte Angst, Schneider hätte aufgelegt, doch dann stieß er mit zitternder Stimme hervor: »Diese Schlampe! FUUUCK! Ich hätte es wissen müssen! Seit München hätte ich es wissen müssen!«

Danny zwang sich, den Mund zu halten. Oft erreichte man mit einem platzierten Schweigen mehr als mit einer Frage.

Und tatsächlich fuhr Schneider fort: »Der Anschlag ist auf Selinas Mist gewachsen. Sie müssen sie unbedingt stoppen. Höchstwahrscheinlich will sie unseren Track veröffentlichen.«

»Aha.« Danny tat erstaunt. »Und Sie wollen das nicht?«

»Nein! Das war von Anfang an unser Credo: Wir üben

Druck auf die Politik aus, aber kein Release. Bin ich auch bescheuert? Es war sowieso schon gefährlich genug, den Track zu entwickeln. Hätten uns selbst umbringen können damit. Darauf hab ich keinen Bock! Ich liebe dieses Leben! Ich will mich doch nicht umbringen!«

»Aha. Warum haben Sie dann vor Jahren das melancholischste Lied der Welt komponieren wollen?«

»Ach, das war einfach eine Herausforderung. Als Musiker sucht man immer neue Herausforderungen. Ich zumindest, und einen Hang zum Melancholischen hatte ich schon immer. Es tut mir übrigens leid, was Ihnen da in München passiert ist.«

Danny konnte ein Schnauben nicht unterdrücken. »Sagen Sie das nicht mir, sondern den Toten und ihren Angehörigen.«

»Jaja, ich weiß, wie sich das anhört.« Schneider klang ehrlich zerknirscht. »Aber wie gesagt, der Anschlag war nie geplant gewesen!« Ein Feuerzeug ratschte, dann atmete Schneider geräuschvoll aus. »Aber es ist, wie es ist. Jetzt können wir nur noch das Schlimmste verhindern.«

»Dann stellen Sie sich.«

»Einen Scheiß werde ich! Ich sage Ihnen, wie es läuft: Sie schnappen Moreno und am besten Ramsay gleich mit, und ich tauche solange unter.«

»Herr Schneider …«

»Nix Herr Schneider! Hier geht es um mein beschissenes Leben, und an dem hänge ich!«

»Ich auch, weswegen wir den Wahnsinn stoppen wollen – mit Ihrer Hilfe. Wir brauchen Informationen über Moreno. Und sind Sie sich überhaupt sicher, dass sie die Killerin ist?«

»Zu tausend Prozent. Wir sind nur zu fünft: Selina, Ella, Rio, Ramsay und ich. Es kann nur Selina sein. Außerdem hat Ella kurz vor … vor ihrem Tod Selinas Namen gesagt. Sie ist es und hat vermutlich schon drei Parts! Fuck! *Fuck!* FUCK!« Schneider schien auf irgendetwas einzuschlagen. Es klatschte ordentlich im Hintergrund.

»Heyheyhey«, versuchte Danny zu beschwichtigen. »Bleiben Sie bitte ruhig! Wir werden Moreno aufhalten – wenn Sie uns helfen.«

Ein abfälliger Pfiff. »Und wie soll das aussehen? Sie stellen ihr eine Falle, und ich spiele den Lockvogel? Nicht mit mir. Das geht in jedem Krimi schief.«

Weil das im Fernsehen um der Dramaturgie willen so sein muss, wollte Danny antworten. Stattdessen sagte er: »Wir können Sie beschützen.« *Nur irgendwie den Kontakt halten, den Typ locken. Und was meinte er mit* schon drei Parts? *Parts, Parts, Parts …*

»Klar! Wir treffen uns auf ein Bierchen und fahren dann in irgendein Safehouse, um uns mit Junkfood die Bäuche vollzuschlagen und ein wenig zu quatschen? Vergessen Sie es! Ich bleib unterm Radar, und Sie stoppen die Irre!« Tom Schneider legte auf, und Danny schloss stöhnend die Augen.

Kapitel 20

Berlin, Chausseestraße
33:03:07

Europaweit kommt es seit dem Morgen zu Demonstrationen – für ANOD. In Madrid, Lissabon, Paris, München, Hamburg und Prag gehen Menschen auf die Straße. Aus München heißt es, dass sich bereits rund 11.000 Teilnehmer versammelt haben, zahlreiche davon vermummt, zum Teil mit aufgemalten ANOD-Gesichtern. Die Polizei forderte die Vermummten vergeblich auf, die Masken abzulegen. Die Lage ist äußerst angespannt.

Olaf Kraus, RTL Nachrichten

Zurück in der BND-Zentrale nahm Alma eine heiße Dusche. Ella Kotaskas Blut klebte immer noch an ihren Händen, und sie stank wie Schwarzgeräuchertes. Es war ärgerlich, dass sie zu spät gekommen waren; die Tote war noch warm gewesen, maximal eine halbe Stunde tot. Hätte Peter nicht vor der Fahrt mit ihr rumdiskutiert, hätten sie die Mörderin vielleicht noch erwischt.

Seitdem telefonierte er ununterbrochen – mit Henriette, mit Thomas, mit dem Welpen und anderen wichtigen Leuten bei Polizei und BND. Alma hatte während der Rückfahrt in die Zentrale die Transkription laufen lassen, aber nichts Spannendes erfahren. Peter zog alle Register, organisierte, dirigierte und diktierte, und so weit war alles sauber. Aber Peter Klingenberg war nicht sauber. Der hatte einen Keller voller Leichen, da war sich Alma sicher, nur gefunden hatte sie noch keine einzige davon. Aber in ihrem Metier brauchte man einfach Geduld – und Peter lief die Zeit davon. Irgendwann würde er einen Fehler begehen.

Alma stieg aus der Dusche, trocknete sich ab und zog sich frische Kleidung an, die sie mitgebracht hatte: eine schwarze Jeans, ein schwarzes Funktionsshirt aus Merinowolle, darüber ein schwarzes Langarmshirt. Ihre Jacke hängte sie auf, damit der Rauch auslüftete. Zuletzt aß sie noch einen Energieriegel.

Frisch und gestärkt verließ sie die Umkleideräume und machte sich auf den Weg zu einer alten Bekannten: Valerie Rubens. Alma hoffte, dass sie mittlerweile in der Zentrale war; in der Nacht war ihr Büro verwaist gewesen, ihre Kaffeetasse mit den eingetrockneten Kaffeerändern hatte wie immer in der obersten Schublade ihres Rollcontainers gelegen. Sie reinigte die Tasse nie, sondern goss am Morgen nur frischen Kaffee hinein. War ja nur Kaffee, wie sie sagte. Manche Dinge änderten sich einfach nicht.

Wie Alma in Erfahrung gebracht hatte, arbeitete Valerie immer noch in der Abteilung für Technische Aufklärung. Früher hatte sie Almas Außeneinsätze mit nachrichtendienstlichen Technologien versorgt, und genau davon benötigte sie nun etwas. Valerie, die Technikerin. Sie war eine der wenigen gewesen, die Alma nach der Explosion im Krankenhaus besucht hatten. Sie war sogar einmal mit einer Schachtel Pralinen unterm Arm zu ihr in die Reha-Klinik gekommen, doch danach war der Kontakt abgerissen. Alma hatte damals keinen Bock mehr auf irgendwen vom BND gehabt.

Tatsächlich brannte Licht hinter der Bürotür aus satiniertem Glas. Almas Herz pochte, als sie anklopfte, zwei Sekunden wartete und dann eintrat.

Valerie sah hinter den Monitoren auf. Ihre Augen wurden groß. »Alma!«

Ihre Wiedersehensfreude brachte auch auf Almas Gesicht die Andeutung eines Lächelns. »ValliValli!«

Eine zaghafte Umarmung folgte, bevor Valerie sie von oben bis unten musterte. Sie schüttelte ungläubig den Kopf, sagte etwas, wurde ernst und signalisierte ihr dann mit Handzeichen ihre Hilflosigkeit. Zuletzt zeigte sie auf ihren Mund und hob fragend die Hände.

»Jetzt bin wohl ich diejenige, die dir ein Gadget zeigt.« Alma startete auf ihrem Handy die Transkriptionsapp, hielt sie ihr hin und sagte: »Sag was.«

Auf dem Display erschien: *Sag was.*

Valerie stutzte, dann antwortete sie: Test, Test, Test. Hallo, Alma. Wahnsinn. Das Ding versteht sogar meine Berliner Schnauze. Sie grinste wie ein kleines Mädchen an Weihnachten. Schön, dich wiederzusehen. Wie geht es dir? Gut siehst du aus.

Sie brummte. »Lass die Schmeichelei, aber ich kann nicht klagen. Und selbst?«

Ach ja, du siehst ja, immer noch dasselbe Büro, dieselbe Frau, dieselbe Tasse. Bin irgendwie in der Zeit hängen geblieben. Sie wurde ernst. Mit deinem Ausscheiden war irgendwie die Freude an der Arbeit weg.

Alma seufzte. »Ach, Valli. Du und deine Sentimentalität.«

Valerie sah aus, als wollte sie darauf etwas erwidern, sagte aber dann nur: Und jetzt wieder im Dienst? Ich hab's heute Morgen schon gehört. Wahnsinn. Die meinen echt, sie können so mit dir umgehen?

»Ist ja nur für diesen einen Fall.«

Für Ramsay.

Alma nickte und fügte in Gedanken hinzu: *Und dessen Unterstützer.*

Valerie verzog den Mund zu einer Grimasse. Und jetzt brauchst du Ausrüstung? Klar brauchst du Ausrüstung! Womit kann ich dienen?

»Ich brauche ein kleines, aber leistungsstarkes Richtmikrofon, das ich mit meinem Handy koppeln kann.«

Okay. Kein Problem.

»Gut. Dann brauch ich eine Wanze, auch zum Koppeln.«

Auch kein Thema. Wo soll sie zum Einsatz kommen?

»An einer Person.«

Okay, da hab ich was. Sonst noch Bedarf?

Statt zu antworten, tippte Alma diesmal in ihr Handy: *Ich muss ein Mobiltelefon anzapfen. Vollzugriff.*

Jetzt musterte Valerie sie durchdringend, bevor sie das Handy nahm und antwortete: *Ich brauche deine Nummer und die, die abgehört werden soll.*

Alma schrieb ihr beide auf, und die Technikerin sank hinter ihre Monitore. Zwei Minuten lang gab sie Befehle und Zahlen ein, dann kam ihr Blick ganz langsam hoch. Genauso langsam drehte sie einen der Monitore in ihre Richtung. Auf dem Display stand in roter Schrift in einem dunkelgrauen Fenster: NUMMER FÜR EXTERNEN ZUGRIFF GESPERRT. INTERNE VERWENDUNG.

Alma sagte: »Ich weiß, aber du kannst sicher was machen, oder?«

Valeries Blick aus braunen Augen mit dunklen Sprenkeln verharrte lange auf ihr. *Das ist Wahnsinn*, sagten sie. *Du begibst dich in die Höhle des Löwen.*

»Kannst du nun oder nicht?«, fragte sie, ohne den Blickkontakt zu unterbrechen.

Valerie zögerte immer noch, doch als sie die Lippen missbilligend schürzte, wusste Alma, dass sie das Handy für sie anzapfen würde.

Valerie, die Unterstützerin.

Sie drückte ihr mit warmen Fingern den Handrücken.

In seinem Büro im ersten Obergeschoss lauschte derweil Peter Klingenberg den Ausführungen des Welpen.

»Ich habe angeordnet, dass ich im Umkreis von drei Kilometern um Schneiders Villa niemand Uniformierten und keinen Polizeiwagen sehen will«, erklärte Erichsen. »Viele Beamte sind sowieso zu Demonstrationen für und gegen ANOD an den Landungsbrücken abgezogen worden. Das ist so verrückt. Die wollen uns umbringen, und einige Leute bejubeln das.«

»War zu erwarten gewesen und genau das, was Schneider und Co. doch wollen: Druck auf die Politik ausüben.«

»Das haben sie erreicht. Ich bin gespannt, wann es eskaliert. Wir können nur hoffen, dass die Lage so lange wie möglich ruhig bleibt. Ich war beim G20-Gipfel damals in Hamburg im Einsatz. Das ist kein Scherz, Chef. Das ist Krieg.«

»Wird schon nicht so weit kommen.«

»Hoffen wir es. Also zurück zum Plan: Wir untersagen auch den Funkverkehr im betroffenen Areal; der Polizeifunk ist zu leicht abgehört für eine Profihackerin.«

»Und das SEK?« Peter rieb sich die schmerzenden Schläfen.

»Das bleibt hier in der Villa und wartet in Küche und Keller auf Moreno. Hoffentlich kommt sie. Dann hätte der Spuk ein Ende, wenn Schneider die Wahrheit sagt.«

Peter beendete seine Massage und strich sich noch über das mit Stoppeln übersäte Kinn, ein Zustand, den man bei ihm in über zwanzig Jahren Dienst noch nicht gesehen hatte. »Glauben Sie wirklich, dass Moreno als Nächstes zu Schneider will? Wenn sie vom Panikraum weiß, könnte sie ihn als letztes Ziel ansteuern. Dann bräuchte sie Ausrüstung und Zeit und überhaupt einen Plan, um reinzukommen.«

»Daran hab ich auch schon gedacht. Aber sie wird kommen. Die Frage ist nur wann! Vielleicht baut sie darauf, dass Schneider sie einfach reinlässt. So könnte der Plan doch ausgesehen haben: die anderen Mitglieder um die Ecke bringen, danach bei Schneider um Zuflucht bitten, damit sie beide nicht auch noch erwischt werden, und dann *bäm!*

Schön aus der Sicherheit seines Bunkers ohne Zeitdruck das Wiegenlied veröffentlichen und zusehen, wie die Menschheit vor die Hunde geht.«

»Durchaus möglich«, gestand Peter, »aber der Plan ist wegen der Videoübertragung dahin. Ab sofort muss sie improvisieren, was gut für uns ist. Beim Improvisieren passieren immer Fehler.«

»Hoffen wir's. Ich glaube trotzdem, dass sie wegen der geringen Distanz von Hamburg zu Berlin als Nächstes hier aufkreuzt – außer Ihr Ramsay hält sich auch irgendwo in der Nähe auf.«

Mein Ramsay. Peter seufzte. »Haben die Techniker irgendeine Spur zu Schneider finden können?«

»Bisher nicht. Die Kollegen haben den Anruf zurückverfolgt, aber er hat kein Handy dafür benutzt, sondern einen Laptop oder Ähnliches. Der Anruf kam über Voice over IP von einem in Ecuador lokalisierten Gerät herein. Oliver meint, der nutzt einen VPN-Tunnel seiner Firma. Keine Chance, an den Standort zu kommen.«

»Und über seine Überwachungskameras? Die senden doch auch irgendwohin.«

»Gleiche Vorgehensweise. Wir haben eine Kamera im Wohnzimmer gefunden und untersucht. Die Daten werden nach Santo Domingo de los Colorados geschickt – und dort ist Schneider sicher nicht.«

»Also sind wir dazu verdammt, auf eine Reaktion zu warten.«

»Außer wir bewegen ihn doch irgendwie zu einer Mitarbeit«, schloss Erichsen. »Immerhin schaut er uns zu. Wir könnten ihm so eine Nachricht zukommen lassen. Ich habe ihm auch schon meine Handynummer geschickt.«

»Immerhin eine Einwegkommunikation. Darauf können wir aufbauen. Ich lass das alles einmal sacken. Auch das mit den *Parts*. Was er damit wohl gemeint hat?«

»Ich denke, es ist eine Sicherheitsvorkehrung innerhalb des Teams. Jeder von den fünf besitzt irgendeinen Teil, vielleicht vom Wiegenlied oder vom Virus oder des Systems. Und das hat Moreno bei Herrán und Kotaska gesucht und vermutlich gefunden.«

»Apropos Kotaska.« Peter warf einen Blick auf die Dokumente, die man ihm auf die Schnelle zusammengestellt hatte. »Wir wissen bisher zwei Dinge über sie: Zum einen fanden wir ein Stativ in ihrem Arbeitszimmer. Kabel vom PC führen dorthin. Wir glauben, dass Moreno die Kamera mitgenommen hat. Womöglich wurde mithilfe der Kamera ANOD verkörpert. Techniker sind jetzt dran, die Workstation zu untersuchen, aber vermutlich werden auch sie in Ecuador landen. Aber das mit dem Gesicht passt als zweiter Punkt zu Kotaska: Sie studierte interaktive Mediensysteme und entwickelte eine Software zur Gesichtsbearbeitung in Videos.«

»Das passt wirklich.«

»Find ich auch, aber ansonsten hat Kotaska eine lupenreine Weste. Zwei Tickets wegen Falschparkens, das war's. Nie auffällig geworden. Top Abitur, top Studium, danach Selbstständigkeit. Die hat ihre Hacking-Aktivitäten bestens geheim gehalten.«

»Sonst irgendwelche Spuren, die uns weiterhelfen?«

»Bisher nicht, aber ich hab auch ihr Arbeitszimmer mit Löschpulver angereichert.« Peter lächelte matt über seine Formulierung. »Die Techniker werden einige Zeit brauchen, um Verwertbares zu finden.«

Der Welpe seufzte. »Bleibt also weiterhin nur Schneider. So ein Mist, dass der aufgelegt hat.«

Jemand klopfte an Peters Bürotür. »Warten Sie, Erichsen – ja?«

Peters Assistentin streckte den Kopf zur Tür herein und hielt eine Mappe in die Höhe. »Ich habe was für Sie.«

»In Ordnung.« Er winkte sie herein. »Erichsen, ich muss Neuigkeiten sichten. Machen Sie mal in Hamburg weiter und beten Sie, dass Moreno zu Ihnen kommt. Und wegen Schneider überlege ich noch. Vielleicht kommt mir noch eine Idee, wie wir ihn aus der Reserve locken können.«

»Alles klar. Bis dann.« Der Welpe legte auf, und Peter wandte sich der jungen Frau zu.

»Was haben Sie?«

»Die Überprüfung der Flugverbindung von Porto nach Berlin. Es gibt nur einen zeitlich passenden Flug. Es waren achtundneunzig weibliche Passagiere an Bord. Wenn wir Kinder und Alte abziehen, bleiben vierundvierzig Frauen übrig. Ein Abgleich mit den Sicherheitskameras am Flughafen ergab, dass zwanzig davon dunkelhaarig sind und auf Morenos Beschreibung passen könnten. Einen schwarzen Mantel hatten aber nur drei von ihnen an.« Die Frau legte unscharfe Schwarz-Weiß-Fotos der drei vor Peter auf den Schreibtisch. »Wir haben die gründlicher gecheckt. Eine ist interessant: nur Handgepäck und hält nie das Gesicht in die Kameras.

Sie hat sich nach der Ankunft einen Cappuccino geholt und ist dann direkt zu einem Wagen im Langzeitparkhaus gegangen, der dort seit knapp vier Wochen parkte.« Ein weiteres Foto folgte, worauf ein schwarzer Audi zu sehen war, der aus dem Parkhaus fuhr.

Peter tippte auf das Kennzeichen. »Das haben Sie sicher auch schon überprüft?«

Ein Lächeln wie ein Sonnenstrahl. »Selbstverständlich. Die Nummernschilder gehören zu einem roten Audi A4 einer Kölnerin. Wurden ihr vor circa vier Wochen gestohlen.«

Peter besah sich die Fotos genauer. Es könnte Moreno sein, aber eindeutig sagen konnte er es nicht. Zu viel Bewegungsunschärfe und Haare auf dem einen Bild, Spiegelungen der Parkhausbeleuchtung oder sogar verspiegelte Scheiben auf dem anderen. Aber sie hatten einen Wagen und ein Kennzeichen. »Das ist doch mal was!« Er lächelte. »Ausgezeichnete Arbeit.«

»Vielen Dank. Ich würde als Nächstes versuchen, die Ermittlungsakten des Diebstahls aus Köln zu bekommen.«

»Tun Sie das. Und finden Sie alles über diese Frau heraus. Und Sie berichten ausschließlich mir. Vertrauensassistenz. Verstanden?«

Ein Ruck ging durch die junge Frau. »Selbstverständlich, Herr Klingenberg.« Mit durchgestrecktem Rücken verließ sie das Büro.

Als sie gegangen war, widmete sich Peter wieder den Fotos. Er betrachtete den Zeitstempel der Aufnahmen, prüfte mit Google Maps die durchschnittliche Fahrzeit zu Kotaskas Haus und kam zu dem Entschluss, dass die Frau tatsächlich

Selina Moreno sein könnte. Am Flughafen hatte sie als Mila García eingecheckt.

»Mila García«, wiederholte Peter laut und zuckte zusammen, als ein Gedanke wie ein Pfeil von der Sehne surrte. Er traf eine halbe Sekunde später als Idee ins Schwarze, und Peter betrachtete den zitternden Schaft noch eine Weile von allen Seiten, bevor er nach seinem Handy griff. Er wusste jetzt, wie sie an Schneider rankamen. Außerdem musste er sofort nach Hamburg.

Kapitel 21

Hamburg, Harvestehude
31:22:11

Regierungssprecher Sullert gab soeben bekannt, dass die Kanzlerin um 12 Uhr eine Regierungserklärung abgeben wird. Währenddessen spitzt sich die Lage zwischen den Demonstranten und der Polizei in mehreren Städten weiter zu.
Olaf Kraus, RTL Nachrichten

In der Küche von Schneiders Villa war es trotz der acht anwesenden Personen so still, dass man das Brummen des Kühlschranks hörte. Danny stand mit Michaelsen neben der Arbeitsplatte und verfolgte auf einem Laptop die Übertragungen ihrer versteckten Videokameras. Vor zwei Minuten hatte eine Kollegin in Zivil, die mit einer abgerichteten Schäferhündin an einer rosa Leine Gassi ging, gemeldet, dass ein Wagen mit einer dunkelhaarigen Frau keine fünfzig Meter entfernt am Straßenrand geparkt hatte. Die Frau trug einen schwarzen Mantel.

Danny wischte sich Schweiß von der Stirn und tippte auf die Videoübertragung des Schlafzimmers. »Falls sie das Haus vorher ausgespäht hat, geht sie hier rein. Es gibt einen

Mauervorsprung, von dem sie ganz leicht ans Fenster im Hochparterre gelangt. Außerdem hat Schneider keine Sicherheitskamera im Schlafzimmer.«

Michaelsen nickte. »Dann schnappen wir sie, sobald sie drin ist.«

»Ich würde lieber warten«, entgegnete Danny. »Sie wird sicherlich erst den Flur zum Wohnzimmer entlangkommen, um zu prüfen, ob Schneider sich womöglich hier aufhält. Wenn Ihre Leute dann vom Flur und vom Esszimmer aus gleichzeitig stürmen, kann sie nur ins Wohnzimmer flüchten. Und dort sitzt sie in der Falle.«

Der Einsatzleiter überlegte, während sein flinker Blick über die Videoaufzeichnungen huschte. »Man merkt, dass Sie selbst an der Front waren. In Ordnung, so machen wir's.«

Danny lächelte kalt, dann schwiegen sie wieder, bis sein Handy vibrierte.

Es war wieder die Kollegin in Zivil: »Zielperson steigt aus. Hat einen Rucksack dabei. Nähert sich der Villa – und klettert am Nachbargrundstück über die Mauer!«

Danny ballte die Hand zur Faust. »Das ist sie!« Er sah in die Runde. »Ich betone es noch einmal: Wir brauchen die Frau *lebend*. Sie ist der Schlüssel, um diesen Wahnsinn zu beenden. Hat das jeder verstanden?«

Sechs Einsatzkräfte in voller Kampfmontur nickten synchron. Dann noch Michaelsen. »Es wird so schnell gehen, dass die nicht mal weiß, wer sie überwältigt hat.«

»Hoffen wir's.« Danny konsultierte wieder die Videoübertragungen. Auch wenn Schneider keine Videokamera im Schlafzimmer hatte, sie schon – versteckt im Rauchmelder. Über die sah man das ausladende Futon-Bett mit zerwühlten Laken neben den raumhohen Fenstern mit mundgeblasenen Scheiben. Durch das schlierige Glas erspähte Danny nach zwei Minuten gespannter Stille die Frau im Mantel. Sie trug eine schwarze Skimaske, genauso wie beim Einbruch bei Ella Kotaska. Die Frau kletterte auf den Mauervorsprung, spähte durch die Fenster und hantierte dann in ihrem Rucksack herum.

Michaelsen gab seinen Frauen und Männern entsprechende Handzeichen. Ausrüstung knarrte, jemand atmete hörbar aus. Dann wieder Stille.

Die Frau im Mantel nutzte einen Glasschneider, um ein Loch mit circa fünfzehn Zentimetern Durchmesser nahe des Fenstergriffs in die äußere Scheibe zu schneiden. Mit einem Saugnapf drückte sie einmal ruckartig und brach das Rund heraus. Sie griff durch das Loch und wiederholte die Prozedur mit einem kleineren Durchmesser bei der inneren Scheibe. Wieder ein kurzer Druck, und sie konnte mit behandschuhten Fingern hindurchgreifen und das Fenster öffnen. Danny hörte das Klackern der jahrzehntealten Mechanik bis in die Küche.

Jemand atmete scharf ein. Danny hoffte, dass alles gut ging und niemand vom SEK Scheiße baute. Er wusste, wie gut die Leute ausgebildet wurden und wie hart die Aufnahmeprüfung war. Er hatte sie selbst durchgemacht. Fachkunde, Sport und Stresstests. Er hatte während eines längeren Sprints mit Schießübung auf Puppen, die entweder als Zivilisten oder Gegner gekennzeichnet waren, Fachfragen durch seinen Ausbilder beantworten müssen. Nur wer wirklich unter Stress performte und keine Zivilisten tötete, wurde genommen. Und trotzdem war ein Abzug schnell gedrückt, wenn die Zielperson Dummheiten machte.

Die Frau im Mantel spähte in den Flur und verließ geräuschlos das Schlafzimmer. Für einige Sekunden hatte Danny sie auf keiner Übertragung mehr, bis sie in der Wohnzimmertür auftauchte, um den Raum zu checken.

»Zugriff!«, hauchte der Einsatzleiter, und schon stürmte sein Team mit erhobenen Pistolen und Gewehren aus der Küche wie der leise Tod. Danny folgte ihnen. Er würde die Frau im Mantel abführen. Er würde sie verhören. Er würde dem Spuk ein Ende bereiten.

Noch bevor er den Flur halb hinunter war, wehte ein spitzer Frauenschrei zu ihm. Schnelle Schritte. Ein Fluch. Die Einsatzkräfte rannten los, Danny hinterher. Glas klirrte, wieder ein Schrei, ein lautes Poltern.

»Keine Bewegung!«, schrie ein Kerl. »Bleiben Sie, wo Sie sind!«

»Fick dich!«

»Zugriff! Zugriff!«

»Ahhh …«

»Hast du sie?«

»Ja, sicher!«

Die Frau kreischte.

»Leisten Sie keinen Widerstand!« Ein Schlag, ein Keuchen.

Danny erreichte ebenfalls das Wohnzimmer. Die Frau lag bäuchlings auf dem Boden, wurde von drei SEKlern gesichert. Ihr Rucksack hatte eine Vase von einer Kommode gefegt. Scherben knirschten unter seinen Stiefelsohlen, als er neben ihr in die Hocke ging.

»Selina Moreno«, knurrte er. »Sie sind festgenommen!« Er widerstand dem Drang, zur Sicherheitskamera emporzublicken. Er hoffte nur, dass Schneider gerade zusah.

Jemand fesselte Morenos Hände mit verstärkten Kabelbindern, bevor man sie grob auf die Beine hievte. Ihre Blicke trafen sich. Danny bellte: »Abführen! Raus in den Wagen! Ich will sie nicht in der Villa haben!«

Und schon ging es hinaus, den Flur entlang, durchs Foyer zum Ausgang. Während sie die Stufen zum Hof hinabstiegen, öffneten Beamte das Tor, und ein schwarzer Sprinter mit getönten Scheiben schoss herein. Sie waren blickdicht. Danny lief voraus und öffnete die Schiebetür. Michaelsen samt einem Kollegen bugsierten die Frau hinein, platzierten sie auf der Rücksitzbank und sanken links und rechts von ihr nieder.

Danny stieg ebenfalls ein und zog die Schiebetür hinter sich zu.

»Du bist also die Schlampe, die uns alle umbringen will«, knurrte Michaelsen. Ohne Vorwarnung verpasste er ihr einen Schlag ins Gesicht. Ihr Kopf schleuderte herum, sie keuchte und spuckte Blut auf die Hose des anderen.

»NICHT!« Danny riss Michaelsens Arm zurück. »Sind Sie irre?«

»Ich nicht, aber diese Schlampe schon.« Er wollte sich gewaltsam losreißen, doch diesmal verpasste Danny ihm einen Schlag ins Gesicht.

»Sie fassen sie nicht an, verdammt!« Dannys Brustkorb

pumpte hart. Er war allein, sie zu zweit und in Kampfmontur. Das konnte mies enden. »So lautete meine Order!«

Michaelsen starrte ihn entgeistert an, fuhr sich mit der Zunge durch den Mund. »*Lebend* lautete *Ihre* Order. Nicht *unverletzt*.«

Dannys Hand wanderte an den Griff seiner Pistole. »Unterstehen Sie sich! Ich habe hier das Kommando!«

Noch ein funkelnder Blick, dann spuckte auch Michaelsen blutigen Speichel aus.

»Haben wir uns verstanden?«, hakte Danny nach.

»Ja! Scheiße ey! Aber das war ein guter Schlag.«

»Danke.« Danny wandte sich der Frau im Mantel zu. »Geht's?«

»Schon. Bin hart im Nehmen, Chef.« Sie zeigte blutige Zähne.

»Ich weiß. Trotzdem hätte das nicht passieren dürfen.« Er nahm ihr vorsichtig die Skimaske ab. Adrienne lächelte ihn mit aufgeplatzter Lippe an.

Michaelsen versteifte sich. »Chef? Was wird hier gespielt?«

»Eine Inszenierung.« Danny zückte eine Packung Taschentücher und tupfte Adrienne das Blut von den Lippen. »Wir wollen Schneider aus seinem Versteck locken.«

»Ihr wollt ... nicht ernsthaft?«

»Doch! Genau das.« Adrienne leckte sich einen letzten Rest Blut aus dem Mundwinkel.

»Tom Schneider ist der Schlüssel«, holte Danny weiter aus. »Sein Anruf zeigt, dass er an und für sich bereit ist, mit uns zu kooperieren. Moreno will das Wiegenlied veröffentlichen, er will das nicht. Nur hat Schneider Angst vor ihr. Wenn wir sie jetzt geschnappt haben, was er hoffentlich live über seine Sicherheitskameras beobachtet hat, wird das ihn dazu bewegen, aus seinem Mauseloch zu kriechen und sich wieder zu melden. Dann kommen wir über ihn an ANOD ran.«

Michaelsen musterte sie abwechselnd, um stöhnend den Kopf zu schütteln. »Ich fasse es nicht! Sie lassen uns eine Unschuldige überwältigen! Was da alles hätte passieren können! Warum haben Sie nichts gesagt?«

»Weil es so echt wie möglich wirken musste!«

»Bei Gott ... Stammt die Idee von Ihnen?«

»Von meinem Chef.«

»Boah ... Ihr beim BND habt Eier.« Michaelsen wandte sich an Adrienne. »Tut mir echt leid, meine Liebe, aber Ihr Chef hätte uns einweihen müssen.«

Adrienne zuckte mit den Schultern. »Schon in Ordnung. Wenn Sie mir nur die Kabelbinder abnehmen, dann bin ich glücklich.«

»Selbstverständlich.« Michaelsen zwickte sie persönlich mit einer Zange durch. »Und jetzt?«, fragte er. »Wie geht es weiter?«

»Wir setzen die Inszenierung fort«, erklärte Danny. »Ich werde Schneider eine Nachricht schreiben und vor die Kamera halten. Ihr Team bleibt vor Ort, als Sicherung für die Techniker im Panikraum. Das wird Schneider verstehen.«

»Und eigentlich warten wir weiterhin auf Selina Moreno.«

»Exakt – sofern sie überhaupt aufkreuzt.«

Der Einsatzleiter ließ sich das durch den Kopf gehen, dann atmete er tief durch. »Muss ich sonst noch was wissen? Nicht, dass ich wieder jemandem fälschlicherweise eine einschenke.«

»Nein. Nur instruieren Sie bitte heimlich Ihr Team. Wir haben nur diese eine Chance. Wir dürfen uns keine Fehler erlauben. Nicht den allerkleinsten.«

»Schon klar.« Michaelsen musterte nochmals Adrienne, bevor er kopfschüttelnd mit seinem Kollegen den Wagen verließ.

Endlich allein, schob Adrienne ihren Unterkiefer hin und her.

»Tut's arg weh?«

»Nee, aber blasen werde ich die nächsten Tage niemandem einen.«

Danny lachte. »Wenn sich Schneider stellt, wandert er direkt zur Vernehmung und von dort in Untersuchungshaft.«

»Und du glaubst, das wird er tun? Der weiß doch, dass ihn der Knast erwartet.«

»Schon, aber der gute Schneider hängt an seinem Leben.«

»Wie wir alle.«

»Wie wir alle«, wiederholte Danny, »und deswegen wird er mich anrufen.«

Kapitel 22

A24, zwischen Berlin und Hamburg
32:30:12

Im Netz ist ein Video des Hackerkollektivs Anonymous aufgetaucht, in dem ANOD umfassende Unterstützung zugesichert wird. Wie diese Unterstützung aussehen soll, ist bisher unbekannt, aber die Gegner des Klimaschutzes dürften sich auf massiven Gegenwind im digitalen Raum gefasst machen.

Rebecca Tirschner, ProSieben Nachrichten

Ein schwarzer Audi mit gestohlenen Nummernschildern und beschlagenen Scheiben parkte am Rande eines Autobahnrastplatzes neben hohen Büschen. Seit Minuten saß Selina Moreno reglos hinterm Steuer, das Lenkrad in den Fingern. Die krallten sich so fest, dass die Knöchel weiß hervorstachen. Drei waren aufgeplatzt und glänzten rot, ebenso wie drei lange Kratzer, die Ella ihr am Unterarm zugefügt hatte.

Diesmal hatte das Schicksal es nicht gut mit ihr gemeint. Warum hatten auch Ella und Tom genau im Moment ihres Einbruchs miteinander gechattet? Jetzt wusste er Bescheid.

Wie würde er reagieren? Würde er sich in seinem Bunker verkriechen oder untertauchen? Schwer zu sagen. Auf Nachrichten im ANOD-Chat reagierte er nicht, allerdings hatte er auch live erlebt, wie eine gute Freundin angeschossen worden war. Das nahm jemanden wie Schneider sicherlich mit.

Es änderte aber nichts an ihren Plänen. Sie brauchte seinen Part, koste es, was es wolle. Höchstwahrscheinlich saß er in seinem Panikraum und schiss sich in die Hose. Schneider war so jemand – immer schön den Mund aufreißen, aber wenn es ans Eingemachte ging, kneifen. Der Schlappschwanz.

Sie hasste Schwäche. Damit kam man nicht weit im Leben. Man musste wissen, was man wollte, und zielstrebig und ohne Rücksicht darauf zuarbeiten. Sie würde Schneider kriegen, egal wo er sich verkrochen hatte. Und sie hatte noch über zweiunddreißig Stunden Zeit.

Der Motor erwachte zum Leben, und die Lüftung rauschte los. Während Selina Moreno wartete, dass die beschlagenen Scheiben frei wurden, strich sie sich mit dem Finger über die Kratzer. Die Haut war erhaben und brannte bei der Berührung noch mehr, aber der Schmerz erinnerte sie nur an ihre Ziele, und die rückten immer näher. Schon bald hatte sie die Welt an den Eiern.

Der schwarze Audi glitt aus der Parklücke und fuhr zurück auf die Autobahn Richtung Hamburg.

Etwa eineinhalb Stunden später fuhr Peter Klingenberg auf eben jenen Rastplatz, um sich zu erleichtern. Mit einem Buttercroissant und einem Cappuccino im Pappbecher kam er aus der Raststätte zurück, als seine Assistentin anrief.

»Ich habe Neuigkeiten von der Verkehrsüberwachung. Der schwarze Audi wurde erfasst. Auf der A24 Richtung Hamburg, Höhe Neustadt-Glewe.«

Peter war sofort alarmiert. Er schwang sich hinters Steuer. »Wann war das?«

»Vor einer Stunde und sechsunddreißig Minuten. Ich habe eine Überwachung mit dem Kennzeichen-Erfassungssystem angeordnet.«

Die Frau gefiel ihm. »Sehr gut. Bleiben Sie dran!« Er war also auf der richtigen Spur!

»Herr Klingenberg?«

»Ja?«

»Noch etwas: Eben war eine Alma Nordtveit hier und wollte mit Ihnen sprechen. Ich habe sie – wie angeordnet – abgewiesen. Sie sah ziemlich grimmig drein.«

»Tut sie immer. Einfach ignorieren.«

Klingenberg legte auf und dachte nach. Eineinhalb Stunden Vorsprung. Moreno alias García könnte bald in Hamburg sein, aber ob sie direkt zu Schneider fuhr? Er würde es herausfinden.

Er erinnerte sich im letzten Moment noch an Cappuccino und Croissant auf dem Dach, dann bretterte Peter Klingenberg Richtung Hamburg.

Er fuhr mit deutlich überhöhter Geschwindigkeit und schaffte es in knapp einer Stunde. Er passierte die Außenalster, kam über die Kennedybrücke und bog dann gen Norden ab. Auf dem Parkplatz eines Supermarkts, von dem aus Erichsen die vorangegangenen Observationen geleitet hatte, verschaffte er sich einen Überblick über das Wohngebiet, dann fuhr er mit dreißig Kilometern pro Stunde einmal dreist an der Villa vorbei. Er sah durch die Gitterstäbe des Tors im Hof einen Einsatzwagen mit getönten Scheiben stehen. Vermutlich hatte Erichsen gerade seine Kollegin Adrienne hochgenommen. So weit verlief alles nach Plan. Dann war Mila García vermutlich noch nicht hier gewesen.

Peter fuhr weiter, wobei er sich unauffällig nach dem schwarzen Audi umsah. Zu seiner Überraschung entdeckte er einen zwei Nebenstraßen weiter. Das Nummernschild konnte er von seiner Position aus nicht erkennen, aber er glaubte, dass eine Person hinterm Steuer saß. Nein, da saß jemand! García?

Er umrundete den Block und bog von hinten in die Nebenstraße ein. Einige Parkplätze waren frei, weswegen es auffällig gewesen wäre, nicht anzuhalten. Und da saß er in seinem Wagen, konnte das Nummernschild des Audis immer noch nicht einsehen und wusste nicht so recht, wie er weiter vorgehen sollte.

Falls García Moreno war, musste er sie festnehmen. Aber was, wenn die Frau gar eine Agentin eines anderen Geheimdienstes war? Mischte noch jemand in diesem Spiel mit? Die Portugiesen? Mit Herrán hatte das Morden in Porto begonnen. Zufall? Dazu passte auch der Deckname: Mila García. Oder waren es die Jungs aus Langley? Hüllte sich die CIA deswegen in Schweigen, weil sie eine Killerin auf europäischem Boden agieren ließ?

Peter rieb sich über das Gesicht, dann öffnete er das Handschuhfach. Zur Standardausrüstung in seinem Dienstwagen gehörten magnetische Peilsender. Er schnappte sich einen, notierte die ID und aktivierte ihn. Dann stieg er aus für einen Spaziergang.

Der Herbstwind in Hamburg war frischer als in Berlin, und so schlug Peter den Kragen seines Mantels nach oben. Die Knöpfe ließ er offen, um nach seiner Dienstwaffe greifen zu können. In der linken Hand hielt er den Peilsender.

Der Audi rückte hinter einem Mercedes ins Blickfeld; das Kennzeichen stimmte.

Sein Herz klopfte heftiger. Unauffällig schlenderte Peter Richtung Audi. Der war noch acht Meter entfernt.

Peter senkte den Kopf und lief weiter.

Nur noch ein paar Schritte, ein kurzes Stolpern, *klack!* und weiter. Der Peilsender haftete am Kotflügel! Und dann links endlich die Beifahrertür. Gleich würde er wissen, wer die Frau im Mantel war.

Sie hatte allerdings den Kopf gesenkt, die Haare seitlich vorm Gesicht, und tippte eine Nachricht in ihr Handy, das über ein Kabel an einen aufgeklappten Militärlaptop auf dem Beifahrersitz angeschlossen war.

Komm! Schau hoch! Schau irgendwohin, nur nicht auf das verdammte Handy!

Die Frau tat ihm den Gefallen nicht, und Peter musste weitergehen, um nicht aufzufallen. Er nahm noch die einen Spaltbreit offenen Fenster wahr, sowie eine Bäckertüte und einen Kaffeebecher in der Mittelkonsole, außerdem trug die Frau ein bestücktes Holster unter der Achsel. Einer ihrer Ärmel war hochgekrempelt. Rote Striemen zierten den Unterarm. Dann war er auch schon vorbei und setzte seinen Weg unbeirrt fort. Nicht zurückzublicken war hart, aber er erinnerte sich an die Sage von Orpheus und Eurydike. Er würde sich nicht umdrehen, komme was wolle.

An der nächsten Kreuzung bog er links ab und umrundete gezwungenermaßen den kompletten Wohnblock wie zuvor mit dem Wagen. Er brauchte dazu mehrere Minuten, viel Zeit zum Nachdenken. War es Selina Moreno? Er konnte es nicht hundertprozentig sagen, Statur und Haarfarbe stimmten zumindest grob. Dazu kamen die Pistole, das Handy und der Militärlaptop. Dass sie dort saß und wartete, gefiel ihm nicht. Was tat sie? Schneider kontrollieren? In den ANOD-Chat schreiben? Die Villa überprüfen? War sie alarmiert? Hatte etwas ihr Misstrauen erregt? Der Einsatzwagen? Irgendwelche unvorsichtigen Beamten?

Peter bog wieder in die Nebenstraße ein und stieg in seinen Wagen. Geräuschvoll atmete er aus. Seine Finger trommelten auf das Lenkrad. *Brrrbt. Brrrbt. Brrrbt.* Er war offenbar nicht entdeckt worden. Zumindest stand der Audi noch an Ort und Stelle, und nichts rührte sich.

»Gott!« Peter strich sich mit den Fingern durchs schüttere Haar. »Und jetzt?«, fragte er sich selbst mit einem Blick in den Rückspiegel. »Was machen wir jetzt?«

Sein müdes Konterfei blieb ihm eine Antwort schuldig.

Kapitel 23

Hamburg, Harvestehude
30:58:54

Zu Ruhe und Besonnenheit mahnte die Kanzlerin vor wenigen Minuten in ihrer Regierungserklärung. Sie richtete das Wort direkt an die Demonstranten und bat, nicht auch noch Öl ins Feuer zu gießen. Bisher ist die Lage stabil, wie aus Hamburg, Berlin, München und Köln gemeldet wird. Aber die Ruhe ist trügerisch. Fliegt ein Stein, kann sich die Spannung jederzeit entladen.

Olaf Kraus, RTL Nachrichten

Danny sah mit gemischten Gefühlen dem Einsatzwagen mit Adrienne hinterher. Es tat ihm aufrichtig leid, dass sie was abbekommen hatte, aber sie war hart im Nehmen und hatte vermutlich weniger Probleme damit als er. Und nüchtern betrachtet war nur entscheidend, dass ihr Bluff aufging. Er strich sich seufzend über die müden Augen und straffte die Schultern, bevor er in die Villa zurückkehrte, um Schneider die frohe Botschaft zu übermitteln, dass sie Selina Moreno geschnappt hatten.

Im Wohnzimmer schrieb er gerade mit einem Filzstift

auf ein Blatt Papier *Wir haben Moren…*, als sein Handy klingelte.

»Ja?«

»Sie sind echt besser als gedacht«, sagte Schneider. »Mal ein Beamter mit Hirn.«

»Sehr witzig.« Danny ließ den Stift sinken und grüßte empor zur Kamera.

»Nein, ernsthaft!«, fuhr Schneider fort. »Ich bin beeindruckt und sprachlos zugleich. Selina wollte echt zu mir und mich kaltmachen, und dabei hat sie keine zehn Minuten zuvor noch in unseren Chat geschrieben. Die Schlange!«

Danny schluckte. Wenn Moreno jetzt eine Nachricht in den Chat schrieb, war alles umsonst gewesen. Er räusperte sich. »Moreno macht niemanden mehr kalt.«

»Unterschätzen Sie sie nicht! Die ist hart drauf.« Schneider zündete sich wieder eine Zigarette an. »Wo bringen Sie sie jetzt hin?«

»An einen geheimen Ort.«

Ein tiefes Inhalieren. »Um sie zu foltern?«

»Nein, Herr Schneider, *das* ist so eine Nummer aus dem Fernsehen. Wir werden Moreno schützen. Was glauben Sie, was los ist, wenn in den Medien berichtet wird, dass wir einen führenden Kopf von ANOD gefasst haben? Dann müssten wir – dank Ihrer medialen Präsenz mit ANOD – mit einer Revolte rechnen. Haben Sie in den letzten Stunden mal Nachrichten gesehen? Überall stehen sich Demonstranten und Polizisten gegenüber. Die Lage ist äußerst angespannt.«

»Es ist nötig.«

»Wahrscheinlich haben Sie sogar recht damit, das ändert

aber nichts an dem Wahnsinn der Aktion. Aber lassen wir die Diskussion, denn wir haben ein anderes Problem: Da wären immer noch die aktive App und ein frei herumrennender Ramsay, der womöglich mit Moreno kooperiert. Die Gefahr ist also noch nicht gebannt. Bitte helfen Sie uns, ANOD zu stoppen.«

»Das soll schön Selina machen. Ich habe keine Ahnung, wo Ramsay ist. Wenn, dann weiß sie es.«

»Sie hüllt sich in Schweigen.«

»Dann bringen Sie sie zum Reden! Sie haben doch sicher Ihre *Methoden*. Ich lass mich auf jeden Fall nicht auf irgendwas ein. Glauben Sie mir, es ist für alle Beteiligten besser so.«

Danny schnaubte. »Sie meinen, es ist besser für *Sie*! Ich frage mich, warum Sie überhaupt noch einmal angerufen haben, wenn Sie uns gar nicht helfen wollen?«

Schneider inhalierte scharf. »Sie verstehen es immer noch nicht! Solange niemand an meinen Part herankommt, passiert gar nichts!«

»Behaupten Sie. Warum sollte das so sein? Sind die Parts eine Art Sicherheitssystem, das Sie im Team eingeführt haben?«

Bei Schneider klapperte etwas im Hintergrund, und ein Möwenschrei war zu hören. Dann ein Seufzen. »Langsam machen Sie mir Angst, wissen Sie das? Sie beweisen wieder Hirn.«

»Es gibt auch beim Staat fähige Leute.«

»Die kann man an einer Hand abzählen. Aber egal. Es ist so, dass es bei uns nach der Münchner Sicherheitskonferenz zu einem Eklat kam. Wie gesagt, Ella und ich wollten es nie veröffentlichen, wollten nie Leute töten. Die Sache mit München ist allein auf Selinas Mist gewachsen.«

Eine Möwe ... hält er sich vielleicht immer noch in Hamburg auf?

»Deswegen drohten wir, das Projekt auffliegen zu lassen, wenn wir keine maximale Sicherheitsstufe einbauen«, fuhr Schneider fort.

Hatte Schneider Familie in Hamburg, wo er sich aufhalten könnte? Das hatten sie nicht geprüft. Danny wollte Michaelsen zu sich winken, erinnerte sich aber der Kameras und unterdrückte den Reflex. *Ruhig bleiben! Telefonier weiter! Geh ein wenig auf und ab und dann aus dem Raum!*

»Zum Glück schlug sich auch Rio auf unsere Seite, und wir splitteten daraufhin das Wiegenlied in fünf Teile, die Parts.«

»Okay.« Danny war dreimal auf und ab gelaufen und verließ das Wohnzimmer. Er hatte noch Stift und Zettel in der Hand, klemmte sich das Telefon zwischen Schulter und Ohr und schrieb: *Schneider ist womöglich noch in Hamburg! Das familiäre Umfeld checken! Die Tante etc.*

Schneider fuhr fort: »Jeder besitzt einen – und Selina hat jetzt vermutlich drei. Womöglich hat sie auch schon vier, wenn sie schon bei Ramsay war oder sogar mit ihm zusammenarbeitet. Schnappen Sie sie, und damit war es das.«

Danny winkte Michaelsen zu sich. Mit fragendem Blick nahm der Einsatzleiter des SEKs den Zettel entgegen. Danny zeigte aufs Telefon, und Michaelsen verstand. Er eilte davon und zückte sein Handy.

»Verstehe«, sagte Danny zu Schneider, »aber es wäre noch sicherer für alle, wenn Sie sich stellen würden. Mit Ihrem Part.«

Ein abfälliger Pfiff. »Weil Sie mir Schutz gewähren können? Beim BND? Im Auftrag der Regierung? Auf welchem Planeten leben Sie?«

»Auf einem wunderbaren, auf dem ich noch länger leben will. Und es bleibt doch trotzdem diese Countdown-App, oder nicht? Ist die nicht mit dem Wiegenlied gekoppelt? So ein Wiegenlied macht doch nur Sinn, wenn es auch flächendeckend ausgespielt wird? Dafür haben Sie die App doch entwickelt, oder?« *Halt ihn hin, halt ihn hin!*

»Ja und nein! Die App ist doch auch nur ein Fake. Sie wird nach Ablauf des Countdowns ›Oh Happy Day‹ spielen.

»›Oh Happy Day‹?«

»Richtig, Herr Erichsen. Gospel. Wie gesagt, wir – Sky, Ella und ich – wollten nie veröffentlichen.«

»Aber ... aber bei Patel konnten Sie es.«

»Das ist richtig.« Schneiders Stimme wurde bitter. »Wir haben dazu alle fünf Parts zeitgleich an das ANOD-System angeschlossen und damit eine einmalige Beschallung von Patel ermöglicht. So ist das in einer Demokratie. Ella und ich sind überstimmt worden. Rio war bei Patel wie Selina und Ramsay der Meinung, dass es ohne Demonstration nicht gehen wird. Ich höre Ramsay mit seiner schmierigen Stimme noch fragen: ›Wie viel Blut wird an unseren Händen kleben, wenn wir nicht den Klimaschutz erzwingen? Milliarden Klimatote? Blut wird uns also so oder so begleiten, die Frage ist nur: Wie viel?‹« Schneider seufzte. »Glauben Sie mir, Herr Erichsen, eine gewaltfreie Revolution wäre mir am liebsten gewesen.«

Dannys Kopf pochte angesichts des Gehörten. »Und diese Parts sind Dateien?«

»Ja. Sie können auf Sticks, Festplatten, auf jeglicher Hardware gespeichert werden. Mehr ist das nicht. Selina braucht nur ein Speichermedium.«

»Kann man die nicht kopieren?«

»Doch.«

»Und was bringt dann die Sicherstellung? Ramsay oder Moreno könnten doch längst Kopien haben?«

»Aber nicht von meinem! Der ist sicher verwahrt. Das meinte ich eben, dass es besser ist, wenn ich in meinem Versteck bleibe! Verkaufen Sie es von mir aus Ihren Vorgesetzten einfach anders. Sie haben mit der Erstürmung meiner Villa die Welt gerettet – oder in den Untergang geführt. Je nachdem, wie man es sehen will.«

Wenn es nur wahr wäre. Danny hätte plötzlich gern gesagt, dass die wahre Moreno noch frei herumlief und nichts gerettet war. Denn wenn sie Schneider fand ...

»Und«, hakte er nach, »Sie sind sich hundertprozentig sicher, dass das Wiegenlied nicht schon aus der Zeit vor der MSC vollständig in Morenos Händen ist? Sie kann es nicht aufgenommen haben oder sonst was?«

»Nein, nein, nein! Wir hatten das Wiegenlied vorher hinter einer Firewall gekapselt. Moreno konnte nur unsere Software nutzen, um es abzuspielen, und das kam nur dieses eine Mal in München vor, ein Livestream auf das Intercom des Hotels. Ich habe auf meinen Rechnern auch Protokolle dazu. Das lässt sich beweisen. Und denken Sie anders: Was würde Selina denn sonst von uns brauchen? Da gibt es nichts. Das Einzige von Wert sind die Parts.«

Danny glaubte dem Hacker. »Also geht es nur darum, dass diese fünf Teile niemals zusammenkommen?«

»Endlich haben Sie es kapiert!«

Michaelsen kam angerannt. Er hielt den Zettel hoch. Darauf stand: *Auf die Tante ist ein Boot zugelassen! Liegt am Moorfleeter Deich!*

Danny nickte und sagte: »Okay, Herr Schneider. Dann … dann brauche ich Sie wohl nicht mehr zu überzeugen, sich mit mir zu treffen.«

»Nein, die Mühe können Sie sich sparen.« Schneider lachte verhalten und legte auf.

Während Danny Klingenbergs Nummer wählte, schrie er: »Ich brauche einen Wagen und vier Einsatzkräfte mit Ortskenntnis Moorfleeter Deich! Sofort!« Und schon stürmte er hinaus. Egal was Schneider von Sicherheit schwafelte, Danny wollte ihn in den Händen der Polizei sehen, nicht dass Moreno oder Ramsay ihren Partner doch noch vor ihnen aufspürten und dann was anderes als »Oh happy Day« aus der App schallte.

Peter hatte immer noch keine Idee, wie er vorgehen sollte. Wenn die Frau Moreno war, schien sie gewarnt zu sein. Das wäre fatal; er durfte nicht vergessen, dass sie schon zwei Menschen ermordet hatte. Wenn es zur Eskalation kam und sie starb, wollte er sich nicht ausmalen, was das für Konsequenzen haben mochte.

Er musste eingreifen. Sie irgendwie aufscheuchen und dann per Peilsender verfolgen. Vielleicht konnte er …

Sein Handy klingelte in die Stille hinein.

Es war Erichsen. »Ihre Idee ist aufgegangen, Schneider hat sich gemeldet. Und wir haben möglicherweise eine Spur zu ihm!« Eine Tür knarzte im Hintergrund, Wind rauschte um das Mikrofon.

Klingenberg seufzte erleichtert. »Das sind doch mal gute Neuigkeiten!«

»Meganachrichten. Ich bin schon auf dem Weg.«

»Wo soll er sein?«

»Höchstwahrscheinlich auf einem Boot am Moorfleeter Deich. Ich fahre umgehend mit Einsatzkräften hin. Können Sie weitere Unterstützung organisieren?«

»Selbstverständlich.«

»Aber wir brauchen ihn zwingend lebend! Also bitte keine Scharfschützen. Besonnene Leute. Er hat einen Teil des Wiegenlieds bei sich. Moreno vermutlich den Rest. Wir müssen ihn unbedingt abschirmen, damit es nicht an die Öffentlichkeit gelangt.«

»Und die App?«

»Ist ein Fake.«

»Verstehe. Weiß er, wo sich Ramsay aufhält?«

»Leider nein.«

»Okay. Dann kümmere ich mich umgehend um Verstärkung. Moorfleeter Deich?«

»Ja! Und danke!« Ein Motor brummte, und Erichsen legte auf.

Auch Peter ließ das Handy sinken. Und plötzlich lag der

Plan klar und deutlich vor ihm. Er musste nur noch Moreno aufscheuchen und dann im Stillen verfolgen. Sie hatte drei der fünf Parts und würde ihn vermutlich auch noch zu Ramsay führen. Und Erichsen steuerte Schneiders Part bei. Damit hatten sie alle.

Bevor er sich allerdings um die Frau im Mantel kümmerte, rief er im Hamburger Polizeipräsidium an und organisierte die Verstärkung für den Welpen.

Nach dem Gespräch stand der Audi immer noch an Ort und Stelle. Peter war mittlerweile sicher, dass Moreno alarmiert war. Nur worauf wartete sie? Hörte sie den Polizeifunk ab?

Peter schien richtigzuliegen. Die Lichter des Audis flammten auf, und der Wagen glitt aus der Parklücke.

Peter klippte sein Handy in die Halterung und aktivierte den Peilsender. Die Software initiierte eine Verbindung. Auf einer stilisierten Karte leuchtete ein roter Punkt auf. Er bog an der Kreuzung nach links ab, nicht nach rechts Richtung Villa und Falle.

»Gut, sehr gut.« Peter grinste zum ersten Mal seit Stunden wieder. Moreno würde ihm nicht entkommen.

Kapitel 24

Hamburg, Moorfleeter Deich
29:22:12

Die Stellungnahme von Anonymous hat auf Social Media eine Welle der Unterstützung ausgelöst. Weltweit wird zu Demonstrationen aufgerufen. Selbst in China kam es zu Unruhen. Vor zahlreichen Kohlekraftwerken demonstrierten Menschen mit Masken mit dem ANOD-Gesicht. Die Volksrepublik China setzt weiterhin auf den Ausbau von Kohlekraftwerken. 2019 lag der Anteil von China am globalen Kohleverbrauch bei knapp über fünfzig Prozent, Tendenz steigend.

Rebecca Tirschner, ProSieben Nachrichten

»Zwei Scharfschützen sind in Stellung«, tönte es aus dem SEK-Funk.

Danny spähte durch den Feldstecher die Dove-Elbe hinab, während ihm der Wind um die Ohren pfiff. Er entdeckte keinen der Schützen, dafür die Yacht von Schneiders Tante, die etwa siebenhundert Meter entfernt neben einer Insel unweit des Tatenberger Yacht Clubs dahindümpelte. Schneider lief an Deck auf und ab und telefonierte.

Danny ließ den Feldstecher sinken und sagte in den Funk: »Der Mann an Deck ist die Zielperson. Aber noch einmal: Wir brauchen ihn lebend! Haben das alle verstanden?« Er ärgerte sich, dass das Präsidium doch Scharfschützen geschickt hatte.

Die Einsatzleiterin des Spezialkommandos, das ihm zur Verstärkung geschickt worden war, sagte neben ihm: »Keine Sorge. Das haben alle verstanden, Herr Erichsen. Niemand wird schießen. Wir nehmen ihn ganz unspektakulär fest, okay?«

Danny seufzte. »Machen Sie das.«

Sie lächelte milde und gab Befehle. Der Steuermann ließ ihr Einsatzboot in Richtung Yacht wenden.

Während sie langsam die Elbe entlangglitten, sagte Danny: »Sie sind tiefenentspannt, was eine Festnahme angeht, oder?«

Sie zuckte mit den Achseln. »Wo soll er auch hin? Wenn er wendet und abhaut, kommt er zur Tatenberger Schleuse. Die hab ich sperren lassen. Außerdem stecken mehr PS in diesem Boot, als man denken könnte. Und ins Wasser wird er kaum springen. Es war einfach dumm, sich auf ein Boot zurückzuziehen.«

»Es war seine letzte Option.«

Schweigend fuhren sie weiter, bis Schneider ihr Boot entdeckte. Er blieb stehen, spähte in ihre Richtung, dann verschwand er unter Deck. Wasser sprudelte hinter seiner Yacht empor, als er volle Kraft voraus setzte.

Auch ihr Boot erzitterte augenblicklich, und schon beschleunigten sie zusehends mit Blaulicht und Sirene. »Stoppen Sie das Boot!«, war die Stimme des Kapitäns über Lautsprecher klar und deutlich zu vernehmen.

Schneiders Yacht fuhr noch ein Stück dahin, bevor sie tatsächlich langsamer wurde. Dann erschien auch er wieder an Deck.

Als das Polizeiboot neben seine Yacht glitt, hob Danny die Hand zum Gruß. Die unspektakuläre Festnahme gefiel ihm. »Herr Schneider.«

Der Hacker raufte sich die Haare. »Das fass ich jetzt nicht! Vorhin habe ich noch gesagt, Sie hätten Hirn, aber Sie sind der größte Idiot auf Erden!«

»Womöglich.« Beamte des SEKs sprangen zu ihm an Deck, legten ihre Elektroschockpistolen auf Schneider an. »Aber Sie sind noch ein größerer.« Auch Danny wechselte mit einem großen Schritt hinüber. »Ein Boot. Glauben Sie wirklich, Ihre Mitstreiter finden Sie hier nicht?«

Der Hacker rollte mit den Augen. »Niemals! Es gibt keinerlei Verbindung! Herrgott noch mal!«

»Abgesehen von dem Liegeplatzeintrag auf Ihre Tante.«

Schneider stöhnte. Er raufte sich die blonden Haare, ließ sich aber von Danny hinüber aufs Polizeiboot geleiten.

Peter verfolgte immer noch den schwarzen Audi. Moreno war nach Eppendorf gefahren und von dort weiter über die 5 Richtung Eimsbüttel. Sie hielt sich offenbar auf den Hauptstraßen, vermutlich um schnell vorwärtszukommen. Wohin wollte sie? Zum Moorfleeter Deich ging es in die andere Richtung. Was führte sie im Schilde?

Morenos Wagen wurde plötzlich langsamer. Der rote Punkt bog an der Osterstraße ab. Peter befand sich etwa eineinhalb Kilometer hinter ihr. Gespannt verfolgte er ihre weitere Fahrt, und wie sie nach einigen Hundert Metern laut der Anzeige in ein Gebäude abbog.

Irritiert drückte Peter auf seinem Handy herum, um die Satellitenanzeige zu aktivieren. Viel zu langsam baute sich die Grafik auf, und dann brauchte Peter noch einige Momente, um zu begreifen.

Moreno war in ein Einkaufscenter mit Parkdeck gefahren. Gegenüber lag eine U-Bahnstation, vermutlich mit direktem Zugang vom Center aus.

Peter fluchte. Wenn sie entschieden hatte, unterzutauchen, würde er sie verlieren, ebenso wenn sie den Wagen wechselte. Er drückte aufs Gas. Der rote Punkt verweilte immer noch im Gebäude, als er die Einfahrt erreichte. Wie viel Vorsprung hatte sie? Maximal zwei Minuten. Weit konnte sie noch nicht sein.

In engen Kehren ging es hoch aufs Dach. Licht und Schatten von der Dachkonstruktion der Auffahrten flirrten über die Scheibe. Oben angekommen, glitt Peter aufs Deck. Locker einhundert Fahrzeuge glänzten im Sonnenlicht.

»Nein, nein, nein!« Hektisch sah er sich nach dem Audi um, dort, ein schwarzer Wagen, halt, kein Audi. Dann da ... auch nicht. Und dort? Wieder nicht. Mit wachsender Nervosität rollte Peter zwischen den geparkten Fahrzeugen hindurch.

Plötzlich erspähte er jemanden zwischen den Fahrzeugen auf dem Boden sitzen. Der Kopf hing tief herab, als wäre der Mann bewusstlos oder sogar tot. Und er lehnte an einem schwarzen Audi!

Peter trat aufs Gas und kam bei dem Mann zum Stehen. Es war Morenos Audi. Die Parklücke daneben leer.

Abermals sah sich Peter um und gewahrte am Ende des Decks eine Bewegung. Ein weißer SUV hielt an der Ausfahrt.

Peter überlegte nur eine Sekunde, dann nahm er die Verfolgung auf.

Viel zu schnell fuhr er zur Abfahrt und hätte beinahe eine Frau mit Kind niedergefahren. Sie rief ihm irgendetwas hinterher und zeigte den Stinkefinger. Dann erreichte er die Abfahrt und glitt in die engen Kehren. Die Reifen quietschten auf dem glatten Asphalt, die gelb-schwarzen Randmarkierungen rasten vorbei, dann war er unten. Der weiße SUV bog gerade auf die Osterstraße ab, zurück Richtung Ringstraße. Und diesmal hinterm Steuer ganz eindeutig: Moreno.

Sie bemerkte ihn nicht. Peter schlug ein Kreuzzeichen und reihte sich drei Fahrzeuge hinter ihr in den Verkehr ein. Er war wieder im Spiel, und diesmal würde er sie nicht aus den Augen verlieren.

Selina atmete tief durch, die Hände am Steuer des geklauten SUVs. Ihr Blick huschte zum wiederholten Mal in den Rückspiegel, aber niemand schien ihr zu folgen. Trotzdem blieb das Gefühl, beobachtet zu werden. Irgendetwas stimmte nicht.

Sie bog dreimal wahllos ab und verfolgte dabei angestrengt den Verkehr im Rückspiegel. Eine Limousine fiel ihr schließlich auf. Berliner Kennzeichen. Ein älterer Mann am Steuer.

Selina kniff die Augen zusammen. Der Typ kam ihr bekannt vor. Woher?

Und dann machte es endlich Klick. Es handelte sich um Peter Klingenberg, hohes Tier beim BND. Ramsay hatte ihr vor Wochen abgefischte Akten und Personalübersichten zukommen lassen, die belegten, dass beim BND eine Operation mit dem Codenamen *Hypnos* gestartet worden war. Man suchte nach den Verantwortlichen für den Anschlag auf die Münchner Sicherheitskonferenz und nach dem Ursprung des Tracks. Die Operation bestand im Grunde nur aus zwei Personen: Peter Klingenberg und Daniel Erichsen. Der frühere MEK-Beamte Erichsen hatte den Sprung aus dem Bayerischen Hof überlebt und war deswegen rekrutiert worden. Wie zum Teufel hatte er sie gefunden? Und was lief jetzt mit Toms Verhaftung?

Selina klappte den Laptop auf, den sie auf den Beifahrersitz geworfen hatte. Er erwachte aus dem Stand-by und aktualisierte die Anzeige. Eine Menge Text erschien, ein Transkript des laufenden Polizeifunks, unterteilt nach Sendefrequenzen. Der Hack stammte noch von Rio und war Gold wert. Allerdings war es so viel Text, dass Selina ihn nicht während der Fahrt lesen konnte. Sie würde anhalten müssen.

Ihr Blick glitt abermals in den Rückspiegel. Die graue Limousine war immer noch hinter ihr. Selina schürzte die Lippen und wechselte auf die rechte Fahrbahn und ließ sich zurückfallen.

Einige Fahrzeuge überholten sie, und so rückte die graue Limousine im Rückspiegel näher und näher, hielt sich dann aber mit einem Wagen zwischen ihnen auf konstanter Distanz.

Selina nutzte eine Lücke auf der linken Spur, zog abrupt raus und gab Gas. Der SUV machte einen Satz und glitt an den Fahrzeugen vorbei, die sie gerade erst überholt hatten.

Auch die Limousine zog raus, was Selina grimmig registrierte. Das bedeutete, dass Klingenberg ihr allein auf den Fersen war, sonst hätten die Beschatter sich längst abgewechselt. Sie konnte ihn also abschütteln und entkommen.

Allerdings scherte sie erst rechts rein und ließ sich wieder fallen. Hupend fuhr ein Kleinwagen an ihr vorbei. Der Fahrer zeigte ihr den Vogel.

Selina achtete nur auf die Limousine und beschleunigte wieder auf Normaltempo und blieb auf der rechten Spur.

Kurz darauf kam die nächste Abfahrt in Sicht. Sie führte auf eine Brücke mit Ampel, von wo aus man die Hauptstraße überqueren konnte. Die Abfahrt erschien ihr ideal.

Sie fuhr im letzten Moment raus.

Die Ampel war circa dreihundert Meter entfernt und leuchtete grün. Die letzten Wagen, die gewartet hatten, fuhren an.

Selina drückte aufs Gas. Mit Glück würde sie es noch gerade so schaffen, während die Limousine halten musste.

Die zog ebenfalls auf die Abbiegespur und beschleunigte. Klingenberg hatte ihren Plan durchschaut.

»Come on!« Selina schaltete einen Gang runter und gab Bodenblech. Der SUV vibrierte und schoss vorwärts.

Die Kreuzung raste immer schneller heran. Ihr Tempo näherte sich der hundert. Hundertfünf. Hundertzehn.

Noch hundert Meter.

Auch die Limousine beschleunigte dramatisch, wie sie im Rückspiegel sah. Klingenberg wollte sie keinesfalls entkommen lassen.

Noch fünfzig Meter.

Die Ampel schaltete auf Orange.

Noch zwanzig Meter.

Selina biss sich auf die Unterlippe. Es würde knapp werden. Ganz knapp. Sie packte das Lenkrad fester und hielt auf die Ampel zu. Die flog heran und schaltete auf Rot. Die wartenden Fahrzeuge fuhren an.

Selina erreichte die weiße Linie, riss am Lenkrad und schlitterte auf die Kreuzung.

Peter sah den Crash kommen. Die Irre raste bei Rot auf die Kreuzung, das Heck des SUVs brach aus, rutschte in weitem Bogen herum, doch der Wagen blieb in der Spur und raste um Haaresbreite an den Fahrzeugen vorbei auf die Brücke. Ein zorniges Hupkonzert erscholl, und dann schloss sich die Verkehrslücke unbarmherzig vor ihm.

Peter blieb nur noch, mit seinem ganzen Körpergewicht in die Eisen zu steigen und zu versuchen, das Lenkrad nach rechts herumzureißen, doch trotz ABS bockte sein Fahrzeug und kam nicht mehr zum Stehen.

Mit qualmenden Reifen schlitterte er in den Querverkehr.

Ein grauer Sprinter rammte ihn von der Seite. Peter spürte, wie sein Wagen abrupt zur Seite geschleudert wurde, wie sein Körper in die Gegenrichtung weiterwollte, wie der

Gurt ihm in die Brust schnitt, wie der Airbag auslöste, ihn am Kopf traf, und dann war alles kurzzeitig weiß und dann schwarz.

Selina zuckte zusammen, als sie im Rückspiegel sah, wie der Sprinter die Limousine mit voller Wucht traf. Es war eine heftige Kollision. Die Limousine wurde in die Höhe gerissen und flog zur Seite wie ein Spielzeugauto. Das Heck wiederum krachte dabei in die Beifahrerseite des Sprinters, und dem fuhren gleich drei Wagen auf.

Dann verschwand der Unfall aus ihrem Blickfeld, und Selina entwich ein scharfer Atemzug. Aber nur einer. Mit nur leicht zitternden Fingern schaltete sie einen Gang runter und setzte ihre Fahrt mit vertretbarer Geschwindigkeit fort.

Kapitel 25

Hamburg, City Nord
28:31:08

Die Dinos dachten bestimmt auch, sie haben noch Zeit.
Plakataufschrift einer Aktivistin

Der Blick über Hamburg aus dem sechsten Stock des Polizeipräsidiums war phänomenal, doch Danny nahm das nur am Rande wahr. Er lehnte mit verschränkten Armen an der Wand neben den hohen Fenstern. Ihm gegenüber saß Tom Schneider, der sich beruhigt hatte. Er wirkte seit der Festnahme eher wie ein Fahrradschlauch, aus dem alle Luft gewichen war. Nichts war mehr übrig von seiner Großmäuligkeit. Der Polizeipräsident hatte Danny zugesichert, ihm die Gesprächsführung zu überlassen, und so saß er auf einem Stuhl neben der Tür, ein Bein über das andere geschlagen, die Hände im Schoß gefaltet.

»Dann fangen wir ganz von vorne an, Herr Schneider«, begann Danny. Seine Stimme war ruhig, und er hatte den Abstand zwischen sich und dem Hacker nicht verringert. »Erzählen Sie uns, wie es mit ANOD angefangen hat, und welche Rolle Sie dabei spielen.«

Schneider hatte den Kopf zum Fenster gewandt. Sein Gesicht zeigte keine Regung, als er tonlos fragte: »Was ändert das?«

»Vielleicht alles. Wenn wir die Zusammenhänge verstehen, können wir besser agieren und nicht nur reagieren.«

Schneider nickte, wirkte aber weiterhin, als verweilten seine Gedanken in der Ferne. Schließlich sagte er: »Selina gründete ANOD vor knapp zwei Jahren. Sie ist überzeugte Klimaschutzaktivistin. Ihr kam die Idee, einen Computervirus zu erschaffen, der einen weltweiten Stromausfall verursachen sollte. Damit wollte sie die Regierungen erpressen, um den Klimaschutz voranzutreiben.«

Also hatte der Glatzkopf vom BND recht gehabt mit seinen Vermutungen. Danny forderte Schneider mit einem Nicken dazu auf, fortzufahren.

»Selina holte daraufhin Ramsay, Rio und eine Hackerin namens Ilse ins Team.«

Das war neu. »Ilse?«

»Ja, aber keine Ahnung, wer das war. Ich kam erst später dazu, nach dem Track.«

Der Polizeipräsident rührte sich. »Das versteh ich nicht. Sie haben das Lied doch entwickelt, oder nicht?«

Schneider wandte endlich den Blick vom Fenster ab. Ärger zuckte über sein Gesicht. »Das ist Bullshit!«

»Wie war es dann?«, fragte Danny.

»Es war so, dass der Track damals plötzlich auf Smartwatches kursierte und es weltweit zu Suizidfällen kam. Auch Ilse nahm sich das Leben, weswegen Selina, Rio und Ramsay überhaupt darauf aufmerksam wurden. Ramsay und Rio konnten mit einem Antivirus den Track stoppen und in Quarantäne stellen.«

»Wie bei einer klassischen Antivirensoftware?«

»Genau. Sie hatten das Ding also eingefangen und die Verbreitung des Virus mit einer Art Gegenvirus gestoppt. Und daraufhin holten sie mich ins Team. Ich sollte den Track untersuchen, denn Ramsay hatte die Idee, dass der Track womöglich viel effizienter sein könnte als ein Blackout.«

Der Polizeipräsident stieß den Atem aus, und auch Danny furchte die Stirn. *Effizient* war wirklich das hässlichste Wort in dem Zusammenhang.

Er fragte: »Und was haben Sie herausgefunden?«

Schneider zuckte mit den Schultern. »Zugegeben: so gut wie nichts. Wir konnten weder den Ursprung noch den Erzeuger ermitteln. Es war ein puristisch und nüchtern programmierter Exploit, der das Wiegenlied über einen Livestream übertrug. Location unbekannt. Ich hab daraufhin Ella ins Team geholt, weil sie sich mit Streams hervorragend auskennt, aber auch zu fünft kamen wir nicht weiter.«

»Reden wir jetzt über das Wiegenlied, über die Parts. Wie haben Sie das genau gehandhabt?«

»Pfff ... Wir haben den Track einfach in fünf Teile geteilt, die unter der Zwanzig-Sekunden-Grenze liegen. Das war mir wichtig, damit keiner mit seinem Teil Scheiße bauen kann. Und dann haben wir die Parts mit UIDS – eindeutigen Bezeichnern – versehen und in Wallets gesteckt. Wallets kennen Sie vielleicht vom Bitcoin, in denen hält man physisch den einmaligen Code. Man kann das Guthaben auslesen, aber nicht damit handeln, wenn man nicht das Passwort hat.«

»Man braucht also für die Parts ein Passwort?«

»Nein. Das ist bei Audiodateien anders. Was ist denn eine Datei? Nullen und Einsen. Sobald man den Part auslesen kann, kann man auch wieder eine Audiodatei daraus basteln.«

»Moreno und Ramsay können also das Wiegenlied rekonstruieren, wenn sie alle Teile in die Finger bekommen?«

»Exakt. Und sie haben vermutlich schon vier.«

»Reicht das nicht, um damit schon Suizide auszulösen?«, fragte der Polizeipräsident.

Schneider zuckte mit den Achseln. »Womöglich, aber vermutlich nicht bei jedem.«

»Das können unsere bisherigen Erkenntnisse bestätigen«, schob Danny hinterher. »Aber eben allein mit vier können die beiden mächtig Chaos verursachen. Labile Persönlichkeiten würden vermutlich schon bei dreißig oder vierzig Sekunden getriggert werden.«

Der Polizeipräsident nickte grimmig. »Und wo ist Ihr Part, Herr Schneider?«

»Sicher verwahrt.«

»Wo?«

»Das verrate ich Ihnen doch nicht! Bin ich bescheuert? Es reicht schon, dass Sie mich gefangen genommen haben. Wenn das Ramsay mitbekommt, findet er einen Weg, um an mich ranzukommen.«

»Sie sind von mehr als eintausend Beamten umgeben! Hier kommt niemand rein!«

Schneider winkte ab. »Das glauben Sie. Aber haben Sie schon mal nüchtern auf den Polizeiapparat geblickt? Vogelperspektive und so? Ihr seid alle schlecht bezahlt und anfällig für Korruption. Vielleicht nicht alle, aber ein Großteil. Glauben Sie, da ist keiner dabei, der für ein oder zwei Millionen mal ein Ding dreht?«

Der Präsident wollte hochfahren, doch Danny hob beschwichtigend die Hand. »Dann behalten Sie Ihren Part erst einmal für sich, Herr Schneider. Bleibt trotzdem die Option, dass Ramsay die anderen vier zusammenbastelt und veröffentlicht. Er bräuchte nur ein Youtube-Video daraus zu machen.«

»Kann er nicht.«

»Weil?«

»Weil der Antivirus von damals immer noch aktiv ist. Das ist ein Screener, ein unglaubliches Teil, das die drei damals gecoded haben. Es erkennt den Track an bestimmten Markern und setzt das Volume des Geräts auf null.«

»Es stellt das Abspielen auf lautlos?«

»Exakt.«

»Und der Virus ist noch weltweit verbreitet?«

»Ziemlich. Die Infizierung lag bei fast siebenundneunzig Prozent. Wir haben ihn in Windows, Android, Linux, - MacOS, einfach … überall … eingeschleust.« Schneider verstummte.

»Was ist los?«, fragte Danny.

Der Hacker schluckte hart. »Unsere ANOD-App unterbindet den Screener.«

Danny war sich nicht sicher, ob er verstand. Er holte sein

Handy hervor und tippte auf den Countdown auf dem Display. »Dieses Teil untergräbt den Blocker?«

»Ja. Nur so konnten wir ein Exempel statuieren. Und wenn …« Schneider verstummte abermals und wurde ganz käsig.

»Was und wenn?«

»Wenn … wenn, Selina und Ramsay die App *vor* der Distribution modifiziert hätten, dann könnten sie damit das Wiegenlied abspielen.«

»Langsam, langsam.« Der Polizeipräsident kam zu ihnen an den Tisch und stützte sich mit beiden Händen auf. »Sie sagen gerade, dass die App doch scharf sein könnte?«

»Könnte! Herrgott.« Schneider hielt es kaum mehr auf dem Stuhl. »Das haben wir nicht bedacht. Wenn die beiden vorher den Plan hatten, gegen unsere Abmachung zu veröffentlichen, dann könnten sie einen Hack eingebaut haben.« Schneider stand auf und wollte zur Tür, erinnerte sich, wo er war, und trat stattdessen zum Fenster. Drei Sekunden stand er ganz still, bevor er entschlossen herumfuhr. »Ich brauche einen Laptop! Sofort!«

»Wozu?«

»Ich muss das checken!«

»Das geht so einfach?«

»Ja. Wenn ich ein Gerät mit der ANOD-App anschließen kann, kann ich auch den Code einsehen. Ich kenne das Passwort zum Read-only-Zugriff.«

Danny und der Polizeipräsident tauschten einen Blick.

»Ich weiß nicht«, sagte Letzterer. »Vielleicht wollen Sie uns nur linken und irgendeinen Mist lostreten.«

»Nein, will ich nicht! Herrgott noch mal! Ich will doch nicht in ein paar Stunden draufgehen! Bringen Sie mir einen Laptop, und ich check das! *Schnell!*«

Bevor der Präsident erneut Zweifel äußern konnte, stand Danny auf und sagte: »Sie kriegen Ihren Laptop.«

Der Mitarbeiter aus dem Nebenraum war ziemlich erstaunt, als Danny ihm seinen kurzerhand vom Schreibtisch schnappte.

Fünf Minuten später beugte sich Schneider über den Computer und hackte in die Tasten. Ein Handy war per Kabel angeschlossen. Programmfenster ploppten auf, verschwanden, Befehle wurden eingegeben, so schnell, dass Danny beinahe schwindlig wurde.

Dann sog Schneider scharf die Luft ein und lehnte sich zurück. Auf dem Monitor war nur noch ein Fenster mit Programmcode zu sehen.

»Und?«, fragte Danny. »Was steht da jetzt?«

»Dass wir am Arsch sind«, brachte Schneider heiser hervor, »aber so was von am Arsch!«

Der Polizeipräsident musterte ebenfalls den Bildschirm, und blaffte Schneider einen Moment später an: »Können Sie das bitte normal ausdrücken?«

Schneider rieb sich über das blasse Gesicht und markierte mit dem Cursor einen Absatz in der Programmierung. »Das hier ruft einen Stream auf, und nicht wie ursprünglich programmiert ›Oh happy Day‹.«

Danny las den Absatz und verstand kein Wort von den Befehlen.

Dem Präsidenten ging es ähnlich. »Das können Sie sich jetzt auch aus den Fingern saugen.«

»Nein, nein! Hier ... sehen Sie. Hier gibt es die Referenz auf die Datei *Oh happy Day*. Die ist in der App integriert. Steht hier schwarz auf weiß. Aber das hier ... sieht verdammt nach Ramsay aus.«

»Ein Stream«, wiederholte Danny. »Woher kommt er?«

»Keine Ahnung. Das mein ich eben. Ist verschlüsselt. Ramsay nutzt hier seinen Kryptoschlüssel. Und damit ist die Adresse nicht zu decodieren.«

»Alles lässt sich decodieren«, sagte der Polizeipräsident. »Dafür gibt es Fachleute! Wir haben eine Abteilung dafür.«

»Die sich alle an Ramsays Kryptos die Zähne ausbeißen werden. Der Typ denkt in Nullen und Einsen! Der kann Maschinencode lesen! Seine Gedankengänge sind so abstrakt, das ist der Wahnsinn! Glauben Sie mir, das knackt niemand in ein paar Stunden.«

»Heißt also: Die App wird am Ende irgendetwas abspielen, nur nicht ›Oh happy day‹?«

Schneider nickte, wobei ihm Schweiß von der Stirn perlte. »So sieht's fucking aus.«

Danny hätte es nicht besser formulieren können, und er konnte sich vorstellen, was die App am Ende abspielen würde. Er hörte fast das Knistern der Schallplatte, dann die Töne, die an Pink Floyd erinnerten, und dann ...

Mit einem Ruck wandte er sich ab und trat ans Fenster.

Hamburg lag geschäftig vor ihm in der Nachmittagssonne, während einige Wolken über den Himmel jagten. Autos rauschten durch die Straßen, in der Ferne bewegten sich die Kräne im Hafen, Containerschiffe passierten die Elbe, Flugzeuge starteten und landeten, zogen ihre Kondensstreifen übers Firmament.

In nicht einmal neunundzwanzig Stunden würde das alles zum Erliegen kommen, wenn sie ANOD nicht stoppten. Still würde es werden. Verdammt still.

Wie hatte Peter Klingenberg die Operation genannt? Hypnos, benannt nach dem Gott der Stille. Er soll der griechischen Mythologie nach die Macht besitzen, alle Götter, Menschen und Tiere in den Tiefschlaf zu versetzen.

War der Tod nicht auch eine Art Schlaf?

Und was hatte Schneider gesagt? Sie wussten nicht, woher der Track kam. Er war einfach plötzlich da.

Danny unterdrückte ein Schnauben bei dem Gedanken, dass das Wiegenlied vielleicht von einem Gott in die Welt gebracht worden war. War es an der Zeit, zu schlafen? Waren die Götter der Menschen müde?

Danny blickte hoch zum Himmel und entschied, dass er nicht jetzt anfangen würde, an Götter zu glauben. Die waren nur Erfindungen aus Zeiten, in denen die Menschen nicht gewusst hatten, wie die Welt funktionierte, und nach Erklärungen suchten. Aber heute wussten sie viel mehr und konnten handeln. Er würde handeln!

Er dachte wieder an seine Tochter, dieses unschuldige Ding im Licht der Erdbeerleuchte, und fragte sich, wie wohl das Wiegenlied auf Babys wirken würde. Ob sie sich selbst erdrosselten? Sicherlich nicht, aber verhungern und verdursten würden sie, wenn sich niemand mehr kümmerte.

Das Bild einer abgemagerten Leonie wollte sich manifestieren, und Danny brauchte all seine Kraft, um es zu verdrängen.

Er würde ANOD stoppen. Er würde Leonie beschützen, koste es, was es wolle.

Kapitel 26

Berlin, Grunewald
25:45:58

Die Pressemitteilung einer amerikanischen Kopfhörerfirma sorgte am Morgen für chaotische Zustände an der New Yorker Börse. Laut CEO Jack Ray wirke das Noise Cancelling ihrer Headphones vom Modell UltimateSilence auch gegen die Beschallung durch ANOD. Die Aktie des Unternehmens stieg daraufhin um zweitausend Prozent. Der Handel wurde vorübergehend ausgesetzt.

DER AKTIONÄR

Findest du Ramsays Unterstützer, findest du auch Ramsay.

Alma sagte sich den Plan wie ein Mantra in Gedanken vor, während sie über die Gartenmauer eines herrschaftlichen Anwesens in einen Vorgarten voller Blumenbeete und gestutzter Sträucher spähte. Noch hübscher war die Villa, ein architektonischer Traum aus Backstein und Glas, umringt von hohen Laubbäumen. Das etwa 1500 Quadratmeter große Grundstück lag nahe dem Hundekehlesee und gehörte damit zu den exklusivsten Villenlagen Berlins, eine Oase zwischen Wald und Wasser am Rand der Metropole.

In der Villa wohnte Peter Klingenberg.

Er residiert dort, berichtigte sich Alma. Die Frage war nur, ob er ein Unterstützer von Ramsay war. Einerseits konnte sie es sich nicht vorstellen, denn das würde bedeuten, dass er sie damals bei Ramsays Flucht mit der Bombe beinahe ermordet hatte. War Peter Klingenberg so abgebrüht, die eigenen Agenten zu ermorden? *Ja*, gab sich Alma die Antwort selbst, das war er, aber warum hätte er das tun sollen? Er hatte Alma immer unterstützt, sie auf Fortbildungen geschickt und bestens ausgestattet. Er hätte damals auch jemand anderen als Begleitung schicken können. Warum also sie?

Alma hatte darauf keine Antwort. Überhaupt keine. Stattdessen kam ihr ein Gespräch mit Klingenberg in den Sinn. Sie hatten sich in Köln am Hauptbahnhof getroffen, weil Alma dort einen Einsatz gehabt hatte. Er saß in einem Café und trank einen Espresso, seine schwarze Aktentasche neben sich an den Stuhl gelehnt. Alma fragte, ob bei ihm noch ein Platz frei sei, und setzte sich dazu.

Geheimniskrämerei war schon immer Klingenbergs Metier gewesen. Er hatte das geliebt. Er hatte sich oft wie in den klassischen Agentenfilmen verhalten, der Mann mit der Zeitung und dem Mantel. Der Mentor. Und das war er gewesen.

»Ein schöner Tag«, sagte er und nippte an seinem Espresso. »Sind Sie beruflich hier in Köln?«

»Ja. Immer wieder.«

»Schön. Nette Stadt. Und erst der Dom.« Er zeigte hinüber und lächelte. »Ist immer einen Besuch wert.«

Alma nickte und bestellte sich ebenfalls einen Espresso.

Klingenberg sinnierte noch ein wenig über den Dom, bevor er sich verabschiedete und ging, nur um seine Tasche zu vergessen.

Alma trug sie ihm hinterher, und dann setzten sie gemeinsam den Weg fort, zwei Fremde, die sich wegen der Tasche einfach noch etwas unterhielten.

»Muss das eigentlich sein?«, fragte Alma ihn.

»Klar.« Klingenberg lächelte. »Unser Job ist so schon hart genug, da kann man sich doch wenigstens den Spaß gönnen. Sei nicht immer so streng mit dir.«

»Ich bin nicht streng mit mir. Ich will nur keine unnötige Energie für Sinnlosigkeiten verbrauchen.«

Klingenberg seufzte. »Genau das meine ich. Du bist erstklassig in deinem Job, aber du kannst nicht immer nur Höchstleistungen erbringen. Gönn dir ein paar Momente der Freude am Tag. Wir opfern schon genug für dieses Leben.«

An den Satz erinnerte sich Alma noch sehr genau. *Wir opfern schon genug für dieses Leben.* Sie meinte ihn auch ganz genau zu hören, jedes Detail in Klingenbergs Stimme und Betonung. Den Satz hatte er ernst gemeint, und sie opferten auch wirklich viel; Familie, Freunde, das Zuhause. Viel unterwegs, immer im Dienst für den BND. Klingenberg hatte daher immer geschaut, dass es seinen Agenten gut ging. Er war immer hinterher gewesen; gute Ausstattung, genügend Pausenzeiten zwischen den Einsätzen, faire Aufteilung und, und, und. Er hatte sich immer gekümmert, warum sollte er also dann seine eigene Agentin umbringen? Das passte nicht zu Peter Klingenberg.

Andererseits liefen alle Fäden bei ihm zusammen. Hatte er die Rolle des Mentors jahrelang nur vorgespielt? War er so hart drauf? Alma rief sich in Erinnerung, was sie über ihn wusste. Er war unverheiratet und hatte keine Kinder. Aber da fing es schon an. Warum lebte ein alleinstehender Mann, der sein Leben der Karriere gewidmet hatte, in einem Haus mit mindestens vierhundert Quadratmetern Wohnfläche? Und wovon bezahlte er diesen Luxus? Solch eine Villa kostete mindestens zwei oder drei Millionen.

Alma besah sich nochmals das Haus. Zwei Sicherheitskameras schwenkten seitlich der Eingangstür hin und her, damit immer eine den Hauseingang aufnahm. Im richtigen Moment kletterte Alma über die Mauer aufs Grundstück und wartete hinter einem prächtigen Rhododendron, bevor sie außerhalb des Blickwinkels der Kameras durch den Garten huschte und hinter einem Baum erneut in Deckung ging.

Es war wirklich ein erstklassig gepflegter Garten. Allein der Gärtner musste eine Stange Geld kosten. Wovon bezahlte Peter das alles?

Vor zehn Jahren hatte er nicht in Saus und Braus gelebt. Sie erinnerte sich an seine Eigentumswohnung in Prenzlauer Berg und an seinen Passat mit Sitzschonern aus Lammfell. Damals war er auch schon Abteilungsleiter gewesen und hatte sich nie viel aus weltlichen Dingen gemacht. Ein Erbe schloss sie aus, die Mutter war Verkäuferin gewesen, der Vater Techniker bei einer Firma, die Aufzüge herstellte. Peter war immer stolz gewesen, dass er sich aus eigener Kraft hochgearbeitet hatte.

Ein alter Grundsatz bei Ermittlungen lautete: Folge der Spur des Geldes.

Woher stammte Peters Vermögen?

Alma würde es herausfinden.

Sie huschte weiter zum Haus und blieb direkt unter der einen Kamera im toten Winkel stehen. Sie holte einen Kaugummi aus der Tasche und steckte ihn sich in den Mund. Frischer Minzgeschmack breitete sich auf ihrer Zunge aus, kühlte ihre Atemwege.

Als sie den Kaugummi weich hatte, nahm sie ihn zwischen Daumen und Zeigefinger, pinnte ihn auf einen ausziehbaren Metallstab, den man für Präsentationen nutzte, und klebte ihn damit über die Linse der Kamera, die etwa drei Meter über dem Boden hing.

Ein zweiter Kaugummi wanderte in ihren Mund, und als die andere Kamera sich wegdrehte, rannte sie zu ihr. Auch die zweite Linse verschwand unter der weichen Masse.

Ohne Hast widmete sich Alma nun der Eingangstür. Es gab ein PIN-Pad aus Edelstahl, um die Alarmanlage zu deaktivieren und die Tür zu öffnen. Aus der Jackentasche holte sie Spurensicherungspulver in Hellrot, das ideal geeignet war für dunkle Oberflächen. Mit einem Fehhaarpinsel brachte sie es auf dem PIN-Pad an und blies danach kräftig darauf, damit der Überschuss davonstob.

Auf der Raute- und den Zahlentasten 0, 1, 2, 5, 7 waren Fingerabdrücke zu erkennen.

Alma tippte die Zahlen in ihr Handy und prüfte das Naheliegende: Peters Geburtsdatum. Allerdings hatte Peter am 24. März Geburtstag. Kinder und Ehefrau gab es nicht.

Wann hatte er seinen Dienst begonnen? Anfang der Achtziger.

Keine 8.

Wann würde er in Rente gehen? In einigen Jahren, vielleicht 2025 oder 2027. Das könnte passen. Alma erinnerte sich, dass Peter einige Wochen vor ihrem Ausscheiden dreißig Jahre BND-Zugehörigkeit gefeiert hatte. Was war das für ein Tag gewesen?

Sie schloss die Augen und beschwor die Bilder hoch. Sie sah die bunten Glitzerbuchstaben, die Kollegen für ihn im Büro aufgehängt hatten. HERZLICHEN GLÜCKWUNSCH. Sie erinnerte sich an einen sinnlosen Blumenstrauß und eine Rede von Herbert Deiss. Sie konnte sogar seine dünne Stimme hören: »Lieber Peter, jetzt bist du schon drei Jahrzehnte beim Bundesnachrichtendienst und hältst es immer noch mit der Geheimniskrämerei aus. Wer hätte das gedacht und bla und bla und bla.« Wann war das gewesen? Was hatten die Leute angehabt? T-Shirts? Nein, Pullover. Peter hatte einen braunen Rollkragenpulli getragen. Herbst oder Winter. Oktober! Ja, Oktober war es gewesen. Es hatte eine Einladung gegeben ... der ... 25. Oktober.

25. 10. Und dann noch 27 für den Renteneintritt.

Es war einen Versuch wert. Alma tippte die Zeichenfolge ins PIN-Pad. Bingo, die Tür sprang tatsächlich auf. Ein Lächeln huschte über ihr Gesicht. Peter müsste es eigentlich besser wissen.

Im Foyer roch es nach Wiesenfrische. Die Lichter im Eingangsbereich gingen von selbst an, ließen Marmor blitzen und einen Kronleuchter funkeln.

Alma konnte nur den Kopf schütteln und prüfte abermals ihr Handy. Peter Klingenberg befand sich immer noch in Hamburg, in einem Krankenhaus. Welche Nummer zog er wieder ab? Was hatte es mit jenem schwarzen Audi auf sich, dem Peter nach Hamburg gefolgt war? Und warum wimmelte er sie ab?

Auch das würde Alma herausfinden, aber erst folgte sie der Spur des Geldes.

Ohne Hast streifte sie durchs Haus. Im Erdgeschoss verfügte die Villa über einen großzügigen Wohn- und Essbereich mit Kamin und Terrassenzugang sowie eine Wohnküche. In den Hochglanzfronten spiegelte sich Alma. Hier wurde sicherlich so gut wie nie gekocht, was für eine Schande. Alma setzte ihre Runde fort, blickte in ein Gästezimmer, ein Gäste-WC, einen Abstellraum und eine Garderobe. Im Obergeschoss fand sie das Schlafzimmer mit breitem Doppelbett. Eine Seite war zerwühlt, die andere säuberlich bezogen, das Kissen und die Decke wie im Hotel glatt gezogen. Klamotten von Peter hingen über einem Herrendiener. Daran grenzte ein Bad aus Marmor an. Dahinter fand sie endlich das Büro, einen riesigen Raum an der spitzen Fensterfront mit Blick in den Garten hinterm Haus. Ein Mähroboter kroch über den englischen Rasen.

Alma ließ sich auf einen der beiden Schreibtischstühle fallen. Wie alles in der Villa war auch der Schreibtisch ausladend und bot Platz für mindestens zwei Personen. Und es waren auch zwei Arbeitsplätze vorhanden gewesen. Mit gefurchter Stirn musterte Alma den Tisch. Auf der linken Hälfte gab es einen penibel aufgeräumten Arbeitsplatz.

Stifte ruhten in einem Becher, Textmarker in Gelb, Grün, Rot und Blau lagen exakt parallel ausgerichtet darunter. Selbst die Büroklammern waren wie Soldaten in Reih und Glied neben der Tastatur arrangiert. Das sah ganz nach Peter Klingenberg aus.

Auf der rechten Hälfte waren Ränder von Tassen oder Gläsern auf dem Holz zu sehen sowie Staubspuren in Rechtecksform. Hier eine Tastatur, hier ein Mauspad, hier vielleicht eine externe Festplatte.

Alma sah unter den Tisch. Das Fischgrätenparkett zeigte deutliche Kratzspuren an der Stelle, mehr als auf Klingenbergs Seite. Hier hatte häufig jemand gearbeitet und den Blick in den Garten genossen.

Ihr Blick fiel auf einen Mülleimer hinter dem Schreibtisch. Sie öffnete die Klappe und spähte hinein. Schokoladenverpackungen, leere Chipstüten und sogar eine Coladose lagen darin. Das sah wieder nicht nach Peter aus, der hasste Softdrinks, zumindest damals. Alma holte ein Taschentuch aus der Jackentasche und fischte die Coladose aus dem Müll. Im Licht erkannte sie sogar ohne Pulver Fingerabdrücke. Die würde sie checken. Irgendwas stimmte hier ganz und gar nicht. Hatte Klingenberg vielleicht eine junge Agentin bei sich beschäftigt? Eine persönliche Assistenz, die auch ab und an unter den Schreibtisch kroch und ihm einen lutschte? Das würde ihm irgendwie ähnlich sehen.

Sie stellte die Dose beiseite; darum würde sie sich in der Zentrale kümmern. Mit ihrem Handy fertigte sie Fotos des gesamten Büros an; bei solch penibler Anordnung würde Klingenberg sofort checken, wenn jemand hier gewesen wäre, also musste am Ende alles wieder perfekt arrangiert werden.

Dann begann sie mit ihrer Suche.

In einem Regal fand sie unter anderem einen Ordner, fein säuberlich beschriftet mit HAUS. Das klang vielversprechend. Darin abgeheftet befanden sich Baupläne und Grundrisse der Villa sowie Handwerkerbelege über eine Kernsanierung vor acht Jahren – und ein Mietvertrag zwischen Peter Klingenberg und einer Firma namens *VermietBerlin*.

Alma überflog den Mietvertrag. Er stank wie alles in der Villa bis zum Himmel. Peter mietete das gesamte Anwesen samt Inventar für monatlich achthundert Euro warm. Und in den Nebenkosten war sogar der Garten- und Hausmeisterservice inbegriffen. Achthundert! Ein schlechter Witz. Laut Google gab es die *VermietBerlin* allerdings wirklich. Die Firma übernahm für Investoren die komplette Vermietung und fungierte als Ansprechpartner. Das Haus gehörte also jemand anderem. Nur wer ließ für lau einen Beamten vom BND in so einer Villa residieren?

Alma stellte den Ordner zurück und widmete sich dem abgeschlossenen Rollcontainer aus Metall unter dem Schreibtisch. Mit Pick und Spanner knackte sie das Schloss und erblickte einen Stapel Kontoauszugshefte neben weiteren Ordnern. Ein grimmiges Lächeln verzerrte ihr Gesicht für einen Moment. Es würde wohl ein langer Nachmittag werden.

Die Kontoführung war genauso sauber und penibel wie Peters Schreibtisch. Die Miete floss tatsächlich an die *Ver-*

mietBerlin, und auch so gab es keine einzige auffällige Überweisung. So komisch die Nummer mit der Villa wirkte, es schien sauber zu sein. Zu sauber.

Als Alma die Kontoauszüge zurücklegte, fiel ihr auf, dass die Schublade zu flach für die Blende war. Neugierig besah sie sich das Metallfach genauer. Ein doppelter Boden? Wirklich? Die alte Nummer?

Sie räumte alles aus und fand eine Schraube, die das Bodenblech fixierte. Sie löste die Schraube, und darunter kam ein Geheimfach zum Vorschein. Darin lagen eine Mappe und ein großes Kuvert. In der Mappe befand sich der Schriftverkehr zwischen einem Berliner Notariat und einem Erich Bogartson. Verhandelt und mit Siegel beurkundet wurde der Verkauf der Villa vor etwas mehr als vier Jahren an Herrn Bogartson im Wert von 3 490 000,00 Euro.

Alma schnaubte bei der Summe, was ein sanftes Vibrieren in ihrer Nase verursachte.

Sie legte die Mappe beiseite und öffnete das Kuvert. Ihr Herz schlug schneller beim Anblick der Akte aus rostrotem Papier. Sie kannte solche Mappen. Über sie gab es in den Archiven des BND auch eine unter dem Namen Helen Marquardt. Sie wurden vom Bundesnachrichtendienst für die Aliasse ihrer Agenten angelegt.

Mit zitternden Fingern zog Alma die Personalakte hervor. Der Deckel war mit ERICH BOGARTSON beschriftet.

Da begriff sie: Bogartson hatte die Villa gekauft und stellte sie über *VermietBerlin* Peter zur Verfügung, ein übliches Vorgehen bei Wohnungen für Agenten, die geheim bleiben sollten. Nur wer steckte hinter Bogartson?

Alma beschlich eine Ahnung, sie öffnete die Akte und war nicht überrascht, als ihr von einer Farbkopie eines Personalausweises ein deutlich jüngerer Peter Klingenberg entgegenlächelte.

Kapitel 27

Hamburg, Fuhlsbüttel
25:32:22

The power of the people is stronger than the people in power.

Plakataufschrift einer Demonstrantin in Sydney

Der gestohlene SUV stand auf der untersten Ebene eines Parkhauses in der Nähe des Flughafens. Selina saß hinter dem Steuer, genehmigte sich ein Menü von einem Fastfoodladen und las endlich das Transkript des Polizeifunks. Die App von Rio war jeden Cent wert, kein Wunder, dass er damit im Darknet ein Vermögen verdient hatte.

Laut der Aufzeichnung hatte ein Spezialeinsatzkommando Tom Schneider auf einem Boot festgenommen. Auf einem Boot! Da hätte Selina ihn nie vermutet. Tom war direkt ins Hamburger Polizeipräsidium gebracht worden, wo er wohl gerade verhört wurde. Und da wurde es hochspannend. Als Ansprechpartner fungierte laut Aufzeichnung ein *Herr Daniel Erichsen, extern*.

Der BND war also doch besser, als Ramsay immer behauptet hatte. Klingenberg hätte sie beinahe erwischt, und

Erichsen hatte Tom. Das war unschön, aber Selina hatte noch fast sechsundzwanzig Stunden Zeit, also kein Grund zur Panik. Aber trotzdem ärgerte sie sich über die Gesamtsituation. Sie hörte Ramsay regelrecht flöten: »Der BND ... pfff ... die können nichts. Klingenberg sucht seit zehn Jahren nach mir, und hat er mich gefunden? Stümper sind das, ein riesenhafter Bürokratieapparat voller Sesselfurzer, die noch mit Klemmbrettern und Rechenschiebern hantieren.« Oh, wie naiv war Ramsay? Er hatte ja keine Ahnung ...

Selina las das Transkript zu Ende, aber ansonsten gab es nichts weiter Interessantes. Immerhin wusste sie jetzt, wo sich Tom aufhielt und wer für ihn zuständig war.

Daniel Erichsen.

Sie schloss die App und öffnete ihr Archiv auf dem Laptop. Sie suchte die Unterlagen zu Hypnos heraus, die Ramsay vor Monaten über seine alten Zugriffsoptionen abgefischt hatte, wie er es nannte.

Die Personalakte zu Daniel Erichsen, auch als Dominik Strelow im Einsatz, war recht dünn. Er war frisch zum BND gekommen, wegen der Ereignisse in München rekrutiert worden. Vorher Kripo und MEK-Beamter. War also nicht zu unterschätzen.

Selina klickte weiter durch das Dokument und kam zu den persönlichen Angaben. Jahrgang 1985, verheiratet mit Frederike Obermüller, Krankenschwester, drei Jahre jünger als Erichsen. Sie hatten eine gemeinsame Tochter, Leonie, kein Jahr alt. Die drei wohnten in Berlin, Kufsteiner Straße. Vorher gemeldet in München. Er hatte erstklassige Noten und Empfehlungsschreiben vorzuweisen. Und das war es auch schon, was es über Daniel Erichsen zu wissen gab. Nur noch ein Foto von ihm mit silbrigen Narben im Gesicht folgte auf der letzten Seite.

Selina vergrößerte das Foto, legte den Laptop auf den Beifahrersitz und biss in ihren Burger. Kauend betrachtete sie Erichsen.

Erst Polizist, dann SEK, jetzt Agent, und das trotz Frau und Kleinkind. So jemand hatte eine Mission, die Welt verbessern oder so. Oder die Verantwortlichen für seinen Suizid finden. Das erklärte den Wechsel zum BND.

Kam sie über ihn an Tom ran? Sie brauchte unbedingt Toms Part, den er bestimmt bei sich trug. Erichsen könnte ihn ihr besorgen, aber war er käuflich? Vermutlich nicht in diesen jungen Jahren; die Ernüchterung kam erst mit der Zeit. Man wurde ganz langsam stumpf geschliffen, von Vorgesetzten, von Fehlentscheidungen, die zu akzeptieren waren, von schlechtem Management, von desillusionierten Kolleginnen und Kollegen. Und dann kam bei manchen der Wendepunkt: Entweder man zog weiterhin brav Dienst nach Vorschrift durch und lebte mit kleiner Geldbörse, oder man wurde korrupt und besserte sein Gehalt auf. Eine Info zur anstehenden Razzia an einen Clan hier, ein beschlagnahmtes Paket vom Zoll da und so weiter und so weiter.

Erichsen erschien ihr aber zu ehrgeizig dafür. Zum MEK ging man nur, wenn man Bock auf den Job hatte.

Allerdings hatte jeder Mensch einen Schwachpunkt.

Selina klickte zurück auf die Übersicht.

»Verheiratet und Kleinkind«, sagte sie in die Stille des Wagens hinein. »Kriegt man dich damit?«

Es war ein Ansatz.

»Dann auf in die Kufsteiner Straße.« Sie schob sich den Rest des Burgers in den Mund und wischte sich die Hände an einer Serviette sauber. Berlin käme ihr mehr als entgegen. Von dort würden sie das Wiegenlied streamen, außerdem hielt sich Ramsay auch schon in Berlin auf, und seinen Part brauchte sie auch noch. Sie könnte zwei Fliegen mit einer Klappe schlagen.

Das klang nach einem Plan.

Und sie hatte noch eine Idee, um etwas mehr Druck auf den Kessel zu geben. Dazu verschickte sie anonym eine E-Mail an die Deutsche Presse-Agentur. Danach gab sie noch die Adresse ins Navi ein, und während die Route berechnet wurde, spülte sie die Reste des Burgers mit der Cola runter.

Zwei Minuten später verließ ein weißer SUV das Parkhaus und glitt Richtung Hauptstadt, die Sonne als goldene Scheibe im Rücken.

Kapitel 28

Hamburg, City Nord
21:40:00

Eine anonyme Quelle teilte vor drei Stunden der dpa mit, dass in Hamburg einer der führenden Köpfe von ANOD verhaftet und ins Polizeipräsidium gebracht worden sei. Der Pressesprecher der Hamburger Polizei hat sich bisher dazu nicht geäußert. Inzwischen sind die Demonstranten von den Landungsbrücken zum Präsidium gezogen. Die Lage ist äußerst angespannt. Von den Demonstranten werden Rufe immer lauter, ANOD zu befreien.

Paula Gellert, Tagesschau

Danny träumte von Leonie und Rike. Er wollte sie beschützen und baute ihnen dafür ein Versteck aus Spanplatten. Es stand neben einer Landstraße in einer Wiese, weit und breit war niemand zu sehen. Da sein Atem in der Luft zu Wölkchen kondensierte, entschied er, den Verschlag mit Styropor zu dämmen. Während die Handsäge durch die Styroporplatten quietschte, beruhigte Rike die Kleine. Die brüllte seit Stunden aus dem Kinderwagen heraus, was nicht nur an Dannys Nerven zerrte, sondern auch die Aufmerksamkeit auf sie lenken konnte. Er würde den Verschlag mit Moos bedecken, damit sie sicherer waren.

Und so sägte und sägte er, passte Span- und Styroporplatten ein, und baute allein mit seinen Händen eine Zuflucht. Als er die Seite zur Straße hin mit Moos bedeckte, gewahrte er zwei Lichtpunkte in der Ferne.

»Schnell rein!«, schrie er Rike zu, die mit weit aufgerissenen Augen und Leonie im Arm in den Verschlag kroch. Danny sah grimmig dem Wagen entgegen, bevor er an der Moosbedeckung weiterarbeitete. Er musste fertig werden! Sie durften nicht entdeckt werden!

Er befestigte gerade mit grünem Draht die letzten Flechten, als das Auto, ein breiter, roter Chevrolet, fast heran war. Hip-Hop drang aus den offenen Fenstern, fette Beats und harsche Stimmen. Wer auch immer das war, musste wahnsinnig sein – wer ließ denn ein Radio laufen?!

Danny ließ die Drahtrolle fallen und kroch zu Rike und Leonie in den Schutz. Rike wiegte die Kleine, die vor Erschöpfung eingeschlafen war.

Der Motor erstarb. Eine Handbremse ratschte. Danny schloss die Augen. *Bitte, lass uns nicht entdeckt worden sein! Bitte!*

Schritte im flüsternden Gras. Jemand pochte an den Verschlag. »Hey, Welpe! Komm raus! Verstecken ist zwecklos! Hörst du?« Es rüttelte heftig an der Wand, und dann brach die Spanplatte samt Wärmedämmung heraus.

Im Licht der Scheinwerfer ragte Alma Nordtveit über ihnen auf. Rike wimmerte, und Leonie schrie wieder.

»Da ist er ja, der Welpe!« Sie lächelte kalt wie die Sterne. »Los jetzt! Du hast zu arbeiten und dich nicht wie ein feiger

Hund zu verkriechen.« Sie zerrte ihn nach draußen in die Kälte. Das Gras war feucht vom Tau. Aus dem Radio drangen rhythmische Rufe: *»Lasst ihn frei! Lasst ihn frei! Lasst ihn frei!«*

Danny wand sich in Almas eisenhartem Griff. »Lass mich! Was soll das?! Ich muss zu meiner Familie.«

»Später!« Alma war unerbittlich. »Jetzt wartet die Arbeit! Auf die Beine! Los! Steh jetzt auf, Erichsen. Wach auf!«

Danny fuhr hoch und blinzelte in das ernste Gesicht einer Polizistin. »Alles in Ordnung mit Ihnen?«

»Ich ... glaub schon.« Er rieb sich über das Gesicht und bemerkte, dass er auf drei zusammengestellten Stühlen im Flur des Hamburger Polizeipräsidiums lag. Ein roter Schimmer der Abendsonne leuchtete durch die Fenster. »Ich wollte mich nur kurz ... ausruhen.« Er setzte sich auf. Sein Schädel pochte.

Die Polizistin lächelte mild. »Vorne gibt's einen Kaffeeautomaten. Nehmen Sie ihn schwarz. Der Reinigung der Milchschläuche traue ich nicht.«

»Okay. Danke.« Während sie den Gang davonschritt, prüfte Danny sein Handy. Volle drei Stunden hatte er gedöst, drei! Er stand auf und wäre beinahe gestürzt, weil sein Kreislauf absackte. Er brauchte noch ein paar Minuten, und der furchtbar wirre Traum war immer noch präsent. Er meinte, immer noch die Rufe zu hören: *»Lasst ihn frei! Lasst ihn frei! Lasst ihn frei!«*

Danny zuckte zusammen. Die Rufe kamen von draußen. Noch ein wenig benommen stakste er zum Fenster und blickte hinaus auf den Vorplatz.

Der war voller Menschen. Sie hielten Plakate hoch. FREE ANOD! stand auf manchen, TRANSPARENZ auf anderen. Danny begriff nicht ganz, was vor sich ging.

»Vor einigen Stunden gab es eine Eilmeldung der dpa«, erklärte ein Beamter, der ihm seine Verwirrung angesehen haben musste. »Wir hätten einen Führungskopf von ANOD in Hamburg festgenommen und würden ihn hier im Präsidium verhören. Es hat keine zehn Minuten gedauert, dann war die Meute da. Es kommt seitdem niemand mehr rein ins Gebäude. Die Eingänge wurden sicherheitshalber verriegelt. Kollegen haben unten Posten bezogen.«

Danny wollte es nicht glauben. Irgendjemand hatte gezwitschert, und damit wusste Moreno vermutlich, wo sich Schneider nun aufhielt. Ihre Falle konnten sie also in die Tonne treten. Großartig.

Er bedankte sich bei dem Polizisten, sah nochmals hinaus und stand eine geschlagene Minute einfach nur da, das Hirn von den Resten der Traumweben umwölkt. Dann prüfte er abermals sein Handy, aber weder von Klingenberg noch von Alma waren Antworten auf sein letztes Statusupdate eingegangen. Er entschied, Klingenberg anzurufen, doch bei dem ging die Mailbox an. Er probierte es über die Zentrale, bekam aber von der Assistentin nur die Antwort, dass Klingenberg im Außeneinsatz nur per Handy erreichbar wäre. Wo er sich gerade aufhielt, wusste sie auch nicht.

Dann also kein Klingenberg.

Er holte sich einen schwarzen Kaffee und suchte Schneider auf. Der war nach ihrem Gespräch von IT-Spezialisten verhört worden. Nun saß Schneider unter Aufsicht an einem

Computer und versuchte, Ramsays Verschlüsselung zu knacken. Bei Dannys Eintreten lehnte er sich zurück, streckte die Arme und sagte: »Ich hoffe, Sie haben schon gehört, was Sie angerichtet haben.«

»Ich hab's mitbekommen.«

»Toll, nicht? Beten Sie, dass es nicht eskaliert wie beim Sturm aufs Kapitol. Wenn wir hier einen solchen Wahnsinn erleben, dann Prost Mahlzeit.«

»Werden wir nicht.« Danny lehnte sich neben Schneider an die Wand und nippte am Kaffee. »Und wenn, bringen wir Sie rechtzeitig in Sicherheit.«

»Am besten in meinen Panikraum. Von dort könnte ich viel effektiver versuchen, den Code zu knacken, auch wenn ich trotzdem nur die Wahrscheinlichkeit bei null Komma null null null null einem Prozent sehe.«

»Das ist mehr als gar nichts. Was würde in Ihrem Panikraum den Unterschied ausmachen?«

»Die Rechenpower. Ich hab von meiner Villa direkten Zugriff auf die Server von OctaveCloud. Ich könnte alle zu einem Cluster zusammenschalten und versuchen, Ramsays Verschlüsselung zu knacken. Stellen Sie es sich so vor: Von hier aus kratze ich mit einem Messer an einer meterdicken Stahlbetonwand herum. Mit meinen Servern hätte ich zumindest einen Bohrhammer.«

»Verstehe. Ich werde schauen, ob ich das arrangieren kann.«

»Guter Mann! Dort wären wir auch vor dem Mob sicher.«

»Sind Sie hier auch. Nur dumm, dass Moreno jetzt …« Danny biss sich auf die Lippe.

Schneider legte den Kopf schief. »Was ist mit Selina?«

»Nichts.«

»Ach, kommen Sie! Sie haben sich gerade verplappert! Was ist mit Moreno? Ist sie Ihnen entwischt?«

»Nein.« Danny hätte sich ohrfeigen können.

»Was dann?«

Danny seufzte. »Wir haben Sie nie gehabt.«

Das Rauschen der Computerlüfter war das einzige Geräusch im Besprechungsraum.

»Und wen bitte habt ihr dann in meiner Bude festgenommen?«, entwich es Schneider. Er klang wie ein aufgeregter Schuljunge.

»Eine Kollegin vom BND.«

»Eine Kollegin?!«

»Was sollten wir denn machen? Sie waren und sind unsere einzige Spur. Wir mussten an Sie rankommen!«

Der Hacker konnte ihn nur mit offenem Mund anstarren. »Das heißt, dass ... Selina und ... und Ramsay beide noch frei dort draußen rumrennen und jetzt wissen, wo ich stecke.«

»So sieht es aus.«

»Ich ... ich fasse es nicht! Oh! Mein! Gott! Ihr beim BND habt doch alle einen an der Klatsche, oder?«

Danny stieß sich von der Wand ab. »Es ist nicht so schlimm, wie Sie tun. Sie haben selbst gesagt, Ihr Part ist sicher verwahrt. Also wird ...« Sein Handy klingelte. Vielleicht endlich Klingenberg?

Danny fischte es aus der Hosentasche. RIKE stand auf dem Display. Er überlegte, ob er sie wegdrücken sollte, doch über Moreno war alles gesagt, und er war die Diskussion leid. »Hey. Ich bin gerade in einer Besprechung, aber …«

»Herr Erichsen.«

Danny zuckte bei der fremden Frauenstimme zusammen. »Wer sind Sie?«

»Selina Moreno.«

Sein Herzschlag setzte aus, und er stolperte, fing sich am Schreibtisch. »Was … was wollen Sie?« Sein Mund war plötzlich voller rauer, kratziger Späne.

»Ich möchte Ihnen einen Deal vorschlagen, Herr Erichsen.«

»Einen Deal?« Endlich bekam er sich unter Kontrolle. Er registrierte den verwunderten, musternden Blick des Hackers und sagte: »Sekunde, bitte.« Dann verließ er das Büro und eilte ans Ende des Korridors. Dabei zischte er ins Handy: »Wenn Sie Rike oder Leonie irgendetwas antun, werde ich Sie eigenhändig umbringen!« *Umbringen, umbringen, umbringen …* Sein Herz pochte heftig, denn er meinte es ernst. Todernst.

Moreno blieb gelassen. »Das glaube ich Ihnen. BND, vorher MEK und Kripo. Sie können was, Herr Erichsen, das steht außer Frage. Deswegen ja der Deal.«

Danny brachte die Worte kaum zwischen den Zähnen hervor. »Was wollen Sie, Moreno?«

»Das können Sie sich vermutlich schon zusammenreimen. Ich will Toms Part, und Sie werden ihn mir besorgen. Im Gegenzug bekommen Sie Ihre Frau samt Kind, selbstverständlich unversehrt. Übrigens: ein süßes Kind, nicht … gutsigutsigutsiguuu.«

Danny wusste gar nicht mehr, wohin mit dem ganzen Adrenalin, das durch seine Adern jagte. »Ich will ein Lebenszeichen von den beiden!«

»Kriegen Sie, Frau Erichsen, sagen Sie bitte Ihrem Mann einen schönen Gruß.« Im Hintergrund war Rike zu hören: »Danny! Mach das nicht! Mach das nicht! Sie hat eine ...« Dann wieder Moreno: »Pistole. Natürlich habe ich eine Pistole. Also Herr Erichsen. Ihren Lieben wird nichts geschehen, wenn Sie mir in den nächsten vierundzwanzig Stunden Toms Part nach Berlin bringen.«

Die Schlange! Wie hatte sie Rike und Leonie gefunden? Und wie war sie auf ihn gekommen? »Und warum sollte ich das tun?«, stieß er hervor. »Damit wir alle ein paar Stunden später sowieso draufgehen?«

»Ach, Herr Erichsen. Glauben Sie wirklich, dass die gesamte Menschheit sterben wird? Vergessen Sie das! Die Menschen sind eine extrem anpassungsfähige Spezies. Ein Teil wird überleben, zugegeben ein kleiner, aber der wird neu anfangen. Wenn Sie mit Ihrer Frau und Ihrer süßen Tochter aufs Land verschwinden oder in den Wald, weit weg von elektronischen Geräten, werden Sie vermutlich überleben. Zumindest haben Sie dort eine reelle Chance. Das ist allemal besser als ohne Frau und Kind. Und jetzt will ich Ihre Entscheidung. Besorgen Sie mir Toms Part, oder muss ich mich nach jemand anderem umsehen?« Im Hintergrund hörte er Rike leise wimmern.

Es klang wie in seinem Traum, und Danny sah vor seinem inneren Auge silberne Tränen auf Rikes Wangen. Sie wiegte Leonie im Arm, doch seine süße Tochter war aschfahl, nur ein armes Bündel Mensch, das allein keine Chance hatte. Und dann hörte er das Knistern der Schallplatte, den Anfang des Lieds, und Danny fand sich auf dem Sims des Bayerischen Hofs wieder. Schneeflocken tanzten um seine Nase, und dann sprang er und flog dem Asphalt entgegen.

»Ich mach's!«, krächzte er. »Ich besorg Ihnen, was Sie wollen!«

Selina Moreno schien am anderen Ende der Leitung zu lächeln. »Ich wusste, dass Sie ein liebevoller Vater und Ehemann sind. Rufen Sie mich an, wenn Sie Toms Part haben.« Sie diktierte ihm noch eine Nummer und legte auf.

Kapitel 29

Berlin, Chausseestraße
19:02:00

FREE ANOD! FREE ANOD! FREE ANOD!
Demonstrantenrufe weltweit

Peter Klingenberg hat einen eigenen Alias und ist Erich Bogartson, Peter Klingenberg ist Erich Bogartson, Erich Bogartson …

Die Worte echoten durch Almas Gedanken, während sie in der Zentrale den Fingerabdruck auf der Coladose von einer Mitarbeiterin der Daktyloskopie analysieren ließ. Die hatte die Coladose zuvor im Spatter befestigt, einem Spezialgerät der Kriminaltechnik. Darin wurde die Dose hauchdünn mit Silber bedampft. Den nun deutlicher zu sehenden Fingerabdruck hatte die nette Mitarbeiterin daraufhin abfotografiert und in eine ebenfalls speziell für die kriminaltechnische Untersuchung entwickelte Software zur digitalen Nachbearbeitung gegeben. Die Technik war wenige Jahre alt und Alma nicht bekannt gewesen. Es war schon unglaublich; sogar die Schweißporen waren als winzige weiße Punkte auf den Linien zu erkennen. Alma war einen Moment lang gefangen gewesen in ihrem Interesse an der neuen Technik, doch nun begann ihr Herz wieder schneller zu schlagen.

Und von wem stammst du jetzt?, fragte sie im Stillen die schwarz-weiße Computergrafik.

»Ich werde die Datei nun mit der AFIS abgleichen lassen.« Bei der AFIS handelte es sich um das automatisierte Fingerabdruck-Identifizierungs-System, das 1993 eingeführt worden war.

Während die Mitarbeiterin an ihrem Rechner herumhantierte, drehte Alma die mit Silber besprühte Coladose in ihren Fingern. Wer hat für dich gearbeitet, Peter? Und warum die Maskerade mit Erich Bogartson? Woher stammt das Geld für die Villa? Wer finanziert dich? Bist du ein verfluchter Doppelagent? Hast du damals Juicenet an Iran verraten? War es gar nicht Ramsay?

Eine Bewegung ließ sie aufblicken. Die Kriminaltechnikerin zeigte auf ihren Monitor. »Es gibt ein Match, allerdings wird mir der Zugriff verweigert.«

»Was heißt das?«

»Dass jemand eine Sperre über diesen Fingerabdruck gelegt hat. Ich kriege keine Informationen aus der Datenbank. Ich kann Ihnen nur die ID geben.« Sie schrieb eine Zahlenreihe auf einen Zettel. »Damit kann Ihr Vorgesetzter vermutlich bei seinem Vorgesetzten nachfragen. Spätestens Herr Deiss hat Einblick.«

Alma nahm den Zettel entgegen. »Eine andere Chance gibt es nicht?«

»Nicht für mich.«

»Okay. Danke.« Mit dem Zettel in der Hand verließ Alma die hausinterne Kriminaltechnik. Das Puzzlestück passte einwandfrei, auch wenn sie das Gesamtbild noch nicht erkennen konnte. Vermutlich hatte der Hund Klingenberg die Sperre verhängt, wohl wissend, dass sonst die Spur zu ihm führte. Alma würde sich aber davon nicht entmutigen lassen. Sie hatte eine Idee, wie sie herausfand, wem der Fingerabdruck gehörte.

Sie schritt durch die kahlen Korridore der Zentrale, durch Betonschächte mit knochengrauem Linoleum, und fuhr mit dem Aufzug empor zu den Büroräumen. Vor Peters geschlossener Bürotür saß ein Püppchen im Röckchen. Alma sah ihr schon von Weitem an, was sie von ihr zu halten hatte, und tatsächlich erhob sich das Püppchen sofort und stellte sich ihr in den Weg. Sie sagte etwas, die Hände in die Hüften gestemmt.

Alma schob sie kurzerhand zur Seite und betrat, ohne eine Sekunde zu zögern, das Büro. Das Püppchen wollte ihr folgen, doch Alma knallte ihr die Tür vor der Nase zu und sperrte ab. Ein Vorteil der Taubheit: Man hörte keine Störgeräusche mehr. Das Püppchen konnte schreien und klopfen, wie sie wollte.

Peters Büro war genauso eingerichtet wie vor zehn Jahren; es wurde dominiert von seinem picobello aufgeräumten Schreibtisch in Weiß mit grauem Gestell und einem schwarzen Bürostuhl. Dazu gab es noch weiße Aktenschränke auf betongrauem Boden. Einzig der Blick durch die Fenster brachte Farbe ins Spiel.

Alma sank hinter den Computer und bewegte die Maus.

Der PC erwachte aus dem Stand-by. Log-in erforderlich. Sie probierte es mit dem Zugangscode seiner Villa, leider Fehlanzeige.

Mit zusammengepressten Lippen sah sie sich nach Notizen um, öffnete im Rollcontainer unterm Schreibtisch Schub um Schub, schaute überall hinein. Alles Fehlanzeige. Entnervt probierte sie abermals einige Kombinationen, bis die Anzeige umsprang und ihr eine Sicherheitsfrage präsentierte: *Love of my life?*

Die Liebe meines Lebens? Alma starrte verwundert auf die vier Worte, bei denen es sich um einen Titel von Queen handelte. Aber ja, natürlich, soweit sie sich erinnerte, war Peter ein großer Queen-Fan.

Sie tippte ein: *Freddie Mercury*.

Fehlanzeige.

Noch zwei Versuche.

Sie tippte ein: *Mary Austin*. Sie war Freddies große Liebe gewesen, aber Mercury hatte abgestritten, dass der Song ihr gewidmet war.

Dann gab es noch *David Minns*, die erste homosexuelle Beziehung von Mercury, mit dem er Mary auch betrogen hatte. Aber war der Bezug zu Queen nicht der augenscheinliche? Zu einfach gedacht? Oder der klassische Wink mit dem Zaunpfahl?

Alma überlegte, was Peters Liebe des Lebens sein könnte, und endete beim BND. Drei Buchstaben waren rein technisch allerdings sicherlich zu kurz, also gab sie *Bundesnachrichtendienst* ein.

Der Account wurde gesperrt. Sie knurrte, ein tiefes

Brummen in ihrer Brust, dann kroch sie kurzerhand unter den Schreibtisch und zog alle Stecker vom Computer. Mit dem Gehäuse unterm Arm verließ sie schließlich das Büro.

Das Püppchen stakste zwar aufgebracht hinter ihr her, war aber mehr Belustigung als ernsthaftes Hindernis.

Und dann war Alma wieder im Aufzug. Sie hatte noch eine Chance.

Valerie, die Liebe, lächelte bei ihrem Anblick und eilte ihr entgegen, um ihr mit dem Computer zu helfen. »Probleme mit dem Rechner?«

»Passwort vergessen.«

»Das ist kein Problem, das kriegen wir hin.« Dann hob Valerie die Augenbrauen. »Aber seit wann hast du …?« Sie verstummte und sagte: »Nein!«

»Doch, Valli. Du musst mir den Rechner knacken, oder du kannst mir sagen, wessen Fingerabdruck sich unter dieser ID verbirgt.« Sie zeigte ihr den Zettel aus der Kriminaltechnik.

Die liebe Valerie blies die Wangen auf. »Du bringst mich in Teufels Küche.«

»In der sitze ich schon seit zehn Jahren, und du bist die Einzige, die mir raushelfen kann.« Alma deutete auf den Rechner.

Valerie musterte sie lange. Sie kämpfte sichtlich mit sich, mit Gefühlen für Alma und der Loyalität gegenüber dem Regelwerk des BND. Am Ende gewann die Sympathie, und fünf Minuten später hatte die Technikerin alles verkabelt und fuhr Peters PC hoch. Über einen verbundenen Laptop lief eine spezielle Software, mit der sie versuchte, den Zugang zu umgehen. Sie riss die Augen weit auf, als ihr angezeigt wurde, um wessen Computer es sich handelte.

Alma zuckte nur mit den Schultern, was Valerie in übertriebener Verzweiflung die Hände hochreißen ließ, aber danach widmete sie sich wieder den PCs. Weitere zehn Minuten später bat sie Alma an den Rechner. Dort stand:

Neues Passwort vergeben.

Alma lächelte, tippte GAMEOVER ein, bestätigte es ein zweites Mal und drückte Enter.

Nun hatte sie Zugriff auf Peters virtuellen Arbeitsplatz. Der Desktop war so sauber aufgeräumt wie sein Schreibtisch.

Alma winkte Valerie zu sich, legte den Zettel mit der Fingerabdruck-ID auf den Tisch und tippte darauf. »Welche Software nutzt man dazu?«

Valeries Lippen waren zu einem schmalen Strich zusammengepresst, aber sie zeigte es ihr. Nachdem Alma die ID eingegeben hatte, blickten sie beide auf das sich drehende Rädchen, während die Datenbank die Abfrage verarbeitete.

Es drehte und drehte sich.

Valerie neben ihr blickte irgendwann zwischen ihren Knien zu Boden, doch Almas Aufmerksamkeit verharrte auf dem Bildschirm.

Und dann kam das Ergebnis.

Tatsächlich hatte Peter Klingenberg Zugriff auf den Datensatz.

Alma klickte darauf.

Ein Pop-up-Fenster öffnete sich.

Valerie hob den Kopf und zuckte zusammen.

Auch bei Alma zuckte etwas: die Mundwinkel.

Der Fingerabdruck auf der Coladose gehörte Gabriel Dubois alias Monsieur Rossignol alias Ramsay.

Kapitel 30

Hamburg, City Nord
20:50:08

Aus Paris erreichen uns verstörende Bilder. Eine Gruppe junger Männer stürmte am frühen Abend ein Bordell im Stadtteil Pigalle, dem berühmten Rotlichtviertel der Hauptstadt. Es kam laut Augenzeugenberichten zu mehreren Vergewaltigungen der dort arbeitenden Prostituierten. Einer der Täter soll gerufen haben: »Wenn wir schon sterben, dann mit dem Schwanz in einer Frau.« Drei Täter wurden verhaftet, die übrigen befinden sich auf der Flucht.

Frankreich-Korrespondent von Sat. 1, live aus Paris

Die Welt drehte sich um Danny, und er bekam kaum Luft. Wie in einem Kettenkarussell sauste das Präsidium um ihn herum. *Ich wusste, dass Sie ein liebevoller Vater und Ehemann sind.*

Schlampe!

Ihm brach der Schweiß aus. Was sollte er tun? Für Moreno den Part besorgen und damit acht Milliarden Menschen dem Untergang weihen, oder die Erpressung öffentlich machen und dadurch vermutlich Rike und Leonie opfern? Das Bild von Rio Herráns schmerzverzerrtem Gesicht erschien vor seinem inneren Auge und verwandelte sich in Rikes. Die hielt ein verkohltes Baby in den Armen ...

In seiner Brust stach es.

Wie viel wog ein Menschenleben?

Er keuchte erneut, schlug mit den Händen gegen das steinerne Fensterbrett und stand einfach nur da, vornübergebeugt und schwer schnaufend. Seine Schultern bebten.

Eine Träne tropfte aufs Fensterbrett, aber nur eine.

Mit einem Ruck fuhr Danny Erichsen herum und stapfte zurück zu Schneider.

»Lassen Sie uns allein!«, bellte er den wachhabenden Polizisten an, der bei dem Tonfall zusammenzuckte und den Raum verließ. Die Tür schloss sich hinter ihm.

Der Hacker musterte Danny mit Furcht in den Augen. »Wer war das?« Seine Stimme zitterte.

Danny starrte als Antwort nur zurück. Ich will Toms Part, und den werden Sie mir besorgen. Im Gegenzug bekommen Sie Ihre Frau samt Kind, selbstverständlich unversehrt. Und glauben Sie wirklich, dass die gesamte Menschheit sterben wird? Vergessen Sie das!

Schneider flüsterte: »Was auch immer passiert ist, tun Sie das nicht! Sie werden es bereuen.«

Bereuen, bereuen, bereuen ...

Konnte man bereuen, seine Frau und sein Kind zu retten?

Wieder streifte ihn eine Erinnerung an seinen Traum mit dem übermächtigen Gefühl der Verzweiflung, weil er sie nicht retten konnte. Er musste doch! Es war seine Pflicht! Rike und Leonie bedeuteten für ihn die Welt.

»Das haben nicht Sie zu entscheiden!« Mit den Worten zog Danny seine Dienstwaffe und richtete sie auf Schneider. Die Sicherung klickte.

Der Hacker blickte in die Mündung, ohne sich zu rühren. Heiser fragte er: »Was wollen Sie?«

»Ihren Part! Wo ist er?«

»War es Selina? Ramsay?«

»Das spielt keine Rolle!« Danny registrierte, dass er geschrien hatte, und räusperte sich. Mit erhobener Waffe rückte er näher an Schneider heran. »Wo ist der Part?«

»Wenn Sie mich erschießen, werden Sie es nie erfahren.«

Danny schob sich noch näher. Sein Finger gab mindestens ein Kilo Druck auf den Abzug. *»Wo ist der Part?«*

Schneider verzog den Mund. »Herr Erichsen, bitte. Lassen Sie uns reden. Glauben Sie, Sie können aus dem abgeriegelten Präsidium rausspazieren? Sie sind doch Realist, oder?«

Die Mündung küsste Schneiders Stirn. Dannys Worte waren kaum zu hören. *»Wo ist er?«*

Der Hacker schluckte. »Sie werden nicht schießen.«

Danny gab noch mehr Druck auf den Abzug. »Sind Sie sich so sicher?«

Und dann kam überraschend: »Ja. Denn wenn Sie schießen, werden Sie den Part nie bekommen. Womit werden Sie erpresst?«

»Schnauze!«

»Womit, Herr Erichsen? Wer ist Rike? Ihre Frau? Haben Moreno und Ramsay Ihre Frau? Oder ist Rike Ihre Tochter?« Wieder ein Schlucken. »Dann werden Sie nicht schießen.«

Die Pistole zitterte in seinen Händen.

»Sie können nicht«, fuhr der Hacker fort. »Wenn Sie schießen, töten Sie Ihre Rike.«

Und Leonie ...

Dannys Beine gaben nach. Er sank neben dem Tisch zu Boden. Tränen verschleierten seinen Blick. Ein hilfloses Wimmern drang aus seiner Kehle.

Dann war der Hacker neben ihm. Auf Augenhöhe. Seine Worte drangen kaum zu Danny durch. »Aber ich kann Ihnen helfen.«

Danny schluchzte: »Wie denn? Es ist vorbei.«

»Ist es nicht! Hören Sie jetzt zu, Erichsen. *Hören Sie?«* Eine Ohrfeige traf Danny, und damit hatte der Hacker seine Aufmerksamkeit. »Sie bringen mich hier raus, okay? Wir fahren unter dem Vorwand der besseren Technik zu mir in den Panikraum.«

»Und dann?«

»Dann kriegen Sie dort den Part.«

»Er ist in Ihrer Villa?«

»Am sichersten Ort der Welt.« Der Hacker lächelte.

Danny begriff es nicht. »Und dann?«

»Dann lassen Sie mich abhauen. Ich werde untertauchen, mich irgendwohin zurückziehen, wo mich niemand findet und ich den Wahnsinn überleben kann. Und Sie retten mit dem Part Ihre Rike. Und vielleicht haben Sie dabei die Chance, Selina und Ramsay zu stoppen. Sie sind gut, Erichsen. Die Wahrscheinlichkeit für ein Happy End tendiert zwar gegen null, aber Sie haben mich auch auf meinem Boot gefunden, und dafür lag die Wahrscheinlichkeit auch nicht hoch. Sie sind offensichtlich der Mann fürs Unmögliche.«

Der Mann, der nach fast fünfundvierzig Minuten reanimiert wurde. Der Mann fürs Unmögliche.

Ein Ruck ging durch Danny.

Schneider lächelte und hielt ihm die Hand hin.

Danny schlug ein.

Kapitel 31

Berlin, Chausseestraße
18:33:34

München. Die Polizei hat zum Angriff geblasen. Auslöser war ein faustgroßer Stein mit der Aufschrift KLIMA. Er traf einen Polizisten an der Schulter, woraufhin seine Kollegen losstürmten. Aktuell ist die Lage unübersichtlich. Es droht eine unerbittliche Straßenschlacht. Flaschen fliegen, Autos brennen, Wasserwerfer und Schlagstöcke sind im Dauereinsatz. Die Bilder lassen einem den Atem stocken. Die Polizei spricht von einer »nicht mehr beherrschbaren Lage«. Mit einer Entspannung der Lage ist vorerst nicht zu rechnen, im Gegenteil: Auch London, Köln und Dublin melden erste Zusammenstöße.

Olaf Kraus, RTL aktuell

»Ramsay?« Valerie musterte abwechselnd den Computer, Alma und die mit Silber bedampfte Coladose. Nach der griff sie schließlich und suchte das Mindesthaltbarkeitsdatum. Es war auf den unbedampften Boden aufgedruckt und lag drei Monate in der Zukunft. »Woher hast du die bitte gezaubert?«

Aus Peters Haus, hätte sie sagen wollen, doch stattdessen antwortete sie: »Du willst es nicht wissen.«

»Das glaub ich auch!« Valerie stand auf, strich sich durch die Haare. »Alma!«

»Bleib ruhig.« Sie stand ebenfalls auf, steckte die Dose in ihre Jackentasche und kappte Klingenbergs Rechner den Strom. »Du weißt von nichts, okay?«

Valerie rollte mit den Augen, und als Alma den PC abgestöpselt hatte, berührte die Technikerin sie sanft am Arm. »Woher?«

Ihre Augen waren voller Wärme und etwas anderem, das Alma nicht sehen wollte, was sie vor zehn Jahren schon nicht hatte sehen wollen. Aber Valeries Gefühle für sie hatten auch etwas Gutes: Sie würde Alma nicht verraten und konnte ihr noch mehr helfen. Alma hasste sich zwar für das Kalkül, trotzdem spürte sie die Vibrationen im Hals, als sie sagte: »Von Klingenberg.«

Die Verwirrung war vollkommen. »Von Peter Klingenberg?«

»Aus seinem Haus.«

Valerie konnte nur den Kopf schütteln und auf Almas Smartphone zeigen, damit sie die Transkription aktivierte. *Aus seinem Haus?*, erschien auf dem Display.

»Die Dose lag in seinem Homeoffice im Mülleimer. Bis vor Kurzem existierte dort ein zweiter Arbeitsplatz.« Sie zeigte ihr sogar ein Foto.

Valerie blähte die Wangen auf. Ramsay bei Peter Klingenberg zu Hause. Du weißt, welche Brisanz das in Verbindung mit ANOD hat?

Mehr als du dir vorstellen kannst, dachte Alma und nickte. Die Angelegenheit ging noch viel tiefer. Plötzlich passte alles zusammen, der abgebaute Arbeitsplatz, das viele Geld, die Luxusvilla, die Scharade um Ramsay, die Einträge in den Akten. Alma hätte es nur viel früher begreifen müssen!

Ramsay und Peter mussten ein Paar sein!

Der Gedanke rastete hörbar in ihrem Geist ein, und die Konstellation passte von den Details her! Gabriel Dubois hatte bei seiner Festnahme 2005 schon mit seinem Partner Adam Bleiderer in Frankfurt zusammengelebt; wie hatte sie das übersehen können? Wie hatte sie nie auf die Idee kommen können, dass es um Liebe ging? Hatte Peter deswegen keine Frau und Kinder? Sie hatte immer gedacht, dass es wegen der Karriere war, wie bei allen Agenten, aber nie in Betracht gezogen, dass es wegen seiner sexuellen Präferenz sein könnte. Aber als schwuler Agent wäre er beim BND vermutlich nicht weit gekommen, nicht zur damaligen Zeit und, wenn sie ehrlich war, wohl auch heute nicht. Er hatte seine sexuelle Orientierung also unter Verschluss halten müssen. Und dann hatten sich die beiden im Zuge von *Juicenet* kennengelernt und ineinander verliebt.

Ob dann der Verrat am Iran auf Ramsays oder Peters Konto ging, war zweitrangig. Sie hatten eine Menge Geld kassiert, und Peter hatte Ramsay zur Flucht verholfen. Das bestätigte Almas Vermutung, dass Ramsay professionelle Hilfe gehabt hatte – Peters Hilfe. Wahrscheinlich lebten die beiden seit zehn Jahren ein Doppelleben in Berlin, und nachdem Alma, die Einzige, die ihnen konkret gefährlich werden konnte, endgültig aus dem Dienst ausgeschieden war, hatten sie über Peters Agentennamen die Villa mit dem Geld aus dem Iran gekauft und seitdem zusammen dort gelebt.

Valerie wedelte mit den Armen und sagte etwas.

Alma brauchte eine Sekunde, um aus ihren Überlegungen aufzutauchen, und las ihre gesprochenen Worte: *Und wie geht's jetzt weiter?*

Das war eine sehr gute Frage.

Alma schaltete auf ihrem Handy auf die Abhörsoftware mit integrierter Ortung. Peter hielt sich laut den Daten immer noch in dem Hamburger Krankenhaus auf. Was tat er dort seit Stunden?

Viel spannender war die Frage, wo Ramsay steckte. In der Coladose war noch ein letzter Rest gewesen. Er war maximal seit einigen Tagen ausgeflogen. Mit dem Start von ANOD? Egal. Die Frage war: Wohin würde jemand wie Klingenberg die Liebe seines Lebens, *the love of his life*, bringen? In Sicherheit. Nur wo gab es noch Sicherheit?

Die Antwort lag auf der Hand. Es war wie mit dem Sperrvermerk auf dem Fingerabdruck: Peter Klingenberg hatte Ramsay vermutlich in einer Agentenwohnung untergebracht, über die er als Abteilungsleiter frei verfügen konnte. So würde das niemand kontrollieren, da Peter die Kontrollinstanz war.

»Ich weiß, wie es weitergeht«, sagte Alma.

Valerie musterte sie neugierig. »Und wie?«

»Ich befürchte, ich brauche dazu noch einmal deine Hilfe.«

Ein grimmiges Lächeln trat auf Valeries Gesicht. »Die sollst du kriegen.« *Ohne dich war der Job hier nichts weiter als ein Job.*

Die Worte versetzten Alma einen weiteren Stich ins Herz, und ihre Hand fand Vallis Schulter. »Bist du dir sicher?«

»Zu einhundert Prozent, meine Liebe.«

Kapitel 32

Hamburg, City Nord
20:38:45

In Russland kam es offenbar zu einem Anschlag auf den Präsidenten. Bisher hat sich niemand zum Anschlag bekannt, doch ein Zusammenhang zu ANOD ist hochwahrscheinlich. Obwohl der Kremlchef den Ausstoß von Treibhausgasen bis 2030 auf siebzig Prozent des Niveaus von 1990 senken will, wird sein Rückzug von den Verhandlungen in Bonn als Affront gesehen.

Russland-Korrespondent, ZDF, live aus Moskau

Danny und Schneider verließen zur Verwunderung des wachhabenden Polizisten, der vor der Tür stand, den Besprechungsraum und schlugen den Weg Richtung Treppenhaus ein. Der Hacker trug Handschellen und folgte Danny, der mit dem Leiter des Spezialeinsatzkommandos telefonierte: »Michaelsen! Ich brauche noch einmal Ihre Hilfe! Sind Sie noch vor Ort in der Villa?«

»Sind wir.« Ein Seufzen. »Sinnloserweise, nachdem mittlerweile jeder Idiot weiß, dass man Schneider ins Präsidium gebracht hat.«

»Das stimmt, aber wir werden das ändern.«

»Wie bitte?«

»Ich evakuiere ihn. Die Demonstrationen eskalieren deutschlandweit, es ist nur eine Frage der Zeit, bis auch hier gestürmt wird. Ich will ihn dann nicht mehr im Präsidium haben.«

»Und wo soll er hin?«

»Zurück in die Villa. Von seinem Panikraum kann er unter Aufsicht am effektivsten versuchen, Moreno und Ramsay aufzuspüren.«

»Er will kooperieren?«

»Ja. Es geht auch um sein Leben.«

»In Ordnung. Dann komme ich mit zwei Wagen!«

»Alles klar! Bis gleich.« Danny wandte sich im Gehen an Schneider. »Der Transport ist organisiert.«

Der sah sich nach der Wache um, die verschwunden war, und murmelte: »Hoffentlich geht das gut.«

Sie warteten am Fahrstuhl, als der Polizeipräsident angerannt kam. »Erichsen! Was soll das werden?« Seine Wangen waren rotfleckig.

Ich entführe den Einzigen, der die Welt retten kann, um ihn laufen zu lassen ... Danny zwang sich zur Ruhe. »Eine Evakuierung. Ich lasse ihn von Michaelsen in die Villa bringen.«

Der Polizeipräsident blieb schwer schnaufend vor ihnen stehen. »Wozu? Und auf wessen Weisung?«

»Auf meine Weisung.« Danny hielt den Blickkontakt. »Es gibt einen guten Grund: Aus dem Schutzraum kann Herr Schneider viel besser versuchen, den Stream zu knacken. Außerdem ist er dort sicherer als hier.«

»Das ist …«

»Die Wahrheit. Schauen Sie aus dem Fenster! Es fehlt nicht mehr viel, dann ist hier die Hölle los.«

Der Präsident wollte etwas erwidern, doch Danny schob sofort hinterher: »Wir haben ein Team IT-Spezialisten vom BND vor Ort. Sie können gern ein eigenes Team schicken, dann aber bitte heimlich. Außerdem ist mit Michaelsen einer Ihrer Leute mit der Sicherheit betraut. Vertrauen Sie Ihren eigenen Leuten nicht?«

Die Mundwinkel des Polizeipräsidenten zuckten. »Meine Leute sind die Besten!«

Wie überall. Danny lächelte kalt. »Dann haben wir kein Problem, oder?«

»Nein. Ich schicke die Spezialisten raus und noch zur Sicherheit ein zweites SEK.«

»Tun Sie das.«

Die Aufzugtüren glitten auseinander, und Danny und Schneider traten ein.

Der Präsident schob den Fuß in die Tür. »Aber wenn doch was schiefgeht, Herr Erichsen, dann …«

» … übernimmt der BND die Verantwortung.«

Der Präsident musterte ihn kalt, nickte zufrieden und zog den Fuß zurück. Schabend schlossen sich die Türen.

Als der Aufzug nach unten glitt, sagte der Hacker: »Sie haben Eier aus Stahl.«

»Sie auch.«

Im Untergeschoss warteten sie auf Michaelsen und sein Team. Schneider rauchte eine, und Danny checkte wieder sein Handy, doch es gab immer noch keine Rückmeldungen von Klingenberg und Alma. Langsam wurde es auffällig. Klingenberg war sonst immer erreichbar. Was zum Teufel war los?

Er steckte das Telefon wieder ein und trat zum Hacker. »Haben Sie überhaupt noch eine weitere Bleibe?«

»Das werde ich Ihnen gerade noch auf die Nase binden.«

»Ich will nur wissen, ob Sie sicher unterkommen können.«

»Kann ich. Und diesmal nicht auf einem Boot. Auf so was steig ich nicht mehr.«

Danny musste trotz allem lächeln. Man mochte vom Hacker halten, was man wollte, aber er hatte einen trockenen Humor, den Danny mochte. Unter anderen Umständen hätten sie vielleicht sogar Freunde werden können.

Das rasselnde Geräusch des Tors ließ sie beide Richtung Einfahrt blicken. Das Geschrei der Demonstranten wehte die Betonrampe herab, begleitet vom Quietschen von Reifen auf Asphalt. Zwei schwarze Einsatzbusse bogen um die Ecke und hielten direkt vor ihnen.

Ein grimmiger Michaelsen öffnete die hintere Schiebetür und sprang heraus. In Kampfmontur baute er sich vor Schneider auf. Er war einen halben Kopf größer und brachte locker dreißig Kilo mehr auf die Waage.

»Das ist er also. Wegen ihm haben wir den ganzen Zirkus?«

»Und mit ihm können wir ihn beenden.« Danny schob Schneider auf den Wagen zu, doch Michaelsen ging dazwischen.

»Nicht so schnell, Erichsen! Sie haben schon einmal ein

Spielchen mit mir gespielt. Wer sagt mir, dass es nicht wieder so ist?«

»Niemand.«

»Dann geben Sie mir einen Grund, warum ich Ihnen vertrauen und den Typ nicht gleich auf der Stelle erschießen sollte? Wäre doch das Beste, oder? So kann er keinen Unfug mehr anstellen.«

»Es würde Sie die Karriere kosten«, entgegnete Danny.

Michaelsen schnaubte. »Es würde mich gar nichts kosten. Fluchtversuch unterbunden. Ups. Also: Warum sollte ich Ihnen vertrauen?«

Ohne den Blick abzuwenden, zückte Danny seinen Geldbeutel aus der Gesäßtasche und klappte ihn auf. Hinter dem Fach mit den ganzen Karten steckten hinter einem transparenten Gitter zwei Fotos nebeneinander: eines von Rike und eines von Leonie. Die hielt er Michaelsen vors Gesicht und sagte: »Sie vertrauen mir, weil *ich* es sein werde, der der Zirkusnummer neben mir eine Kugel in den Kopf jagt, sollte er Faxen machen. Übernehmen Sie jetzt den Transport, oder muss ich mich selbst darum kümmern?«

Michaelsen musterte noch lange Sekunden die beiden Fotos, dann fixierte er Danny. »Los! Steigen Sie ein!«

Das wollte Danny auch.

Er saß neben Schneider auf der Rückbank und blickte durch die getönten Scheiben hinaus. Die Meute war mittlerweile beängstigend groß geworden, er schätzte die Demonstranten auf mehrere Tausend, die den Platz und das Gelände bevölkerten. Manche waren auf Laternen geklettert, andere auf Bäume, eine Verwegene sogar auf den Fahnenmast, an dem die Hamburger Flagge in Rot und Weiß im Wind flatterte.

Glücklicherweise kamen sie trotzdem auf die Straße, wenn auch langsam und mit einigen Schreien und Pochen an die Fenster, doch dann lichtete sich plötzlich die Menge, und sie ließen den Wahnsinn hinter sich – oder fuhren direkt hinein.

Danny schwante Letzteres. Er hatte immer noch den Geldbeutel in Händen, klappte ihn erneut auf und betrachtete die Fotos seiner Liebsten.

Schneider warf ebenfalls einen Blick darauf und fragte leise: »Rike?«

Danny nickte nur, den Finger auf dem Bild des Babys und wisperte: »Und meine Tochter.«

Dabei meinte er, Selina Moreno *gutsigutsigutsiguuu* wispern zu hören, und bekam am ganzen Körper eine Gänsehaut.

Kapitel 33

Berlin, Kreuzberg
18:15:13

»Hier geht es nicht mehr allein um den Klimaschutz. Hier geht es um den Machtkampf zwischen Volk und Eliten. Es ist doch so, dass einige wenige über die Geschicke der Menschheit entscheiden. Natürlich gibt es Wahlen und Demokratien, aber auch dort wird von Einzelpersonen entschieden. Was wir hingegen bräuchten, ist ein kosmopolitisches Bewusstsein und Handeln aller. Möglicherweise ist ANOD der Anstoß dazu.«

Ausschnitt aus einem Interview mit Gesellschaftsforscher Dr. Manfred Triester

In der karg möblierten Agentenwohnung lief Ramsay auf und ab. Immer wieder trat er ans Fenster, obwohl er das nicht sollte, lüpfte den Vorhang und blickte hinaus. Unter ihm lag das hell erleuchtete Kottbusser Tor. Der Himmel darüber zeigte eine letzte Spur von Grau. Der Anblick war schwer zu ertragen; die Plattenbauten und Straßenschluchten verwandelten sich zu Leuchtstreifen aus vorbeihuschenden Straßenbahnen und Autos. Und überall dieses Rauschen. Überall Leute, die umherhasteten, sich an einer Bude Currywurst in den Mund schoben, Bier tranken und in irgendwelchen Clubs abtanzten. Sirenengeheul hier, Schreie einer Schlägerei da, Hupen dort.

Es war zu viel für Ramsay. Er sehnte sich zurück in ihre Villa, in den abgeschiedenen Garten, in die Ruhe mit dem Quellstein neben der Terrasse. Und zu Peter, der das alles erträglich machte.

Die Agentenwohnung als Schutzmaßnahme war die dümmste Idee gewesen. Mitten am Kotti. Mittendrin im Trubel. Dazu auch noch heruntergekommen, mit sich ablösender Tapete und Schimmelflecken im Badezimmer. Jede Stunde zehrte an Ramsays Nerven, und dass sich Peter seit einer gefühlten Ewigkeit nicht mehr meldete, tat sein Übriges. Immer wieder überkam ihn eine Woge der Übelkeit. Und dann stach ihm die linke Brust.

Er hoffte, dass er keinen Herzinfarkt bekam.

Peter wird für die Funkstille seine Gründe haben, versuchte er sich zu beruhigen. *Er ist mitten im Einsatz, da hat man nicht ständig die Möglichkeit, den Partner anzurufen.* Die Argumente waren stichhaltig und trotzdem ...

Ramsay wurde das Gefühl nicht los, dass irgendetwas nicht stimmte. Er verließ seinen Fensterplatz und ging zum wiederholten Mal auf die Toilette.

Als er sich die Hände wusch, kam der erlösende Anruf. Er stürzte ins Wohnzimmer, schlug sich die Zehen am Türstock an, fluchte und sprang auf einem Bein zum Sofa, wo sein Handy lag. Zu seinem Leidwesen war es nicht Peter, sondern Selina.

Er kam ohne Umschweife zum Punkt: »Eine Lösung gefunden?«

»Wie immer, mein Guter.« Sie klang zuversichtlich.

Ramsay trat wieder ans Fenster und spähte hinaus auf den Platz. »Und wie sieht die Lösung aus?«

»Ein Bulle wird mir helfen.«

»Ein Bulle?«

»Mach dir keine Sorgen. Er wird sicher liefern, dafür habe ich gesorgt. Allerdings ergibt sich daraus eine Planänderung.«

Ramsay kaute auf seiner Unterlippe herum. »Du weißt, wie sehr ich Planänderungen hasse.« *Umso mehr, wenn Peter nicht bei mir ist.*

»Und du weißt, dass meine Pläne bisher alle aufgegangen sind«, entgegnete Selina. »Für dich ändert sich nichts. Wir ziehen nur unser Treffen vor.«

Ramsays Herzschlag stockte. »D-D-das halte ich für keine …«

»Keine Widerrede. Ich bin schon in Berlin.«

Ein Moment der Stille. »Und der Bulle?«

»Wird mir Toms Part bringen. Da er aber noch Zeit braucht, nutzen wir den Leerlauf und treffen uns vorher. *Easy going*.«

Ramsay blickte aufs Display. Der ANOD-Countdown sagte: 18:10:03. »Wann willst du dich treffen?«

»In zwei Stunden?«

Wieder ein Biss auf die Unterlippe. Wenn er zusagte, musste Peter zwingend in zwei Stunden hier sein. Alleine konnte er ihren Plan nicht durchziehen. Und dann noch die

Kacke mit dem Bullen. Wie sollten sie das noch auf die Schnelle lösen?

Könnte er das Treffen mit Selina vielleicht doch allein durchziehen? Alles war vorbereitet.

»Machen wir lieber in drei«, schlug er vor. »Ich habe noch Besorgungen zu erledigen.«

»In Ordnung, mein Guter. Du musst mir nur noch verraten, wo wir uns treffen.«

Ramsay wandte sich vom Fenster ab und ließ den Vorhang fallen. »Das teile ich dir noch rechtzeitig mit. Komm einfach in drei Stunden zum Kottbusser Tor, dann erfährst du Näheres.«

»In Ordnung. Bis dann!«

Selina legte auf, und Ramsay stieß geräuschvoll die Luft aus. »Jetzt geht's los!« Er fuhr sich durchs Haar, durch den Bart, über die Brust und massierte sich den Nacken. »Und reiß dich mal zusammen, Gabriel. Du schaffst das, im Notfall auch ohne Peter.«

Peter. Sogar eine Träne kroch über seine Wange, und er wisperte in die vom Verkehrslärm erfüllte Agentenwohnung hinein: »Wo steckst du verdammt noch mal?«

Peter blinzelte ins grelle Licht einer Lampe mit Reflektorstreifen. Die Decke war weiß, ebenso die Wände. Er lag in einem weichen Bett, und es stank nach Krankenhaus.

Eine Erinnerung durchzuckte ihn: Ein Sprinter kam von der Seite angeflogen und rammte seinen Wagen mit voller Wucht …

Peter setzte sich auf und stöhnte laut, als ihm Schmerzen durch die Seite und den Schädel jagten. Er befand sich tatsächlich in einem Krankenzimmer. Eine Infusion war ihm in die Armbeuge gelegt worden. Im Beutel neben ihm stiegen Bläschen auf.

Wie spät war es? Wie lange war er weg gewesen?

Sein Blick huschte zum Fenster und der Dunkelheit dahinter. Bei Gott! Es war schon Nacht. Er fuhr herum und schwang die Beine aus dem Bett, wobei er das Stechen in der Seite ignorierte. Seine Füße waren nackt. Jemand hatte ihm auch die Jeans ausgezogen. Und wo waren sein Handy, seine Dienstwaffe und sein Ausweis?

Panik drohte ihn zu übermannen, doch Peter bekam sich in den Griff. Zuallererst entfernte er die beiden Klebstreifen, die den Zugang an seinem Unterarm fixierten, danach zog er den Schlauch aus der Ader und drückte schnell feste darauf. Wenn man das nicht tat, spritzte man alles mit seinem eigenen Blut voll.

Mit dem Daumen auf der Einstichstelle schob er sich aus dem Bett. Der Boden war kalt. Ihm wurde schwindlig, aber der kritische Moment verging, und Peter erhob sich.

Da ging die Tür auf, und eine Ärztin mit blonden Locken trat ein. Bei Peters Anblick entwich ihr ein überraschter Schrei. »Was tun Sie da?«

»Wonach sieht es aus?« Peter kam ihr drei Schritte entgegen. »Ich entlasse mich.«

»Das glaube ich nicht.« Sie verschränkte die Arme vor der Brust. »Wer glauben Sie, dass Sie sind?«

»Peter Klingenberg. Abteilungsleiter beim Bundesnachrichtendienst. Und im Dienst.« Er öffnete den Schrank.

Seine Klamotten lagen gefaltet darin. Er zog die Hose heraus. »Wo sind meine anderen Sachen? Handy, Ausweis, Geldbeutel, Dienstwaffe? Und wie viel Uhr ist es?«

Die Ärztin blickte bei seinem herrischen Ton automatisch auf ihre Uhr. »Zwanzig Uhr ist durch.«

Peter schluckte. »Und meine Sachen?«

»Die hab ich vorsichtshalber in den Medikamentenschrank gesperrt, aber ...«

»Wie umsichtig. Wären Sie so nett, mir die Sachen zu bringen?« Er schlüpfte in die Hose.

»Ich ... ich ... nein. Nein, verdammt! Das kann ich nicht verantworten. Sie hatten einen schweren Autounfall mit Schleudertrauma, Gehirnerschütterung und Rippenprellungen linksseitig. Ich kann nicht beurteilen, ob Sie in Ihrem Zustand fähig sind, eine Dienstwaffe zu führen.«

»Bin ich.« Er zog den Reißverschluss zu, schloss den Knopf und zog den Gürtel fest. »Außerdem geht das ganz allein auf meine Kappe.«

Die Missbilligung stand ihr im Gesicht, und doch sagte sie: »Auf Ihre Verantwortung, Herr Klingenberg.«

»Selbstverständlich. Das gebe ich Ihnen gern schriftlich.« Er schüttelte sein Hemd aus und schlüpfte hinein. »Und wären Sie auch so nett, mir irgendetwas gegen die Schmerzen zu bringen. Irgendetwas, das meine Fahr- und Waffenführtauglichkeit natürlich nicht beeinflusst.«

»Herr Klingenberg ...«

Er funkelte sie an. »Jetzt passen Sie mal auf, Frau ... Merin, ich bin im Fall ANOD im Dienst. Verstehen Sie? Die App! Der Countdown! Ich habe für irgendwelche Befindlichkeiten und Vorschriften keine Zeit. Also! Meine Sachen und was gegen die Schmerzen, bitte! Danke!«

Die zwei Kapseln schluckte Peter blank ohne Wasser. Seine Sachen hatte die Ärztin in eine Plastiktüte gesteckt, die beim Öffnen raschelte.

Peter verzog beim Anblick seines Handys das Gesicht. Das Display war gesplittert, und auch das Gehäuse hatte einen Riss. Als er auf den Button drückte, flackerte die Anzeige auf, doch nur bunte Streifen flirrten über die Bruchstücke. Er schüttelte das Handy dreimal kräftig und klopfte mit der Fingerspitze darauf, doch dadurch erlosch der Bildschirm nur vollends. Es ließ sich auch nicht mehr einschalten.

»Ganz toll.« Brummend entfernte Peter die SIM-Karte und warf das defekte Gerät in den Mülleimer. Er legte die Dienstwaffe an und schob sich seinen Geldbeutel in die Gesäßtasche. Hinkend und mit pochendem Schädel, aber einem sich langsam ausbreitenden Gefühl der Dumpfheit, verließ er das Krankenzimmer. Die Selbstentlassungspapiere lagen unterschrieben auf dem Bett.

Kapitel 34

Hamburg, Harvestehude
18:38:45

Mittlerweile werden Aufstände aus der ganzen Welt gemeldet. In Sydney soll es Tote geben, ebenso in Rio de Janeiro, wo ein Slum in Flammen stehen soll. Es ist uns nicht möglich, die Meldungen zu verifizieren. Die Kontakte zu unseren Korrespondenten sind teilweise abgerissen. Wir konzentrieren uns daher vornehmlich auf die Entwicklungen in Deutschland. Wir bitten um Ihr Verständnis.

Rebecca Tirschner, ProSieben Nachrichten

Seit einer knappen Stunde waren sie in Schneiders Villa, wo die nächsten IT-Spezialisten den Hacker mit Fragen bombardierten. Obwohl es Danny unter den Nägeln brannte, ließ er sie gewähren; alles andere wäre auffällig gewesen. Außerdem lief Michaelsen vor dem Panikraum Patrouille und checkte alle drei Minuten mit einem kritischen Blick, ob alles in Ordnung war. Der Einsatzleiter war Dannys größtes Problem. Wie bekam er Schneider aus der Villa?

Erst mal den Part besorgen, Danny.

Oliver stellte die meisten Fragen. Wie ein kleiner Junge

nickte er bei den Antworten und staunte voller Begeisterung.

Danny hielt es schließlich nicht mehr aus. Er trat zu den beiden und sagte: »Ich müsste mit dem Herrn kurz unter vier Augen reden. Gibst du uns ein paar Minuten?«

Oliver nickte widerwillig und ging zurück an Schneiders Pult mit den vielen Monitoren.

Der Hacker musterte Danny.

Der verstand die unausgesprochenen Worte und sagte: »Falls Sie mal auf die Toilette müssen, Herr Schneider, melden Sie sich bitte. Ihre hier ist wohl wegen der Toilet-Cam nicht mehr zu verwenden.«

»Und dann begleiten Sie mich? Wollen Sie mir auch noch das beste Stück halten? Nicht, dass Sie sich verheben.«

Ein paar IT-ler lachten. Auch Danny lächelte matt. »Keine Sorge, ich bin große, schwere Teile gewohnt.«

Auch Schneider lachte. »Dann nehm ich das Angebot gern an.«

»Gut. Kommen Sie!«

Michaelsen war sofort bei ihnen, als sie den Panikraum verließen. »Was wird das?«, blaffte er.

»Eine Runde Pipi. Ich behalte ihn im Auge.«

»Ich komm mit.«

Danny seufzte. »Tun Sie das.«

Zu dritt gingen sie zum Badezimmer, vor dem Schneider fragte: »Muss das wirklich sein, dass Sie mit reingehen? Ich kann dann nicht.«

»Um Begleitung werden Sie nicht rumkommen. Aber eine Person reicht. Stehen Sie Wache, Michaelsen?«

Der Einsatzleiter nickte.

Nach geschlossener Tür fragte Schneider leise: »Der ist ja penetrant. Haben Sie schon einen Plan, wie wir hier rauskommen?«

»Haben Sie den Part?«

Der Hacker seufzte. »Wollen Sie das wirklich durchziehen?«

»Wollen Sie wirklich hier rauskommen?«

Das Schweigen beantwortete alle Fragen, und Schneider flüsterte: »Im Panikraum gibt es einen Tresor, rechts von der Toilette. Darin liegt ein USB-Stick mit dem Part. Aber wie kommen wir hier raus?«

»Gibt's noch weitere Geheimgänge?«

»Nein.«

»Eine Option wäre das Schlafzimmer. Über das ist meine Kollegin eingestiegen.«

»Und dann über den Garten. Klingt nach einer Idee. Nur wie kriegen wir den Wachhund los?«

»Um den kümmere ich mich«, entgegnete Danny grimmig. »Und jetzt pissen Sie, damit er nicht argwöhnisch wird.«

Michaelsen begleitete sie zurück zum Panikraum. Danny sah sich sofort nach dem Tresor um und hätte ihn nicht entdeckt, wenn er nicht davon gewusst hätte. Die Wand war an der Stelle mit Holz vertäfelt, und eines der Teilstücke ließ sich an versteckten Scharnieren öffnen. Dahinter lag ein klassischer Tresor, den Schneider öffnete. Mit geschürzten Lippen trat der Hacker zur Seite und ließ Danny den Vortritt. Im Inneren lagen ein paar Goldmünzen auf einem Samttuch sowie einige Dokumente und besagter USB-Stick in einem daumennagelgroßen Gehäuse.

Dannys Finger kribbelten, als er danach griff. Ein so kleines Stück Technik, das über das Leben seiner Liebsten entschied. *Und über die Menschheit*, wisperte eine Stimme in seinem Kopf. *Lass ihn einfach liegen, Danny! Lass die Finger davon! Lass dich nicht auf diesen Wahnsinn ein! Wenn du damit verschwindest, wechselst du die Seiten. Man wird dich zum Abschuss freigeben. Irgendein Scharfschütze wird dich abknallen. Und selbst, wenn du damit entkommst: Kannst du mit deiner Schuld leben?*

Mit Mühe unterband Danny den Gedankenstrom, und doch flüsterte der Zweifler: *Gibt es denn wirklich keine andere Möglichkeit?*

Danny dachte an Rike und die unschuldige Leonie und ballte die Hand zur Faust. Nein, es gab keine andere Möglichkeit. Danny würde alles für die beiden tun. Und dann nahm er den Stick und schloss den Tresor.

Oliver rollte auf Schneiders Bürostuhl gerade zu ihnen: »Noch eine Frage: Könnten wir nicht das gesamte World Wide Web nach Ramsays Schlüssel screenen? Wenn er irgendwo zwischen den Geräten eine Verbindung aufbaut, muss die zu finden sein.«

»Aber er wird sie nicht vorher aufbauen.«

Oliver verzog das Gesicht. »Das stimmt. Wir können also erst danach suchen, wenn das Wiegenlied live geht. Unschön.« Er rollte wieder zurück zum Pult und sprach mit anderen Spezialisten.

Schneider schob die Hände in die Hosentaschen. »Möchten Sie auch 'nen Kaffee?«

»Gern!« Abermals verließen sie den Panikraum, und wieder war Michaelsen sofort bei ihnen.

»Schwache Blase auch noch?«

»Nein. Die Koffeinsucht ruft.«

Der Einsatzleiter pfiff abfällig durch die Zähne. »Lächerlich ist das. Da bringen wir Sie extra her, und Sie hängen nur rum.«

»Weil ich auch mal eine Pause brauche!?«, brauste Schneider auf. »Ich war auf der Flucht, bin festgenommen und verhört worden. Deswegen gibt's jetzt einen Kaffee. Wollen Sie auch einen? Der entspannt Sie vielleicht etwas.«

Michaelsen schüttelte nur den Kopf, folgte ihnen aber zur Küche. Dort schaltete der Hacker eine Siebträgermaschine ein, ein verchromtes Teil aus Italien. Nach einem kurzen Blickkontakt mit Danny machte er sich daran, Kaffee in der nebenstehenden Mühle zu mahlen. Wundervoller Bohnenduft breitete sich aus.

Danny tastete zum wiederholten Male nach dem Stick in seiner Hosentasche, schloss dann die Küchentür und trat neben Michaelsen. Vor der Brust verschränkte er die Arme. »Wie viele Einsatzkräfte sind eigentlich noch vor Ort? Ich hab kein weiteres Team mehr gesehen.«

»Stimmt«, knurrte der Polizist. »Die halbe Einheit wurde wegen der Demo abgezogen. Aber keine Sorge, wir können für seine Sicherheit garantieren.«

»Das ist gut zu wissen.« Schneider presste den gemahlenen Kaffee mit einem Stempel ins Sieb.

»Haben Sie das Team umpositioniert?«, wollte Danny wissen.

»Sie meinen, weil klar ist, dass Moreno nicht mehr hier aufkreuzen wird?«

»Jo.«

»Auch. Ich hab zwei Mann auf dem Dach, außerdem zwei im Keller am Geheimgang. Der Rest überwacht den Hof, die Straße und die Fenster.«

Danny nickte anerkennend. Das deckte sich mit seinen Beobachtungen, als sie angekommen waren. Damit wurde eine Flucht nicht gerade einfacher.

Unter den Argusaugen von Michaelsen bestückte der Hacker die Siebträgermaschine und stellte zwei Espressotassen unter den doppelten Ausfluss. Sein Blick fand den des Einsatzleiters. »Letzte Chance auf einen Kaffee.«

»Nein, danke. Beantworten Sie mir stattdessen eine Frage.«

»Die wäre?«

»Warum schalten wir nicht einfach das Internet ab? Klingt banal, würde aber doch der App und dem Stream den Garaus machen.«

Schneider nickte, schaltete die Maschine ein, und erst nachdem sie zischend den Kaffee ausgegeben hatte, antwortete er: »Das Problem ist, dass das Internet eine Eigendynamik entwickelt hat. Auch wenn wir Menschen alle Teile selbst entwickelt haben, versteht heute niemand mehr, wie es genau funktioniert.« Er gab Danny einen Espresso, den zweiten nahm er sich selbst.

»Aber es basiert auf einer Infrastruktur«, hielt Michaelsen entgegen, »und wenn man die zerstört, geht nichts mehr.«

»Das ist richtig, aber es gibt nun mal nicht ein Kabel, das man kappen könnte. Das Internet wurde als robustes Netz konzipiert. Die Informationsübertragung erfolgt über Datenpakete verschiedener Größe. Und die suchen sich automatisch ihren Weg durchs Netz. Wenn man also irgendwo eine Leitung unterbricht, suchen sich die Pakete Ausweichstrecken. Dazu muss niemand eingreifen, das passiert alles automatisch.«

»Aber in China ist das Netz doch auch streng zensiert, oder? Und neulich las ich, dass die Russen ihre Netzwerkstruktur so umbauen, dass sich der Datenverkehr zwischen dem In- und Ausland lückenlos kontrollieren und auch abschalten ließe.«

»Schon richtig, aber das funktioniert eben nicht weltweit. Sie könnten beispielsweise Mauretanien kappen, die hängen nur an einem einzigen Unterseekabel, aber nicht Europa, nicht die USA. Sie könnten vielleicht in bestimmten Regionen Zeit gewinnen, aber dann wäre das Wiegenlied in anderen Teilen der Welt veröffentlicht und würde sich einfach nur verzögert verbreiten wie ein Virus.« Der Hacker leerte seine Espressotasse und seufzte. »Die einzigen Optionen sind: den Release verhindern oder weltweit den Strom abstellen. Aber ein globaler Blackout würde genauso viel Chaos verursachen. Und sobald sie dann irgendwann wieder einschalten, wäre das Problem wieder da. Es bleibt also nur, den Release zu verhindern.« Sein Blick traf Danny.

Der kippte seinen Espresso ebenfalls hinunter und stellte das leere Tässchen auf die Arbeitsplatte neben Michaelsen.

Der musterte immer noch den Hacker. »Aber es muss doch eine Möglichkeit geben, diesen Stream zu finden. Das sind doch am Ende alles nur Nullen und Einsen. Wie kann eine Verschlüsselung so schwer zu knacken sein? Ich versteh das einfach nicht.«

Schneider lächelte milde. »Ist auch für uns Menschen schwer zu erfassen. Nur ein einfaches Beispiel: Nehmen wir die Transposition, eine grundlegende Verschlüsselungsklasse in der Kryptografie. Bedeutet: Wir sortieren *nur* die Zeichen der Botschaft *um*. Würden wir sie verändern, hätten wir die zweite Klasse der Substitution, aber das wäre als einfaches Beispiel noch komplizierter. Nehmen wir meinen Namen Tom. Den können wir auf sechs Varianten permutieren: Tom, tmo, mot, mto, omt, otm. Klingt noch einfach, aber machen Sie das mal mit meinem Nachnamen Schneider. Die Anzahl der möglichen Anordnungen steigt mehr als exponentiell an, und wir Menschen können mit exponentiellem Denken wenig anfangen. Wir denken meist linear. Man kann das zwar lernen, aber es ist nicht einfach, wie wir immer wieder sehen. Und da kommt auch ANOD ins Spiel, denn wir haben mit der App genau einen solch exponentiellen Ansatz gewählt. Wir erzeugen nicht eine Änderung bei einer Person im Denken bezüglich Klimaschutz, sondern bei Milliarden auf einmal.«

Michaelsen wollte etwas erwidern, als Danny ihm von hinten den rechten Arm um den Hals schlang und seinen Kopf in den Würgegriff nahm.

Dem SEK-Beamten entwich ein heiseres Keuchen. Seine Augen wurden groß, weil er im ersten Moment nicht verstand, doch er war erstklassig ausgebildet und griff nach seiner Waffe.

Danny knurrte und drehte sich mit all seiner Kraft zur Seite, sodass Michaelsen mit der Pistole am Gürtel gegen die Küchenzeile gepresst wurde. Schneider stand hilflos daneben.

Danny keuchte nochmals, als Michaelsen einen weiteren Versuch unternahm, ihm gegen das Schienbein zu treten, und beinahe hätte er den Blood Choke gelockert, aber er riss nochmals an Michaelsens Hals und brachte alles auf, was er hatte – bis der SEKler schlaff wurde.

Danny ließ ihn zu Boden sinken.

»Oh Gott!«, stieß Schneider hervor. »Sie sind ja eine Maschine! Ist er …«

»Nein.« Danny rieb sich Schweiß von der Stirn. »Es war ein Halsvenenwürgegriff. Der wird in ’ner halben Minute wieder zu sich kommen. Geben Sie mir das Küchentuch. Schnell!«

Der Hacker reichte es ihm, und Danny knebelte damit den Polizisten. Danach legte er ihm Handschellen an und kettete ihn ans Heizungsrohr. Zuletzt nahm er ihm Funkgerät und Dienstwaffe weg und wandte sich an Schneider. »Und jetzt hören Sie genau zu! Wir verschwinden über den Geheimgang! Garten und Hof sind wegen der Männer auf dem Dach tabu. Ich geh vor.«

»Und die Bullen im Keller?«

»Werden wir irgendwie überwinden. Und jetzt los!«

Bevor Danny die Tür öffnete, steckte er sich Michaelsens Dienstwaffe hinten in den Hosenbund, und sein Blick streifte noch einmal den Ohnmächtigen auf dem Boden. Er spürte Bedauern – für den unschuldigen Polizisten und für sich selbst. Jetzt gab es kein Zurück mehr.

Michaelsen erwachte mit einem scharfen Atemzug und verschluckte sich an etwas. Er hustete hart und würgte gegen einen Widerstand in seinem Mund, doch der wollte nicht weichen, egal wie viel er spuckte und kaute.

Ein Knebel, ging es ihm durch den Kopf, und damit kehrten die jüngsten Erinnerungen zurück. Erichsen hatte ihn bis zur Ohnmacht gewürgt!

Michaelsen riss an seinen Händen. Es schepperte Metall auf Metall. Er war in der Küche an die Heizung gefesselt.

»Hhüüülfffee!«, stieß er hervor, doch der Knebel war zu straff. Vermutlich würde ihn niemand hören.

Sein Blick fand den Frühstückstisch neben sich. Mit einem Tritt stieß er einen der Stühle um. Laut polternd krachte er auf den Boden.

Michaelsen lauschte. Nichts. Keine Stiefelschritte, die sich näherten.

Seine Hände waren über seiner linken Schulter ans Heizungsrohr gekettet. Vorsichtig drehte er den Oberkörper und stand auf. Seine gefesselten Hände ruhten nun genau vor ihm auf Bauchhöhe. Das Zuflussrohr war weiß gestrichen, vermutlich aus Kupfer. Mit genug Kraft konnte er die Verankerung aus der Wand reißen.

Michaelsen stemmte den rechten Fuß gegen die Heizung. Trotz des Knebels atmete er tief durch die Nase ein, und dann stemmte er sich mit aller Kraft gegen das Rohr.

Die Handschellen schnitten ihm tief ins Fleisch, Tränen traten ihm in die Augen, und er glaubte, sich die Handgelenke abzureißen, als das Rohr knirschend nachgab. Warmes, stinkendes Wasser spritzte ihm gegen die Brust, aber er war frei. Er zerrte sich den Knebel aus dem Mund, spuckte aus und griff nach seinem Funkgerät am Gürtel.

Seine Hände griffen ins Leere.

Der Drecksack. Er spuckte abermals Fusseln aus und schrie dann aus Leibeskräften: »ZWEI PERSONEN FLÜCHTIG!«

Danny und Tom hörten den Schrei nicht, denn sie hasteten bereits durch den Weinkeller zum Geheimgang. Die zwei Einsatzkräfte waren nirgends zu sehen. *Vielleicht rauchen sie gerade irgendwo eine …*

Das bewegliche Regal stand immer noch offen. Der Gang dahinter lag in Dunkelheit.

Danny schob Tom als Ersten hinein, folgte und zog von innen das Regal zu. »Lässt sich das verriegeln?« Aus seiner Jacke zückte er eine daumengroße Taschenlampe, und schon huschte ein Lichtstrahl über die Wände.

»Nein. Man muss nur wissen, wo es ist.«

»Dann schnell weiter!« Danny quetschte sich an Tom vorbei und trabte voraus. Wenn man sie hier im Gang erwischte, war es aus, bevor es losgegangen war. Selbst ein Blinder würde sie mit einer Schusswaffe niederstrecken.

Es war eine lange Minute bis zum Ende des Gangs. Die Leiter, die in die Laube führte, stand noch an Ort und Stelle. Danny atmete tief durch, wappnete sich auf einen Kampf und kletterte hoch.

Die beiden Idioten rauchten tatsächlich zwischen den altehrwürdigen Fichten und drehten sich überrascht zu ihm um. Ihre Helme lagen in der Laube. Einer warf seine Kippe sofort weg und kam herüber. »Irgendwelche Probleme?« Seine Hand wanderte an seine Pistole, als auch Schneider in die Laube kletterte.

»Verdächtige Person an der Villa gesichtet!«, log Danny. »Ich bringe ihn ...«

Mehrere Funkgeräte knackten gleichzeitig. Michaelsens Stimme plärrte chorartig hervor: »SCHNEIDER UND ERICHSEN FLÜCHTIG! AUFHALTEN!«

Der Blick des einen Polizisten kam erstaunt hoch und sah noch die Faust, die ihn mitten ins Gesicht traf, bevor er zusammenbrach. Aus seiner Nase schoss hellrotes Blut.

Der andere stieß ein ersticktes Keuchen aus und zog seine Pistole.

Danny war schneller. »Fallen lassen!«

Der Beamte pumpte schwer, die Pistole nur auf Halbmast. »Was soll der Scheiß? Warum helfen Sie dem Drecksack?«

»Weil es um meine Familie geht. Und jetzt Pistole fallen lassen, oder ich schieße!«

Der Polizist schüttelte den Kopf. »Das tun Sie nicht. Sie sind einer von uns!« Er hob die Waffe höher, den Zeigefinger mit der vom Handschuh ausgesparten Spitze am Abzug, und Danny schoss ihm zweimal in den Spalt zwischen Brustschutz und Oberarmprotektor.

Schreiend ging der Mann zu Boden, und Danny trat ihm die Pistole weg. Mit einem feuchten Glitzern in den Augen sagte er: »Tut mir echt leid, Kumpel! Und jetzt drück auf die Wunde, bevor du verblutest.« Dann trat Danny über ihn hinweg, als hinter ihm ein Schuss krachte.

»Arschlöcher«, raunte der andere Polizist und sank zurück auf den Boden. Erst jetzt entglitt seiner Hand endgültig die Pistole.

Danny war da schon bei Tom, der entgeistert an sich herabblickte. Unterhalb des Solarplexus quoll Blut hervor.

Vom Vorgarten tönten Schreie herüber. Michaelsen plärrte weiterhin aus dem Funkgerät, verlangte eine Statusmeldung und fluchte, weil die beiden am Geheimgang keine Antwort von sich gaben.

»So war das nicht geplant«, sagte Tom mit einem schiefen Lächeln und hustete. Blut benetzte seine Lippen. »Sieht wohl schlecht aus.«

»Nein!« Danny presste ihm die Hand auf die Wunde. »Das packst du! Komm!«

Der Hacker erschauderte und schlug Dannys Hand weg. Er hustete wieder dunklen, roten Schleim. »Hau endlich ab!«

Danny schüttelte den Kopf. »Nein.«

»Los!« Der Hacker griff nach der Pistole des Polizisten und zielte auf Danny. »Renn endlich! RENN!«

Und Danny rannte.

Keine Minute später stieg Michaelsen mit feuerrotem Gesicht aus dem Geheimgang in die Laube. Der Hacker schoss auf ihn. Michaelsen sprang zurück in den Schacht. »Geben Sie auf!«, schrie er. »Sie haben keine Chance!«

Als Antwort krachte ein zweiter Schuss, und Staub rieselte auf Michaelsen hinab.

Michaelsen ließ sich von seinen nachkommenden Männern einen Helm geben und wagte den Ausbruch. Der Hacker saß neben einer Einsatzkraft, ließ aber gerade die Pistole sinken. Sie entglitt seinen Fingern und klapperte zu Boden. Nach Gegenwehr sah das nicht mehr aus.

»Sicher!«, schrie Michaelsen, während er zum Hacker rannte, die Pistole wegkickte und sich dann nach Erichsen umsah.

Von dem fehlte jede Spur, was Michaelsen in stillen Zorn versetzte. Er trat sogar so heftig gegen einen der Helme, dass er in hohem Bogen davonflog und zwischen den hohen Fichten verschwand. Zwischen toten Nadeln blieb er mit eingedelltem Visier liegen. Darin spiegelte sich, wie Michaelsen an die Seite seines Kameraden sank, auf die Schusswunde drückte und nach einem Notarzt rief.

Kapitel 35

Berlin, Kreuzberg
14:45:24

»Der Jüngste Tag steht uns bevor! ANOD ist der Engel Isrāfīl! Er wird zweimal ins Horn blasen. Beim ersten Mal wird jedes Lebewesen sterben. Beim zweiten Mal erwacht jedes zur letzten Abrechnung. Seid ihr bereit? Ich frage: SEID IHR BEREIT?«

Straßenprediger in Berlin

Es war kurz nach Mitternacht, doch am Kottbusser Tor ging es zu wie tagsüber. Nur die Leute waren nachts andere: mehr Partygänger, mehr Touristen, kaum noch Anwohner und keine Eltern mit Kindern mehr. Und niemand schien von ANOD und dem weltweiten Treiben Notiz zu nehmen. Oder man verdrängte es bewusst.

Ein Obdachloser nickte ein, seine Schnapsflasche entglitt seinen Fingern und rollte davon. Der Fusel sickerte in die Fugen des Pflasters. Ein paar Jugendliche lungerten vor einem Spätkauf herum und witzelten darüber, sahen aber schon wieder in ihre Handys, noch bevor die Flasche ganz ausgelaufen war. Über die stolperten ein paar Partygänger, die aus der Skalitzer Straße kamen und ins Café Kotti drängten. Dort war es wie immer brechend voll. Mehrere Barkeeper bedienten die Leute am Tresen im Akkord.

Alma lehnte unweit davon im Schatten an einer Hausmauer. Ihr Blick glitt vom Nachtleben hoch zu den erleuchteten Fenstern des Zentrum Kreuzberg. Im neunten Stock des Gebäuderiegels betrieb der BND eine Agentenwohnung. Die Zweizimmerwohnung unterlag der Obhut von Peter Klingenberg und war laut Datenbank belegt. Von wem war im System nicht hinterlegt, und selbst Valerie hatte keine Infos dazu auftreiben können.

Valerie. Ohne sie wäre Alma nicht so schnell so weit gekommen. Jetzt war sie aber froh, wieder allein unterwegs zu sein.

Ein junger Kerl näherte sich ihr. Er trug die Kapuze tief und einen Rucksack über einer Schulter. Ganz klar ein Dealer auf der Suche nach Kundschaft.

Alma schüttelte schon von Weitem den Kopf, und früher wäre der Kerl abgedreht, heute aber kam er näher. Alma seufzte. Was war aus der Entspanntheit geworden, die vor zehn Jahren hier geherrscht hatte?

»Kein Interesse«, sagte sie, als er auf zwei Meter heran war.

Er wollte etwas sagen, doch Alma schlug nur ihre Jacke zur Seite und entblößte ihre Waffe im Holster. Daraufhin drehte er ab.

Wieder wanderte ihr Blick zum neunten Stockwerk des NKZ, wie der Gebäudekomplex früher geheißen hatte. Sie konnte von hier nicht sagen, welche Fenster zur Wohnung gehörten, insofern war die Warterei sinnfrei, aber sie wollte erst ein Gefühl bekommen, wie die Stimmung war, ob Einsatzkräfte unterwegs waren, ob Agenten Wache schoben, oder ob es zu Prügeleien kam. Bevor man in einen Einsatz ging, überlegte man sich immer seine Exit-Strategie, und dazu gehörte die Umgebungsanalyse.

Alma hatte aber genug gesehen. Das Kottbusser Tor stank immer noch wie früher, und die Blaulichter eines vorbeirasenden Notarztwagens huschten über dieselben Fassaden, die nur grauer geworden waren.

Sie löste sich aus dem Schatten und lief zur Straße, auf deren anderer Seite einer der Eingänge zum Zentrum Kreuzberg lag.

Ramsay lupfte den Vorhang und spähte zum gefühlt fünfzigsten Mal hinab auf den Platz. Ein Notarztwagen rauschte mit jaulenden Sirenen vorbei Richtung Skalitzer Straße. Wahrscheinlich hatte wieder jemand zu viel eingeschmissen und war beim Tanzen kollabiert.

Das Handy in seinen schwitzigen Fingern schrillte. Selina.

»Bin jetzt am Kottbusser Tor. Wo treffen wir uns?«

»Ganz in der Nähe.« Er konnte sie nirgends entdecken, aber es war auch so verdammt viel los. »Geh zum Durchgang Zentrum Kreuzberg. Auf der linken Straßenseite geht's rein. Nimm den Fahrstuhl. Neunter Stock.«

»Du bist in einer der Wohnungen? Welche Nummer?«

Ramsay kaute auf seiner Unterlippe. Wenn er ihr die Nummer verriet, gab es kein Zurück mehr. Dann musste er es allein durchziehen. Aber er schaffte das. Er konnte das. Er musste sich nur an den Plan halten. »Gang D«, sagte er mit zitternder Stimme. »Apartment 916.«

»916. Okay.«

Ramsay blickte wieder hinunter, entdeckte aber Moreno nirgends unter den Passanten. Wieder spürte er seine Blase, aber diesmal ignorierte er den Druck. Er war in den letzten drei Stunden acht Mal auf der Toilette gewesen und hatte siebenundzwanzig Mal versucht, Peter zu erreichen. Jetzt war es an ihm.

Auf dem Esstisch lagen ein Elektroschocker und eine Pistole. Sobald Selina in der Wohnung war, würde er sie mit dem Schocker überwältigen, im Nebenzimmer, das für Verhöre vom BND mit Schallschutzmatten und verschraubtem Stuhl ausgebaut worden war, fesseln und ausfragen, wo sie die anderen Parts versteckte und was sie mit dem Bullen geplant hatte. Zur Not würde er mit der Pistole seinen Standpunkt untermauern, was eigentlich Peters Aufgabe gewesen wäre.

Peter.

Ein letztes Mal versuchte es Ramsay, aber wieder ging nur die Mailbox ran. Tracken konnte er ihn auch nicht mehr. Das letzte Signal stammte aus Hamburg. Was zur Hölle war bei ihm los? Warum meldete er sich nicht?

»Spielt jetzt keine Rolle«, sagte Ramsay laut. »Fokussiere dich auf Selina!« Er steckte sich die Pistole hinten in den Hosenbund, griff nach dem Elektroschocker und testete ihn. Knatternd sprangen blaue Funken zwischen den Metallenden hin und her. Fest schloss Ramsay die Finger um den

Griff, atmete tief durch und ging zur Tür. Selina müsste jeden Moment da sein.

Und da klingelte sie schon.

Ramsay zog den weiten Ärmel des Pullovers über den Schocker und trat zur Wohnungstür. Noch einmal tief ausatmen und dann *los!*

Beim Anblick der Frau vor der Tür entwich ihm ein schriller Schrei. Alma Nordtveit zielte mit einer Pistole mit langem Schalldämpfer direkt auf seine Stirn.

Alma spürte tiefste Zufriedenheit, die sich wie warmer Obstbrand in ihrem Magen ausbreitete, als das Entsetzen auf Ramsays Gesicht trat. »Rein!«, knurrte sie und drängte den Hacker rückwärts in die Agentenbude.

Ramsay rührte sich nicht. Seine Augen starrten nur auf die Mündung der Pistole. Er stammelte etwas, das sie nicht verstand.

Sie drängte weiter vorwärts, bis die Mündung des Schalldämpfers seine Stirn berührte. Erst da wich er zurück.

Alma trat mit dem Fuß die Tür zu.

Ramsay ...

Zehn Jahre hatte sie auf diesen Moment gewartet und sich Tausende Male ausgemalt, wie sie ihm das Hirn aus dem Schädel pusten würde. Wie als Kind an Ostern beim Eierausblasen. Aber Ramsay sah erbärmlich aus, blass, aufgedunsen und in schlabbriger Jogginghose, die voller Fettflecke war. Der Hacker war außerdem unrasiert, trug das grau melierte Haar strähnig. Was Peter nur an so einer erbärmlichen Kreatur fand?

Irgendetwas hatte er in der Hand unter dem Ärmel. »Fallen lassen!«

Sein Kehlkopf zuckte, dann polterte ein Elektroschocker auf den Boden. Wieder sagte er etwas, aber wegen des Barts konnte sie ihm nicht von den Lippen lesen.

»Auf den Boden knien! Hände hoch!«

Ramsay wimmerte, gehorchte aber.

»Umdrehen!«

Wieder bebten seine Schultern, aber er drehte sich auf den Knien herum, sodass er ins Wohnzimmer blickte.

»Bewaffnet auch noch!« Sie zerrte ihm die Pistole aus dem Hosenbund. »Wenn du dich bewegst, knall ich dich ab!«

Er zitterte heftig, der Schlappschwanz.

Alma öffnete die erste der beiden Türen, die vom Flur abzweigten, während ihre Pistole weiter auf seinen Hinterkopf zielte. Das Bad. Leer.

Als sie das Zimmer hinter der anderen Tür betrat, ließ sie der Anblick eine Augenbraue heben. Es war mit Schallschutzmatten und einem festgeschraubten Stuhl aus Metall versehen. *Wie passend!*

»Aufstehen!«, bellte sie. »Langsam! Und jetzt rückwärts! Rein ins Zimmer!«

Ramsay befolgte all ihre Befehle. Tränen rannen über seine Wangen, und Alma musste ihn nicht mal anweisen, sich auf den Stuhl zu setzen.

Auch zwei Hand- und zwei Fußschellen lagen bereit. Besser hätte es nicht sein können. Als ob jemand im Himmel ihre Rachegebete erhört hätte.

Selina trat aus dem Fahrstuhl und wandte sich rechter Hand in den Gang D. Links und rechts zweigten graue Wohnungstüren ab, versehen mit schwarzen Nummern aus lackiertem Edelstahl. 901, 902, 903, 904 …

Sie folgte dem Korridor, bog um eine Ecke und erreichte die Wohnungstür mit der Nummer 916. Wenn Ramsay sie nicht belogen hatte, fand sie dahinter den vorletzten Part. Die Betonung lag auf dem *wenn*. Ramsay war für sie die Wundertüte. Sie hatte anfangs geglaubt, ihm ginge es wie anderen digitalen Söldnern nur ums Geld; wer am meisten zahlte, bekam seine Dienste. Aber irgendwie schien Ramsay einen anderen Plan zu verfolgen. Er behauptete zwar, das Klima retten zu wollen, und sprach von der Prepper-Szene, als gehöre er ihr an, und irgendwie glaubte sie ihm das auch, aber irgendwie auch nicht. Ramsay hatte hundertprozentig andere Pläne, aber welche, hatte sie nie herausgefunden. Am Ende war es auch egal. In wenigen Minuten würde er tot sein und sie im Besitz von achtzig Prozent.

Sie blieb neben der Tür stehen und lauschte. Dass Ramsay so bereitwillig seinen Aufenthaltsort herausgerückt hatte, stank ebenfalls bis zum Himmel. Andererseits war die Unterkunft perfekt gewählt: Es gab mehrere Ausgänge, eine Tiefgarage und einen direkten Zugang zum U-Bahnhof. Außerdem vor dem Haus mehrere Buslinien. Schneller und flexibler konnte man nicht verschwinden. Trotzdem führte er irgendwas im Schilde. Aber Selina war vorbereitet; sie trug unter dem Bundeswehrparka eine schusssichere Weste mit Armprotektoren und war bis an die Zähne bewaffnet.

Sie vernahm gedämpfte Geräusche aus der Wohnung.

Oder von nebenan? Sie rückte näher zur Tür, legte den Kopf schief. Konzentriert achtete sie auf jedes Geräusch. Es waren Stimmen. Eine Frau. Sie zischte: »Wenn du dich bewegst, knall ich dich ab!«

Selina riss die Augen auf. Die Worte kamen eindeutig aus der Wohnung.

»Aufstehen!«, bellte die Frau mit seltsam rauer Stimme, die klang, als würde sie selten benutzt. »Ganz langsam. Und jetzt rückwärts! Rein ins Zimmer!«

Selina griff nach der Pistole im Holster. Hatte man ihn aufgespürt? Oder galt ihr selbst die Falle? Spielte er seit Monaten eine Scharade? Hatte man nur darauf gewartet, dass sie bei ihm aufschlug? Den Gefallen würde sie wem auch immer nicht tun.

Der Korridor war immer noch verlassen. Auf leisen Sohlen schlich Selina zurück zum Treppenhaus. Neben den Fahrstühlen blieb sie unschlüssig stehen. Herrgott, sie brauchte unbedingt Ramsays Part!

Sie biss sich auf die Fingerknöchel, die Hand zur Faust geballt, und hoffte auf eine Eingebung.

Alma schloss die Zimmertür. Ramsay, an den Stuhl gekettet, brabbelte immer noch vor sich hin und stank nach Angst. Beim Anblick der erbärmlichen Kreatur hätte sie im Strahl kotzen können.

Alma zog sich einen Stuhl heran und setzte sich Ramsay gegenüber. Die Pistole in der einen Hand, aktivierte sie mit der anderen auf ihrem Handy die Transkriptionssoftware sowie die Sprachaufzeichnung und sagte: »Aufzeichnung vom

7. November. Anwesend sind Alma Nordtveit, die das Interview führt, sowie …« Sie hielt ihm das Handy entgegen.

Er schluchzte nur.

»Name!«

Ihr herrischer Ton ließ ihn zucken. *Gabriel Dubois. Gabriel Dubois!*

»Auch bekannt unter dem Namen *Ramsay*.«

Ja. Ramsay. Mein Pseudonym.

Er war so erbärmlich. Sie fuhr fort: »Das Interview findet in einer Agentenwohnung des Bundesnachrichtendienstes statt, gelegen im Neuen Zentrum Berlin, neunter Stock, Apartment 916. Erste Frage: Wer hat dich hier untergebracht?«

Keine Ahnung.

Sie hob nur eine Augenbraue, und er wimmerte. *Ein Mann. Es war ein Mann!*

Früher hätte Alma mehr Geduld für diese Spielchen gehabt – heute schoss sie ihm direkt ins rechte Knie, wie man das mit Verrätern im Zweiten Weltkrieg getan hatte. »Du weißt ganz genau, wer der Mann ist!«

Mit Ramsays Schrei konnte die Transkriptionssoftware nichts anfangen, erst mit dem … *du hast mir ins Knie geschossen!*

»Und du wolltest mich mit einer Bombe töten. Also: *Wer* hat dich hier untergebracht?«

Ich weiß es nicht!

Sie schoss ihm auch ins linke Knie, und diesmal waren es viele Zeilen Kauderwelsch, den die App transkribierte.

Als sie wieder seine Aufmerksamkeit hatte, klippte sie

das Magazin heraus, zeigte ihm die verbliebenen sieben Patronen und deutete auf seine Füße, Hände und Schultern. Zuletzt auf den Kopf. »Wer?« Das Magazin rastete wieder ein.

Die Drohung war zu viel für ihn: *Peter*, haspelte er. *Peter Klingenberg.* Tränen krochen über seine Wangen und verschwanden in dem Gestrüpp von Bart.

»Der Supervisor der Agentenwohnung. Und dein Lebensgefährte.«

Bei den Worten füllten sich seine Augen mit einer fast unmenschlich wirkenden Angst, und diesmal konnte sie sogar durch den Bart lesen, was er zitternd sagte: *Bitte, er hat damit nichts zu tun! Ich schwöre!*

»Das ist schwer zu glauben, dass er das alles nicht mitbekommen hat. Du hast bei ihm in seiner Luxusvilla gewohnt. Dort gearbeitet. Dich dort versteckt. Seit wann seid ihr ein Paar?«

Alle Kraft schien bei der Frage aus dem Hacker zu weichen. *Seit ein paar Jahren.*

Sie schoss ihm in den rechten Rist, und er wäre vom Stuhl gekippt, wenn nicht die Handschellen gewesen wären.

Seit Juicenet! Seit Juicenet!

Also doch! Alma verschränkte die Arme vor der Brust. »Das ist zehn Jahre her. Dann war er es also, der dir damals bei der Flucht geholfen hat?«

Ja, er war's! Er hat die Flucht organisiert.

»Und auch die Bombe?«

Ja.

Endlich fügte sich das Bild zusammen. Ihr verkorkstes

Leben ging zu gleichen Teilen auf die Konten von Ramsay und Peter.

»Hattet ihr meinen Tod einkalkuliert?«

Er senkte den Blick und nickte.

»Sag es!«

Ja! Du hättest sterben sollen. Keine Zeugen.

Alma spürte, dass sie es tief in sich gewusst hatte, aber ihr Verstand hatte es nicht wahrhaben wollen. Peter Klingenberg, ihr Mentor und Unterstützer, hätte sie umgebracht. Er hatte nicht gezögert, oder doch? Hatte er mit sich gerungen? Hatte er all die Jahre wenigstens ein schlechtes Gewissen gehabt?

Und wenn schon ... es änderte nichts. Gar nichts.

Noch einmal las sie die Worte auf dem Handy. »Kommen wir zu heute: Was habt ihr mit ANOD zu tun?«

Peter nichts.

Alma schoss ihm in den anderen Fußrücken. Aus seinen Turnschuhen quoll Blut, und die Hosenbeine wurden feucht. Der Hacker wand sich so sehr in den Fesseln, dass die Haut seiner Handgelenke aufriss. *Warum tust du das?*, krähte er.

»Weil du lügst! Niemand zieht eine solche Nummer über Monate hinweg durch, ohne dass der Lebenspartner, auch noch ein hochrangiger Beamter beim BND, davon etwas mitbekommt!« Sie beugte sich zu ihm und sagte ihm ins Gesicht: »Das ist eine Paaraktion, nicht wahr?«

Ramsay wimmerte. Speichelfäden zogen sich aus seinem Mund in seinen Bart.

Sie schob ihm den Schalldämpfer zwischen die Beine.

Seine Finger krampften sich in die Armlehnen. Sein Bart zitterte. Seine Lippen bewegten sich und die App schrieb: *Ja! Wir haben das zusammen geplant. Wir haben das alles so satt.*

»Was habt ihr satt?«

Alles! Unsere Gesellschaft. Dieses Verlogene. Diese Verurteilung. Diese Hetze. Dieses Verstecken. Diesen Druck. Wir wollen dem allen ein Ende machen!

Alma sah ihn fragend an. »Allem?«

Ach, ist ja auch egal, du verstehst es sowieso nicht!

»Was verstehe ich nicht?«

Wie es ist, in dieser Welt anders zu sein! Hinzuschauen. Glaubst du, es ändert sich irgendetwas? Klimawandel? Mehr Soziales? Vergiss es! Die Menschen sind dumm, uneinsichtig, egoistisch. Es wird sich nie was ändern. Peter hat das verstanden. Nur er.

Alma verstand es wirklich nicht. »Und was hat das mit ANOD zu tun?«

Alles und nichts! Es ist unsere Chance auf einen Neuanfang. Vielleicht auch die letzte Chance, die wir noch haben, bevor wir den Planeten für uns unbewohnbar gemacht haben. Ein globaler Reset. Das moderne Leben wird enden, und die Überlebenden werden endlich hinschauen, verstehen und sich besinnen. Was hat denn zur Katastrophe geführt? Und dann wird man feststellen, dass der Klimawandel nur ein Symptom ist. Ein Symptom unserer modernen Lebensweise. Wir sind schon lange aus dem Gleichgewicht geraten. Es ist unsere Gier, immer höher, schneller, weiter. Unser Trieb, alles zu maximieren und zu optimieren. Kommunikation im Sekundentakt. Instantmessaging, E-Mails,

Videotelefonie. Multitasking. Dieses Gerede von Weltbürgertum. Heute Mailand, morgen New York, übermorgen Berlin. So geht das nicht. Dafür ist der Mensch nicht gemacht!

»Und ihr beide wolltet das ändern?«

Der Hacker nickte nur.

Alma bekam von dem ideologischen Gerede Kopfschmerzen, aber irgendwie verstand sie es schon. Sie wollte auch nur auf ihrer Alm sitzen und in Ruhe gelassen werden. Vielleicht waren sie gar nicht so verschieden. Und doch lagen Welten zwischen ihnen.

Sie zog den Pistolenlauf von Ramsays Eiern zurück und stand auf. »Und nur, damit ich es verstehe: Ihr wolltet das Wiegenlied veröffentlichen und bei der Aktion draufgehen?«

Wieder schüttelte er den Kopf.

»Wie wolltet ihr dann aus der Nummer rauskommen?«

Er sah nur zur Seite.

»Sag schon oder ich ...«

Wir wollten fliehen. In den Wald. Peter hat einen Unterschlupf organisiert, ein Häuschen in der Natur.

»Und da wärt ihr sicher gewesen?«

Vorerst. Alles andere hätte sich ergeben.

»Hätte.« Alma hob die Pistole und setzte den Schalldämpfer zwischen Ramsays Augen. Kurz horchte sie in sich hinein, ob da etwas anderes war als Hass, Zweifel vielleicht, Reue, ein schlechtes Gewissen, aber da war nichts. Nur diese stille Wut auf Ramsay und Peter, die gemeinsam ihr Leben zerstört hatten, um ihr eigenes aufzubauen. Nehmen und nicht geben. Nehmen und nicht geben.

Ramsays Lippen formten gerade ein Wort, doch der Schuss riss ihm den Kopf nach hinten.

Eine silberne Halskette rutschte aus dem Hoodiekragen und baumelte in seinem Nacken hin und her.

Daran hing ein daumennagelgroßer USB-Stick.

Kapitel 36

Hamburg, City Nord, Polizeipräsidium
14:35:01

Bundesweit kommt es zu kilometerlangen Staus. Besonders die Ballungsräume sind betroffen. Immer mehr Menschen verlassen die Städte. Doch wie soll die Fahrt aufs Land helfen, wenn alle dorthin fahren? Gerade Mecklenburg-Vorpommern registriert immer mehr Reisende. Das Bundesland zählt zu den besonders dünn besiedelten, ländlichen Regionen Deutschlands.

Sonderbericht zur aktuellen Lage, ZDF

Peter Klingenberg durchfuhr so plötzlich die Gewissheit, dass etwas passiert war, dass er keuchend in die Knie ging.

»Alles in Ordnung?«, fragte der Polizeipräsident.

Peter stützte sich am Konferenztisch ab. »Geht schon wieder. Sind nur ... Schmerzen vom Unfall.« Mit zitternder Hand führte er das Wasserglas an die Lippen und trank. *Gabriel*, fragte er im Stillen, *was ist passiert?* Er hätte ihn so gern angerufen, aber Gabriels Handynummer kannte er nicht auswendig und natürlich war sie nicht auf der SIM-Karte gespeichert gewesen. Wenn was schieflief, dann alles.

Die Tür flog auf, und ein Kerl in Kampfmontur stapfte herein. Ihm folgte eine Welle furchtbaren Gestanks, und Zorn, der von der Einsatzkraft abstrahlte wie die Hitze von einem Hochofen.

Der Kerl erfasste Peter mit einem Blick und baute sich vor ihm auf. »Sie sind Erichsens Chef? Tragen Sie die Verantwortung für dieses Schlamassel?«

Peter ließ sich nicht einschüchtern. »Haben Sie ihn gefunden?«

»Noch nicht. Er ist wie vom Erdboden verschluckt.«

»Und der andere?«

»Ist auf dem Weg ins Krankenhaus. Nicht ansprechbar.« Die blutbeschmierten Fäuste des Polizisten öffneten und schlossen sich. »Wissen Sie, wie sich das anfühlt? Ich habe einen Mann verloren und minutenlang versucht, den Verantwortlichen dafür am Leben zu erhalten. Die beiden haben zwei meiner Leute niedergemacht! Einer schwebt in Lebensgefahr! *Sie* haben ganz eindeutig die Kontrolle über Ihren Agenten verloren!«

Peter war wie betäubt, aber nicht wegen Danny Erichsen, sondern wegen Schneider. Wo hatte er seinen Part versteckt? Trug er ihn am Körper, oder befand er sich in einem Versteck? Wenn er verstarb und den Part mit ins Grab nahm ...

Da erst bemerkte er den Finger des Polizisten, der ihm gegen die Brust tippte. »*Sie* sind dafür verantwortlich!«

Peter schob die Hand energisch zur Seite. »Ich kann nichts dafür, wenn Einsatzkräfte in Extremsituationen durchdrehen. Und bei Erichsen kann ich mir beim besten Willen nicht vorstellen, warum. Er war selbst beim MEK, warum sollte er Kollegen verletzen? Das passt nicht. Nicht zu Erichsen.«

»Glauben Sie, ich denke mir das aus? Ich hab es auf Video!« Er zog eine Body-Cam aus seiner Weste und knallte sie auf den Tisch. »Sie können es sich selbst ansehen!«

»Das werden wir.« Der Polizeipräsident schob sich zwischen die beiden. »Und zwar umgehend.«

Zwei Minuten später saßen sie um einen Laptop und verfolgten die Videoaufzeichnung. Erichsen und Schneider kletterten in die Laube, Erichsen schwafelte was von einer verdächtigen Person, und dann ging der Funkspruch ein. Es folgte der Angriff, und Erichsen sagte klar und deutlich: »Weil es um meine Familie geht.«

Der Präsident stoppte die Aufnahme. »Was hat das zu bedeuten?«

Peter zuckte mit den Achseln. »Ich werde das überprüfen. Aber schauen wir erst den Rest an.«

Sie spielten das Video weiter ab, bis Peter es bei Erichsens Gesicht anhielt; Tränen glitzerten in seinen Augen. Er sagte auf dem Tape: »Tut mir echt leid, Kumpel! Und jetzt drück auf die Wunde, bevor du verblutest.« Ein Blick in die Runde. »So sieht doch niemand aus, der das freiwillig macht, oder?«

Der Präsident hob vielsagend die Augenbrauen und ließ weiterlaufen. Sie verfolgten, wie Tom Schneider Erichsen verjagte.

Der Kerl vom MEK rieb sich über das Gesicht und sagte: »Scheiße!«

»Riesengroße Scheiße.« Peter rief in der Zentrale an und

gab Anweisung, Erichsens Familie zu überprüfen. Lange Minuten saßen die drei schweigend da, bis der Rückruf einging. Man hatte eine Streife zu seiner Wohnung geschickt, und die hatten Kampfspuren gefunden. Von Erichsens Frau und Kind fehlte jede Spur. Handys nicht aufzufinden.

»Der wird erpresst«, stellte der Polizeipräsident nach dem Telefonat in die Stille hinein fest.

»Klingt so.« Der SKLer knirschte mit den Zähnen. »Nur von wem?«

»Bleiben eigentlich nur noch Ramsay und Moreno übrig.« Und Gabriel war es nicht. »Die müssen Erichsen irgendwie auf den Schirm bekommen haben.« Klar! Weil Gabriel seine und Erichsens Personalakte an Selina weitergegeben hat, um ihr Vertrauen zu gewinnen.

»Und weswegen?«, fragte der Präsident. »Ich versteh das nicht ganz.«

»Ich schon.« Der SEKler schlug mit der Faust auf den Tisch, dass Wasser aus Peters Glas spritzte. »Jetzt wird mir vieles klar! Erst die vermeintliche Evakuierung von Schneider zurück in die Villa. Dann lungerten die beiden im Panikraum herum. Und dann die Flucht.«

»Sie meinen, die haben was aus dem Panikraum geholt?«

Peter ballte unterm Tisch die Faust. »Schneiders Part. Natürlich! Moreno und Ramsay müssen an den letzten ran. Das ging nicht mehr, weil wir Schneider hochgenommen hatten.« *Und weil ich den verdammten Unfall gebaut habe.*

»Und was tut man, wenn man ans Objekt der Begierde nicht rankommt?«, fragte der Präsident, dem endlich ein Licht aufging.

»Dann lässt man es sich bringen«, antwortete der SEKler. »Von einem liebenden Familienvater.«

Wenige Minuten später wurde eine bundesweite Fahndung nach Daniel Erichsen ausgegeben, ebenso nach seiner Frau und seiner fünf Monate alten Tochter.

So konnte Peter vielleicht doch noch an Toms Part herankommen, aber trotzdem war ihm kotzübel. Er suchte die Toilette auf. Dort fuhr er sich durchs Haar und zog daran, damit der Schmerz ihn wieder erdete. Er versuchte, sich an Gabriels Handynummer zu erinnern, weil das bedrückende Gefühl in seiner Brust immer weiter zunahm, aber er bekam die paar Ziffern nicht zusammen.

Verzweiflung breitete sich in ihm aus, und er probierte erfolglos ein paar Nummern durch. Am Ende war er so frustriert, dass er das Polizeihandy in die Kloschüssel donnerte. Tränen krochen ihm übers Gesicht, Tränen der Verzweiflung.

Kapitel 37

Berlin, Kreuzberg
14:21:02

In Hamburg kam es zum Angriff auf das Polizeipräsidium. Demonstranten warfen Scheiben ein, zerstörten mehrere Polizeiwagen. Die Einsatzkräfte haben mehrere Gewaltbereite festgenommen.

Olaf Kraus, RTL aktuell

Schritte wehten auf der neunten Etage im Zentrum Kreuzberg den Korridor entlang. Entschiedene Schritte, aber zugleich luftig und leicht. Die Schritte einer Frau, die wusste, was sie wollte.

Almas Finger schlossen sich um die silberne Halskette mit dem blutbespritzten USB-Stick. Beides würde sie Peter Klingenberg vor die Füße werfen. Sie wollte sehen, wie sich seine Augen weiteten, wenn er begriff. Sie wollte seine Panik riechen, seine Hoffnungslosigkeit schmecken, seine stummen Schreie sehen.

Peter und Ramsay. Zwei von Ideologie gebeutelte Männer, die mit ihrem Platz in der Welt nicht klarkamen. Die die Schuld auf die Welt abluden, aber die Welt war nur eine

Bühne, auf der die Menschen ihr Schauspiel absolvierten, das hatte Alma längst begriffen. Die beiden hatten sich ihr Elend ganz allein selbst zuzuschreiben.

Alma erreichte den Aufzug und drückte den Knopf. Sekunden später kroch der Lichtstreifen zwischen den Türflügeln empor.

Peter und Ramsay. Was für ein Duo.

Im mattierten Metall der sich öffnenden Türen registrierte sie die Bewegung zu spät.

Ein Schlag traf sie am Hinterkopf und ließ sie vorwärts in den Aufzug taumeln. In der verspiegelten Kabine sah sie die Angreiferin: eine rassige Frau mit wallender Mähne. Selina Moreno trat ihr in die Kniekehlen und schickte Alma auf den Boden. Im Fallen zog Alma ihre Pistole und wirbelte herum.

Moreno war schneller. Ein Tritt traf Almas Handgelenk, die Pistole flog davon, und dann küsste der Lauf einer Beretta ihre Stirn.

Moreno atmete hart und sagte etwas. Mit dem Fuß kickte sie Almas Waffe hinter sich aus dem Fahrstuhl. Keine Sekunde später schlossen sich die Aufzugtüren.

Alma hob ganz langsam die Hände. Die Kette mit dem USB-Stick baumelte herab.

Wieder bellte Moreno etwas, wobei ihre Sehnen am Hals deutlich hervortraten, für Alma war da aber nur Stille. »Ich bin taub«, sagte sie. »Kann dich nicht verstehen.«

Moreno schloss den Mund. Ihr Blick flatterte zum Bedienfeld, und sie drückte wahllos auf den Knopf für die Tiefgarage.

Alma schätzte ihre Chancen ab, ob sie die Pistole wegschlagen und in die andere Richtung ausweichen konnte, doch der Abstand war zu gering. Löste sich ein Schuss, blies es ihr das Hirn weg wie Ramsay. Sie sagte: »Ich weiß, wer du bist: Selina Moreno.« Der Aufzug setzte sich in Bewegung.

Moreno antwortete zu schnell, um es von den Lippen lesen zu können.

»Langsamer, bitte.«

Die Wiederholung verstand sie: »Wer bist du?«

»Alma Nordtveit. Ex-BND.«

Moreno hatte sich erstaunlich gut unter Kontrolle; nur ein leichtes Beben ging durch ihre Hände, zu spüren am Lauf der Pistole. »Was wolltest du von Ramsay?« Ihr Blick flitzte immer wieder zur Silberkette und zur Etagenanzeige. Die wechselte gerade von sieben auf sechs.

Alma lächelte kalt. »Seinen Tod. Ramsay hat mein Leben versaut – und ich seines. Und jetzt ist noch sein Freund dran.«

»Ramsay ist tot?« Die Hackerin wollte es nicht glauben.

»Aber so was von. Was wolltest du von ihm? Seinen Part?«

Moreno bekam noch größere Augen.

»Dann hast du wohl Glück. Der wird vermutlich hier drauf sein.« Alma ließ die Kette sachte an ihrem Handgelenk schwingen. »Du kannst ihn haben. Mir bedeutet er nichts.«

Die Verwirrung bei Moreno wuchs und wuchs. »Ich … verstehe nicht …«

»Wie auch. Mir geht es nur um Rache. Der Rest ist mir egal, die Menschen sind mir egal! Du kannst den Part haben – wenn du mich gehen lässt. Ich muss nämlich noch jemandem meine besten Grüße bestellen.«

Moreno wollte etwas erwidern, doch der Aufzug erreichte die unterste Etage. Die Türen glitten auseinander.

Ein älterer Herr wich beim Anblick der beiden Frauen zurück.

War das die Chance? Alma spannte sich, und Moreno schrie etwas und schlug wieder auf einen Etagenknopf, doch die Pistole rückte keinen Millimeter von ihrer Stirn.

Die Türen glitten wieder zu.

Alma entspannte sich wieder, während Moreno gehetzt fragte: »Und das ist sein Part?«

»Er trug die Kette um den Hals. Was soll sonst drauf sein?«

Moreno zögerte, doch dann riss sie Alma den USB-Stick aus der Hand. Wieder bellte die Hackerin etwas, das Alma nicht verstand, und dann doch: »Dein Handy! Langsam!«

»In Ordnung.« Ganz langsam ließ Alma die Hand sinken und zog das Diensthandy des BND aus der Jackentasche. Sie hielt es der Hackerin hin, die es an sich nahm.

Wieder hielt der Aufzug, diesmal im zweiten Stock.

Moreno, mit Handy und USB-Stick in einer Hand, der Beretta in der anderen, wollte etwas sagen, tat es aber nicht, und trat stattdessen rückwärts aus der Kabine.

Alma sah ihr dabei zu, den Blick auf die Finger gerichtet, die sich um den Abzug krümmten. Mit jedem Meter vergrößerte sich die Chance, dass sie sich zur Seite werfen konnte, sollte die Hackerin abdrücken. Dabei kam es auf jede Hundertstelsekunde an.

Die Hackerin wusste allerdings nicht, was sie tun sollte. In ihrem Gesicht fochten verschiedene Gefühle miteinander: Unglaube, dass sie den Stick bekommen hatte, Zweifel, dass darauf der Rest des Wiegenlieds war, Unentschlossenheit, ob sie die Agentin wirklich laufen lassen sollte.

Die Technik zwang sie zur Entscheidung, denn die Türen des Aufzugs schlossen sich.

Alma atmete tief ein. Vielleicht noch drei Sekunden, um aus der Schusslinie zu kommen.

Zwei.

Eine.

Und dann drückte Moreno doch noch ab, und die Hackerin verschwand hinter den sich schließenden Türen, während Alma Nordtveit in einer Eruption aus Blut zu Boden stürzte.

Kapitel 38

Berlin, Schöneberg
13:57:59

Kuriose Szenen aus Mexiko. In der Grenzstadt Juárez verteilt das Drogenkartell kostenlose Päckchen Kokain mit der Aufschrift: Happy dying!

BBC-News

Danny blickte vom gegenüberliegenden Dach auf ihre Wohnung hinab. Die Fenster waren allesamt dunkel, doch der schwarze Sprinter am Straßenrand entging ihm nicht. Seine Kollegen wussten also, dass Rike und Leonie entführt worden waren. Aber was lief hinter den Kulissen? Was hatte Peter Klingenberg veranlasst?

Danny hatte geglaubt, mit Klingenberg einen harten, aber fairen Vorgesetzten zu haben. Almas Warnung und die Arbeitsweisen beim BND, die er in den letzten zwei Tagen erlebt hatte, ließen ihn anderes vermuten. Wie viel wogen drei Menschenleben gegenüber acht Milliarden? Keinen Mückenschiss wahrscheinlich.

Alma hatte recht: Er durfte niemandem vom BND trauen. Man würde ihn eliminieren, bevor er zu einer Erklärung ansetzen konnte. Aber wie sollte er es allein schaffen? Es grenzte schon an ein Wunder, dass er mit dem gestohlenen Wagen unentdeckt bis nach Berlin gekommen war. Er brauchte Hilfe, aber ihm fiel nur eine einzige Person ein, und von der wusste er auch nicht, ob er ihr trauen konnte: Alma Nordtveit.

Immerhin hasste sie den BND und Peter Klingenberg. Nüchtern betrachtet, war sie die Einzige, die ihm helfen konnte.

Er hatte genug gesehen. Er schlich das Treppenhaus hinab, verließ das Gebäude durch den Hinterausgang, kletterte über eine Mauer und wandte sich Richtung Bayerischer Platz.

Während er im Schatten der Bushaltestelle auf den nächsten Nachtbus wartete, zückte er seine Mobiltelefone. Beide hatte er nach seiner Flucht aus der Villa ausgeschaltet. Sein privates konnte er gar nicht mehr nutzen, man würde ihn sofort orten.

Sein Diensthandy hingegen war ein Satellitentelefon, das zwar bei der Einwahl die GPS-Position und die Geräte-ID verschickte, aber bei den speziell verschlüsselten Handys vom BND nicht im Cleartext. Der BND konnte das zwar entschlüsseln, brauchte dafür aber Zeit. Kurze Telefonate oder Datennutzungen über wenige Minuten hinweg waren also nicht gefährlich. Bis die Kollegen wussten, von wo das Signal gekommen war, war Danny längst woanders, und so aktivierte er es, als der Bus zum Südkreuz direkt vor ihm hielt.

Eine Sprachnachricht von Peter Klingenberg ging ein. Er erzählte in geschäftsmännischem Ton, dass sie wüssten, dass Dannys Frau und Kind entführt worden waren, und dass er ihnen am besten half, wenn er sich stellte. Ihm würde nichts geschehen.

Klar. Deswegen betonte es Klingenberg auch so stark.

Danny versuchte, sich ins Intranet des BND einzuwählen, doch sein Zugang war gesperrt worden. Auch klar, er war jetzt der Feind.

Allerdings hatte Danny noch einen alten Log-in aus seiner Zeit beim MEK, den ihm ein Bekannter offen hielt. So rief er die letzten Fahndungsmeldungen auf und sah seine kleine Familie in der Datenbank. Ihre Bilder hatten sie vom Fotorahmen auf Rikes Nachtkästchen abfotografiert.

Seine Finger zitterten. Kurz rief er seine Fahndung auf. Er wurde als bewaffnet und extrem gefährlich eingestuft.

Ihm würde nichts passieren ...

Danny loggte sich wieder aus und holte aus seiner Hosentasche den gefalteten Zettel hervor, auf den er Morenos Nummer notiert hatte. Doch anstatt sie einzutippen, wanderte sein Blick hinaus auf die vorbeiziehenden Straßenlaternen und Fahrzeuge.

Noch hatte er es nicht ganz realisiert: Vor wenigen Stunden war er noch dabei gewesen, die Menschheit zu retten, jetzt führte er sie in den Untergang. *Um meine eigene, kleine Welt zu retten.*

Danny riss sich vom Anblick der vorbeihuschenden Häuser los. Es hinauszuzögern brachte nichts, und so tippte er die Nummer ein, als das Handy kurz vibrierte.

Zu seiner Überraschung ploppte eine Textnachricht von Alma Nordtveit auf:

Statusupdate. Habe Ramsay und seinen Part. Ramsay verstarb beim Zugriff.

Danny las die Nachricht noch einmal und noch einmal. Alma hatte es geschafft, Ramsay aufzuspüren und den letzten Part bei sich?

Er brauchte einige Sekunden, um die Tragweite zu begreifen.

Damit hatte Selina gar nicht vier der fünf Parts in ihrer Gewalt, sondern nur drei! Sie musste also auch noch an Alma ran! Wenn sich Danny mit Alma zusammentat, und sie Selina in die Falle lockten, konnte er sowohl Rike und Leonie retten als auch die Veröffentlichung des Wiegenlieds verhindern! Er konnte sich rehabilitieren!

Blieb die Frage, ob Alma von seiner Flucht wusste und ob ihre Worte eine Falle waren, um ihn zu locken.

Aber würde Alma Nordtveit sich von Klingenberg vor den Karren spannen lassen? Er glaubte es nicht. Nicht die blonde Agentin, die Eiswürfel pisste. *Ramsay war beim Zugriff verstorben.* Das passte. Die Blonde spielte ihr eigenes Spiel, aber nicht das von Klingenberg.

Eine Woge Adrenalin durchflutete Danny, als er eine Entscheidung traf und Alma antwortete, dass er sie sofort treffen müsse, weil Selina Moreno seine Frau und sein Kind entführt hatte. Er hatte einen Plan und brauchte dafür ihre Hilfe. In Berlin. Im Geheimen. Trotz der Fahndung nach ihm.

Es dauerte keine zwei Minuten, bis sie ihm antwortete. Sie schlug eine Kreuzung in Moabit vor. In dreißig Minuten.

Das konnte er schaffen, wenn er vom Südkreuz wieder in

die andere Richtung fuhr. Und so schrieb er ihr retour, dass er da sein würde.

Ja, er würde da sein – für Leonie und Rike.

Als er in Moabit aus dem Bus stieg, hatte er noch gut fünf Minuten Fußweg zum vereinbarten Treffpunkt, und mit jedem Schritt wuchs der Zweifel in ihm. Konnte er Alma wirklich vertrauen?

Sie hatte gesagt, dass er nur sich selbst vertrauen sollte, aber wie allein eine Entführungssituation auflösen, wenn es um Frau und Kind ging? Das war Wahnsinn! Ein früherer Ausbilder beim Spezialeinsatzkommando hatte ihnen den Rat gegeben, eine Entscheidung zu fällen und sie nicht mehr anzuzweifeln, denn wenn man das tat, war es, als bewege man sich immer tiefer in ein Haus mit sich ständig verändernden Räumen. Man würde nie wieder herausfinden.

Danny verscheuchte die Zweifel. Er brauchte Hilfe.

Alma hatte ihm geschrieben, er solle vor der Hausnummer 127 warten. Er beobachtete das Haus von der anderen Straßenseite aus. Es war ein schicker, stuckverzierter Altbau mit begrünten Balkonen. Im Erdgeschoss waren die Fenster eines ehemaligen Supermarkts mit Sperrholzplatten vertäfelt, die mit Graffitis besprüht waren. Selbst vor der ehemaligen Eingangstüre hatten die Sprayer nicht haltgemacht. A.C.A.B stand mehrmals dort. *All Cops Are Bastards.*

Von Alma Nordtveit fehlte jede Spur, aber auch sonst war um diese Uhrzeit niemand zu sehen; keine verdeckten Ermittler, keine Polizisten, niemand.

Danny wartete zwei Minuten, bevor er die Straßenseite

wechselte. Unschlüssig blieb er vor der Spanplatte des Schaufensters stehen und blickte empor. In den Fenstern brannte nirgends Licht.

Als er sich wieder zur anderen Straßenseite umdrehte, bemerkte er den roten Punkt des Laservisiers auf seiner Brust.

»Hände hoch und hier rüber!«, wehte die Stimme aus dem Schatten eines Ladeneingangs. Sie gehörte nicht Alma Nordtveit.

Danny wurde heiß und kalt zugleich, als er Selina Moreno erkannte. Woher zur Hölle wusste sie vom Treffpunkt mit Alma?

»Hier rein!«, bellte Moreno. »*Los!* Oder willst du deine Frau und dein Kind nicht wiedersehen?«

»Doch, das will ich.«

»Dann tu genau, was ich sage! *Rein jetzt!*« Sie ging rückwärts durch die Tür in den dunklen Laden. Ein mattes Licht ging an.

Danny überlegte, ob er die Tür einfach zuschlagen konnte, doch der Moment verging, und er war drin.

»Zum Stuhl! Setzen! Hände oben lassen!«

Danny gehorchte und nahm auf einem alten Stuhl aus Metall und Leder Platz. Er sah zu, wie sie die Tür schloss, eine massive Kette vorlegte und einen Baustrahler anschaltete, der ihn blendete, bevor sie sich als Schatten zwei Meter entfernt von ihm positionierte.

»Jetzt Jacke ausziehen und fallen lassen! Eine Hand nach der anderen! Und in Zeitlupe!«

Danny blinzelte ins Licht und zog die Jacke aus. Dann

schnallte er auf Befehl das Holster ab und ließ es samt Pistole auf den Boden gleiten.

Etwas raschelte, dann warf sie ihm zwei Handschellen entgegen. »Am rechten Handgelenk befestigen und dann am Stuhlbein! Und danach den anderen Arm!«

Danny ließ die Handschellen einrasten. Er zerrte auch demonstrativ daran, um zu zeigen, dass alles fest saß. »Und jetzt?«

»Bleibst du ruhig!« Sie kam in weitem Bogen um ihn herum und näherte sich ihm von hinten. Er spürte den Lauf der Knarre an seinem Hinterkopf, und mit einem *Rrrat! Rrrat!* zog sie die Handschellen fester. Und nochmals rechts. *Rrrat! Rrrat!*

Dann piepte es, und sie trat mit einem Handdetektor ins Licht. Damit fuhr sie seinen Körper gewissenhaft ab, um sicherzugehen, dass er keine Wanzen oder Peilsender trug. An der Hosentasche fiepte es. Er spürte zarte Finger, die hineinglitten und den USB-Stick herauszogen. Zuletzt zog Selina Waffe und Jacke an sich, checkte die beiden deaktivierten Handys und steckte sie in eine Metallbox zur Abschirmung. Den Rest warf sie in sicherer Distanz wieder achtlos auf den Boden.

»Zufrieden?«

Sie begutachtete den USB-Stick. »Ist das Toms Part?«

»Wie vereinbart. Wo sind Rike und Leonie?«

»In Sicherheit.«

»Wo?«

»Das sag ich dir, wenn es wirklich Toms Part ist!«

Sie verschwand wieder hinter ihm und etwas klapperte,

und diesmal reckte Danny den Hals. Moreno hantierte an einem Militärlaptop herum. Der Stick blinkte in einem der Anschlüsse.

Danny räusperte sich. »Wie haben Sie das eigentlich gemacht? Den Trick mit der Nachricht von Alma? Sind unsere Geräte vom BND so leicht zu hacken?«

»Nein. Die sind ausgezeichnet gesichert.«

»Und wie haben Sie es dann geschafft?«

»Mit ihrem Handy.« Ohne sich vom Monitor abzuwenden, hob Selina ein Handy hoch, das neben dem Laptop lag. Es war baugleich mit Dannys Satellitentelefon.

Danny furchte die Stirn. »Alma würde Ihnen niemals freiwillig ihr Handy überlassen.«

Moreno sah kurz über die Schulter zu ihm. »Das stimmt.«

Danny schluckte. »Ist sie tot?«

»Wahrscheinlich.« Moreno gab ein paar Befehle am Laptop ein und griff dann nach einem angeschlossenen Overear-Kopfhörer. Mit beidem kam sie zu Danny, wobei sie einen Arbeitshocker auf Rollen vor sich herschob.

Seine Hände wurden kalt und feucht. Sein Herz schlug schneller. »Was genau ist passiert?«

»Ramsay ist passiert. Ihre Kollegin hat ihn aufgespürt, bevor ich es tun konnte, und ihn erschossen.« Moreno nahm auf dem Hocker ihm gegenüber Platz. Das Licht des Baustrahlers verlieh ihrer Mähne einen engelsgleichen Schein.

Danny schloss die Augen. »Also war die Nachricht eine Falle. Sie haben sie von Almas Handy verschickt.« Das konnte doch alles nicht wahr sein!

»Bingo, Sherlock. Und Sie haben mir den letzten Part gebracht.« Moreno lächelte und setzte die Kopfhörer auf.

»Heyheyhey! Moreno! *Nicht!* Wo ist meine Familie? Moreno? *Moreno!* Warten Sie? Wir hatten einen Deal! Sie können …«

Sie schob wie eine DJane die linke Muschel hinters Ohr. Ihre wallende Mähne stand ab wie ein Besen. »Ihre Familie ist oben in der Dachgeschosswohnung.« Sie warf ihm einen Schlüsselbund in den Schoß. »Der mit der eingravierten Nummer sieben.« Wieder schob sie den Kopfhörer übers Ohr. Irgendwas gab sie auf der Tastatur ein, den Laptop auf den Knien.

Danny sah ihr entgeistert dabei zu. »Moreno! Was tun Sie da?«

Sie drückte mit dem Zeigefinger auf die Enter-Taste.

Ihre Blicke trafen sich.

Danny konnte nur den Kopf schütteln, als er die Entrückung in ihren dunklen Augen bemerkte. »Tun Sie das nicht, Moreno! Bitte!«

Sie konnte ihn vermutlich nicht mehr hören. Ihre Kaumuskeln traten hervor. Ihre Hände verkrampften sich um den Laptop.

Die Hackerin verschwamm hinter einem Tränenschleier. »Nein! Tun Sie das nicht! Moreno? *Moreno?* MORENO!«

Es war zu spät. Die gleiche Entrückung wie bei Jenny stand in ihrem Blick. Und der richtete sich auf seine Jacke samt Holster, die noch am Boden lagen. Sie bückte sich danach. Löste den Sicherheitsriemen. Zog die Dienstwaffe.

»Nein«, wisperte Danny. »Nein, nein, nein!«

Doch das Wiegenlied war erbarmungslos. Moreno betrachtete kurz die Waffe, entsicherte sie und schob sie sich tief in den Mund. Sie würgte zweimal. Tränen glitzerten in ihren Augen.

Zu Dannys Überraschung nahm sie aber den Lauf wieder aus dem Mund, feucht und glänzend.

Sie spuckte aus.

Hustete.

Sah ihn an.

Flüsterte: »Bei Gott! Was habe ich getan?«

»Moreno!« Danny zerrte an seinen Handschellen. »Bitte! Tun Sie es nicht!« Er versuchte, sich an die Psychologen zu erinnern, die ihn im Schwarzwald aus der Krise geholt hatten. Was hatten die gesagt? Er konnte sich nicht mehr erinnern, da war nur diese Sinnlosigkeit wie ein Meer, in dem er beinahe ertrunken wäre.

Selina Moreno ertrank auch, immer noch die Kopfhörer auf den Ohren. Ihr Mund ging auf, als wollte sie etwas sagen, aber dann schüttelte sie sich und schob sich die Pistole ein zweites Mal in den Rachen.

Diesmal drückte sie ab, Danny schien es, als hätte sie zweimal schnell hintereinander geschossen.

Er schloss die Augen und weinte, bis die Tränen von selbst versiegten.

Morenos Leichnam war vom Hocker gerutscht. Sie trug immer noch die Kopfhörer mit den großen Muscheln aus Leder. Zum Glück sah er sonst nichts von ihrem Kopf. Dafür den Laptop. Der lag unweit von ihm, das Display aufgeklappt.

Darauf stand in toxisch grünen Lettern:
Stream initialisiert.

Kapitel 39

Berlin, Moabit
12:58:11

Regierungssprecher Sullert wies in einer mitternächtlichen Erklärung noch einmal darauf hin, dass kein Grund zur Panik bestehe. Die Menschen sollten zu Hause bleiben und sich ruhig verhalten. Die Regierung habe alles unter Kontrolle. Die Verhandlungen des Klimagipfels kämen in großen Schritten voran.

Aus internen Kreisen rund um die Klimakonferenz sind andere Töne zu hören. Seit Stunden seien die Gespräche unterbrochen. Die Kanzlerin hätte sich zurückgezogen, um die weitere Strategie zu überdenken. Sicherheitsexperte Meier glaubt, dass die Regierungschefs in Sicherheit gebracht werden sollen.

Livebericht zur aktuellen Lage, ZDF

Danny verlagerte sein Gewicht zur Seite, bis er samt Stuhl umkippte. Beim Aufschlag fuhr ihm ein Schmerz durch die Schulter. Am Boden liegend, kämpfte er mit den Fesseln, wand die Arme, machte sich lang, um die Handschelle aus dem Metallbein auszufädeln. Nach einigen Versuchen gelang es ihm mit der linken Hand. Wenige Sekunden später war er frei.

Mit schmerzenden Handgelenken und klappernden Handschellen ragte er über Selina Moreno auf. Still lag sie da, die Augen halb geöffnet. Trotzdem sank er neben ihr auf die Knie und prüfte den nicht vorhandenen Puls. Sein Kinn sank ihm auf die Brust. Ein hilfloses Stöhnen drang tief aus seinem Mund.

Er hatte versagt.

Fast alle ANOD-Mitglieder waren tot. Einzig von Schneider wusste er es nicht, aber die Schussverletzung hatte übel ausgesehen. Danny glaubte nicht, dass der Hacker es überlebt hatte. Und wenn doch, was konnte er schon tun? Der Countdown tickte.

Er schlug sich mit der Faust gegen den Kopf und noch einmal und noch einmal. Eine Hitzewallung überkam ihn, gefolgt von einem Zitteranfall.

Er. Hatte. Es. Verbockt.

Er allein!

Danny Erichsen, der Totengräber der Menschheit.

Ein Schluchzen kam über seine Lippen, das sich in einen erstickten Schrei verwandelte. Zitternd verharrte er so auf Knien, bis der Wahnsinn abebbte. Zurück blieb nur noch ein Gedanke: Rike und Leonie.

Wo war der Schlüssel, den Moreno ihm in den Schoß geworfen hatte? Er musste runtergefallen sein, als er samt Stuhl umgestürzt war. Wo war er? Da! Unter den Tapeziertisch gerutscht. Er kroch darauf zu, schnappte ihn und ballte die Finger darum. Danach stand er auf und gewahrte den

Laptop. Er packte ihn auf den Tisch. Er hatte keine Ahnung, was Moreno gemacht hatte. Die Anzeige sah wie aus den Matrix-Filmen aus, grüne Schrift auf schwarzem Grund. Eine nackte Konsole ohne Bedienoberfläche. Man musste Befehle eingeben, und er hatte keine Ahnung, welche.

Also ließ er den Laptop stehen und verließ den Laden. Einer der Schlüssel passte sogar zur Tür, und er sperrte ab. Ein anderer passte zur nebenliegenden Haustür. Immer drei Stufen auf einmal nehmend, eilte er hoch ins Dachgeschoss. Es war eine alte Holztür, von der weiße Lackfarbe abblätterte. Der Schlüssel passte tatsächlich.

»Rike?« Danny drang in die dunkle Wohnung ein und wollte sicherheitshalber nach seiner Dienstwaffe greifen, doch die lag noch unten im Laden. Und vielleicht war es auch besser so.

»Rike?«

Die Antwort drang durch eine Tür: »Danny? O mein Gott, Danny! Wir sind hier! Hier drin! Im Wohnzimmer! Danny! *Danny!*«

Danny rüttelte am Türgriff. »Abgesperrt. Warte, ich breche die Tür auf. Geh zur Seite! Bist du weg?«

»Ja!«

»Dann Achtung!« Er atmete durch und warf sich gegen die Zimmertür. Das Schloss brach ächzend heraus. Das Türblatt blieb an einer Angel hängen und schwang quietschend auf.

Und dann sah er sie, seine blasse Rike mit Leonie auf dem Arm.

Das Baby fing an zu schreien, aber es war das erste Mal

in Dannys Leben, dass sich das Gebrüll so gut wie ein Song von Linkin Park anhörte.

Nach der ersten Wiedersehensfreude schob Rike Danny von sich und fragte: »Was zum Teufel ist hier los? Wer war die Frau, die uns entführt hat? Was wollte sie von dir?«

»Das erzähl ich dir, wenn wir hier weg sind.«

»Weg? Wo willst du hin?«

»Irgendwohin. Wir brauchen Lebensmittel, Medikamente, Decken. Am besten Campingausrüstung. Wir haben noch« – er sah auf seine Armbanduhr – »gut zwölf Stunden.«

In ihren Augen flackerte Furcht. »Du meinst, bis dieses Wiegenlied uns alle tötet.«

»So sieht es aus.«

Sie schluckte. »Ihr könnt es nicht aufhalten, oder? Hatte unsere Entführung damit zu tun?«

Danny nickte. »Es ist zu spät. Wir müssen fliehen. Irgendwohin, wo es keine Elektrik gibt. Dann besteht eine Chance, dass wir überleben. Also, komm!«

Er wollte zur Tür, doch sie hielt ihn zurück. Ihr Blick suchte den seinen und wanderte dann zu den Handschellen an seinen Handgelenken. »Was ist passiert, Danny?«

Er biss sich auf die Unterlippe, dann sprudelte es aus ihm heraus, und er erzählte ihr in Kurzfassung, was geschehen war. Was *er* getan hatte.

Rike wurde noch blasser. »Aber, aber ... aber wenn der Laptop unten im Laden ist, dann musst du das melden! Vielleicht können die Spezialisten noch etwas machen!«

»Ja, vielleicht, aber vorher müssen wir weg sein. Verstehst du! Die werden mich sofort erschießen! Ich habe auf einen Kollegen geschossen!«

»Weil du erpresst wurdest!«

»Rechtfertigt das irgendetwas? Vergiss es! Wir müssen weg!«

»Aber nur, wenn du deine Kollegen informierst!« Sie packte ihn am Arm, zog ihn zu sich, die kleine Leonie zwischen ihnen. »Wie stellst du dir das vor? Wir zu dritt auf irgendeiner Lichtung im Wald? Mit Zelt? In einem alten, verranzten Wohnwagen? Irgendwann gehen uns doch die Lebensmittel aus und dann? Oder einer von uns wird krank, oder sie.«

»Du bist Krankenschwester.«

»Aber keine Ärztin! Schau sie dir an, Danny! Sie ist so klein. Sei Realist! Das funktioniert nicht!«

Das wusste er auch.

»Siehst du! Du hast keinen blassen Schimmer, wie es funktionieren soll. Also: Besinn dich! Du bist ein so guter Ermittler, du wirst diesen Wahnsinn stoppen. Du musst! Für uns! Für eine Zukunft.«

Rike hatte ja recht. Was hatte er sich da eingeredet? »Okay«, sagte er heiser. »Ich werde die Kollegen informieren. Aber danach werden wir erst einmal verschwinden. Ich traue Klingenberg nicht. Er hat uns zur Fahndung ausgeschrieben! Ich gelte als bewaffnet und extrem gefährlich.«

Das ließ Rike sogar lächeln. »Das bist du auch, Danny. Und jetzt lass uns verschwinden, ich will hier keine Sekunde länger bleiben.«

Sie stiegen gemeinsam die Treppe hinab. Während Rike

mit Leonie vor der Ladentür wartete, wollte Danny aufsperren, doch die Tür war nur angelehnt.

Alarmiert wich er zurück. Mit dem Finger über den Lippen signalisierte er Rike, still zu sein. Sie nickte, und dann wurden ihre Augen vor Schreck groß. Die Tür quietschte in den Angeln.

Danny wirbelte sofort herum und wappnete sich für einen Angriff, von wem auch immer, doch der Anblick der blutüberströmten Frau im Türrahmen erstaunte ihn dann doch.

Statt ihn anzugreifen, taumelte Alma Nordtveit ihm entgegen und verdrehte die Augen.

Danny konnte sie gerade noch auffangen.

Dabei klapperte ein Satellitentelefon zu Boden.

Auf dem Display: Dannys letzte Nachricht, die er Alma geschrieben hatte.

Danny hatte die ohnmächtige Agentin in den Laden geschafft und auf den Boden gelegt. Rike war ihm gefolgt, darauf bedacht, nicht zur toten Moreno zu blicken. Leonie drückte sie ganz fest an sich.

»Mach sie frei«, wies sie ihn an. »Ich muss die Blutung stoppen.«

Wenn es nicht schon zu spät ist. Alma sah furchtbar aus. Ihre Jacke war glitschig vom Blut. Trotzdem öffnete er sie.

»Und jetzt wasch dir die Hände und nimm die Kleine!«

Mit sauberen Händen und Leonie im Arm wippend sah er zu, wie Rike Almas Oberkörper inspizierte. Die war oberhalb des Schlüsselbeins von einer Kugel getroffen worden.

»Ist wohl ein Durchschuss«, erklärte Rike. »Und sie hat viel Blut verloren. Halsschlagader ist aber nicht getroffen worden – zum Glück. Ich kann eigentlich nur einen Druckverband anlegen, dann muss sie in ein Krankenhaus.«

»Dann mach erst mal den Druckverband.«

Danny fand entsprechendes Material in der Dachgeschosswohnung. Er vermutete nach der Suche, dass Selina Moreno sich dort in den letzten Monaten versteckt gehalten hatte, aber für weitere Untersuchungen blieb keine Zeit. Er hastete mit Verbandsmaterial aus einem Erste-Hilfe-Kasten wieder in den Laden, und Rike verarztete Alma.

Als die Wunde gesäubert und verbunden war, sah die Agentin nicht mehr ganz so schlimm aus. Sie standen um die Verletzte herum, während Leonie in Jacken gewickelt auf einem alten Sessel schlief.

»Und das ist die Kollegin, mit der du die Menschheit retten solltest?«, fragte Rike.

»So sieht's aus. Aber Kollegin ist vielleicht das falsche Wort ... Sie hat mich *Welpe* genannt.«

Rike hob eine Augenbraue, bevor ihr Blick zum Satellitentelefon wanderte. »Aber ihr hättest du vertraut.«

»Ja. Sie hasst den BND und Klingenberg und ist damit die einzige Verbündete, die mir einfiel.«

»Okay.« Rike verzog den Mund zu einem Strich. »Dann sollten wir sie jetzt endlich ins Krankenhaus bringen – zusammen mit dem Laptop. Das wäre nur fair.«

»Ja, das wäre fair«, murmelte Danny.

Rike musterte ihn. »Was ist?«

»Ich frag mich, warum sie hier ist. Sie muss Moreno

schwer verletzt gefolgt sein. Aber warum? Warum hat sie nicht den BND kontaktiert?«

»Ich dachte, sie hasst die Institution?«

»Schon, aber Alma ist wie ein Bluthund; hat sie einmal ein Ziel, verfolgt sie das bis zum bitteren Ende. Wenn der BND ihr hätte helfen können, hätte sie die Hilfe in Anspruch genommen. Hat sie aber offenbar nicht. Warum? Was ist ihr Plan?« Danny schüttelte den Kopf. »Sie hat Ramsay aufgespürt und erschossen, und dann Selina seinen Part gegeben. Aber warum danach nicht Hilfe geholt? Was wollte sie noch? Warum ist sie hier?« Für Danny machte das alles keinen Sinn.

Rike zuckte auch nur mit den Achseln und sagte: »Ich weiß nur, dass hier kein Ort für ein Baby ist.«

»Da hast du recht. Lass uns endlich verschwinden.«

»Und sie einfach hier liegen lassen? Du hast gesagt …«

»Ich weiß, was ich gesagt habe! Lass uns …«

Ein Stöhnen drang aus Almas Mund, und ihre Augenlider flatterten.

»Sie kommt zu sich!«, stellte Rike das Offensichtliche fest.

Auch Danny beugte sich über die Agentin. Deren Blick wanderte orientierungslos herum, streifte ihn, und noch einmal, wanderte weiter, ihre Augen schlossen sich und gingen wieder auf. »Welpe«, krächzte sie. »Welpe!«

Alma wollte sich aufrichten, doch Danny drückte sie sanft zurück. Er bemühte sich um ein Lächeln und signalisierte per Geste, dass sie ruhig bleiben sollte.

Auf einen herumliegenden Zettel schrieb er: Schusswunde. Hoher Blutverlust. Wunde abgebunden. Wir rufen Hilfe.

Alma las und schüttelte den Kopf. »Klingenberg«, stieß sie hervor und stöhnte vor Schmerz. »Wir ... müssen ... zu ... Klingenberg.«

Danny musterte die Agentin und schrieb: *Warum? Du hast meine Nachricht gelesen, oder? Ich habe Toms Part besorgt. Das Wiegenlied ist initialisiert. Es ist zu spät.* Die letzten Buchstaben wurden wegen seiner zitternden Finger so krakelig, dass sie kaum mehr lesbar waren.

Alma schüttelte stöhnend den Kopf. »Es ist nicht zu spät.« Wieder wollte sie sich aufsetzen, und diesmal half ihr Danny hoch.

»Wieso nicht?«, fragte er irritiert. »Niemand kennt die Location des Streams!« Er deutete vielsagend auf den Laptop und schob hinterher: »Alle tot oder nicht vernehmbar!«

»Nicht alle«, artikulierte Alma. »Es gibt noch eine Person.«

»Wen?«

Alma musste erst mehrmals schlucken und nach Luft schnappen, doch dann sagte sie klar und deutlich und mit einem Tremor in der Stimme, der von unbändiger Wut herrührte: »Peter Klingenberg.«

Kapitel 40

Berlin
10:23:11

In wenigen Minuten werde ich ein Interview mit einem leitenden Ermittler des Bundesnachrichtendienstes führen, der seine neuesten Erkenntnisse in Sachen ANOD mit uns teilen wird.

Paula Gellert, Tagesschau

Ein Kleinbus des öffentlich-rechtlichen Fernsehens steuerte Richtung Moabit.

Zum Glück fuhr Thorsten, denn Paula hätte sich nicht mehr auf den Verkehr konzentrieren können. Ihr schwirrte der Kopf, es war wie ein Rausch auf LSD, zumindest stellte sie sich den so vor. Gespräche zogen Echos, Bilder ploppten auf und verschwanden, Zeiten zwischen Ereignissen verschwammen zu undeutlichen Schlieren, und über allem thronte der Countdown, der erbarmungslos weiterlief. Und dann immer wieder der Anruf …

Sie waren sofort aufgebrochen. Zu Beginn waren ihnen noch einige andere Journalisten gefolgt, aber Thorsten hatte sie alle abgeschüttelt. Oder sie hatten aufgegeben, als die

Nachricht einging, dass die Klimaverhandlungen offenbar gescheitert waren.

Thorsten sagte etwas, und Paula schrak aus ihren Gedanken. »Wie bitte?«

»Da vorn ist die Straße«, wiederholte er und wechselte auf die Abbiegespur.

Paulas Blick folgte seinem Fingerzeig. Es herrschte geschäftiges Treiben. Einige Leute schleppten Koffer zu ihren Fahrzeugen, andere trugen Kartons voll Lebensmittel in die Häuser.

»Man bereitet sich auf das Schlimmste vor«, sagte sie.

»Das werde ich auch, wenn dieses Treffen nicht das hält, was es verspricht.«

Paula musterte den Kameramann. »Und was hast du vor?«

»Keine Ahnung. Einbunkern vermutlich. Oder vielleicht doch aufs Land wie alle anderen. Ich hab keine Ahnung.«

Paula wusste auch nicht, was sie tun sollte, aber ihr blieben noch einige Stunden. Außerdem war sie Optimistin. Sie glaubte immer noch daran, dass dieser Wahnsinn irgendwie gestoppt werden konnte.

»Da ist es.« Thorsten parkte direkt am Straßenrand vor dem Haus mit der Nummer 127. Im Erdgeschoss gab es den ehemaligen Laden mit den zugenagelten Fenstern, genau wie der Anrufer gesagt hatte. Allerdings sah es so unspektakulär aus, dass Paula kaum glauben wollte, dass sich dort das Schicksal der Menschheit entscheiden sollte. Oder schon hatte?

Sie suchte Thorstens Blick. »Sollen wir?«

»Gleich live?«

»Nein. Er hat gesagt, er will uns erst so sprechen.«

»Seit wann interessiert dich das?«

Paula sah wieder hinaus auf die Straße. »Ich weiß nicht. Es war irgendwas in seiner Stimme …«

»Wenn du meinst.«

Ein kurzer Blickkontakt, ein harter Atemzug, und dann klopfte Paula wie vereinbart viermal gegen die Tür. Die Blutstropfen auf dem Asphalt entgingen ihnen nicht.

Nach einem kurzen Moment der Stille schwang die Tür einen Spalt auf. Eine Woge unangenehmen Geruchs puffte heraus. Ein Mann Mitte dreißig spähte ihnen entgegen. Er sah fertig aus, und doch erfasste sein Blick alles. Auf der klobigen, deaktivierten Fernsehkamera in Thorstens Händen blieb er einen Moment länger haften, bevor er sich auf Paulas Gesicht heftete.

»Ist euch jemand gefolgt?«

»Nicht, dass wir wüssten.«

»Handys deaktiviert?«

»Ja.«

»Zeigen!«

Paula und Thorsten zeigten ihm ihre ausgeschalteten Mobiltelefone. Danach trat er in die Tür und spähte hinaus auf die Straße zu ihrem Wagen, bevor er die Tür freigab und sagte: »Kommt rein!« Ohne weitere Erklärung verschwand er in der Dunkelheit.

Was Danny Erichsen ihnen erzählte, klang so grotesk, dass Paula keine einzige Notiz in ihr Büchlein machte. Ihre

Hände zitterten zu sehr. »Sie wissen schon, dass endgültig Chaos ausbrechen wird, wenn wir das senden, Herr Erichsen. Weltweit.«

»Chaos wird es so oder so geben. Wir sind nur der Katalysator, geben aber gleichzeitig den Menschen eine Chance, sich vorzubereiten. Es ist nur fair.«

»*Fair* wäre es gewesen, wenn Sie nicht so egoistisch gehandelt hätten!«, warf Thorsten scharf ein.

Erichsen nickte, und sein Blick kam hoch. »Haben Sie Kinder? Hätten Sie das ertragen?«

Diesmal senkte Thorsten seinerseits den Blick, und Paula fragte: »Sie sind sich also zu einhundert Prozent sicher?«

»Ja. Und Sie?«

»Das ist mein Job als Journalistin: Die Menschen informieren.«

Erichsen lächelte müde. »Dann schlage ich vor, wir verlieren keine Zeit mehr.«

Wenige Minuten später verließ der Kleinbus Moabit. Erichsens Frau steuerte den Wagen, ihr Baby in einer Babytrage auf der Beifahrerseite. Paula, Thorsten und Erichsen befanden sich im Heck. Der Agent saß neben Paula auf einer fest montierten Bank. Die Beleuchtung war dürftig, nur ein wackelnder Strahler, der ihnen harte Schatten auf die Gesichter zeichnete.

»Ich bin so weit.« Paula strich sich nochmals die Haare aus der Stirn, ließ die Schultern kreisen und räusperte sich. In ihrem Magen rumorte es. Sie musste sich eingestehen, noch nie so aufgewühlt gewesen zu sein.

»Ich auch«, sagte Erichsen.

Auch Thorsten nickte, hob die klobige Kamera auf seine Schulter und richtete sie auf Paula aus. Routiniert entfernte er die Abdeckung der Linse. Das Glas glänzte violett und türkis.

Er sagte: »Dann gehen wir *live* in fünf, vier, drei, zwei und Go!« Das Aufnahmelicht flammte rot auf.

Paula Gellert starrte für zwei Sekunden darauf, weil ihr im ersten Moment die Luft wegblieb, dann räusperte sie sich und sagte: »Hallo und guten Abend, hier spricht live von unterwegs Paula Gellert.«

Kapitel 41

Zwischen Hamburg und Berlin, an Bord eines
BND-Hubschraubers
10:01:03

»Zu Gast habe ich bei mir Daniel Erichsen, Beamter beim Bundesnachrichtendienst. Guten Abend, Herr Erichsen.«

»Guten Abend, Frau Gellert.«

»Sie sind mit der Angelegenheit ANOD vertraut?«

»Ja. Ich ermittle seit fünf Monaten in dem Fall.«

»Wie ist der aktuelle Stand?«

»Drei der fünf Verantwortlichen sind tot. Einem verhalf ich zur Flucht, um ... um meine Familie zu retten, die von ANOD entführt worden war. Leider wurde auch er schwer verletzt, seinen aktuellen Gesundheitszustand kenne ich nicht. Von ihm weiß ich aber: Die App ist kein Fake! Sie wird das Wiegenlied veröffentlichen, einen Track, der Suizid auslöst. Auch das sind keine Fake News! Bereiten Sie sich also auf das Schlimmste vor. Am besten suchen Sie einen abgelegenen Ort auf. Kein Strom, kein Internet, kein Radio, keine Handys, keine Elektrogeräte. Es geht einzig darum, Schallwellen nicht aufzunehmen. Nutzen Sie Ohrstöpsel oder zur Not Watte mit Wachs.«

Peter verfolgte mit offenem Mund die Liveübertragung über ein neues Handy, das er sich in Hamburg hatte geben lassen. Erichsen hielt gerade ein ausgedrucktes Foto von Gabriel in die Höhe. Es zeigte seinen Partner vor zehn Jahren.

»Gabriel Dubois ist etwa einen Meter siebenundsiebzig groß, dunkelhaarig und wiegt etwa achtzig Kilogramm«, fuhr Erichsen fort. »Alles deutet darauf hin, dass er sich zur Stunde in Berlin aufhält. Daher benötigen wir Ihre Hilfe, meine Damen und Herren. Wer kennt diesen Mann? Hat ihn jemand in Berlin gesehen? Sachdienliche Hinweise bitte umgehend an jede Polizeidienststelle!«

Zum Glück war Peter allein im Heck des Helis. Er riss sich die Ohrstöpsel aus den Ohren und feuerte sie davon.

Was fiel dem Drecksack bitte ein? Und woher wusste er, dass Gabriel in Berlin war? Und dass drei der fünf tot waren? Hatte er Selina gestellt und überwältigt? Wusste er von ihr, dass Gabriel in Berlin war? Dann hätte er vier der fünf Parts.

Peter rieb sich durchs Haar und stampfte mehrmals mit den Füßen auf wie ein kleines Kind. Es war zum Wahnsinnigwerden! Sie hatten alles seit Monaten minutiös geplant, und dann kam dieser Erichsen daher und machte alles kaputt. Peter hatte ihn unterschätzt.

Aber noch war nichts verloren. Wenn er Erichsen fand, hatte er die Zügel wieder in der Hand. Dann konnten er und Gabriel releasen und ihren Plan durchziehen. Aber dazu musste er Gabriel erreichen.

Wie war die verdammte Nummer? Mit -71 am Ende oder der -362? Peter wurde beinahe verrückt. Früher hatte er alle Nummern auswendig gekonnt, bis dieser Mist mit Handys aufgekommen war. Oder war's -372? Er probierte mehrere Varianten durch, aber er kam einfach nicht bei Gabriel raus.

Schließlich nahm er das Intercom des Helis aus der Halterung und setzte es sich auf.

»Ray hört«, sagte der Pilot.

»Bringen Sie mich umgehend zum Kottbusser Tor.«

»Kotti, geht klar, Herr Klingenberg. Wir werden in round about zwanzig Minuten dort sein.«

»Ich gebe Ihnen fünfzehn!« Peter nahm die Kopfhörer ab. Erichsen sprach immer noch mit Paula Gellert, aber er wollte es nicht mehr hören. Er wollte Erichsen auch nie wiedersehen. Er hatte ihn damals nur rekrutiert, um herauszufinden, wie die Chancen standen, das Wiegenlied zu überleben. War er ein Einzelfall, oder hatte er einfach Glück gehabt? Und wie stand es danach um eine Immunität? Die hätte vieles erleichtert. Einen Reset-Knopf drücken, überleben und im kleinen Kreis neu beginnen.

Aber das waren Träume, die nie wahr wurden. Immunität gab es nicht. Und jetzt brauchte er alle Parts. Und er würde sie kriegen, sei es von Erichsen oder Moreno.

»Ein Hubschrauber nähert sich dem Gebäude«, gab Rike über das Handy des Kameramanns durch. »Scheint auf dem Dach landen zu wollen.«

»Farbe?«, fragte Danny.

»Schwarz. Keine Aufschriften.«

»Das ist er.« Danny blickte in die Runde. »Alle bereit?«

Paula Gellert und ihr Kameramann nickten. Alma hingegen sagte kein Wort. Stattdessen schob sie den Schlitten der Pistole durch.

»Alma?«

Sie spähte auf ihr Handy, dann nickte auch sie.

»Okay.« Danny atmete tief durch. »Dann heißt es jetzt: Showtime.«

Peter Klingenberg sprang aus dem Helikopter, bevor die Kufen das Hausdach berührten. Geduckt huschte er unter dem Tosen der flappenden Rotoren auf den Zugang zum Treppenhaus zu, seine Dienstwaffe in der Rechten.

Denn irgendetwas stimmte nicht. Irgendwas war mit Gabriel, und all seine Nerven schrien danach, dass es etwas mit Alma zu tun hatte. Er hätte sie doch bei Kotaska erschießen sollen.

Er stieß die Tür auf und eilte die Treppe hinab, immer zwei Stufen auf einmal nehmend. Die Schmerzen von seinem Unfall waren allerdings so groß, dass er nach einer Etage keuchend stehen blieb und nach Luft rang. Er wechselte in den Flur und hastete, so schnell er konnte, zu den Aufzügen. Einer kam nach wenigen Sekunden. Die Türen öffneten sich mit einem hellen *Pling!* und ließen Peter erstarren.

Boden und Wände waren mit Blut bespritzt, die Tasten des Bedienfelds verschmiert, und das Blut war noch nicht vollends getrocknet.

Mit pochendem Herzen trat er trotzdem ein und drückte auf die 9. Die Aufzugtüren schlossen sich rumpelnd.

Es folgten Sekunden der Stille. Wieder *Pling!*

Peter Klingenberg trat mit erhobener Waffe in den Abschnitt D.

Alles war ruhig. Auf dem Boden kein Blut. Gut.

Langsam schob er sich weiter, um zwei Ecken und dann den Flur entlang. 901. 902. 903. 904. 905 …

Vor der 916 blieb er stehen und lauschte.

Nichts.

Er drückte das Ohr gegen die Tür.

Nichts.

Mit zitternden Händen holte er seinen Schlüsselbund hervor. Ohne dass ein einziger Schlüssel klimperte, schob er den Wohnungsschlüssel millimeterweise ins Schloss und drehte. Ein leises Knacken, und die Tür sprang auf. Dunkelheit.

Peter schob sie mit dem Fuß auf.

Kein Blut im Flur, aber auch kein Licht. Die Tür zum Wohnzimmer geschlossen, ebenso zum Verhörzimmer.

»Gabriel?«, fragte er leise.

Keine Antwort.

Er trat ein. Tastete sich Schritt für Schritt vor.

Mit der Hüfte betätigte er den Lichtschalter, um nicht die Hände von der Pistole nehmen zu müssen.

Alles blieb still.

Aber es roch unangenehm nach Fäkalien.

Peter blieb unschlüssig vor den beiden geschlossenen Türen stehen.

Alma stand im Verhörzimmer und zielte auf Kopfhöhe auf die Tür. Ihre Wunde pochte. Ihre Beine zitterten, aber die Pistole hielt sie ganz ruhig. Ganz ruhig.

Danny stand hinter der Wohnzimmertür und zielte auf Kopfhöhe auf die Tür. Paula und Thorsten hatten im toten Winkel Posten bezogen. Die Aufnahme lief.

Peter wusste, dass es eine Falle war. Er wusste es mit jeder Faser seines Körpers.

Es war der Geruch. Gabriel hätte sich niemals länger bei dem Gestank aufgehalten. Die Türen und Fenster stünden offen, Agentenwohnung hin oder her.

Wenn ihn nicht alle Sinne täuschten, kam der Gestank aus dem Verhörzimmer.

Er hob die Pistole und trat näher.

Peter blieb stehen. Lauschte.

Nichts.

Nur sein eigener Herzschlag, nahe hundertvierzig Schläge pro Minute. Es brachte nichts, noch länger zu warten. Er musste wissen, was passiert war. Er brauchte Gabriel.

Mit einem Schritt war er neben der Tür, presste den Rücken an die Wand. Während er über den Körper hinweg auf die Tür zielte, drückte er mit der anderen Hand den Griff nach unten und dann ein schneller Push und rein ins Verhörzimmer.

Der Schuss traf ihn in die Schulter, noch bevor er Alma Nordtveit im Schatten gewahrte. Er schrie und erwiderte das Feuer, dann sah er Gabriel auf dem Stuhl, und das nahm ihm alle Kraft.

Er ließ die Pistole sinken. »Gabriel?«

Alma schlug sie ihm aus der Hand.

Hinter ihm ging die andere Tür auf, und Erichsen stürmte heraus.

Peter sah aber nur seinen Gabriel, den Kopf in den Nacken gelegt, den leeren Blick zur Decke gerichtet. Blut tropfte von seinem Hinterkopf.

»Gabriel.«

Das Zimmer begann sich zu drehen. Die Wände stürzten auf ihn ein, drohten ihn zu zermalmen. Er sank auf die Knie, mitten in eine Blutlache. Von der niederen Perspektive aus sah er Gabriels Gehirn wie eine bleiche Walnuss in einer aufgebrochenen Schale.

Ihm wurde schwarz vor Augen.

»Er kommt zu sich.« Danny patschte seinem Chef mit der flachen Hand grob ins Gesicht. »Hey, Klingenberg! Hier spielt die Musik!«

Klingenberg rollte mit den Augen, stöhnte und blinzelte ins Licht. »Wo … Was … Erichsen!« Und dann: »Gabriel! Was habt ihr getan?« Er wollte aufspringen, war jedoch auf einen Stuhl gefesselt, nicht im Verhörzimmer, sondern im Wohnzimmer. Paula Gellert und der Kameramann saßen ihm gegenüber. Alma stand in eine Ecke gelehnt da, blass wie ein Gespenst.

»Ruhig bleiben!«, sagte Danny. »Sie können es sowieso nicht mehr ändern, aber Sie können was anderes tun: die Menschheit retten.«

Sein Chef pumpte hart, fokussierte sich aber auf ihn. »Was wird das hier? Machen Sie mich los!«

»Erst verraten Sie uns, von wo aus gestreamt wird.«

Danny zeigte auf die Kamera in Thorstens Händen. Das Aufnahmelicht leuchtete rot.

Klingenberg funkelte sie alle grimmig an. »Ich weiß von gar nichts.«

»Versuchen Sie nicht, uns zu verarschen.« Danny hob ein Handy hoch und drückte darauf herum. Almas raue Stimme erfüllte das Zimmer. »Aufzeichnung vom 7. November. Anwesend sind Alma Nordtveit, die das Interview führt, sowie ...« Ein Schluchzen. »Name!«

Ein Mann antwortete: »Gabriel Dubois. Gabriel Dubois!«

»Auch bekannt unter dem Namen Ramsay.«

»Ja. Ramsay. Mein Pseudonym.«

Danny stoppte das Soundfile. »Wollen Sie mehr hören?«

Klingenbergs Kaumuskeln mahlten. Er wandte den Kopf zu Alma. »Du Miststück!«

Sie sah ihn nur an, den Kopf schief gelegt.

Er schnaubte. »Eine taube Agentin. Eine Farce.«

»Eine Agentin, die ihren Job erledigt hat«, sagte Paula Gellert scharf. »Sie hat die Initiatoren hinter ANOD aufgespürt: Sie und Ihren Lebensgefährten Gabriel Dubois.«

Klingenberg spuckte aus. »Sie haben gar nichts. Eine Aussage eines Mannes, der ganz offensichtlich gefoltert wurde. Wertlos!«

»Juristisch«, sagte Erichsen, »aber nicht, wenn wir das öffentlich senden. Den Leuten dort draußen ist es furzegal, ob die Infos korrekt ermittelt wurden. Und mir auch.« Er zog seine Pistole und lud durch. »Wo ist der Stream, Herr Klingenberg?«

Der Beamte starrte ihn hasserfüllt an. »Wollen Sie mich im Fernsehen erschießen? Dann nur zu! Ich hab nichts mehr zu verlieren. *Sie* hat mir schon alles genommen! Sie war's doch! Sie hat Gabriel erschossen!« Er wurde aschfahl. »Meinen Gabriel. Alles, was ich noch hatte.« Ein Schluchzen drang über seine Lippen, und er senkte den Kopf.

»Sie haben noch etwas«, sagte Paula Gellert. »Die Chance, diesen Wahnsinn zu stoppen. Fehler wiedergutzumachen. Es ist nie zu spät.«

»Doch, ist es.« Er schniefte. »Als ich mich für Gabriel entschied, war es zu spät. Ein leitender Beamter beim BND zusammen mit einem Verbrecher.«

»Was nichts mit ANOD zu tun hat.«

»Oh doch! Alles! Gabriel hat mir die Augen geöffnet. Gabriel ...« Ein Kopfschütteln. »Gabriel hat hingeschaut. Er konnte Dinge sehen, aber sie schwer verarbeiten. Er war hypersensibel. Er war mit unserer schnelllebigen Welt überfordert. Deswegen zog er sich immer mehr zurück in sein Zimmer und versank in seiner Programmierung. Ohne Musik, ohne Ablenkung. Einfach Ruhe.« Klingenbergs Blick kam hoch. »Wussten Sie, dass ein Waldspaziergang genau die Menge an Informationen für unser Gehirn zur Verfügung stellt, damit wir nicht überreizt werden? Ein ordinärer Waldspaziergang.« Ein Kopfschütteln. »Und was machen wir? Wir ballern uns den ganzen Tag voll mit Informationen, Filmen, Musik. Reise hierhin, Reise dorthin. Das ist die Wurzel des Übels! Unser ganzes modernes Verhalten.«

»Und deswegen das Wiegenlied?«, fragte Danny. »Damit die Welt für immer schläft?«

»Nennen Sie es so, Erichsen, wenn Sie wollen. Es geht um einen Einschnitt! Einen Neustart! Es geht um Besinnung! Ums Hinschauen!«

»Und dazu müssen Milliarden Menschen sterben? Wie besinnlich.«

»Sie verstehen es immer noch nicht! Schauen Sie unsere Arbeit an! Wozu ist der BND denn da? Geheimdienste generell? Um Daten zu sammeln, klar. Aber wozu? Um mögliche Kriege zu verhindern oder zu intervenieren. Aber was haben wir in den letzten dreißig Jahren seit dem Ende des Kalten Kriegs erreicht? Nichts. Die Welt ist genauso schlecht wie damals. Immer noch herrschen Kriege. Gabriel hat mir in der Hinsicht die Augen geöffnet. Mein ganzes Leben war nur ein Hamsterrad – ohne Ende in Sicht. Oder schaut euch sie an!« Klingenberg deutete mit einem Kopfnicken auf Alma. »Ein Produkt unserer modernen Welt. Ausgebildet, um zu töten. Für nichts anderes im Dienst.«

Alma hatte die Augen zusammengekniffen und kam zu ihnen. Sie nahm ihr Handy, das Erichsen noch in der Hand hielt, und las die Transkription. In ihrem Gesicht arbeitete es, und dann zog sie ihre Pistole und setzte sie Klingenberg auf die Stirn.

»Ausgebildet, um zu töten«, wiederholte sie. »Deswegen jetzt genug geschwafelt. Wo ist der Stream?«

Klingenberg schielte auf den Pistolenlauf und lächelte plötzlich. »Drück ab! Los, Alma! Hol dir deine Rache und lass die Welt den Bach runtergehen. Du wirst ja ironischerweise überleben.«

Die Pistole zitterte.

Danny schüttelte den Kopf. »Tu es nicht, Alma. Genau das will er! Du sollst ihn umbringen!«

Sie schien zu verstehen, rührte sich aber nicht. Ihr Finger spannte sich um den Abzug.

»Los!«, sagte Klingenberg. »Hol dir deine Genugtuung! Lebe deine Rache! Lebe sie!«

Alma zitterte immer noch, das Gesicht vor Anstrengung verzerrt. Und dann wandte sie sich ab und verließ einfach das Zimmer.

Klingenberg sah ihr hinterher. »Weich geworden, was? Eine Schande bist du! *Eine Schande!*«

Die Tür fiel hinter ihr ins Schloss.

Da baute sich Erichsen vor seinem ehemaligen Chef auf. »Mir reicht's jetzt! Alma hat recht: genug geredet. Sie verraten uns jetzt, wo der Stream ist!«

»Oder? Was, wenn nicht?« Der Beamte schob angriffslustig das Kinn vor und fuhr sich mit der Zunge durch den Mund. »Töten Sie mich dann? Wohl kaum. Foltern? Nur zu. Sie werden kein Wort aus mir herauskriegen, und das wissen Sie. Bedanken Sie sich lieber bei Alma. Als sie Gabriel richtete, hat sie jede Chance verspielt.« Er lächelte seltsam, riss den Kopf zur Seite und zerkaute etwas.

Erichsen begriff zu spät. Er sah noch Klingenbergs Kehlkopf tanzen, als er ihm an den Kiefer griff und ihn aufzwingen wollte. »Spucken Sie es aus!«, schrie er. »Ausspucken!«

Klingenberg biss ihm auf die Finger, dass Erichsen die Hände zurückzog. Mit grünlichem Schimmer auf den Zähnen sagte er in die Kamera, die immer noch aufnahm: »Das ist unser Geschenk: Stille! Genießen Sie sie und schauen

Sie hin!« Mit den Worten verdrehte Peter Klingenberg die Augen und wurde von einem Krampfanfall geschüttelt. Schaum trat ihm auf die Lippen und blubberte ihm aus der Nase, und dann saß er genauso still wie Gabriel im Nebenzimmer.

Kapitel 42

Berlin, Moabit
08:31:08

> Die Kanzlerin hat soeben den Klimagipfel verlassen. Die Verhandlungen sind damit wohl offiziell gescheitert. Ob ein Zusammenhang zu Paula Gellerts Interview mit Daniel Erichsen besteht, ist noch völlig unklar.
>
> *Livebericht zur aktuellen Lage, ZDF*

Ein schwarzer Mini mit Sportfelgen hielt am Straßenrand. Die Sonne schimmerte durch die kahlen Äste eines Baums und glitzerte auf der Scheibe. Die beiden Insassen musterten die vernagelten Fenster des ehemaligen Ladens im Erdgeschoss.

»Das ist es.« Adrienne zog den Schlüssel ab. »Davon hat Dominik gesprochen.«

Oliver brummte. »Sieht nicht nach einer würdigen Location für große Heldentaten aus. Stell dir mal vor, wir retten von hier die Welt. Von so einer siffigen Bude aus.«

»Halt lieber den Mund und steig aus.« Adrienne langte nach dem Griff, als Oliver sagte:

»Adrienne?«

»Ja.«

»Würdest du …« Er räusperte sich. »Würdest du mit mir ficken, falls wir es nicht schaffen? So als letztes Zuckerl.«

»Wirklich nicht. Wenn du Sex willst, musst du schon die Welt retten.«

Er musterte sie durch seine dicken Brillengläser. »Ist das ernst gemeint?«

»Klar. Irgendeine Motivation brauchst du ja.«

Oliver lächelte matt und hielt ihr die Hand hin. »Dann lass uns die Welt retten.«

Adrienne schnaubte, schlug aber ein.

Wie ihr Chef es gesagt hatte, fanden sie den Schlüssel zum Laden versteckt neben der Tür. Der Geruch, der ihnen entgegenwallte, war so überwältigend, dass Oliver würgte.

Adrienne ließ das kalt. Sie sah sich im Inneren um, begutachtete die tote Moreno und besah sich den Laptop. Grün leuchtete das Display. STREAM INITIALISIERT.

Oliver pfiff durch die Zähne. »Da ist ja das Baby.« Er zog sich einen Stuhl heran. »Eieiei, das sieht nach Arbeit aus.«

»Die sich lohnen wird.«

Oliver hob den Blick, musterte Adriennes Titten und lächelte. »Hoffentlich.« Er ließ jeden seiner Finger geräuschvoll knacken.

Adrienne konnte nur den Kopf schütteln.

Im Zentrum Berlin hingegen herrschte seit Peter Klingenbergs Tod bedrücktes Schweigen. Als hätte jemand den Stecker gezogen. Einzig das rote Licht der Kamera leuchtete beständig.

Irgendwann brach Paula die Stille. »Und jetzt?«

»Keine Ahnung.« Erichsen fuhr sich durchs schweißnasse Haar. »Ich … vielleicht … keine Ahnung.«

Thorsten schaltete die Kamera aus, um überhaupt irgendetwas zu tun. »Das war es also.«

»War es nicht!« Paula. »Wir haben noch ein paar Stunden! So schnell gebe ich mich nicht geschlagen!«

»Und wie willst du diesen Stream finden? Wach auf! Es ist aus. Vorbei. Wir gehen vor die Hunde.«

»Nein«, sagte Danny leise.

Paula musterte ihn. »Irgendeine Idee?«

»Noch nicht, aber kann immer kommen. Erst einmal ruf ich den Techniker an, der sich hoffentlich schon Morenos Laptop ansieht.« Danny nutzte sicherheitshalber wieder das Satellitentelefon.

Adrienne ging ran. Alle hörten sie per Lautsprecher fragen: »Habt ihr Klingenberg?«

»Mehr oder weniger. Er hat mit einer Giftkapsel Suizid begangen.«

Adrienne sog scharf die Luft ein. »Sich schön aus der Verantwortung stehlen. So ein Arschloch. Und jetzt?«

»Hat Olli was für uns?«

»Nein«, hörte man ihn im Hintergrund rufen. »Der Laptop bringt uns gar nichts. Davon wurde zwar das Wiegenlied irgendwohin hochgeladen, aber anschließend gelöscht. Die Verbindungsdaten ebenfalls. Das Ding ist so gut wie leer.«

Danny schloss die Augen. »Wie hoch schätzt du die Chance, noch was zu finden?«

»Keine zehn Prozent. Die Software hat den Sektor mehrfach mit Nullen und Einsen überschrieben. So macht man das, wenn man Daten unwiederbringlich löschen will. Da scheitert jede Software. Die waren saugut.«

»Aber irgendeinen Weg muss es geben! Irgendwie müssen die doch Technik für den Stream eingerichtet haben, oder?«

»Das stimmt«, sagte Oliver. »Ich gehe davon aus, dass die irgendwo ein Notebook stehen haben, angeschlossen an ein USV für den Notfall. Dazu gibt's Internet und als Ersatz – oder ausschließlich – eine Satellitenverbindung. So würde ich das konzipieren.«

Thorsten stöhnte. »Das kann überall sein!«

»Aber sie müssen es installiert haben!«, beharrte Danny. Etwas Stählernes hatte sich in seine Stimme geschlichen. »Irgendwann war jemand von denen an der Location.«

»Haben die überhaupt zu dritt gearbeitet?«, fragte Paula. »So wie ich das verstanden habe, haben die beiden hier gemeinsame Sache gemacht. Und parallel der Hacker und diese Moreno.«

Danny nickte. Ob Moreno auch mit Klingenberg direkt Kontakt hatte, wussten sie nicht, und irgendwie glaubte er es auch nicht. Klingenberg war schon immer der Strippenzieher im Hintergrund gewesen. Sie würden Moreno über seine Partizipation im Unklaren gelassen haben. »Also: Was wissen wir?«

»Sagen Sie es uns!« Thorsten. »Sie waren mit den Ermittlungen vertraut.«

Ermittlungen ... Danny hörte Rike in seinem Kopf sagen: *Du bist ein so guter Ermittler.* War er früher auch gewesen.

Rätsel lösen seine Leidenschaft. *Also, Danny, reiß dich zusammen und lös diesen verdammten Fall!*

Er räusperte sich. »Wir wissen, dass der Anschlag auf die Sicherheitskonferenz der Testlauf war. Vorher werden sie die App nicht entwickelt haben. Wir müssen uns also maximal die letzten acht Monate ansehen. In der Zeit hat Moreno sich höchstwahrscheinlich in Moabit versteckt. Und Ramsay war hier untergebracht und zuvor in Klingenbergs Villa.«

»Alles in Berlin«, sagte Paula.

Danny zeigte anerkennend mit dem Finger auf sie. »Es läge also nahe, dass sie den Stream auch hier aufgebaut haben.«

»Aber Berlin ist riesig«, wandte Thorsten ein. »Wir reden von einem Laptop! Der kann in jeder verdammten Wohnung und in jedem verdammten Keller stehen.«

»Also müssen wir eingrenzen. Lasst uns zuerst Bewegungsprofile der drei seit Februar erstellen. Priorität Ramsay und Moreno. Irgendwann waren sie dort.«

»Also Handys und Autos«, sagte Adrienne.

»Ja. Von Moreno und Ramsay wissen wir nichts von Autos. Bleibt Klingenbergs Dienstwagen, den er auch privat nutzte. Den können wir checken. Ich würde mich aber auf die Handys fokussieren. Kannst du mal schauen, ob Morenos Handy bei euch liegt?«

»Moment.« Sie hörten Adrienne klappern und atmen, und dann sagte sie: »Hier! Ich hab eins gefunden!«

»Dann prüft das! Ich will wissen, wo Moreno in den letzten Monaten war. Jede verdammte Location.«

»Geht klar«, rief Oliver.

Paula zeigte auf ein Handy auf dem Wohnzimmertisch. »Gehörte das diesem Gabriel?«

Danny wurde warm im Gesicht. »Vermutlich! Olli! Wir haben auch das von Ramsay. Kannst du das auch checken?«

»Wenn ihr es mir vorbeibringt.«

»Machen wir!« Danny spürte, wie ihm neue Kraft durch die Adern rauschte. »Fehlt nur noch Klingenberg. Der muss auch ein Handy gehabt haben.« Er machte sich daran, seinen toten Chef zu durchsuchen, fand aber nur ein Handy mit einem Aufkleber, das es als Eigentum der Polizei Hamburg auswies. »Das ist komisch«, murmelte er.

Paula trat zu ihm. »Sieht wie Ersatz aus.«

»Und wo ist dann seines?«

»War er denn in Hamburg?«

»Keine Ahnung. Ich werde Alma fragen.«

»Und ich durchsuch inzwischen Morenos Bude«, gab Adrienne durch.

»Alles klar. Und wir bringen Ramsays Handy.«

»Das übernehme ich«, rief Thorsten.

Danny nickte zufrieden. Sein Herz schlug schneller. »Wir finden die Location! Irgendeiner der drei hat irgendwann einen Fehler gemacht. Jeder macht mal einen Fehler.«

Während Thorsten sich mit dem Handy auf den Weg machte, sahen sich Danny und Paula nach Alma um. Sie fanden sie am Ende des Korridors auf dem Boden sitzend. Sie lehnte an der Wand und hatte die Augen geschlossen.

»Alma?«

Sie sagte: »Welpe.«

Er sank vor ihr in die Hocke und sagte in die Transkriptionssoftware: »Hilfst du uns bei der Suche der Location? Wir vermuten sie in Berlin. Dazu müssen wir Klingenbergs Bewegungsprofil der letzten Monate erstellen. Bist du dabei?«

Sie schlug die Augen auf und las. »Und das soll was genau bringen?«

Dafür hatte er keinen Nerv und fragte: »Ja oder nein?«

Alma schürzte die Lippen. »Was kann ich tun?«

»Wir suchen sein Handy und seinen Dienstwagen. Er war offenbar in Hamburg. Ist mit dem Heli gekommen.«

Alma besah sich den Aufkleber, und ihre Stirn legte sich in tiefe Falten. Schließlich zerrte sie ihr Handy aus der Tasche, das Moreno ihr entwendet hatte. Blutspritzer waren auf der Hülle getrocknet.

»Eine Idee?«

Sie gab keine Antwort, öffnete nur eine Überwachungssoftware und rief eine Nummer auf. Eine stilisierte Karte erschien. Danny erkannte Hamburg. Ein roter Punkt zeigte an, wo das Handy zuletzt geortet worden war: in einem Hamburger Krankenhaus.

Kapitel 43

Hamburg, City Nord
08:01:55

Es ist Wahnsinn! Die Leute drehen langsam durch. Wer kann, flieht aufs Land. Wer nicht kann, bunkert sich ein. Überall werden Elektrogeräte aus den Fenstern geworfen. Es erinnert an die Fernsehwerbung mit den alten Christbäumen. Ich sehe Stereoanlagen, Lautsprecher, Kopfhörer, Fernseher, Computer und Laptops fliegen. Die Straßen sind voll davon.

Anniblog, YouTube

Michaelsen konnte nicht fassen, dass er das tat.

Er schoss mit dem Mannschaftsbus und flirrenden Blaulichtern Richtung Klinikum. Neben ihm saß ein Spezialist der Kriminaltechnik. Dessen silberne Aluminiumkoffer mit Ausrüstung klapperten im Heck, wenn Michaelsen zu schnell in die Kurven ging.

Als der Krankenhauskomplex in der Ferne in Sicht kam, rief einer seiner Jungs an und gab durch, dass es tags zuvor tatsächlich einen Unfall gegeben hatte, in den Peter Klingenberg involviert gewesen war. Er war daraufhin ins besagte Klinikum gebracht worden. Den Schrottwagen hatte eine Firma abgeschleppt.

»Kümmern Sie sich um das Wrack!«, gab Michaelsen durch. »Wir brauchen die Daten des Navis und zwar gestern!«

»Jawohl, Chef!«

Michaelsen überholte einen Kleinwagen, der zu langsam Platz machte, und drückte auf die Hupe. Der Verkehr war einfach nur noch irre. Alle wollten raus aus der Stadt, seit die Verhandlungen in Bonn gescheitert waren.

»Die haben alle einen Vogel!«, presste Michaelsen hervor und zwängte den Wagen durch eine Lücke; links und rechts kaum ein Zentimeter Luft. »Und wir auch!«

»Sie glauben diesem Erichsen?« Der Kriminaltechniker klammerte sich am Türgriff fest.

»Ich weiß es ehrlich gesagt nicht. Eigentlich müsste ich ihn sofort festnehmen lassen, aber ...« Michaelsen schüttelte den Kopf. »Irgendwie werde ich das Gefühl nicht los, dass er den richtigen Riecher hat. Er ist gut. Ich mein, er ist mir entkommen.«

Wieder ein harter Ruck am Lenkrad. Der Mannschaftsbus glitt auf den Gehweg. Hupend raste Michaelsen an den Hausfassaden vorbei, brach auf dem Zebrastreifen über eine Kreuzung und bog endlich aufs Gelände des Klinikums ein.

»Und ganz ehrlich«, sagte er noch, während er den Bus direkt vor dem Eingang zum Stehen brachte, »was zu verlieren haben wir nicht mehr, oder?«

Sie sprangen aus dem Wagen, und während der Techniker seine Ausrüstung holte, trabte Michaelsen bereits ins

Foyer. Er trug immer noch Kampfmontur und war mit Blut besudelt. Allerdings interessierte es niemanden; der Empfang war verwaist.

Michaelsen schrie laut nach Personal, doch niemand ließ sich blicken. Das Klinikum war ein Geisterhaus. Erst in der Ambulanz trafen sie eine blasse Ärztin mit blonden Locken. »Hey, hey! Warten Sie!«

Sie musterte Michaelsen und das Blut an seinen Händen aus müden Augen. »Brauchen Sie Hilfe?«

»Ja! Nein, nicht ärztlich. Gestern ist ein Notfallpatient eingeliefert worden. Peter Klingenberg. Er hatte ein Handy dabei. Das brauchen wir.«

Sie sah ihn an, als wäre er vom Mars. »Ein Handy? Ernsthaft? Sehen Sie, was hier los ist? Alle sind gegangen. Ich hab noch vierunddreißig Intensivpatienten und sechzig normale, die immobil sind. Die scheißen mir die Betten voll und verhungern. Und Sie fragen nach einem Handy!?«

»Sagen Sie mir einfach, wo er untergebracht war.«

»Schauen Sie im Schwesternzimmer. Da hängen Listen.« Sie wandte sich ab und rauschte davon, um sich um die Hilflosen zu kümmern.

»Die sollte 'nen Orden bekommen«, brummte Michaelsen, trabte aber schon weiter. Er fand die Listen und das Zimmer. Die Tür stand offen. Das Bett war leer. Die Schränke ausgeräumt. Der Mülleimer nicht. Unter Taschentüchern und Binden fand der SEK-Beamte tatsächlich ein Handy mit gesplittertem Display.

Danny und Co. waren auf Almas Anraten in Klingenbergs

Villa umgezogen. Zum einen lagen dort keine zwei Toten herum, zum anderen konnte sich Rike um Leonie kümmern und sie alle gemeinsam noch einmal alle Unterlagen von Klingenberg sichten.

»Michaelsen schreibt, dass sie Klingenbergs Handy gefunden haben!«, rief Danny in die Runde. »Und am Dienstwagen sind sie dran. Wir kriegen also hoffentlich bald zwei Bewegungsprofile von Klingenberg!«

Paula sah von einer ellenlangen Liste auf, die sie ausgedruckt hatte. Es war das Bewegungsprofil von Morenos Handy in Tabellenform. »Gibt's den Mist auch grafisch? So brauch ich Monate.«

»Alma organisiert einen Rechner mit Spezialsoftware.«

Rike kam zur Tür herein. »Die Kleine schläft. Kann ich was helfen?«

»Die Ordner hier sichten. Relevant sind die letzten acht Monate.«

Und so ging es zu. Sie suchten, prüften, analysierten. Niemand sprach ein unnötiges Wort.

Irgendwann klingelte es, und eine Technikerin namens Valerie stand vor der Tür, unterm Arm zwei Rechner. Sie lächelte schief. »Für die Bewegungsprofile.«

Es war klassische Ermittlungsarbeit, und bald war Klingenbergs Homeoffice mit Ausdrucken, Monitoren und dem Schweißgeruch mehrerer Personen erfüllt.

»Hier!«, rief Paula, die mittlerweile Ordner mit Rike überprüfte, weil sich Valerie um die Profile kümmerte.

Danny eilte heran. »Was ist das?«

»Belege von Einsätzen. Tankquittungen, Taxifahrten,

Bewirtungsbelege. Alles von diesem Jahr. Penibel sortiert nach Datum, kopiert und eingeklebt. Der Typ war Pedant.«

»Vielleicht unser Glück.«

Wieder klingelte sein Telefon. Es war Adrienne. »Morenos Wohnung ist sauber. Die hat nicht mal einen Einkaufszettel hinterlassen.«

»Shit. Wie weit ist Olli?«

»Gleich fertig mit Ramsays Profil. Dann kommen wir zu euch.«

»Alles klar.«

Danny trat an die breite Fensterfront und blickte in den Garten. Gab es noch irgendeine andere Möglichkeit, die Location zu finden? Ihm wollte ums Verrecken nichts einfallen.

Warme Hände legten sich auf seine Schultern. Rike. »Wie lange willst du es versuchen?«

»Bis zum bitteren Ende.«

Sie musterte ihn aus ihren dunklen Augen. »Du willst nicht mehr fliehen?«

»Nein. Du hattest recht. Welche Chance haben wir schon mit einem Baby? Außerdem sind die Straßen voll. Die wollen alle raus. Hier sind wir vermutlich sicherer.« *Zumindest ein paar Stunden oder Tage. Und dann …*

Danny wollte daran gar nicht denken. Er gab Rike einen Kuss auf die Stirn und machte sich wieder an die Arbeit.

Es war allerdings frustrierend. Sie fanden nichts.

Michaelsen lieferte zwar irgendwann die Auswertung des Navis von Klingenbergs Wagen und seinem Handy, aber er war in den letzten Monaten fast überall in Berlin gewesen. Wie sollten sie daraus eine Location herauspicken?

Es war Paula Gellert, die etwas fand. »Schaut mal!« Sie wedelte mit zwei Ordnern herum.

Umringt von sieben müden Gesichtern, tippte Paula auf eine Taxiquittung. »Vor drei Monaten war Klingenberg in Blumenthal, einem Waldgebiet östlich von Berlin. Und er war noch einmal dort, zwei Wochen später. Wieder per Taxi und außerhalb seiner Dienstzeiten. Ich habe das abgeglichen.«

»Eine Fahrt mit Ramsay zum nächtlichen Waldspaziergang.« Danny erinnerte sich schmerzlich der Worte, bevor Klingenberg sich das Leben genommen hatte.

»Ja, aber Moreno war auch in der Nähe. Wo ist das Profil ihres Handys?«

Valerie holte es. »Tatsächlich!«, rief sie aus. »Nähe Strausberger Flugplatz. Das sind nur paar Kilometer auseinander.«

»Und wann war das?«

»Moment ... am selben Tag wie die erste Taxifahrt!«

Alle blickten sich gegenseitig an. Dannys Finger zitterten, als er in die Runde deutete. »Was gibt's da draußen? Ich bin erst seit dem Anschlag auf München hier in Berlin, ich kenn mich nicht aus.«

»Da gibt's Wald und Wiesen«, sagte Valerie. »Nichts Spektakuläres.«

»Würde passen, um einen Stream zu initialisieren.«

»Und sich dort zu verstecken.«

»Also, was suchen wir?«

»Einzelne Gebäude, Waldhütten oder Ähnliches in einem Umkreis von fünf Kilometern? Zehn?«

»Ist auf Klingenberg was eingetragen?«

»Nein.«

»Und auf die VermietBerlin?«

»Auch nichts.« Almas raue Stimme. »Wir haben auch seinen Alias Bogartson geprüft. Nur die Villa hier.«

»Was Sinn macht«, sagte Danny. »Wir müssen weiterhin davon ausgehen, dass Klingenberg nicht offiziell involviert war. Wie also können Ramsay und Moreno eine Location mieten, wenn beide untergetaucht sind?«

»Was ist mit Ferienwohnungen oder Ferienhäusern?«, fragte Rike. »Irgendwie müssen die ja sicherstellen, dass dem Stream wochenlang nichts passiert.«

»Das ist eine Idee! Können wir das eingrenzen?«

Valerie holte schon einen Laptop und hantierte darauf herum. »Wir haben vier Ferienhäuser im Umkreis von fünf Kilometern!«

Wieder sahen sich alle an. Danny bemühte sich um innere Ruhe. »Haben wir irgendetwas übersehen?«

Alle schüttelten den Kopf.

Er sah auf die Uhr. »Wir haben noch knapp drei Stunden! Wenn wir damit falschliegen, war es das.«

»Haben wir Alternativen?«, fragte Thorsten.

Niemand antwortete.

»Na dann!« Es war Paula Gellert. Sie holte die Filmkamera und reichte sie ihrem Kameramann.

»Was wird das?«, fragte der irritiert.

»Eine Liveübertragung natürlich.« Sie lächelte und zupfte sich die Haare zurecht. »Entweder die Allerletzte oder die der Rettung unserer Welt. In jedem Fall historisch.«

Kapitel 44

Berlin
02:05:01

»Die Situation ist endgültig außer Kontrolle! Retten Sie sich! RETTEN SIE SICH!«

Amateuraufnahme eines flüchtenden Polizisten bei YouTube

Der Kleinbus des Öffentlich-Rechtlichen fuhr vorneweg, dicht gefolgt von Adriennes Mini und Valeries Kleinwagen. Alma hatte sich kurzerhand ein Auto vom Straßenrand geschnappt und folgte als Letzte.

Weit kam ihre Kolonne allerdings nicht, denn die Straßen waren allesamt dicht.

Danny zwängte den Kleinbus auf einen Radweg, um auf die Fahrbahn in Gegenrichtung zu wechseln. »Wir fahren stadteinwärts!«, schrie er durchs geöffnete Fenster hinaus.

Tatsächlich war in dieser Richtung alles frei.

»Als ob hier der Tod lauert.« Rike drückte Leonie an sich. Das Kind schlief, war aber unruhig. Wahrscheinlich spürte es die Anspannung.

»Herdenverhalten.« Danny presste das Gaspedal durch

und rauschte mit hundertdreißig über die leer gefegte Stadtautobahn. Auf der anderen Seite standen die Autos Schlange. Die meisten waren verlassen worden, die Türen standen offen, die Lichter brannten. Von den Menschen fehlte jede Spur. Ab und an rannten Verzweifelte zwischen den Wagen dahin und sahen ihnen entgeistert hinterher.

»Wie in den Endzeitfilmen«, sagte Thorsten von der Rücksitzbank. »Und das alles wegen eines Lieds.«

»Der Witz ist«, sagte Paula, »dass wir ohne Technik das Teil nie abbekommen hätten.«

Darauf sagte niemand etwas, denn alle wussten, dass sie recht hatte. Dass Klingenberg und Ramsay im Kern recht hatten.

Danny behielt das für sich, und auch den anderen war nicht nach Konversation zumute. Es wurde eine stille Fahrt durch ein geisterhaftes Berlin. Aus manchen Häusern stieg Rauch auf. Feuerwehr war nirgends zu sehen. *Ebenfalls auf der Flucht.*

Bei dem Anblick überkam Danny eine bleierne Schwere. Er war seit über achtundvierzig Stunden auf den Beinen. Er hatte Akten gewälzt, über sinnlose Zuständigkeiten diskutiert, eine Toilet-Cam in eine Villa geschoben, einen Verdächtigen festgenommen und wieder befreit, war geflohen, hatte einen Polizisten angeschossen, seine Familie gerettet, hatte Moreno und Klingenberg Suizid begehen sehen, war im Fernsehen aufgetreten und glaubte jetzt, in einem Waldstück nahe Berlin die Menschheit zu retten.

Sollte er das schaffen, schwor er sich, Urlaub zu nehmen. Monatelang. Jahrelang. Mit Rike und Leonie irgendwohin, wo es ganz ruhig war. Wo es keine Hektik, keine Computer, keine Handys, keine Geheimdienste, keine Pistolen gab. *Vielleicht eine Hütte im Wald …*

Sie erreichten die Ausläufer Berlins. Auch hier bot sich dasselbe Bild: überfüllte Straßen voller verlassener Wagen.

Als die Straßen schmaler wurden, und es kein Durchkommen mehr gab, wechselten sie auf einen Waldweg, den Valerie auf ihrer Wander-App entdeckt hatte. Dort zwischen Nadelbäumen standen auch keine Fahrzeuge mehr. Vermutlich hatten die Besitzer Angst um ihre Sportwagen. Um ihre glitzernden SUVs. Um den Metalliclack in Deep-Purple und die Unterböden.

Danny merkte, wie sein Verstand abschaltete. Es war einfach zu viel des Guten.

Zum Glück sagte da Rike: »Wir sind bald da! Noch drei oder vier Kilometer bis zum ersten Ferienhaus!«

»Dann teilen wir uns auf«, schlug er vor. Sie hielten an und teilten sich auf die Wagen auf: Danny und Rike, Alma und Valerie, Paula und Thorsten, Adrienne und Oliver.

Adrienne und Oliver erreichten als Erste ihr Ferienhaus. Der Mini rumpelte über einen Schotterweg auf das Grundstück zu, doch ein Wagen quer auf dem Weg versperrte die Zufahrt. Ein bärtiger Kerl trat ihnen mit grimmiger Miene entgegen. Er hielt ein Jagdgewehr in den Händen.

»Verschwindet!«, rief er. »Haut ab!«

Adrienne stieg aus und hielt ihm ihren Ausweis entgegen. »Wir sind gleich wieder weg, wenn Sie uns ein paar Fragen beantworten.«

Das tat er nach kurzem Zögern. Moreno, Ramsay oder Klingenberg waren nie hier gewesen. Die Ferienwohnung war dieses Jahr überhaupt nicht vermietet worden.

Adrienne und Oliver hatten keinen Grund, an der Story zu zweifeln, und stiegen wieder in den Mini. Als sie vom Gelände fuhren, sagte Oliver: »Das war's dann wohl.« Er kämpfte mit den Tränen. »Dann werde ich wirklich als Jungfrau sterben.«

Adrienne warf ihm einen fragenden Blick zu. »Das ist jetzt ein Scherz, oder? Ein Trick, um mich mit Mitleid noch rumzukriegen.«

»Nein.« Tränen glitzerten in seinen Augen. »Es hat sich nie eine erbarmt.«

Adrienne schüttelte den Kopf und fuhr weiter. Schotter knirschte unter den Reifen. Dann flammten doch die Rücklichter auf, und sie hielt am Wegesrand an.

Drei Kilometer weiter stoppten Alma und Valerie vor einem zweigeschossigen Haus am Rand eines Felds. Es sah verlassen aus. Die Rollläden waren heruntergelassen. Nirgends waren Menschen oder Autos.

Alma zückte ihre Pistole und huschte zur Haustür. Valerie folgte. Sie klingelten. Nichts rührte sich.

Die Agentin trat energisch gegen die Tür, doch sie hielt. Sie schob daraufhin einen Rollladen von außen hoch und spähte ins Innere. Mit einem Schlag des Pistolengriffs zerdepperte sie die Scheibe. Nichts rührte sich.

»Wir gehen rein«, sagte Alma mit ihrer rauen Stimme, und schon brach sie mit der Pistole die restlichen Glasscherben aus dem Fenster, während Valerie den Rollladen hielt. Alma kletterte hinein, zog den Rollladen hoch und hielt dann Valerie die Hand hin, um ihr durchs Fenster zu helfen. Die Technikerin lächelte dabei wie ein verliebter Teenager. Ihre Wangen glühten rosig.

Alma übernahm die Führung. Sie roch alte Tapeten, modrige Teppiche und Schimmel. Als sie den Lichtschalter umlegte, tat sich nichts.

Zimmer für Zimmer durchsuchten die beiden Frauen das Haus.

Es war verlassen. Selbst die Sicherungen waren herausgedreht.

Vom Wiegenlied fehlte jede Spur.

Weitere vier Kilometer weiter parkten Paula und Thorsten vor einer Ferienanlage. Sieben Bungalows reihten sich am Waldrand aneinander, schick eingewachsen von Brombeerranken und mit begrünten Dächern. Vögel zwitscherten. Bienen summten.

Elektrogeräte hatte man nach draußen geschafft und auf dem gemeinsamen Hof aufgetürmt. Sechs Frauen und Männer kippten Benzin aus Kanistern drüber. Die Sonne brach sich glitzernd in der Flüssigkeit.

Eine Frau kam ihnen entgegen. »Sie suchen noch Unterschlupf?« Sie roch nach Tankstelle.

»Jein«, antwortete Paula. »Sagen Sie, wie lange sind Sie schon hier?«

»Schon immer. Meinem Mann und mir gehört die Anlage. Der Rest sind Freunde. Aber wir haben noch zwei Bungalows frei und Dosennahrung für sechs Monate. Wenn ihr beide wollt …«

Paula sah zum Scheiterhaufen und den Leuten. Sie sahen alle nett aus. »Haben Sie alle Gebäude bezüglich Elektrik durchsucht?«

»Aber hallo! Die ganze Anlage ist elektrofrei – abgesehen von eurem Wagen. Den müsstet ihr wegbringen, wenn ihr hierbleiben wollt. Den Rest wie Handys auf den Haufen.«

Paula suchte Thorstens Blick. Der zuckte mit den Schultern. *Warum nicht?*

Paula sah auf ihr Handy. Keine Stunde mehr.

»Können wir vorher noch eine letzte Übertragung machen?«

Die nach Tankstelle stinkende Frau lächelte milde. »Gern. Aber beeilt euch. Wir zünden bald das Feuer an.« Mit den Händen in den Hosentaschen lief sie zurück zu den anderen.

Paula atmete tief durch. »Hoffen wir, dass die anderen den Stream finden.« Sie richtete sich noch den Kragen ihrer verschwitzten Bluse. »Also dann«, sagte sie. »Bereit?«

Thorsten hatte die Kamera schon hervorgeholt. »Immer.« Mit einem Klicken entfernte er die Abdeckung der Linse und schaltete auf live.

Danny, Rike und Leonie hatten das abgelegenste Objekt zu prüfen. Es handelte sich um ein mietbares Jagdhaus mit Pacht, damit die Städter mit Jagdschein auch mal ein Wochenende im Wald verbringen und ein wenig rumballern konnten. Ein schmaler, eingewachsener Weg führte zum

Anwesen. Äste kratzten wie Knochenfinger über die Karosserie, peitschten gegen die Scheibe.

»Wie einladend«, flüsterte Rike. Ihr Gesicht war blass.

Danny steuerte den Wagen langsam über eine knorrige Wurzel. »Ich glaub, wir sind richtig.«

»Wie kommst du drauf?«

»Bauchgefühl. Die Lage ist perfekt. Hierher verirrt sich kaum jemand.«

»Jäger schon.«

»Aber nicht, wenn vermietet ist. Es ist eine Privatpacht, wie im Internet stand. Und die Besitzer freuen sich doch, wenn jemand wochenlang mietet.«

»Und Internet? Gibt's das hier mitten im Wald?«

»Per Satellitenverbindung. Und Strom ist da. Wir sind vorhin an Oberleitungen vorbeigekommen.«

Die Straße beschrieb einen weiten Bogen, flankiert von dichtem Unterholz, das sich urplötzlich lichtete und den Blick auf das Anwesen freigab. Es war ein gepflegtes Haus mit hohen Fensterläden aus Holz und bemoosten Schindeln. Fachwerk zierte das obere Geschoss.

»Schick.« Danny steuerte den Wagen direkt vor die Tür. Der Boden war mit altem Laub bedeckt. Es war ganz still.

»Scheint verlassen zu sein.«

Danny musterte ebenfalls das Haus, checkte jedes Fenster, die ganze Umgebung. Schließlich griff er nach seiner Pistole und sagte: »Ich geh rein.«

Rike hielt ihn zurück. »Danny ...«

»Ich bin vorsichtig.«

»Ich hab ein ganz schlechtes Gefühl.«

Er zog sie an sich und gab ihr einen Kuss. »Ich komme zurück. Versprochen.«

Sie musterte ihn aus feuchten Augen und nickte. »Ich liebe dich.«

»Und ich euch.« Noch ein Kuss, und Danny stieg aus.

Die Pistole knackte, als er durchlud. Mit drei schnellen Schritten war er am Haus. Ein kühler Wind strich ihm übers Gesicht. Laub raschelte in den Bäumen.

Sonst war alles still. Danny checkte sein Handy. Noch sieben Minuten.

Er warf Rike einen letzten Blick zu, dann probierte er die Tür. Abgesperrt.

Er klingelte. Niemand kam.

Er besah sich die Fenster. Im Erdgeschoss waren die Läden geschlossen und von innen verriegelt. Also doch die Tür.

Breitbeinig stellte er sich davor und schoss um das Schloss herum auf das dunkelbraune Holz, einmal, zweimal, dreimal, viermal, fünfmal.

Als die Schüsse verklungen waren, warf er sich gegen das Türblatt. Knarzend gab es nach, und Danny stürzte in den Flur.

Alles still.

Er schluckte hart und drang ins Innere vor. Mit pochendem Herzen huschte er von Zimmer zu Zimmer, die Pistole erhoben, saubere Rotation und vorwärts, vorwärts, vorwärts. Sie waren alle leer. Staub lag auf den Ablagen.

Danny kehrte ins Treppenhaus zurück.

Noch drei Minuten.

Er blickte empor in diffuses Zwielicht. Ein Sonnenstrahl fiel durch ein Oberlicht. Staub flirrte durch die Luft.

Die erste Stufe knarrte. Die zweite. Die dritte.

Danny zielte über sich und stieg Stufe für Stufe empor, sechzehn an der Zahl.

Ein Flur vor ihm. Holzdielen. Fünf Türen, zwei links, zwei rechts, eine am Ende.

Sein Herz trommelte mittlerweile gegen seine Rippen. Es stank irgendwie nach Moreno, Ramsay und Klingenberg. Danny konnte Peter fast sehen, wie er den Flur entlangschritt.

Ein Neuanfang. Eine zweite Chance für die Menschheit.

Hinter der ersten Tür lag links ein Badezimmer. Verwaist.

Gegenüber ein Schlafzimmer mit Doppelbett. Die Tagesdecke zeigte gestickte Jagdszenen. Rehe mit großen, unschuldigen Augen. Keiler mit aufgerissenen Mäulern. Hirsche mit riesigen Geweihen. Über dem Bett hing sogar eines, bleich und wuchtig.

Hinter der zweiten Tür links lag ein zweites Schlafzimmer, ähnlich dem ersten. Allerdings wachte ein Adler über den Betten.

Danny stieß eine weitere Tür auf, auch hier: ein Doppelbett. Ein Wecker stand auf dem Nachttisch. Die Zeiger tickten so laut wie Kanonenschläge. Ein Sonnenschimmer glänzte auf drei Mardern, die über dem Bett erstarrt waren.

Ein Blick auf den Wecker. Noch eine Minute.

Danny schluckte hart. Er steckte die Pistole weg und klippte den Akku aus dem Handy. Beides steckte er in verschiedene Hosentaschen. Dann wieder die Waffe in die Hand und zur letzten Tür.

Abgesperrt.

Er wusste, dass er richtig war. Er spürte es. Er nahm seinen Mut zusammen und warf sich gegen die Tür. Das alte Holz splitterte.

Danny blieb wie erstarrt stehen.

Er sagte: »Scheiße!«

Ein Knistern erfüllte die Luft, wie von einer alten Schallplatte. Dann folgte die Musik.

Es war nicht der Welthit »Another Brick in the Wall« von Pink Floyd, wie Danny wusste. Die Musik war anders, disharmonisch, traurig, seltsam rhythmisch, irgendwie synthetisch. Sie drang aus mehreren Studiolautsprechern, die im Kreis um ein Studiomikrofon standen. Daran angeschlossen war ein Handy.

Danny stellten sich die Nackenhaare auf.

Er erzitterte. Er wollte auf das Gerät zustürzen, doch er war wie gelähmt.

Eine Welle von Sinnlosigkeit erfasste ihn. Warum war er hier? Warum sollte er die Menschheit retten? Warum vor sich selbst? Wie dumm war das bitte?

Tränen stiegen ihm in die Augen. Er rang nach Luft, japste. Dann schrie er: »Nein! Nein! Nein!« Er presste sich die Hände gegen die Ohren, um das Wiegenlied nicht hören zu müssen. Ein Wimmern drang aus seinem Mund.

Ein Gedanke durchzuckte ihn: Die tauben Ratten sahen hingegen einfach nur zu. Die tauben Ratten ...

Danny nahm die Hände von den Ohren und brüllte im

Zorn. Er zog den Abzug durch. Dreimal. Direkt neben seinem rechten Ohr.

Ein schrilles Pfeifen schoss ihm durchs Gehirn.

Er schoss ein viertes Mal neben seinem anderen Ohr.

Und trotzdem war da das Wiegenlied, diese synthetischen Beats und Melodien. Er sank auf die Knie und greinte.

»Rike«, schrie er. »Vergib mir!«

Er schob sich die Pistole in den Mund.

Der Lauf war heiß, verbrannte ihm die Zunge. Es schmeckte nach Silvester.

Ein Schluchzer. Und noch einer. Bebende Schultern.

Danny gab mehr Druck auf den Abzug, ließ wieder locker, und dann zog er durch, doch etwas schlug ihm gegen die Pistole.

Der Schmerz jagte ihm durch die Wange, und er sah nur noch bunte Sterne.

Jemand nahm ihm die Pistole weg. Eine schlanke Blonde.

Alma schrie etwas, das er durchs Pfeifen des Knalltraumas nicht hörte. Sie verpasste ihm eine schallende Ohrfeige, nur um sich dem Mikrofon zuzuwenden. Sie griff danach, riss es an sich, schlug dagegen, riss das Kabel des Handys heraus und schleuderte es gegen die Wand.

Danny sah es durch den Nebel des Schmerzes an der Wand zerschellen.

Er sah die Splitter durch die Luft fliegen.

Er sah Alma wüten. Sie schlug mit dem Mikrofon auf die Lautsprecher ein, durchstieß Membrane, kappte Hochtöner. Sie schrie, sie kreischte, sie zürnte.

Eine blonde Furie.

Es war dieser letzte Anblick, der sich bei Danny ins Gedächtnis einbrennen würde.

Alma, die Zerstörerin.

Dann sank er in endlose Stille.

Zwei Tage später

Kapitel 45

Berlin, Charité

Die Welt ist nicht untergegangen. Aber so langsam zeichnet sich das Ausmaß der Katastrophe ab, auch wenn wir noch immer keinen vollumfänglichen Kontakt zu all unseren Korrespondentinnen und Korrespondenten haben. Sicher scheint, dass nur ein sehr kleiner Prozentsatz der Bevölkerung Suizid beging. Das sogenannte Wiegenlied wurde zum Teil über die ANOD-App ausgestrahlt, allerdings störten eine Agentin und ein Agent des Bundesnachrichtendienstes die Übertragung. Durch ihre Schreie und Interventionen wurde das Wiegenlied derart gestört, dass sich die suizidäre Wirkung nicht vollumfänglich entfalten konnte. Trotzdem bewegt sich die Zahl der Toten allein in Deutschland im fünfstelligen Bereich.

Weltweit kam es zu Plünderungen, Bränden, Zerstörungen. Hinter mir sehen Sie die Berliner Charité; dort stellt sich langsam wieder Normalbetrieb ein. Die Bundeswehr ist mit schwerem Gerät im Einsatz und hilft bei der Räumung von Verkehrsknotenpunkten. Die Kanzlerin hat einen Krisenstab eingerichtet. Unbürokratische Soforthilfen in Milliardenhöhe wurden in Aussicht gestellt.

Wie der Bundesnachrichtendienst bestätigte, starben die Initiatoren von ANOD allesamt im Zuge der Veröffentlichung der App. Eine Sondereinsatzgruppe wurde beauftragt, die Vorgänge aufzuklären.

Eines hat der Anschlag deutlich gezeigt: Von einer globalen Einigung in Sachen Klimaschutz und dem respektvollen Umgang mit dem Leben generell sind wir weit entfernt. Die Ergebnisse des Klimagipfels sind ernüchternd.

Paula Gellert, Tagesschau

»Und wir sind off!« Das rote Aufnahmelicht an der Kamera erlosch.

Paula atmete tief durch, strich sich durchs Haar und steckte das Mikrofon weg. »Danke, Thorsten.«

Er lächelte müde, während er die Kamera sinken ließ. Sie verstauten ihre Ausrüstung im Kleinbus. Danach liefen sie schweigend über den Vorplatz durch den gläsernen Haupteingang des Klinikums. Immer noch herrschten chaotische Zustände. Etliche Patienten waren aus dem Krankenhaus geflohen und standen jetzt Schlange bei der Anmeldung.

Paula sah blasse Gesichter, müde Gesichter, mit Schrammen überzogene Gesichter, blutige Gesichter. Sie sah Menschen mit provisorischen Krücken, hinkende und humpelnde und weinende Menschen. Seelsorger liefen hierhin und dorthin. Auch sie und Thorsten wurden gefragt, ob sie Hilfe brauchten, aber sie lehnten dankend ab.

Im Obergeschoss war ein Flur von Polizisten in Kampfmontur abgeriegelt. Paula und Thorsten durften passieren.

Sie fanden Adrienne und Oliver auf Wartestühlen. Adrienne mit der dicken Lippe stand auf und lächelte. »Er ist endlich wach.«

»Zum Glück.«

»Erichsen«, sagte Oliver kopfschüttelnd. »Daniel Erichsen. Also mir hat sein Deckname besser gefallen. Strelow.«

Adrienne pfiff und winkte ab. »Kommt.«

Sie führte sie in ein Behandlungszimmer. Darin stand ein einziges Bett. Darauf saß Rike neben Danny. Er hatte den Kopf einbandagiert und sah beinahe wie eine Mumie aus. Eine lächelnde Mumie. »Das ist aber eine Überraschung!«

Alle vier traten an seine Seite, und Paula sagte: »Wie geht es dir?«

»Geht schon.« Er drückte mit den Fingerspitzen gegen den Verband. »Beim letzten Mal war's schlimmer, aber eine fette Narbe wird's geben.«

»Es war ein Wangendurchschuss«, erklärte Rike ernst. »Wäre Alma nicht gewesen …«

»Wo ist sie eigentlich?«

»Schon abgereist. Zusammen mit ihrer Bekannten.«

»Und wohin? Ich hätte sie gern interviewt.«

»Kannst du dir sparen«, sagte Danny. »Alma steht für nichts mehr zur Verfügung. Sie hat gesagt: *Das war's endgültig.*«

»Kann ich verstehen«, warf Oliver ein. »Und bei dir? Was hast du vor, wenn du hier rauskommst?«

»Tom Schneider besuchen. Und danach einen Waldspaziergang machen.« Der Hacker hatte tatsächlich überlebt und lag in Hamburg auf der Intensivstation. Dort würde er noch eine Weile bleiben müssen, war aber außer Lebensgefahr. Wie es mit ihm weiterging, stand auf einem anderen Blatt. Dazu würde die Staatsanwaltschaft ermitteln und ...

»Einen Waldspaziergang?«, fragte Oliver erstaunt. »Also mir fiele etwas Besseres ein.«

Danny lachte. »Das glaube ich sofort, aber ich werde mir Ruhe gönnen. Viel Ruhe.«

»Wie wäre es mit grillen?«, schlug Adrienne vor. »Ein Abschiedsessen oder so. Wir alle zusammen.«

»Wenn meine Wange verheilt ist, dann gern. Aber mir gefällt das Wort Abschied nicht.«

»Wirst du im Dienst bleiben?«

»Keine Ahnung«, gestand Danny. »Mir reicht's eigentlich. Ab sofort dürfen andere die Menschheit retten.«

Alle lachten.

Sie scherzten noch ein wenig, bis sich Oliver verabschiedete. Auch Adrienne ging gleich mit.

»Hab ich was verpasst?«, fragte Danny verwirrt, nachdem die beiden gegangen waren.

»Keine Ahnung«, sagte Paula. »Wie ist es mit dir und einem Interview? Nicht heute, aber in ein paar Tagen? Die Leute wollen ihre Heldinnen und Helden feiern.«

»Sollen sie machen, aber ohne mich.«

»Wirklich nicht?«

»Ganz sicher. Das eine Interview hat mir gereicht. Ihr habt die Wachen gesehen. Die mussten hier den Flügel sperren, weil zu viele zu mir wollten, um sich zu bedanken.«

»Sieh es positiv«, sagte Thorsten, »du könntest damit auf

Tour gehen. Du könntest ein Buch schreiben und viel Geld verdienen.«

»Ich scheiß aufs Geld.« Dannys Hände fanden die von Rike. »Ich hab schon alles, was ich brauche.«

»Ach, Danny.«

Lächelnd schloss er die Augen. »Und so nett es ist, mit euch zu plaudern, würde ich dann doch um Ruhe bitten. Meine Wange brennt wieder, und ich bin müde. Die Schmerzmittel. Die pumpen mich voll wie eine Weihnachtsgans mit Gemüse.«

Alle lachten. Hände wurden noch einmal gedrückt, dann gingen auch Paula und Thorsten.

Rike und Danny blieben allein zurück.

»Ich seh dann mal nach Leonie.«

»Ich dachte, sie ist in guten Händen?«

»Ist sie auch, aber ...«

Danny zog sie näher ans Bett. »Komm. Leg dich bitte zu mir.«

»Ernsthaft?«

»Solange du auf den Schlauch von der Infusion aufpasst. Ja, so. Ah.« Er seufzte, als Rike sich an ihn kuschelte. »So könnt ich es ewig aushalten.«

Sie tippte ihm neckend mit dem Finger in die Seite. »Schwachkopf. Spätestens nach einer Stunde wird dir das zu langweilig. Dann musst du raus und springen. Also unter normalen Umständen.«

Er grinste, die Augen geschlossen, ihren Kopf an seiner Schulter. »Ist es echt so schlimm mit mir?«

»Manchmal.«

»Hey! Aber sag, was hältst du von einer Motorradfahrt nach Lindau zum Felchenessen und dann weiter zum Silvretta-Stausee? Vierunddreißig schlaglochfreie Kehren inmitten herrlicher Bergkulisse mit Blick auf den Piz Buin.«

Rike hob den Kopf. »Ich wusste es! Du verschlagener Schlingel!«

Er schob seine Hand ohne Zugang tiefer und zwickte sie in den Po. »Schlingel also.«

»Und was für einer!« Sie lachte und gab ihm einen ganz vorsichtigen Kuss. Trotzdem zuckte Danny und sagte »Au!«

Und sie sagte: »Geschieht dir gescheit recht.« Dann lachte sie und bettete ihren Kopf wieder an seine Seite.

Keine zwei Minuten später war er eingeschlafen.

Rike hörte es an seinen rhythmischen, ruhigen Atemzügen.

Sie stemmte sich ganz vorsichtig hoch und betrachtete Danny. Ganz entspannt sah er aus, fast so, als würde er lächeln.

Kapitel 46

Österreich, Bregenzerwald

Der Novembertag war lau. Auf der Terrasse des Gollerer Hauses zeigte das Thermometer achtzehn Grad an.

Alma saß auf einer geschnitzten Bank und blickte hinab auf die Täler und Berge. Sie sah in Ameisengröße Autos auf den Straßen. Am Himmel zog ein Flugzeug Kondensstreifen.

Neben ihr lag ihre Pistole, glänzte im Sonnenschein.

Eine Bewegung ließ sie aufblicken. Valerie trug ein Tablett mit zwei Cappuccino aus dem Haus. Der Milchschaum war mit Kakao bestreut. Die Technikerin lächelte, als sie das Tablett vor Alma abstellte.

Dann zuckte Verdruss über ihr Gesicht, als sie die Pistole sah. Sie sagte etwas, winkte ab und verschwand im Haus. Zurück kam sie mit Almas Handy, auf dem die Transkriptionsapp bereits geöffnet war.

Ich dachte, du hättest die Waffe in Berlin gelassen! Warum hast du sie mitgebracht?

Alma las die Worte, bevor sie Zucker in den Cappuccino kippte. Viermal rührte sie um, dann sagte sie: »Man weiß nie.«

Valerie schnaubte. Schwachsinn. Du weißt ganz genau, warum du sie mitgebracht hast. Sentimentalität!

Alma sah kurz auf, die Lippen geschürzt.

Gib's nur zu!

Ein Seufzen. »Wahrscheinlich.«

Nicht wahrscheinlich. Sicherlich! Aber ich zeig dir mal, wie das geht. Valerie griff nach der Pistole und trat damit von der Terrasse auf die Wiese. Sie nahm Anlauf und schleuderte die Pistole in hohem Bogen die Felsklippe hinab.

Einen Moment lang funkelte die Pistole im Sonnenschein, dann war sie verschwunden.

Alma rührte sich nicht. Sie hob einzig eine Augenbraue.

Valerie schrie etwas den Berg hinab, lachte dann und sank wieder neben Alma auf die Bank, wo zuvor die Pistole gelegen hatte. *Du musst dich davon frei machen. Loslassen.* Sie legte ihre Hand auf Almas. *Neues zulassen.*

Alma betrachtete Valeries Hand, um mit der anderen nach dem Cappuccino zu greifen. Sie trank einen großen Schluck. Milchschaum blieb auf ihrer Oberlippe zurück.

Fang mit den kleinen Dingen an, riet Valerie. Du musst lernen, zu genießen. Zu leben. Zu lieben. Bisher bestand dein Leben aus Rache, aber die ist vorbei. Die hast du bekommen.

Alma trank noch einmal vom Kaffee. Die leere Tasse stellte sie zurück aufs Tablett. Und dann legte sie ihre freie Hand auf Valeries, drei Hände übereinander in der Sonne.

Ihre Stimme vibrierte in ihrem Brustkorb, als sie sagte: »Danke, dass du mich begleitet hast.«

Valerie nickte nur.

So saßen die beiden Frauen noch lange vor der Hütte und genossen die Ruhe, die Sonne und den Ausblick. Mehr brauchten sie nicht.

Dank und Nachwort

Circa 73.000 Worte. 365 Seiten Rohfassung. 15.847.422 Bytes auf der Festplatte. Das 21. Buch. 92 Fachartikel, drei Fachbücher und sieben Dokumentationen zur Recherche. Fünf Monate Schreibzeit. 24 Seiten Konzept. 319 Runden Gassi. 34 Memes auf dem Handy. 16 Seiten handschriftliche Notizen. 241 Kannen Tee. Feierabendbiere leider (oder Gott sei Dank?) nicht erfasst. Einen dummen Fehler das zweite Mal gemacht. Zweimal nahe am Hinschmeißen gewesen. Drei zutiefst frustrierende Telefonate geführt, dafür vier so positive, dass ich einfach nur dankbar bin – und am Ende zufrieden ENDE geschrieben habe.

Dieses Buch hat mir bisher von allen am meisten abverlangt. Niemals erlebte ich so viele Höhen und Tiefen während eines Projekts. Und da es gerade die Freunde und Unterstützenden waren, die mich wieder aufrichteten, darf ich Danke sagen.

An Annalena Ehrlicher und das gesamte Team von Ullstein für ihr Vertrauen und die Unterstützung. So wurde aus diesem Buch ein ganz besonderes. Vielen, vielen Dank!

An Hanka für all die konstruktiven Gespräche. Ohne dich hätte ich das Buch wohl nie beendet.

An Arne für unsere Storytalks. Wieder erleuchtende Erkenntnisse gehabt, die dem Buch gutgetan haben.

An Christian Handel für ein wunderbares Gespräch über diverse Figuren in der Literatur. Dein Tipp war Gold wert! Vielen, vielen Dank dafür.

An Elisabeth Botros für die wunderbare Betreuung seitens der Agentur.

An Gregor Martinez für all die spannenden Infos über die Polizeiarbeit. Wie so oft.

An Tobias Schumacher-Hernández, der dem Text mit seinem Lektorat den letzten Schliff verpasste.

An meine Familie – ihr seid die Allerbesten!

Und an Tessa für grenzenlose Liebe.

Und wie es so schön heißt: Nach dem Buch ist vor dem Buch.

Damit Sie keinen neuen Roman von mir verpassen, lege ich Ihnen meinen kostenlosen und datenschutzkonformen Newsletter ans Herz. Sie finden ihn unter: www.timoleibig.de/Newsletter.

Monatlich informiere ich über laufende Projekte und erzähle Anekdoten aus dem Schreiballtag. Zusätzlich bekommen Sie jede Neuerscheinung direkt per E-Mail angekündigt. Außerdem erhalten Sie eine kostenlose Kurzgeschichte als Dankeschön. Probieren Sie es aus, abmelden können Sie sich jederzeit.

Wenn Sie Anregungen, Lob oder Kritik haben, lassen Sie es mich wissen. Ich lese Ihre Rezensionen auf den gängigen Portalen wie Amazon, Lovelybooks und Co. Für mich gibt es nichts Spannenderes, als zu erfahren, wie meine Geschichten ankommen, wie sie wirken, was gut und was schlecht ist. Nur mit Ihrem Feedback kann ich mich weiterentwickeln. Bitte nehmen Sie sich zwei Minuten dafür – mein Dank ist Ihnen gewiss. Vielen Dank!

Macht sich auf zur 320. Runde Gassi mit Tessa.

Timo Leibig, alias Matthias Elling
im Februar 2023